O LIVRO DAS COISAS QUE NUNCA ACONTECERAM

ANA LUIZA SAVIOLI

O LIVRO DAS COISAS QUE NUNCA ACONTECERAM

São Paulo
2023

hoo EDITORA

Diretor editorial
Luis Matos

Gerente editorial
Marcia Batista

Assistentes editoriais
Letícia Nakamura e Raquel F. Abranches

Revisão
Tássia Carvalho
e Nestor Turano Jr.

Ilustração de capa
Joana Fraga

Arte e diagramação
Renato Klisman

Dados Internacionais de Catalogação na Publicação (CIP)
Angélica Ilacqua CRB-8/7057

Savioli, Ana Luiza
O livro das coisas que nunca aconteceram / Ana Luiza Savioli -- 2. ed. --
São Paulo : Hoo Editora, 2023.
368 p.

ISBN 978-85-93911-38-5

1. Literatura brasileira 2. Literatura juvenil
I. Título

22-3158 CDD 920.71

Universo dos Livros Editora Ltda. — selo Hoo
Avenida Ordem e Progresso, 157 — 8º andar — Conj. 803
CEP 01141-030 — Barra Funda — São Paulo/SP
Telefone: (11) 3392-3336
www.universodoslivros.com.br
e-mail: editor@universodoslivros.com.br

Quando penso no que me levou a escrever, é impossível não citar Lucimar, de novo e de novo. Afinal, ela acreditou que a aluna de 11 anos um dia cumpriria a promessa de lhe agradecer pelos ensinamentos nas páginas de um livro.

Maria Nanci Savioli também vivia dizendo por aí que a filha viraria escritora. Talvez desde antes que eu aprendesse a escrever. Agora anda dizendo que a filha virou mesmo escritora. Os agradecimentos são necessários. Ninguém apostou tanto.

E preciso agradecer a quem leu esta história primeiro, do início ao fim, dando uns empurrões e uns conselhos, além do incentivo para terminá-la. Heloísa Birsenek, este é um lembrete constante de que, sem você, talvez este livro ainda estivesse na minha cabeça.

SUMÁRIO

1. SEGUNDA CHANCE

Há quem diga que o tempo cura feridas. Que não há melhor remédio que o tempo. Que o tempo é o senhor de tudo. Uma entidade passiva e ativa, que modifica, mata, destrói, cria, renova e melhora. E não há nada maior que o tempo. Nada que dure mais. Nenhum conceito mais poderoso. Pois estava aqui antes de qualquer um. Sempre houve o tempo. Porque o tempo é o início da existência e só dá para existir dentro do tempo. E pelo mesmo motivo, sempre haverá tempo. Cada ser vivo recebe oportunidades desiguais de existência, traduzidas em pedaços de tempo. Um prazo de validade, um limite de vida ou integridade, diferente para cada coisa. E tudo deve acontecer de acordo com a vontade do tempo. Quando o pedaço de existência se esgota, a vida se acaba e não deve continuar, pois isso é roubar do tempo. E o tempo tem seus próprios meios de reaver o que lhe foi roubado.

O tempo que dá a vida também a tira. Mas não sem motivo. Não cria nem destrói sem motivo. Cada ser vivo ou não vivo que teve sua existência no tempo é crucial. O tempo é só um escritor, e a criação é seu livro. As coisas não vivas, o cenário. As coisas vivas, os personagens. A diferença é que todos os personagens, um dia, morrem.

E em 8 de outubro de 2012, 13,3 bilhões de anos após o início do Universo, 4,5 bilhões de anos depois da criação da Terra, 200 mil anos após o surgimento do ser humano anatomicamente moderno, 10 mil anos após a invenção da escrita, 223 anos após o início da idade contemporânea, 15 anos, 4 meses e 2 dias após o dia mais feliz da vida de Megan Darwin, o tempo emprestado a Harry Darwin lentamente chegava ao fim.

O tempo é realmente relativo.

Para um homem que viveu cem anos, três minutos é relativamente pouco.

Para Harry Darwin, um adolescente do ensino médio, três minutos parecem-lhe a eternidade. Pois esse foi o tempo que o garoto permaneceu debaixo da água, sem respirar.

Harry havia ganhado seu direito de estudar numa escola da alta sociedade inglesa devido ao seu dom com esportes aquáticos. Era capaz de permanecer dois minutos sem respirar, um pouco mais que a média. O corpo, no entanto, gasta muito mais oxigênio quando se move. E principalmente quando se debate. A adrenalina produzida em situações de risco nos torna aptos a fazer o necessário para fugir. Então quando Harry se viu a dois metros da superfície do lago, preso a uma planta após um minuto submerso, a injeção de adrenalina em suas veias o fez se agitar de tal forma que, com dois minutos, o Sol de 4,5 bilhões de anos que lançava sua luz sobre o garoto passou a ser um borrão brilhante, à medida que os raios que penetravam a água já não mais adentravam seus olhos. O cérebro foi lentamente apagando, os pulmões imploravam por oxigênio. A sensação de desespero foi se acalmando, a dor e os litros de água sendo engolidos foram se tornando passado. Sua mente se apagava rapidamente. Harry imaginava o que sua mãe pensaria. Talvez seu pai sequer chorasse. Mas sua mãe choraria. Quanto tempo demoraria para acharem seu corpo? Todos sabiam que ele gostava de treinar no lago quando a piscina estava fechada. Talvez não demorasse muito.

Tomara que me achem logo. Que meu corpo não fique muito deteriorado até lá. Tomara que minha mãe possa se despedir de mim. Que ela não sofra muito. Será que ela vai poder ver meu corpo e se despedir? Que ela não ache que foi culpa dela. Que ela saiba que eu a amo. Eu gostaria de viver mais. Eu gostaria de ter feito muito mais. Eu gostaria de ter deixado meus pais orgulhosos.

E esse foi o último pensamento de Harry Darwin, antes que alguém saltasse ao seu lado. O vulto soltou a planta de seu tornozelo, mas o garoto de quinze anos não boiou. Seus pulmões estavam pesados de água.

A consciência se foi e só voltou quando estava deitado sobre a grama, tossindo o que lhe pareceram litros e litros da água do lago.

Abriu os olhos por alguns segundos. Só o tempo suficiente para ver um jovem, mais ou menos da mesma idade que ele, segurando seu rosto com firmeza. Estava encharcado. As gotas de água escorriam de seu cabelo negro e encaracolado, misturando-se a um mar de lágrimas que pingavam de seus olhos sobre o corpo de Harry. Seus lábios tremiam. Não de frio, mas de desespero.

— Perdão — o garoto murmurou e apertou Harry num abraço que o adolescente provavelmente só recebera igual no dia de seu nascimento. — Eu não consegui. Perdão.

E os olhos de Harry se fecharam sem ver que ainda havia uma terceira pessoa observando a cena.

A partir desse dia, Harry Darwin se tornara um criminoso. Segundo após segundo, minuto após minuto, dias, semanas, meses, anos. Cada momento de sua vida depois do dia 8 de outubro de 2012 era um crime contra o tempo.

2. TRÊS VEZES DAMON KNIGHT

Um som incomum bailou pelas paredes do colégio, invadindo o silêncio do sono dos estudantes. Como se uma enorme calmaria fosse quebrada por uma canção que anunciava a pior das catástrofes, o alerta tornou inquieto o despertar dos alunos do St. Raphael. Levantaram da cama, em sua maioria sem dizer uma palavra, sem questionar nem criar hipóteses. Sabiam que algo ruim havia acontecido durante a madrugada.

Harry acordou com uma forte dor de cabeça e a sensação de que seus ossos haviam sido moídos. Praguejou contra o som que o despertara e afundou a cabeça no travesseiro novamente. Não sabia o significado daquele som. E seu cérebro parecia ter derretido durante a noite. Levemente confuso, mas não o suficiente para dar atenção a isso, percebeu que não se lembrava muito bem como viera parar na cama. Mas o sono não deixava que ele se importasse.

Harry Darwin havia ingressado no St. Raphael há poucos dias, graças à bolsa concedida pelo colégio por seu ótimo desempenho como jogador de polo aquático. Por isso não havia passado pela reunião geral de início de ano, na qual os diversos sons de alerta e anúncios eram demonstrados a todos os estudantes. Não fazia ideia que aquele toque repetitivo, quase como um choro em forma de música, significava luto.

O companheiro de quarto de Harry, no entanto, conhecia aquele toque muito bem. Ele se lembrava de tê-lo ouvido duas vezes fora da reunião geral de início de ano. Ironicamente, devido a um mesmo estudante.

— São seis da manhã — reclamou Harry, olhando o relógio da parede. Esfregou os olhos e deitou a cabeça de volta no travesseiro. — Que porcaria de música é essa?

William, ou simplesmente Bill, não respondeu de imediato. Ele mordeu o lábio inferior e levantou o tronco, sentando-se na cama. Permaneceu quieto, ouvindo o toque, tentando relacioná-lo a qualquer outra coisa que não o que realmente significava. Levantou-se da cama e procurou por seu uniforme recém-lavado e passado, ainda cheirando a alvejante. Harry franziu o cenho ao observar o colega de quarto. Bill costumava reclamar diariamente de ter que acordar cedo e não raras vezes ignorava a música da alvorada. Ela só tocaria dali a uma hora e meia, e Bill já estava de pé.

— O que está acontecendo? — Harry perguntou, de repente desperto.

Ele se apoiou nos cotovelos para observar William andar até o banheiro com as roupas.

— Toque de luto — disse. — Reunião no salão principal.

Luto.

Alguém morrera. Um dos estudantes daquele colégio estava morto. Harry duvidou que pudesse conhecer a pessoa, já que estava lá há pouco tempo, e era bolsista. A maioria dos garotos era orgulhosa o suficiente para não considerar "útil" a amizade com um bolsista. Então seu círculo de amizades estava restrito ao time de polo e a um garoto que viera conversar com ele três dias antes, e todos pareciam perfeitamente saudáveis.

Enquanto Bill estava no banheiro, Harry se trocou no quarto. Como Bill havia cuidadosamente escolhido seu melhor uniforme, Harry também o fez, sem muita ideia do porquê. Quando o companheiro voltou para o quarto, ficou claro em sua expressão que, independentemente de quem havia morrido, aquele toque tinha algo de macabro que Harry ainda não havia compreendido.

— Alguém morreu — Harry disse, arrumando a gravata no espelho. — É isso, não é? Tinha alguém doente? — perguntou, mirando o reflexo de Bill.

O garoto passou a mão pelos cabelos castanhos e deu de ombros.

— Pode ser que não tenha morrido ninguém — respondeu, sentando-se na cama para esperar por Harry. — O toque serve pra qualquer coisa realmente ruim.

Harry deu a última volta do nó da gravata e a ajustou no colarinho. Então se voltou para Bill, pondo as mãos no bolso.

— O que quer dizer, algo realmente ruim? Que tipo de coisa esse toque já anunciou?

— Só o ouvi tocar duas vezes. Da primeira, um menino do primeiro ano tinha sido espancado até desmaiar. Encontraram ele de manhã, no banheiro do terceiro andar, deitado no próprio sangue. Escreveram no peito dele com caneta permanente — explicou, coçando a têmpora. Antes de continuar, Bill bocejou, fazendo Harry se lembrar do quanto o companheiro odiava acordar cedo. — Todo mundo viu, colocaram a foto na internet, no site do colégio. Ele estava completamente pelado e ensanguentado. Ninguém nunca foi punido, mas… — ele se interrompeu e balançou a cabeça. — É uma dessas coisas que todo mundo sabe quem foi, mas ninguém vai falar.

Harry franziu o cenho, confuso.

— Por que ninguém vai falar?

Bill pareceu sentir um arrepio com aquelas perguntas. Ele se levantou da cama e andou até a porta.

— Porque todos têm medo que aconteça a mesma coisa com o delator. E porque ninguém gostava do menino. Damon, eu acho. Alguma coisa desse tipo. Não tinha amigos. Um menino meio estranho, com mania de grandeza. A maioria achou que ele merecia. E quem não achava também se calou. Alguns riram. Imprimiram a imagem e colaram nos corredores do colégio. O menino desacordado, nu, com o peito inteiro riscado. Em qualquer versão da impressão, mesmo com qualidade ruim, dava para ler os xingamentos no cartaz. Foi tenso na época, uma caça às bruxas.

Harry engoliu em seco. Ninguém fez nada. O menino tinha quinze anos. E era odiado. Não tinha um único amigo. Como alguém conseguia ainda achar que ele merecia aquilo, independentemente de qualquer coisa que tenha feito?

— E a segunda vez? — perguntou, agora entendendo a ansiedade do colega ao ouvir aquele alerta.

Bill segurou a porta aberta para que Harry passasse e em seguida a fechou, passando o cartão de identificação para trancá-la.

— Da segunda vez, esse menino sumiu — disse, simplesmente, caminhando pelo corredor no mesmo passo lento e temeroso dos demais estudantes que deixavam o dormitório.

— Como assim, sumiu? — perguntou Harry.

— Sumiu. Sumiu da face da Terra. Faz dois anos que ninguém ouve falar do menino Damon. Tocaram o sinal de luto depois de dois dias que começaram a sentir falta dele. Ouvi dizer que conseguiram captar nas câmeras de segurança ele entrando no próprio quarto, mas ele nunca saiu. Ninguém faz ideia do que aconteceu. Na época era bastante recorrente a piada de que ele tinha voltado pro armário depois da surra e nunca mais saiu.

Então o sinal de luto, na verdade, não anunciava apenas morte. Harry suspirou, um pouco mais aliviado, mas curioso pelo caso do garoto Damon. Agora acompanhavam um mar de alunos, todos com a mesma cara de sono, que iam aos poucos deixando o dormitório para se dirigirem ao mesmo hall.

— Ele não pode ter saltado pela janela?

— Do quarto andar? Pode. Mas teriam encontrado o corpo dele depois — respondeu Bill, antes de se virar para Gregory, um ano mais velho, igualmente pálido e temeroso, que havia forçado o passo para acompanhar os dois.

— Pelo menos dessa vez não tem como ser o Damon — disse o estudante. — Sempre era o Damon.

Meia hora depois do início do toque de luto, todos os garotos estavam reunidos no salão principal, sentados nos enormes bancos que atravessavam metade da largura do lugar, deixando apenas um corredor central. Harry estava numa das extremidades do banco, esticando o pescoço para tentar ver por cima das cabeças inquietas dos demais estudantes, mas era bastante difícil enxergar o diretor de onde estava.

O senhor Aldrin, um homem parrudo com uma voz bastante grave, limpou a garganta e chamou a atenção de todos no microfone. Diferentemente do usual, os alunos se aquietaram rápido, e um silêncio pesado se formou no salão.

— É com muito pesar que venho aqui hoje — disse, com as mãos nas costas, talvez pensando nas melhores palavras. Os estudantes esperaram, ansiosos. — Como sabem, o toque que ouviram hoje significa perda. Significa que um de nossos preciosos alunos sofreu uma dor tão terrível que merece todo nosso apoio e prece.

Harry não conseguiu pensar em nada mais hipócrita. Das últimas vezes que o toque fora utilizado, ninguém parece ter demonstrado apoio algum.

— Ainda estamos tentando investigar — continuou, deixando todos com uma expressão confusa. — Mas se estão lembrados, da última vez que esse toque ressoou por estas paredes, foi devido ao desaparecimento de um aluno exemplar, Damon Knight.

Harry ouviu alguém atrás de si murmurar alguma coisa como "Deviam ter dado o toque de vitória". Ainda ouviu risos.

— E o que deveria ser uma notícia ótima: o ressurgimento desse aluno... — Aldrin se interrompeu quando o salão de repente se tornou um caos de murmúrios que, em conjunto, se transformaram em um considerável barulho. — Silêncio, por favor — pediu, aproximando-se mais do microfone. — Como eu dizia, o que deveria ser uma ótima notícia se transforma em perda. Damon Knight foi encontrado morto hoje pela manhã, no lago.

Mais murmúrios explodiram pelo ambiente. Dessa vez, Harry fazia parte dele:

— Como assim? Morto há quanto tempo?

Bill, ao seu lado, deu de ombros. Pálido, os lábios entreabertos, estava legitimamente aterrorizado.

— Três toques. Três vezes Damon Knight — Bill ainda murmurou. — Se essa música tocar de novo, eu juro que saio deste colégio.

Como o St. Raphael tinha uma grande capela, o funeral de Damon Knight fora no colégio. Todos os alunos foram obrigados a fazer duas filas no corredor principal da capela para, um a um, se despedirem com um sinal da cruz em frente ao corpo. Era impossível não notar que não havia pais chorando o luto do filho, só dois rapazes, um muito mais velho, de uns vinte e cinco anos, e um mais novo, da idade de Harry. Eles não choravam. Apenas encaravam o corpo, com expressões congeladas.

— Se ele está morto há dois anos, como está lá com o caixão aberto? — perguntou Harry a Bill, andando logo atrás dele na fila.

Bill deu de ombros. Continuaram caminhando a passos curtos, lentos e respeitosos, mantendo as mãos juntas à frente do corpo. Um padre fazia alguma reza perto do caixão branco e, fora isso, só alguns poucos murmúrios podiam ser ouvidos. Muitos citavam um mesmo nome constantemente: "Dalton Knight". Por murmúrios apenas, Harry logo descobriu que os dois parados atrás do corpo do menino eram irmãos dele.

— Aposto que se matou — comentou um garoto um pouco à frente de Harry, fazendo sua espinha gelar de tal forma que seu corpo tremeu. — Isso é de família. Igual à mãe. Ouvi dizer que a mãe se matou.

O estômago de Harry deu uma cambalhota. Alguém naquele colégio, muito provavelmente naquela sala, havia surrado e humilhado um garoto cuja mãe havia se suicidado. Uma sensação claustrofóbica cresceu da base de suas entranhas, percorrendo seus poros e explodindo em sua cabeça. Quis fugir daquela escola. Quis fugir daquelas pessoas.

Quando finalmente chegou sua vez, Harry não olhou diretamente para o corpo no caixão. Olhou para os irmãos parados atrás. O mais novo era familiar, apesar de as feições serem bastante comuns para ambos. O mais novo, no entanto, cruzou o olhar com o de Harry, encarando-o como se o culpasse pela morte do irmão. Seus lábios se espremeram numa linha fina, seus olhos se estreitaram e Harry ainda pôde ver seus punhos se fecharem sob a manga comprida do terno. Sua garganta secou. Desviou os olhos rapidamente, que foram parar no corpo, em perfeito estado de conservação.

Uma onda de frio fez os pelos da nuca de Harry se eriçarem. Invadido por uma súbita ânsia de vômito que não conseguiu compreender, Harry fez o sinal da cruz rapidamente e se esgueirou para fora da igreja, andando rapidamente pelo jardim da capela. Não percebeu, mas seus punhos estavam fechados com tamanha força que suas veias saltavam nas costas de suas mãos e suas unhas se enterravam na palma. Sua respiração estava rápida e barulhenta, e andou até suas pernas se renderem e o derrubarem no chão, próximo a uma grande árvore.

Harry não sabia por quê. Não sabia como. Não tinha mais do que flashes de lembranças, uma coceira no fundo do cérebro. Um emaranhado de pequenos lapsos de memória. Mas sabia que Damon, desaparecido há dois anos, voltara na tarde de ontem para salvá-lo de morrer no lago.

3. MATTHEW KNIGHT

Harry saiu do treino de polo depois das três da tarde. Tinha uma aula de Matemática dali a uma hora, então se apressou para tomar banho no vestiário e rumar para as salas de ciências exatas, no bloco seguinte do campus. Ainda se impressionava com a estrutura do lugar, cuja anuidade era facilmente mais cara do que a maioria das universidades do país. E cem por cento dos alunos formados em cada ano entravam numa das melhores faculdades mundiais. Tinha que agradecer, portanto, por seu dom nato num esporte que poucos de seu nível social sequer aprendiam, ainda que tivesse pouco interesse em seguir carreira. E sabia que fugir disso seria como nadar contra a correnteza, já que os bolsistas costumavam ser estimulados a aproveitar seu talento ao máximo, fazendo valer a bolsa.

De qualquer forma, ainda tinha que fazer sua parte e conseguir as melhores notas que pudesse, para que sua sina não fosse acabar como jogador de polo. Então passou em seu dormitório com Bill, que também jogava no time, e pegou seu caderno e livro de Matemática.

Harry havia tentado dizer a Bill que havia se encontrado com Damon dias antes de sua morte, sem mencionar a experiência de quase afogamento. O grande problema é que Harry sabia que nem mesmo ele acreditaria em sua própria história. Porque Harry não lembrava como havia saído do lago, não se lembrava de como tinha ido parar em sua cama. Segundo Bill, quando ele chegou de uma festa, tarde da noite, Harry já estava dormindo. Então Bill nem fez menção de acreditar. Alguém teria visto. Alguém teria reconhecido Damon. Mas ao que parece só Harry o vira no colégio antes da morte e depois de seu completo desaparecimento dois anos antes.

Portanto, uma semana depois — na qual foi revelada a suspeita de suicídio de Damon — o assunto estava quase esquecido entre os estudantes do St. Raphael.

Harry atravessou o campus e uma pequena área aberta até o segundo bloco, com passos apressados. A senhora Emma não costumava tolerar atrasos, e ele tinha ainda quatro andares para subir, faltando apenas cinco minutos para o início da aula.

Saltou os degraus como se fossem parte de seu treino, erguendo a coxa até que estivesse em posição perfeitamente horizontal. A temporada de campeonato se aproximava, e sabia que só o treino com horário marcado não iria mantê-lo em condição ideal, então fazia sua parte treinando também nas infinitas escadarias do colégio, ao passo que o goleiro Bill simplesmente se esforçava para acompanhá-lo na velocidade.

Harry e Bill eram obviamente os últimos a entrar na sala, tendo em vista que eram os únicos alunos do primeiro ano que jogavam no time. Pediram desculpas ao entrar, mesmo que ainda não estivessem atrasados, e procuraram por seus lugares. Como sempre, Harry se sentou próximo à janela, de onde podia ver o bloco seguinte de dormitórios, além de parte do gramado do campo de futebol. Agradeceu pela brisa que dançava por entre os dois blocos, assoviando nos dias de tempestade, mas sempre ajudando Harry a esfriar o corpo após subir correndo os lances de escada.

A senhora Emma logo começou sua aula e Harry decidiu que valeria a pena prestar atenção. Ainda lutava para rever a matéria que já havia sido dada antes. Principalmente porque não estava acostumado a esse nível de ensino.

Era bem verdade que os professores e o diretor não podiam se importar menos com suas notas. Harry era atacante do time de polo, não um bom aluno. Não precisava ser um bom aluno. Sua bolsa era de esporte. Suas notas baixas seriam perdoadas num piscar de olhos se vencesse uma competição.

Harry suspirou e apoiou a cabeça na parede, próximo à janela. Observou o campo de futebol lá embaixo e vagou os olhos até o prédio da frente.

Dava para ver o primeiro dormitório. Era a ala mais cara. Quartos individuais, mais bem mobiliados do que aquele que Harry dividia com Bill. O quarto que dava vista para a sala de Matemática era o de esquina, o último do corredor do último andar. Até onde sabia, estava desocupado há algum tempo, mas nunca perguntara o motivo. Talvez por isso tenha se assustado quando viu um vulto caminhando lá dentro.

Remexeu-se na carteira e olhou para Bill. Tentou fazer o mínimo de barulho possível para que o colega olhasse para ele, e isso demorou cerca de três minutos. Quando o fez, Harry apontou para o quarto no bloco seguinte, onde alguém estava claramente desfazendo as malas.

Bill deu de ombros e arqueou os lábios. Então levantou de sua carteira munido de apontador e lápis. Pediu licença e atravessou a sala até próximo da janela, onde havia um lixo. Casualmente observou o dormitório. Harry lhe assistiu, curioso, voltar para sua carteira com os olhos muito abertos, surpreso. Quase xingou algo quando o amigo se limitou a sentar e voltar a escrever no caderno, mas respirou melhor quando percebeu que ele preparava um bilhete para lhe lançar. Tão logo a professora voltou-se para a lousa, Bill lhe atirou uma bolinha de papel.

É o Knight mais novo. O irmão do Damon. Estava no funeral. O quarto era do Damon. Ninguém queria o quarto.

Harry percebeu que deveria ter imaginado por que ninguém iria querer aquele quarto, que não era menor, mais caro ou mais barato que os demais daquela ala. É claro que ninguém queria o quarto de Damon Knight, o garoto estranho de que ninguém gostava e que ninguém sabia que raios lhe tinha acontecido, muito menos quando foi encontrado morto, dois anos após desaparecer. E é claro que o irmão mais novo de Damon não ia se importar em pegar seu antigo quarto. O que o impressionava era simplesmente que o garoto iria querer estudar no mesmo lugar que seu irmão passara pelo inferno.

Harry estendeu o papel em seu caderno e fingiu estar anotando a tarefa, quando estava simplesmente adicionando uma pergunta ao bilhete trocado com Bill.

Por que ele viria para cá? O mais velho também estudou aqui? Qual o nome dele?

Novamente, enquanto a senhora Emma explicava funções de segundo grau virada para a lousa — fazendo seu enorme topete balançar enquanto movia o braço para escrever — Harry atirou o papel para Bill. A resposta veio após dez minutos ou mais, já que a professora decidiu fazer uma rodada de perguntas para a sala.

Não faço ideia. A família inteira é estranha. A mãe se matou, ouvi dizer. O mais velho se formou aqui há dez anos. O rosto dele está no quadro de honra. O melhor estudante que a escola já viu. Trabalha no governo ou algo assim. O mais velho chama Dalton. O mais novo não faço ideia.

O St. Raphael tinha cento e quarenta e cinco anos de história. Ser considerado o melhor estudante desde 1867 não era pouca coisa. Mas parecia não haver nada a respeito da família Knight que não fosse estranho, perturbador ou impressionante.

É claro que o que mais impressionava Harry era o — agora considerado — sonho que tivera sobre se afogar e ser salvo por Damon. Um rapaz de quem nunca tinha ouvido falar até então. Nunca o tinha visto. Nunca tinha ouvido seu nome ou sobrenome. E sonhara que fora salvo por ele. Que o vira chorar e pedir perdão. No dia seguinte, Damon Knight, o verdadeiro, o real, o que sumira há dois anos, foi encontrado morto, com indícios de suicídio.

Harry coçou a cabeça, que já começava a doer. Algo naquela história lhe causava um desconforto na boca do estômago, mesmo agora, que estava com sono e com fome após treinar por uma hora dentro da piscina.

A aula se encerrou às quatro e quarenta da tarde, quando Harry já não suportava a fome. O Knight mais novo tinha deixado o quarto há pelo menos uma hora. Nesse meio-tempo, havia pensado se devia falar com o garoto, perguntar sobre o irmão, contar o ocorrido. Mas o olhar que o menino lhe lançara no dia do funeral havia sido aterrorizante. Era como se a culpa pela morte do irmão fosse de Harry. Como se ele tivesse tirado toda a alegria da vida do Knight mais novo. Acabou esquecendo essa ideia até chegar ao refeitório, onde se sentou com o restante do time de polo.

— O irmão do Tobias não é tão bom quanto o Tobias — dizia Gregory, quando Harry e Bill chegaram para o chá das cinco. — Acho que vocês estão fazendo escândalo à toa. O time é bom. E tem o Harry — disse, meio zombeteiro, bagunçando o cabelo de Harry, que mal saiu do lugar, por ser curto.

— Se ele for metade do que o Tobias foi, já é pra se preocupar — disse Frederic, o gigante.

Frederic era aluno do segundo ano e media quase um metro e noventa. Havia jogado basquete antes de entrar no time de polo aquático. Não era bolsista. Estava ali por dinheiro mesmo, assim como a maioria. Tinha uma namorada no internato que ficava a menos de dois quilômetros dali, o St. Mary, rival do St. Raphael desde sua inauguração.

Harry pegou um pão de uma das cestas do centro da mesa e o partiu em dois. Estava pouco ou nada interessado na conversa.

— Sua namorada não entende nada de polo — reclamou Denis, o mais baixo do time. — Só porque *ela* viu o cara jogando e achou bom, não significa que ele era bom de verdade.

— É, pode ser que o Frederic esteja ganhando uma galharda — zombou Gregory.

Harry revirou os olhos e rapidamente se desviou de um pedaço de qualquer coisa que fora arremessada contra Greg.

David, o capitão do time, estava em silêncio, alheio ao barulho dos demais jogadores. Era sempre o mais quieto, o mais racional. Então Harry gostaria de saber o que teria a dizer sobre o irmão do suposto melhor jogador de polo que já passara pelo St. Mary. Tobias Chaucer, hoje jogador profissional, fizera o St. Raphael perder pelos três anos em que esteve no comando do time.

— O campeonato ainda não começou — disse David. — E quando começar, vamos estar prontos. É só isso o que interessa.

Harry confirmou com a cabeça e continuou comendo o pão com chá. Seus olhos já estavam pesados de sono havia muito tempo, desde que saíra da água. Ainda tivera duas aulas de Matemática depois disso, resultando em um aprendizado quase nulo. Portanto resolveu ainda tomar uma grande dose de café amargo, prometendo a si mesmo estudar quando chegasse no quarto.

— Eles podem ter o irmão do Tobias, mas temos o Harry — Bill deu três tapas no ombro de Harry, que corou quase imediatamente. — Fez um bom treino hoje.

Harry nada respondeu. Simplesmente continuou comendo, tentando não cair de sono na mesa. Bebeu mais um gole de café amargo e olhou ao redor, buscando algo que o entretivesse mais que aquela conversa. Então viu, no fundo do refeitório, sentado sozinho numa mesa para quatro, o Knight mais novo, tomando uma xícara de chá enquanto lia um livro.

— E o garoto? — Harry perguntou, olhando para ele sem desviar o olhar.

Bill precisou procurar no refeitório pela pessoa a quem Harry se referia. E Bill não estava nem metade tão interessado no garoto Knight quanto Harry.

— Cara, esquece ele — disse Bill.

O resto do time também procurou no refeitório pela pessoa de quem Harry falava. A reação da mesa foi bastante incomum. Denis olhou para David. Frederic deu um risinho de deboche. Gregory passou os olhos por cada um da mesa. E David encarou o garoto do outro lado do refeitório como se fosse torturá-lo com o olhar.

— Uma coisa é preciso admitir — disse Gregory, o primeiro a quebrar o silêncio —, o garoto tem colhões.

— Pra vir pra escola onde o irmão se matou, com certeza — concordou Denis.

— Ele se matou mesmo? — perguntou Harry.

— Eu não ficaria surpreso — disse Frederic. — Se eu fosse um completo perdedor como ele, também daria fim na minha vida.

Harry sabia muito pouco sobre Damon. Mas já sentia algo revirar em seu estômago quando ouvia alguém falando mal do garoto. Talvez graças ao sonho, em que Damon Knight o salvava da morte e o abraçava com tanto carinho. Sabia que isso não representava nada, que na realidade não fazia a menor diferença. Mas a empatia pelo garoto já estava dentro dele, e não havia quem a tirasse.

— O corpo foi achado perto do lago, pendurado numa árvore — disse David, sempre muito calmo. — Como a terra ao redor é muito úmida, procuraram por pegadas. Acharam pegadas de duas pessoas, mas uma delas parecia mais funda, e coincidia com o pé do Damon. Não tinha como o Damon fazer pegadas com aquela profundidade, a não ser…

— Que estivesse carregando alguém — concluiu Harry, interrompendo o capitão do time.

Aquela informação fez o cérebro de Harry derreter em seu crânio. Um arrepio gelado percorreu sua espinha. E se tudo não foi só um sonho? E se Damon realmente o salvara naquela tarde, e ainda o levara de volta para o quarto? A verdade é que Harry não se lembrava de como chegara no dormitório. Tudo era bastante confuso.

Mas nada disso fazia o menor sentido.

Talvez fosse o sono. Talvez fosse o cansaço. Precisava dormir para colocar os pensamentos em ordem. Pois mesmo que tudo fosse verdade, que Damon Knight o salvara naquela tarde, que o abraçara chorando, que pedira perdão, ainda havia uma terceira pessoa que Harry não fazia ideia de quem era.

— Acho que vou até lá perguntar o nome dele — disse Frederic, zombando. — Aposto que começa com D também. A mãe chamava Doria. O mais velho é Dalton. O perdedor era Damon.

— Ouvi dizer que também está na classe avançada — disse Denis. — Em quatro matérias.

Os olhos de Harry se abriram com aquela afirmação. Quase engasgou com o café, que queimou sua garganta, fazendo-o tossir violentamente. A classe avançada era apenas para alunos excepcionais e, quando muito, conseguiam nota suficiente para entrar em salas especiais para duas matérias. E sempre acabavam desistindo de uma delas, já que o esforço de acompanhá-las prejudicava as demais.

— Dalton fazia *todas* as matérias em classe avançada — disse Bill. — É o que dizem.

— As pessoas dizem muita coisa e poucas são verdade — reclamou David, virando todo o restante do chá que havia em sua caneca.

— Não tendo amigos nem namorada, é claro que ele consegue acompanhar — zombou o pequeno Denis, olhando para Frederic, esperando o riso do companheiro gigante.

Frederic respondeu com um sorriso zombeteiro.

— Conhecendo o irmão, acho que seria mais fácil ter um namorado.

A mesa toda riu, exceto Harry. Sabia que estava tornando sua aceitação mais difícil por alguém que mal conhecia. E que o time de polo era o único grupo de amigos que o bolsista faria naquele lugar dominado pela alta classe mais orgulhosa do Estado. Sabia que seriam os únicos a aceitá-lo. Então Harry deveria ter rido. Mas não riu. Não porque queria proteger o garoto que nem conhecia, ou o irmão cujo nome nem sabia, mas porque não havia graça alguma naquilo.

— Vou voltar pro dormitório — Harry avisou, empurrando o prato e a caneca vazia. Havia tomado bastante café, então não ia dormir tão cedo.

O resto do time fez alguma piada sobre Harry não aceitar piadas sobre gays enquanto ele saía, mas Harry se limitou a rir sarcasticamente e deixar o refeitório. Ainda ouviu a zombaria de um garoto tão rico quanto mimado sobre o estado de seu cabelo — não tão perfeitamente penteado, cuidado e arrumado quanto o dos que não estavam ali por dom nos esportes, mas ignorou isso ainda mais facilmente.

O terreno do St. Raphael era absurdamente grande. Tinha um campo de futebol e um de rugby de cada lado dos prédios principais, eram quatro, organizados de forma a emoldurar um enorme pátio que, na vista aérea, tinha a forma da bandeira do colégio. No centro, uma grande árvore fazia sombra para a fonte com a estátua do arcanjo Rafael. As estrelas da bandeira eram mesas redondas que alguns usavam para estudo, outros para jogar cartas ou comer. Atrás dos prédios principais estavam as duas quadras de tênis, as piscinas de verão, o ginásio, a capela e o prédio das piscinas cobertas, onde Harry passava a maior parte de seu tempo livre, quando estavam abertas para treinos. Era irônico pensar que só o prédio de dormitórios já equivalia à sua antiga escola. E mais ainda que nessa época não poderia treinar no inverno, pois a piscina a céu aberto chegava a congelar.

Mas depois das seis da tarde, a piscina coberta só ficava aberta em período de campeonato, então era normal que passassem por trás do ginásio para chegar ao Lago dos Padres.

Durante o verão, o lugar nunca estava vazio. Algumas festas proibidas já haviam sido feitas às margens dele. A água provinha de um tipo de lençol freático com águas que emergiam a 55 ºC, então mesmo no inverno, o lago nunca congelava.

Quando Harry saiu do prédio em forma de L, eram aproximadamente seis da tarde e ainda estava claro, apesar do tempo nublado. Alguns estudantes conversavam polidamente nas primeiras mesinhas enquanto alguém ameaçava jogar um integrante do grupo de xadrez dentro da fonte do arcanjo. O St. Raphael podia ser incrivelmente melhor que sua escola antiga, mas cenas como aquelas eram mais raras onde estudava antes.

Era cedo demais para arranjar esse tipo de confusão, então Harry decidiu dar a volta ao redor do pátio para chegar ao prédio seguinte, o dos dormitórios.

Havia um espaço de aproximadamente quatro metros entre um prédio e outro no ponto em que eles estavam mais próximos. Era um corredor que dava para as quadras de tênis e todas as demais construções nos fundos do colégio.

E foi em frente a esse corredor que Harry teve um déjà-vu.

O garoto olhou para a entrada do dormitório e então de volta para o corredor. Dava para ver o ginásio bem ao fundo. Sentiu-se como um personagem de videogame, sendo remotamente controlado a ir naquela direção, em vez de ir para o quarto.

Já havia tomado aquela decisão antes. Já havia escolhido ir por aquele caminho em vez de ir para os dormitórios. Era uma sensação de que aquilo acontecera nos sonhos.

Impelido a continuar, Harry atravessou o corredor entre prédios, chegando à piscina aberta, de costas para a área das quadras de tênis — cercadas por uma rede que impedia que as bolinhas fossem longe demais. Olhando para o cadeado no portão de acesso a elas, Harry se lembrou de ter feito exatamente a mesma coisa antes. Até se lembrou do pensamento que teve.

A água deve estar congelando de qualquer forma.

Sacudiu a cabeça, como se isso fosse afastar os pensamentos involuntários, e deu a volta nas piscinas, caminhando para o oeste, entre o prédio onde estava anteriormente e as piscinas. A construção seguinte era o ginásio de esportes aquáticos, onde Harry se apaixonara pelo conjunto de quatro piscinas olímpicas, todas aquecidas. Sorriu olhando para a entrada do lugar e acabou lembrando que já fizera exatamente aquilo.

O prédio estava fechado, obviamente. Se não fechado, fechando muito em breve. Harry deu de ombros. Não pretendia nadar de qualquer forma. Já estava cansado pelo treino de hoje e só queria deitar e descansar. Mas não ia fazê-lo enquanto não fosse até o fim daquele déjà-vu.

O Lago dos Padres ficava a noroeste do ginásio de esportes aquáticos e certamente estaria deserto nessa época do ano. Era lá que o corpo de Damon Knight fora encontrado, uma semana antes, supostamente pendurado numa árvore por uma corda. Era lá que Harry tinha a clara impressão de estar nadando quando fora salvo pelo garoto. Então seus pés não resistiram a levá-lo para o lugar.

O lago tinha águas bastante calmas e escuras, devido ao fundo rochoso. As margens eram molduras de pinheiros que acumulavam neve no inverno. Havia um pequeno deque que se prolongava até a área onde era seguro saltar no lago, cerca de cinco metros além da margem. Antes disso, era preciso entrar andando, para evitar quebrar algum osso nas rochas. O deque era relativamente novo, em comparação com os cento e quarenta e cinco anos do colégio. Não devia ter mais de vinte. Como não podia deixar de ser, a lenda dizia que um estudante havia morrido ao pular de cabeça numa pedra desde a borda mais alta do lago, então decidiram construir o deque.

Harry permaneceu submerso em pensamentos, encarando o lago até onde podia ser visto, muito além do limite da propriedade do colégio. Caminhou até a beirada do deque e se sentou lá, sem os sapatos, pondo os pés na água. Sorriu sarcasticamente quando se pegou pensando em tudo o que lhe estava acontecendo. Onde estava, aonde havia chegado. E agora mal conseguia lembrar se havia ou não quase se afogado naquele lago. Que ironia, vir para uma escola por seu dom num esporte aquático, e acabar morrendo afogado.

— Você não deveria andar sozinho.

Harry quase saltou para dentro do lago quando a voz desconhecida surgiu atrás de si, sem anúncio prévio. Não ouvira os passos do garoto no deque de madeira, que rangia consideravelmente, então xingou alto, pois ficou claro que o menino havia caminhado até ele devagar o suficiente para não anunciar sua chegada e assustá-lo.

Talvez o que o tenha assustado mais foi o fato de que o garoto era o Knight mais novo.

— Ah, é? — Harry respondeu, ao se recuperar do susto, porém com o coração ainda agitado e as pernas um tanto bambas. — E por que seria isso?

O garoto era um tanto mais baixo. As roupas eram novas e bem passadas, quase arrumadas demais. Como estava nublado, mas ainda era dia, dava a impressão de que a pele se mesclava ao céu, muito pálida, quase cinza, e seus olhos eram as brechas que as nuvens carregadas davam ao céu profundamente azul. Era uma figura quase absurda: muito magro, de forma que seu pescoço parecia fino demais para sua cabeça. Tinha algo de perturbador, pois seu olhar parecia ser muito mais antigo e sábio que o corpo apresentava. Sabia que o garoto não podia ter menos de quinze anos, pois era do primeiro ano. Mas não daria mais que treze se não soubesse disso.

— Você já causou problemas demais. Já custou uma vida — ele respondeu, sem mover absolutamente nada que não fosse sua boca. Seus olhos estavam estranhamente pregados nos de Harry, estreitos, furiosos.

— Seu irmão? — perguntou Harry, cauteloso. Estava no fim do deque, não tinha como sair dali nem se quisesse. A não ser que molhasse suas roupas pulando no lago. — Eu não conhecia seu irmão.

O garoto deu dois passos para a frente e parou a cerca de dois metros de Harry, fazendo-o se sentir bastante desconfortável. Decidiu se levantar e seu instinto o fez estufar o peito. O garoto não devia ter mais que um metro e cinquenta e cinco, enquanto Harry estava muito orgulhoso de seu metro e setenta.

Quão surpreso não ficou quando o garoto apenas sorriu de canto, fazendo a ação de Harry parecer estúpida.

Quem foi intimidado foi o próprio Harry, que deu um perigoso passo para trás, quase caindo no lago, quando o menino deu outro passo para a frente.

— Com medo, Darwin? — ele perguntou.

— Que ótimo, você sabe meu nome — Harry disse, rapidamente, com os calcanhares pra fora do deque. — Eu ainda não sei o seu.

— Matthew Knight — ele respondeu, pondo as mãos no bolso.

A situação era absurda. Por que raios Harry estava com medo de um garoto daquela idade? O que ele poderia fazer? Chutar sua canela?

— Olha, garoto, o que quer que você esteja pensando, não tenho nada a ver com a morte do seu irmão.

— Não? — ele quase o interrompeu. — Você foi a última pessoa que ele viu.

Harry sentiu o estômago embrulhar. Sacudiu a cabeça e tentou recuperar o fôlego que parecia ter desaparecido. Não, havia sido um sonho. Não tinha como nada daquilo ser verdade.

— Eu não conhecia seu irmão. Nunca tinha ouvido falar dele. Por que eu o teria visto? Por que eu seria a última pessoa que ele veria?

Matthew fechou os punhos e caminhou até Harry, que engoliu em seco. Parou a dois passos, encarando-o como se o gigante fosse o Knight caçula. Seus olhos eram estranhamente pálidos.

— Por que está com medo do lago, Darwin?

— Quem disse que estou? — respondeu, estufando o peito, tentando manter a cabeça o mais longe possível do mais baixo, erguendo-a e arqueando os lábios.

— Pula.

Harry o encarou por alguns segundos, incrédulo. Depois desviou os olhos e olhou por cima da cabeça de Matthew, procurando por alguém. Alguém que o salvasse, alguém que viesse ao seu auxílio. Mas era quase noite e não havia motivo para alguém ir até o lago a essa hora.

— Está frio, por que me molharia? Só para um esquisito dar risada?

Harry se arrependeu daquelas palavras em menos tempo do que levou para dizê-las. Num piscar de olhos, a mão de Matthew estava espalmada em seu peito, empurrando e logo em seguida segurando-o. Se o garoto abrisse a mão, Harry acabaria no lago. E um pavor desesperado fez com que agarrasse o punho de Matthew, segurando a respiração.

— É só um pouco de água, Darwin. Por que o medo?

— Por que está fazendo isso? Não matei seu irmão!

— Não — o garoto concordou. — Ele se matou. Por sua causa.

— Eu nem o conhecia! — Harry bradou, em desespero.

Matthew puxou Harry de volta para o deque e lhe deu as costas, caminhando lentamente sobre a madeira, sem que ela fizesse ruído. Aparentemente, o garoto era magro demais para que a estrutura rangesse.

— Quem diabos é você?! O que quer comigo?! — Harry gritou, ainda bastante aterrorizado.

— Eu quero saber por que meu irmão se matou por um covarde.

E, dizendo isso, o garoto foi embora, com as mãos no bolso, despreocupado. Deixou Harry no deque, respirando alto. Suas pernas cederam e ele chocou os joelhos contra a madeira gasta.

Harry não fazia ideia do que havia acontecido.

4. PERDÃO

Harry demorou três dias para mencionar a alguém qualquer coisa sobre o episódio com Matthew. E, quando finalmente contou, foi apenas para Bill, já que eles dividiam um quarto e Harry não conseguiu se manter quieto a respeito do assunto. Talvez por orgulho, não chegou a dizer o quão amedrontado havia ficado nem insistira em convencer Bill de que vira Damon antes do suicídio. Muito menos que havia sido salvo por ele.

— O nome dele é Matthew. E por algum motivo está me culpando pela morte do irmão.

Bill estava jogando videogame enquanto Harry falava, então prestava pouca ou nenhuma atenção, dando respostas genéricas. Mas sabia que o amigo ia acabar guardando a informação e pensaria a respeito quando a ficha caísse, então não insistiu na conversa. Era hora do almoço, e haviam comido rápido o suficiente para terem tempo de descansar no quarto antes da aula de Biologia.

Matthew, Harry havia descoberto, estava na sala avançada de Matemática, Química, Biologia e Física. Um trunfo invejável. Não sabia se alguém mais na escola também estava em tantas salas avançadas. Harry era um aluno exemplar e não estava em nenhuma até agora. Sua melhor nota era em Línguas e ainda precisava acumular mais notas máximas para ser convidado a uma sala avançada. O que provavelmente não ia acontecer, sendo um bolsista de esporte.

Após muitos minutos em silêncio, quebrado apenas pelo som do videogame, Harry pôs o livro de Biologia de lado, desistindo de estudar.

Faltavam apenas cinco minutos para a aula. Não ia fazer nada produtivo até lá.

— Bill — chamou Harry. — Quem bateu no Damon? Dois anos atrás.

Bill fez menção de responder, mas se interrompeu e sacudiu a cabeça rapidamente.

— Não faço ideia. Por quê? Ouviu falar de alguma coisa?

— Você disse que todos sabiam, mas ninguém ia falar. Você deveria saber também, não?

Bill pausou o videogame e ficou em silêncio alguns minutos. Passou a mão pelos cabelos pouco penteados, bagunçando-os ainda mais.

— É. E não vou falar. Não é por nada, cara. Mas não quero para mim o que o Damon passou.

Ainda naquele dia, Harry se sentiu melhor por ter contado para alguém que o garoto Knight o estava acusando de ser o culpado pela morte do irmão. Afinal, Harry não achava justo que logo ele, que acabara de entrar no colégio, fosse assombrado por um garoto que sequer conhecia. Damon havia morrido, mas continuava incomodando até quem nunca o conheceu. E também não achava nem um pouco justo que Matthew o encarasse toda vez que os dois se encontravam pelos corredores. Assim, Harry passou a evitar o Knight mais novo.

Claro que estava curioso, claro que percebia que havia algo muito estranho em toda aquela história. Aliás, nada naquilo tudo fazia sentido. Nenhuma peça se encaixava e Harry ainda tinha a sensação de faltarem muitas das peças. Matthew claramente também tinha muitas perguntas. O único que parecia entender exatamente o que tinha acontecido enforcara-se havia duas semanas.

Perdão.

Por que Damon lhe pediria perdão após salvá-lo? Por que agira tão sem pensar, por que saltara no lago para salvá-lo e como sabia que estaria no lago? Por que Damon ressurgira dois anos após desaparecer, só para salvá-lo? Por que se matara logo em seguida? Por que salvaria Harry, alguém que sequer conhecia? Por que chorava enquanto o salvava? Por que Matthew Knight culpava Harry pelo suicídio? Por que Harry não conseguia se lembrar de praticamente nada daquele dia?

Harry estava quieto, indagando a si mesmo, durante o treinamento de polo, quando Denis lhe atirou a bola, que acabou acertando sua cabeça. Estava simplesmente praticando a flutuação, movendo as pernas ritmicamente, quando o choque o fez afundar na piscina de dois metros de profundidade. Quando emergiu novamente, retrucou e lançou a bola de volta com tanta força que Denis não teve tempo de se proteger ou submergir.

— Presta atenção, Denis — reclamou Harry, voltando a treinar a flutuação.

— Atenção você, Harry — corrigiu David, o capitão. — Tente não devanear nos treinos. Ou você acha que temos a liberdade de não nos focarmos?

Harry *quase* revirou os olhos, incomodado pela ridícula liderança de David. Não era nem simulação de jogo. Nem mesmo treino de passes ou qualquer coisa do tipo. Estava simplesmente treinando flutuação.

— Pensando no Knight, Harry? — perguntou Bill, no meio da piscina, atirando a bola para um reserva.

— No Knight? — repetiu Frederic, como um eco burro. Era o mais alto do time e ainda assim não ficava de pé na piscina, claro. — Por que estaria pensando no Knight?

Harry não sabia se matava Bill ou se o agradecia por tocar no assunto. Gostaria de falar sobre o que tinha acontecido, ter a opinião de alguém, mas não alguém como Frederic ou Denis ou David. Frederic era agressivo demais, Denis era puxa-saco de David, e David desprezava qualquer Knight. Talvez Gregory fosse entender, mas se fosse falar com ele, gostaria de falar a sós.

— Ele veio falar comigo há três dias — Harry confessou, antes que Frederic pudesse fazer qualquer tipo de piada estúpida sobre Harry e Matthew.

De repente interessado, o time principal se distanciou dos demais reservas e se acumulou ao redor de Harry.

— O que ele foi falar com você? Você conhecia ele? — perguntou Gregory, apoiando-se na borda da piscina.

O único a continuar fazendo os movimentos com as pernas para continuar flutuando na piscina, em vez de se apoiar em algum lugar, foi o capitão David, que funcionava basicamente como um robô.

— Claro que eu não o conhecia. Eu nunca tinha ouvido falar de nenhum Knight. Olha bem pra mim, tenho cara de quem conhece família da alta classe?

— Certamente não — zombou Denis, mas nenhum deles deu muita importância.

— Ele apareceu de repente. Eu estava no lago, só sentado, sem fazer nada. Ele apareceu dizendo que eu era culpado pela morte do irmão dele.

O grupo se silenciou. Bill, em especial, parecia bastante nervoso. Eles se entreolharam até que todos os olhares repousaram em David.

— Não acredito que vá ter problemas — o capitão finalmente disse.

— Problemas? Por que eu teria problemas?

— Dalton Knight. O mais velho — disse Denis, de forma que soou como se estivesse falando de uma assombração.

— Ótimo, mais um Knight pra eu me preocupar. O que eu tenho que saber sobre esse aí?

Gregory ergueu o corpo para fora da piscina e tirou a touca de polo, pondo-a de lado. Ficou apenas com as pernas na água, sempre treinando as pernadas para flutuação.

— Dalton Knight. Ninguém sabe com o que ele trabalha. Mas quando o irmão foi espancado há dois anos, ele apareceu no colégio. Ameaçou os alunos. Mas de uma forma...

— Aterrorizante — completou Denis.

Frederic era o único em silêncio, o que era bastante incomum. Ele também saiu da piscina, treinando da mesma forma que Gregory. David continuava flutuando, só mexendo as pernas, incansavelmente.

— Ok, então vocês querem dizer que...

— Matthew provavelmente pensa que foi você quem surrou o irmão dele — concluiu David. — É a única explicação plausível.

— Plausível?! — Harry se exaltou. — Eu nem estava aqui na época!

Frederic parou os movimentos de treino e saiu definitivamente da água. David simplesmente o acompanhou com os olhos. Harry prestou atenção no colega só enquanto ele andava até os armários para pegar uma toalha. Depois se voltou para o restante do time.

— Ok. Se o Matthew pensa que fui eu quem bateu no Damon, e ele falar isso pro irmão…

Billy mordeu o lábio. Denis franziu o cenho e olhou para David, como sempre fazia em situações como essa. O capitão continuava flutuando sem demonstrar sinais de cansaço.

— Não se preocupe. Ele não tem como provar — disse Gregory, tentando ajudar.

— Principalmente porque, na verdade, não foi você — continuou Bill.

— Dalton Knight não precisa de provas. A certeza dele é mais do que suficiente — disse David. — Mas não se preocupe. Nada vai te acontecer.

— Como pode ter tanta certeza?

David finalmente nadou até a borda da piscina quando o sinal de fim de treino ecoou pelo ginásio. Com um impulso rápido, se ergueu para fora e tirou a toca.

— Vamos conversar com Matthew Knight.

A única aula que Harry fazia com Matthew era Línguas. E logo essa se tornara sua matéria mais odiada. Isso porque, até então, Línguas era a matéria que ia melhor. Agora, no entanto, havia um garoto encarando-o por uma hora e meia, do canto da sala, acusando-o de matar seu irmão.

Não era um ódio repreendido. Nem um simples sentimento.

Harry estava com medo de verdade. Porque tudo o que ouvira sobre os Knight era um tanto bizarro. E aquele garoto tinha uma vontade nos olhos. Uma vontade de se vingar de algo que Harry estava bem certo de não ter feito.

Apesar de que…

Harry sacudiu a cabeça, sem querer deixar os pensamentos tomarem conta dele. Desse jeito, só ia acabar ficando louco. A ideia de que não se lembrava como fora parar no lago e como acabara em sua cama era só combustível para dúvida. E se nesse meio-tempo havia feito algo de ruim para Damon Knight? E se isso o levou a se suicidar?

Não.

Por que faria algo para Damon? Sequer conhecia o garoto. E ele havia acabado de salvá-lo. Não havia o menor motivo para tal. Harry estava certo de que teria agradecido de todas as formas possíveis. E, se pudesse, teria impedido Damon de se matar.

Mas ainda assim, havia um vácuo em sua mente, apagando aquela tarde.

Harry desviou os olhos de Matthew mais uma vez, voltando-se para a lousa. Encolheu os dedos, batucou na carteira, tentou focar no professor. Em vão. Quase podia sentir o olhar de Matthew em sua nuca, desafiando-o a olhar em seus olhos, a se sentir culpado.

Mas Harry não olhou. Não até o fim da aula. Por mais que quisesse, e por mais que se sentisse tentado a olhar, analisar cada poro do rosto daquele garoto e examinar por que ele lhe parecia tão exótico.

Com o fim da aula, Harry não sabia se juntava suas coisas e saía o mais rápido possível ou se esperava Matthew sair. De qualquer forma, não deixou Bill ir embora sem ele.

— Não é por nada, Harry, mas eu diria que você está com medo do Knight — provocou Bill, saindo da sala com ele.

Harry olhou para trás uma última vez. Matthew os seguia. Mas Harry o ignorou o resto do caminho até os dormitórios.

— Não estou com medo — só falou quando teve certeza de que Matthew não iria ouvi-lo. — Mas ele é estranho, só isso.

Entraram no quarto juntos, livres de aulas naquele dia. O chá da tarde seria dali uma hora, e Harry estava decidido a começar a aproveitar o intervalo após o treino para dormir, pois treinar polo por uma hora e meia e ainda ter aulas depois estava sendo suicídio mental.

De qualquer forma, Harry deitou-se em sua cama logo após tirar os sapatos, enquanto Bill foi direto para o videogame. Com alguns poucos minutos, mesmo com o barulho do jogo, Harry pegou no sono.

Perdão.

O rosto de Damon Knight era mais vivo que o de Matthew. Os olhos eram mais azuis. Eram bastante parecidos e, ao mesmo tempo, diferentes. O formato do rosto era idêntico. Ambos tinham aquela feição macilenta e magra, ambos tinham o pescoço fino demais. Damon era dois anos mais velho, e seu olhar não transmitia o ódio que o de Matthew parecia emanar. Damon parecia uma boa pessoa. Triste, sim. Chorando. Mas não chorando por uma vida inteira de sofrimento e zombarias. Era a tristeza de abandonar o que se ama. Era o fim de uma felicidade, não o acúmulo da melancolia. E talvez por isso suas lágrimas pareciam tão dolorosas que se pregaram na mente de Harry, fazendo-o sonhar com os curtos flashes de que se lembrava.

Perdão.

Perdão por quê? Por que Damon Knight poderia estar se desculpando? Por salvá-lo?

Certamente não era algo para se desculpar. Harry queria lhe agradecer, queria falar com ele, queria dizer o quanto estava grato.

Mas Damon estava morto. Só Matthew estava vivo.

Harry acordou após quarenta minutos dormindo, quando Bill o chamou para o chá da tarde. Harry quase dispensou a refeição, mas seu estômago roncou de fome quando ia dizer que ficaria, e resolveu acompanhar o amigo.

Quase todos os alunos estavam no refeitório, comendo comedidamente, tomando chá e café, falando sobre a última viagem de negócios do pai ou sobre assuntos de que entendiam pouco, mas que lhes faria parecer aristocratas. Quase riu ao ouvir alguém comentar sobre a bolsa de valores.

Procurou pelo lugar o resto do time de polo, mas não os encontrou. Bill parecia saber que eles não vinham, então escolheu uma mesa e serviu chá para ambos.

— Cara, você está acabado — comentou Bill. Deu uma grande mordida num pedaço de bolo e tomou do chá.

Harry respirou fundo e mirou seu próprio chá na caneca, segurando-a com as duas mãos para se aquecer. Como explicar? Como fazer alguém entender se nem ele sabia o que raios estava acontecendo e por que aquilo o afetava tanto?

— Treinar e depois ter aula de Física e Línguas não é lá muito fácil.

— É, mas eu passei pelo mesmo e não estou assim.

Não, não passou. Não passou por metade do que passei.

Harry apoiou o rosto numa das mãos e bocejou, ainda sonolento.

— Só preciso do fim de semana. Só isso.

— Frederic disse que o irmão dele vai trazer o carro essa semana.

Harry pouco se interessou. Sabia o que aquilo queria dizer. Um bando de menores de idade percorrendo a estrada que passava pelo St. Mary até a cidade, onde usariam o documento de identidade falso de Gregory para comprar bebida e beber além das terras do St. Raphael. Talvez a coisa mais ridícula que o grupo fazia. Endeusar o álcool. Se ao menos soubessem o que a bebida pode fazer com uma família.

— Acho que vou ficar por aqui. Preciso descansar, não tomar um porre.

— Vai perambular por aí sozinho? — disse Bill, zombando do medo de Harry.

Você não deveria andar sozinho.

As palavras de Matthew vieram à sua cabeça automaticamente. Sentiu um frio na espinha que o fez se mover na cadeira.

— Vou ficar no quarto — Harry afirmou.

Na verdade, Harry estava pretendendo ir treinar, nadar sozinho um tempo, aproveitar a piscina aquecida. Pensar.

Mas por algum motivo a ideia de andar pela escola sozinho enquanto todos os seus amigos estavam longe, muito provavelmente bêbados, não pareceu muito atrativa.

— Você quem sabe, cara. Só acho que não devia deixar aquele moleque controlar você assim. Sério, tira isso da cabeça. Garanto que depois de hoje ele não vai nem olhar pra você mais.

Harry estreitou os olhos e franziu os lábios.

— O que quer dizer? Por que depois de hoje? O que vai acontecer hoje?

— David, Frederic e Denis não estão aqui — disse Bill, antes de tomar um longo gole de chá, que fez suas próximas palavras demorarem. — Nem o estranho. Gregory deve estar se escondendo no quarto.

Harry olhou ao redor. Perceber que Matthew não estava era muito simples, já que o menino era tão quieto e solitário que chamava atenção. Destoava do restante dos alunos.

— Por quê? O que está acontecendo?

— David está *falando* com ele. Então não se preocupe, vai ficar tudo bem.

Harry sacudiu a cabeça e engasgou com um pedaço de pão, tossindo violentamente. Tanto que Bill quase se levantou para ajudá-lo. Quando Harry finalmente ergueu a cabeça, seu rosto estava vermelho e os olhos, aguados.

— Não diga que... — Ele se interrompeu para tossir novamente. — Eles estão... — Buscou palavras. Buscou qualquer coisa que não fosse a óbvia verdade. — Batendo nele.

— Fala baixo — mandou Bill, se inclinando na mesa. Ele olhou ao redor, para ter certeza de que ninguém havia ouvido. — Não crie problemas à toa. David não vai exagerar. É só um recado.

— Só um recado?! Com o irmão dele foi só um recado também?! — Harry se exaltou, quase falando alto demais.

— Cala a boca, Harry — Bill o repreendeu, cerrando os dentes. — Vai arranjar problemas para as pessoas erradas. O menino está sendo irritante, está te provocando, por que protegê-lo?

— Não é uma questão de protegê-lo! — Harry bateu na mesa e se levantou. — Foram eles, não foram? Quem bateu no Damon, quem fez o Damon desaparecer e se matar em seguida.

— Ei, ei, ei — Bill não se levantou, mas preparou-se para fazê-lo. — A gente não tem nada a ver com o cara desaparecer ou se matar.

— Estão fazendo a mesma coisa! O que ele fez pra vocês?! Damon foi surrado e humilhado, desapareceu e agora está morto! E vocês estão fazendo o mesmo com o irmão dele!

— Ele está te provocando!

— E o problema é inteiramente meu! Eu não pedi pra isso acontecer! Onde eles estão?!

— Harry, acredite, você não vai querer problemas com o David. Senta. Fica aí.

Harry franziu os lábios, incrédulo. Em algum lugar daquela escola, Matthew estava sendo espancado por um grupo de alunos do segundo e do terceiro ano que não tinham motivo algum para fazê-lo. A pior parte, talvez, fosse o fato de que Harry jamais deixaria de se sentir culpado por isso. Se tivesse ficado quieto, se não tivesse contado o que acontecera no lago, Matthew estaria a salvo.

Porque Harry estava verdadeiramente incomodado pelo garoto. Porque queria muito que ele parasse de encará-lo. Queria se livrar daquela sensação de ser observado e de ter os olhos do menino em sua nuca constantemente e do medo de andar sozinho pelo colégio. Mas não queria que Matthew fosse espancado. Não queria que acontecesse com Matthew o mesmo que acontecera com Damon. Ainda que não soubesse bem o que acontecera com o garoto. A empatia era grande demais. O sentimento de gratidão era grande demais. Damon o salvara da morte, Damon chorara por ele, Damon o abraçara e pedira perdão. Aquele podia ser o primeiro dia que Harry vira o garoto, mas fora o suficiente para fazê-lo criar um espaço especial para ele em sua cabeça. Era como se Damon fosse seu melhor amigo, um amigo imaginário, um alguém em quem podia confiar cegamente. Mas Damon estava morto. Matthew, seu irmão mais novo, no entanto, estava vivo. E, por mais irritante que fosse, Harry não queria que ele fosse espancado.

Mas Harry não fez nada. Porque Matthew não seria seu amigo e não seria alguém que o protegeria e em quem confiaria. Matthew o odiava por motivos que Harry não entendia.

Já o grupo de David, Denis e Frederic eram seus amigos. *Amigos*, claro, pois eram as únicas pessoas que falavam com ele. E fazer inimizades com o time de polo era muito arriscado. David podia expulsá-lo do time.

Fora do time, sua bolsa escolar não valia. Basicamente, sem a amizade do time, Harry seria expulso do colégio.

Portanto, Harry se sentou de volta à mesa, resignado, punhos firmemente fechados, sentindo um aperto no peito, imaginando a dor que Matthew Knight devia estar passando.

E como uma entidade invisível, como um ser que pairava sobre sua cabeça, Harry podia imaginar Damon Knight o julgando e condenando por não proteger seu irmão, quando ele mesmo dera sua vida para salvá-lo.

5. A SALA DE TROFÉUS

A ausência de Matthew no almoço de sexta-feira era tão gritante que chegava a ser pior que o olhar do garoto em sua nuca. David, Denis e Frederic estavam sorridentes, brincando e fazendo piada, como se absolutamente nada tivesse acontecido. Gregory estava quieto, tentando rir das piadas, mas estava claro que se sentia incomodado. Constantemente pinçava o lábio inferior, como fazia quando estava nervoso.

Harry não sabia direito o que havia acontecido dois anos antes. Não sabia quem havia tido a decisão de bater em Damon Knight. Denis e Gregory eram do segundo ano, o que significava que, no ano em que a agressão acontecera, eram estudantes juniores. E, normalmente, muito pela divisão do prédio dos dormitórios, juniores não se misturavam com os seniores. Frederic e David, por outro lado, eram do primeiro ano nessa época e, pelo que sabia, David já era capitão do time de polo.

Bill era ainda mais novo. Atualmente no primeiro ano, na época da agressão devia ter treze anos, portanto estava no sétimo ano.

Havia muitas coisas que Harry não entendia. Como, por exemplo, por que estaria Matthew tão irritado com ele, em vez de ficar bravo com todos aqueles jogadores de polo que espancaram seu irmão?

E, no atual momento, onde estaria Matthew? Na enfermaria, talvez?

— Avisei que ele não viria hoje — disse Frederic com um sorriso irritante nos lábios. — Ele é orgulhoso feito o irmão. Não ia aparecer mancando.

David fitou o colega repreendendo-o com o olhar, mas não interrompeu seu almoço para dar-lhe uma bronca.

— Conseguiu o carro, Greg? — perguntou Denis, com o garfo no caminho entre o prato e sua boca.

Greg assentiu, sem dizer uma palavra, era um sinal de que Harry podia falar com aquele em especial. Gregory certamente era contra a agressão.

— Ótimo. A gente sai amanhã às dez da noite — disse David. — E não, Frederic, você não vai levar sua namorada.

Frederic estava com a boca aberta enquanto David lhe dirigia a palavra, provando que o capitão estava certo sobre o que diria. Frederic soltou um muxoxo de desaprovação. Harry aprendera muito rápido que o gigante do time iria aproveitar absolutamente qualquer oportunidade de esfregar no rosto de qualquer um que namorava uma líder de torcida do St. Mary. Era o único do grupo, aliás, que tinha uma namorada.

— A gente vai passar por lá. Por que não pegar ela? — insistiu Frederic.

— Porque ela tem frescura com bebida — respondeu Denis, entrando na conversa.

— Da última vez ela vomitou no carro do meu pai — lembrou Gregory. — Eu tive que limpar sozinho, ninguém me ajudou.

Harry quase riu com a história. Ouvia sem comentar, sem dizer nada. Só comia, e hoje a comida parecia estar ainda mais sem sal do que de costume.

— E você, Harry, não vem?

Bill foi quem respondeu por ele.

— Ele tirou D na última prova de Física — disse o companheiro de dormitório, dando-lhe um leve tapa nas costas. — Precisa ficar e estudar se não mamãe reclama.

Harry sacudiu a cabeça, quase negando a história. Um leve sorriso se formou em seus lábios, como sinal de agradecimento a Bill. O garoto era conivente com o espancamento de Matthew, sim, mas entendia que ele não partilhava a mesma ideia, então só por isso já estava agradecido. Porque ficara óbvio que Harry não estava suportando olhar para o rosto de David, sabendo que ele estava agindo tão normalmente após espancar um garoto dois anos mais novo, e aparentemente deixá-lo tão machucado que o menino sequer saíra de seu dormitório para almoçar.

O que Damon diria disso?

Eu te salvei, você sequer ajudou meu irmão. Você deveria ter morrido. Não eu.

Talvez fosse verdade. Talvez quem devesse ter morrido era Harry, não Damon. Quem sabe o que teria acontecido.

A única aula daquela tarde que Harry teria com Matthew era Geografia, e o garoto não aparecera. O dia todo, Harry não vira o menino Knight.

Por outro lado, aproveitara um intervalo para ir atrás de Gregory. O garoto estava a caminho da academia, e Harry decidiu perder uma aula de Artes para acompanhá-lo. Até trocou de roupa para treinar com ele. Estava mesmo um tanto quanto atrasado no treino físico para o polo, então não era de todo perda de tempo.

Os dois arrumaram os pesos de seus aparelhos para quadríceps e se sentaram muito próximos um do outro. Quietos, como se fosse proibido falar. Era claro que Gregory estava profundamente incomodado.

— Não te vi no almoço ontem — comentou Harry, no intervalo entre uma série e outra.

Gregory pousou os pesos e marcou no relógio seu próprio intervalo.

— Você sabe muito bem onde eu estava.

Harry ficou pensando se aquilo significava que Gregory também estava batendo em Matthew ou não. No fim, não conseguiu chegar a uma conclusão.

— Na verdade, não. Estava com o David e os outros?

— Claro que não! — respondeu, quase antes de Harry completar sua frase, como se aquela ideia fosse repulsiva. — Estava no meu quarto, muito obrigado.

Harry deu de ombros e começou mais uma série de exercícios. O som dos pesos se chocando levemente um com o outro cada vez que flexionava a perna era o único na academia, pouco movimentada nesse horário.

— O que aconteceu, Greg? — Harry finalmente perguntou, ao fim da série de quinze.

Gregory pousou seu peso e inclinou-se para a frente, negando com a cabeça. Demorou algum tempo para responder e Harry notou que ele não marcou o tempo de intervalo no relógio.

— Você sabe o que aconteceu. Foi por sua causa.

— Eles bateram no Matthew por minha causa, sim, mas não pedi que isso acontecesse. Eu nem sabia que eles iam bater nele. Eu não queria isso, Greg.

Greg olhou para Harry, culpando-o com os olhos. Como se Harry já não se culpasse o suficiente.

— E o que você fez pra impedir?

O peito de Harry inflou com aquilo. Já havia dado o tempo do intervalo entre séries, mas não se importou.

— O mesmo que você.

— Não era por minha causa que ele estava apanhando.

— Eu já disse que não sabia que era isso que ia acontecer. Eu não sabia que tinha sido o David quem tinha batido no Damon!

Greg respirou fundo e recomeçou seu treino de perna, dando uma longa pausa até responder. Quando percebeu que o garoto não diria nada até o próximo intervalo, Harry recomeçou seus exercícios também.

— Damon Knight era… estranho — Greg disse no intervalo seguinte. — Ele sumia por dias. Não era raro ouvir falar dele fumando, ou coisa pior, nos arredores do colégio. Sempre que era pego, víamos o irmão mais velho andar pelo colégio, e então estava tudo resolvido. Era pra ele ter sido expulso. Mas nunca foi. Os professores o protegiam, mesmo que ninguém gostasse dele.

Harry ouviu com atenção, com curiosidade. Aquele Damon era a pessoa a quem devia sua vida. Talvez pudesse entender melhor por que o garoto fizera o que fizera.

— Por que ninguém gostava dele?

— Havia muitos boatos. Falavam muita coisa. Tinham medo do irmão dele. Tinham medo que ele ficasse pior. Acho que eles queriam que Damon ficasse no seu lugar, submisso. O irmão dele fez uma *carreira* no colégio em seu ano, que acho que vai demorar muito tempo pra apagar.

— Carreira? Falaram que ele estava na sala avançada de absolutamente todas as matérias.

Gregory afirmou com a cabeça e limpou o suor da testa com uma pequena toalha de rosto.

— Dalton Knight. Você vai achar o rosto dele no quadro de honra e em troféus de campeonatos de Ciência, Matemática, Física. *Tudo*. Era um gênio. Mas não era submisso como o Damon. Tinha seguidores. As pessoas faziam tudo por ele. Era uma máfia no colégio. Ele dominava as pessoas e até os professores.

— Então quando o irmão dele entrou...

— As pessoas ficaram com medo. Acho que o irmão do David estudou aqui na época do Dalton. Ou o pai, não sei. Só sei que o David não gostava do Dalton. E tinha medo do Damon. Então assim que teve a chance, o David quis mostrar que a história não ia se repetir.

— Mas o Damon nunca fez nada, fez?

— Ele era inteligente também. Estava na sala avançada de quatro matérias. Mas era um tipo meio estranho. Ele não fez nenhum amigo enquanto estava aqui. Entrou no oitavo ano. Tinha sido educado em casa até então.

— Por que ele veio? E por que não foi embora quando percebeu que não faria amigos? — perguntou Harry. — Parecia muito mais simples ser educado em casa, na situação de Damon.

— Foi depois que a mãe dele morreu. As más-línguas dizem que ela se matou. Mas o que foi divulgado é que foi assassinada. Acho que ele não queria ficar mais em casa.

— E o pai?

Gregory deu de ombros.

— Não sei direito. Não sei se alguém sabe. Morto, com certeza. Mas não saiu em jornal, não saiu em lugar nenhum. Só ouviram falar. E como ele nunca mais apareceu no colégio, como era sempre o Dalton que aparecia pra resolver os problemas do Damon, julgaram que ele tinha morrido também.

— Então era só o Matthew, o Damon e o Dalton? Só os três irmãos? Quem cuidava da família? Como eles são tão ricos?

— A empresa da família faliu há um tempo, mas parece que o Dalton está sendo capaz de manter a riqueza sozinho. Não sei onde ele trabalha. Dizem que na polícia. Alguns dizem que ele é um tipo de agente da CIA, mas é meio absurdo.

Harry percebeu que não estava conseguindo absolutamente nenhuma informação ali. Afinal, tudo que Gregory sabia era baseado em *más-línguas*.

Pouco seria verdade. E talvez ele nunca fosse mesmo descobrir o que daquilo tudo era verdadeiro.

— Ok, então… o David bateu nele.

— Sim — disse Gregory, como se continuasse a história que havia parado há um tempo. — O grupo era formado pelo David, o Denis, o Frederic e um outro rapaz que já saiu do colégio. Eles se conheciam do time júnior de polo. E como o Denis queria continuar no time depois de passar pro primeiro ano, ele seguiu o capitão David.

— E você?

— Bater num rapaz que já tinha perdido quase a família toda? Não, muito obrigado. Era ridículo. O David tinha medo do Damon, mas era óbvio que o Damon nunca seria como o Dalton. É verdade que ele era orgulhoso, adorava mostrar que era mais inteligente. Desprezava quem não tinha boas notas. Dava pra vê-lo rolando os olhos quando alguém respondia algo errado. Mas não passava disso. Era irritante, sim, mas Damon não estava agrupando seguidores como Dalton. Não fazia sentido. Mas David bateu nele mesmo assim.

— O Bill falou. Deixaram-no desmaiado no banheiro do terceiro andar.

— Com uma ofensa escrita no peito. É — confirmou. — Foi bem feio. Todos viram. Todos riram. E todos ficaram surpresos quando ele desapareceu. Não foi surpresa nenhuma, na minha opinião. Eu teria feito o mesmo.

Harry também. Não tinha visto em que estado o garoto ficara, mas sabia que não ficaria num colégio como aquele. Principalmente se fosse irmão de Dalton, jamais teria se inscrito no mesmo colégio. Mas desaparecer completamente? E ressurgir dois anos depois para salvar um desconhecido de se afogar no lago?

— Não sei por que o Matthew está te culpando — disse Gregory, levantando-se para trocar de aparelho. — Mas não acho que seja por ter batido no irmão dele. Ele sabe que você acabou de chegar. Sabe que não tem como você ter feito alguma coisa. — Gregory arrumou os pesos de um haltere e vestiu suas luvas para fazer o levantamento. — Acho que ele gosta de você — disse o garoto, rindo.

Harry soltou uma risada irônica e também saiu do aparelho em que estava.

— Você não o viu, certo? Ele sumiu desde ontem.

— É. — Gregory ergueu a barra até que encostasse em seu peito. — Mas era esperado. Se ele não estiver com algum curativo no rosto, significa que David foi muito piedoso.

Harry suspirou e desistiu de continuar o treino. Não tinha a intenção de treinar hoje de qualquer forma, então despediu-se de Gregory e deixou a academia.

Não podia deixar de perceber que sentia falta do olhar acusatório de Matthew em sua nuca.

Como tinha ainda muito tempo até a próxima aula, Harry fez questão de dar a volta pela parte lateral do colégio, passando pelo campo de rugby, por trás dos prédios de humanidades e do refeitório. Chegou até o prédio principal, onde ficavam o hall de entrada, o anfiteatro, a sala dos professores e alguns escritórios, além da sala de troféus.

A sala de troféus, no caso, era realmente uma enorme sala, não apenas um corredor, como de costume. Estava cheia de todo tipo de prêmios, desde grandes taças até pequenas medalhas. De natação, de futebol, de rugby, de tênis, de vôlei, de squash, de futebol de salão, polo aquático, as mais variadas lutas e críquete. Isso só na área dos esportes. Ainda havia uma seção só para premiações relacionadas a Ciências.

Na parede principal, havia cerca de vinte retratos de alunos memoráveis. Incluíam-se nisso todos os alunos que, depois de passar pelo colégio, tornaram-se famosos. E o rosto de Dalton Knight estava lá.

Dalton Knight devia ser tudo que alguém poderia sonhar em ser. Não era absurdamente bonito, mas certamente não era desagradável de se olhar. Harry logo percebeu que o rosto macilento era coisa de família. Dalton fazia pose para a foto, corpo parcialmente para o lado, face para a frente, encarando a câmera. Tinha um olhar desafiador e olhos pouco mais escuros que os de Matthew. Olhava de cima, de um posto mais alto. Do andar superior da cadeia alimentar. Na imagem, não devia ter mais de dezessete anos. Na legenda dava para ver que a foto havia sido tirada havia dez anos.

Dalton Knight, valoroso estudante do colégio St. Raphael, vencedor dos torneios de Física e Matemática de 1999, Ciências, Línguas e Matemática em 2000, História, Matemática, Línguas e Química em 2001 e o prêmio máximo de todas as categorias em 2002. Por seus méritos e conquistas sob o teto do St. Raphael, o colégio se orgulha de tê-lo tido como aluno — julho de 2002.

Harry sabia o quão difícil era ganhar qualquer torneio daquele. Era disputado no estado todo. Alguns até no país. E Dalton havia vencido em todas as categorias em seu último ano no colégio. Agora entendia por que ele havia sido o melhor estudante em quase cento e cinquenta anos de história.

O último retrato colocado era claramente muito novo. Harry logo reconheceu o rosto pendurado na parede, sem grande destaque, sem muita preocupação, quase atrás do armário de troféus.

O déjà-vu era inevitável. Aquele rosto, ainda que mais novo, era inconfundível. A foto era antiga, claro. Tinha mais de três anos, pelo menos. Afinal, ninguém teve a chance de vê-lo quando voltou após dois anos desaparecido. Só Harry. E não estava exatamente preocupado em tirar uma foto. Mas os olhos tinham o mesmo formato dos olhos de Matthew. O cabelo estava mais curto do que quando fora salvo no lago, e também, é claro, menos molhado. Não chorava, não pedia perdão, não respirava desesperadamente por ter segurado o fôlego por muito tempo. Não pingavam gotas de lágrimas da ponta de seu nariz. Mas era Damon Knight. O garoto que o salvara, o garoto que estaria num caixão no dia seguinte. O garoto que Harry havia decepcionado ao fazer o irmão ser agredido.

Olhando para a imagem, não podia deixar de se indagar se a foto havia sido tirada antes ou depois do espancamento. Provavelmente antes, já que ele não durara muito tempo na escola depois disso. Aquele rosto, eternizado numa foto, era de alguém que não fazia ideia do que estava por vir. Da dor que sentiria. E ainda assim, Damon Knight não sorria como os demais nas outras fotos. Não tinha um olhar neutro, nem parecia orgulhoso por estar naquela imagem. Damon Knight parecia cansado. Destruído por uma eternidade.

O colégio St. Raphael se orgulha de ter tido como estudante Damon Knight, por seu esforço, por sua contribuição ao colégio, pela mensagem que deixou ao partir. Nascido em 23 de agosto de 1995, falecido em 8 de outubro de 2012.

A homenagem era tão pequena e tão descuidada que talvez fosse melhor que nem a tivessem feito. Harry sequer conhecia o garoto e sabia que poderia ter feito algo melhor. Qualquer coisa. Damon não podia ter simplesmente sido um ninguém com notas altas. Uma pessoa sem importância não arrisca a vida para salvar um desconhecido. Devia haver mais sobre Damon Knight, que o tornava melhor até mesmo que Dalton.

Precisava haver.

Harry retornou à sala de troféus no dia seguinte, depois que os amigos haviam saído para qualquer tipo de aventura inconsequente. Não soube explicar por que resolvera perambular pelo colégio à noite, só para ir à sala de troféus, local que havia visitado ainda no dia anterior. O que poderia haver de novo lá?

Certamente não estava interessado em nada de novo. Harry só queria olhar para a foto de seu salvador uma vez mais. Continuou se perguntando por que Damon o havia salvado, por que *ele* e por que se matara depois. Como se a foto pudesse lhe responder qualquer pergunta.

Os olhos pareciam duas amêndoas. Bem diferentes dos estreitos olhos de Harry. Eram claros, mas com um contorno mais escuro, que lhes dava maior contraste. Idênticos aos de Matthew. Era como uma perfeita réplica dos olhos do Knight mais novo. As mudanças eram singelas. Cabelo mais comprido, mais arrumado — pelo menos na foto. Mais claro também. Não muito. Mas não chegava a ser preto, como o de Matthew. E tinha sardas. Poucas, quase impossíveis de notar, mas Harry olhou por tempo suficiente para reparar nelas. O nariz era mais reto que o de Matthew. Os lábios eram mais perfeitamente delineados.

E quando se deu conta, Harry já estava bocejando de sono, de tanto tempo que passara encarando a imagem. Talvez assim o rosto de Damon ficaria em sua cabeça, não no desespero em que o vira vivo pela última e única vez nem na inércia do caixão.

Harry queria se lembrar de Damon vivo.

Já era muito tarde quando ouviu o som de passos quebrar o silêncio do colégio em pleno sábado. Virou-se rapidamente, pensando em algum lugar para se esconder, mas já era tarde demais.

Como a sala estava mal-iluminada e a luz vinha de fora, de início a pessoa pareceu apenas um vulto. Mas ao se aproximar mais, Harry reconheceu imediatamente o único Knight que não estava na parede de homenageados.

Matthew tinha um enorme esparadrapo no nariz e os olhos ainda estavam roxos. A figura fez o corpo de Harry se arrepiar.

— Avisei pra não sair por aí sozinho — disse o garoto, fazendo sua voz ecoar pela sala vazia.

— Matthew... — Harry gaguejou, dando passos pra trás. Agradeceu por dessa vez não haver um lago atrás dele. — O que aconteceu com você, eu...

— Eles disseram pra eu ficar longe de você.

Harry engoliu em seco. Sua garganta ardeu.

— Não pedi que eles fizessem isso. Juro. Não queria... Não sabia que eles fariam isso.

— Por que está tentando se justificar?

Harry abriu a boca para responder, mas estava chocado demais com aquela pergunta. Estava confuso e zonzo, sem conseguir processar direito o que quer que estivesse acontecendo.

— Não sei. Eu só... — Respirou fundo, tentou conter o medo irracional. — Acho que foi errado o que eles fizeram, mas sei que foi minha culpa.

— Você tem medo de mim — o garoto acusou, pondo as mãos no bolso.

— Você me ameaçou. E está me culpando por algo que não fiz.

— Ainda sou só um garoto franzino pra você. E ainda assim tem medo de mim.

Isso era bem verdade. Matthew era mais de dez centímetros menor que Harry. Muito mais magro, muito mais fraco. A bem da verdade, Matthew podia ser ainda menor e mais fraco, podia ser completamente vulnerável e ainda assim estaria em vantagem quanto a Harry, pois ele dificilmente ergueria a mão para bater em alguém.

— Não te entendo. Não entendo nada sobre você. Ou seu irmão.

Matthew desviou os olhos rapidamente para a figura de Dalton na parede. Depois para o retrato de Damon.

— Damon — ele disse. — Não o entendo também.

Harry começou a respirar fundo. Ainda não fazia o menor sentido, mas pelo menos Matthew Knight não estava sendo assustadoramente acusatório.

— Damon Knight. Seu irmão — Harry murmurou, fechando os punhos. — Ele me salvou. Devo minha vida a ele.

Matthew encarou Harry por alguns segundos de tal forma que parecia estar se controlando para não saltar em sua jugular.

— Eu sei. Eu estava lá.

Harry ergueu a cabeça. Seu estômago se contraiu.

Lembrou-se do que David havia dito. Encontraram dois pares de pegadas. Uma batia com a de Damon e estava muito profunda, como se carregando outra pessoa — Harry, e já não duvidava disso. A outra não havia sido identificada.

— Você estava lá? Quando seu irmão me salvou? O que você sabe sobre esse dia? O que aconteceu?

Matthew abriu a boca para responder, mas sua atenção foi rapidamente desviada para a direita. Harry não entendeu por quê. O garoto parecia ter inflado em fúria repentinamente.

— Matthew? — Harry chamou, estreitando os olhos.

Mas o garoto não olhou de volta. Provavelmente nem escutara. Estava olhando para alguma coisa atrás do armário de troféus de futebol.

— É melhor você voltar pro seu quarto — disse o garoto. Suas mãos ainda estavam dentro do bolso, mas agora ele parecia estar segurando algo. — Não é seguro pra você aqui.

— Como assim, não é seguro?

— Vai pro seu quarto e tranque a porta. Tenha certeza de não estar sendo seguido. Vai.

Harry se sentiu numa montanha-russa bizarra. Não sabia se ia fazer papel de idiota obedecendo ao garoto ou se corria o risco de não obedecer. No entanto, quando Matthew tirou uma faca do bolso, Harry endireitou a coluna e prendeu a respiração.

Agora sabia que, se Matthew quisesse se vingar pela surra que levara por causa de Harry, já o teria feito. Não havia ninguém naquela ala do colégio. Talvez nem próximo o suficiente para ouvir qualquer pedido de socorro.

— Só me diz o que está acontecendo!

Matthew franziu o cenho e deu dois passos para o lado, indo contra a direção para onde olhava. Com um solavanco, puxou Harry para trás de si. O garoto podia ser baixo e franzino, mas era incrivelmente forte. Harry quase caiu, mas no fim conseguiu se equilibrar. À sua frente, Matthew segurava a faca tão firmemente que as veias das costas de sua mão saltaram, parecendo uma intrincada tatuagem azulada em alto-relevo.

— Não tem nada lá, o que você…?

— Cala a boca! — Matthew mandou, entre os dentes. Suas pernas estavam espaçadas, seus olhos percorriam toda a extensão da parede.

E quando Harry se calou, bastante assustado, nenhum som foi ouvido, exceto a respiração dos dois e os cautelosos passos de Matthew, que se movia muito pouco, aparentemente atento a qualquer coisa. Harry tentou procurar pelo que Matthew também procurava, mas não via absolutamente nada. O lugar estava vazio. Não havia som, não havia ninguém.

E foi aí que Harry sentiu um cheiro de enxofre preencher o lugar. Fora tão repentino que não entendeu como podia ser tão forte. Não fora aos poucos. Uma hora não havia nada e então o cheiro fez seu estômago embrulhar.

Depois do cheiro, o som. Era baixo. Estalado. Como o rosnar de qualquer criatura bizarra. Vinha de longe. De algum lugar naquela sala. O eco tornava difícil identificar a origem.

Os pelos de sua nuca se arrepiaram quando percebeu que o som aumentava. Aproximava-se. Mas não havia passos. Só o som do rosnar e o cheiro intoxicante. Matthew, à sua frente, estava mais alerta do que nunca.

Parecia, de alguma forma, saber o que estava acontecendo, mas não estava calmo. Conseguia ver um leve tremor na mão que segurava a faca.

— Fique atrás de mim — ele avisou. Era uma ordem, não um pedido. Quase uma ameaça. E Harry não estava interessado em ver o que aconteceria se não obedecesse.

De cima.

O som vinha de cima. E se aproximava. Mas quando percebeu e teve coragem de olhar, o som já estava atrás dele.

Harry virou-se num salto e gritou. Ou pelo menos tentou gritar. Não teve certeza se conseguiu. Quando se deu conta, estava no chão. Ainda sentia o braço doer de onde tinha a impressão de ter sido agarrado e puxado por Matthew, que estava em sua frente, fincando a faca no peito do que parecia um feto humano gigante.

A criatura guinchou como um híbrido de corvo e cobra e se contorceu. Estava dependurada de cabeça para baixo numa gosma presa no teto, continuação de suas pernas. A gosma se encolheu e ela subiu para além do alcance de Matthew, ainda com a faca pregada no peito. Harry não conseguia enxergar muito bem, mas a coisa parecia vermelha, coberta por um muco espesso. Na bocarra, caninos inferiores que se curvavam à frente da cabeça, como um javali.

Matthew se manteve entre o monstro e Harry o tempo todo em que a coisa passeou pelo teto, sem se incomodar em movimentar-se de ponta-cabeça, com seus membros absurdamente longos e finos. Olhava para baixo, virando a cabeça em cento e oitenta graus, e guinchava para Matthew. O garoto permanecia impassível, encarando-a, sem se amedrontar pelos gritos inumanos.

Harry, por outro lado, estava paralisado de medo. Olhou para a porta, pensando em correr, mas dificilmente chegaria até ela sem que a coisa o perseguisse. Ou talvez ela se contentasse com Matthew.

O pensamento o fez morder o lábio, culpado, uma vez que Matthew o estava protegendo com seu próprio corpo. Agora a faca não estava mais em sua mão, mas sim presa àquela coisa. O menino franzino, dez centímetros mais baixo, circulava Harry, sempre se posicionando entre ele e a criatura, e Harry estava pensando em correr para se salvar e colocar Matthew em um perigo ainda maior.

A criatura não esperou por uma decisão de nenhum dos dois. Presa pela gosma, desceu velozmente contra Matthew. Só seus braços deviam medir tanto quanto o garoto. Harry se jogou para trás com o ataque, enquanto Matthew rolou para o lado para desviar. A faca se desprendeu da criatura, que parecia sangrar aquela mesma gosma.

Ao contrário do que imaginava, o monstro não foi atrás de Matthew. Tão logo viu Harry indefeso, a coisa pôs as mãos no chão, ainda presa pelos pés ao teto. Dobrada em forma de L, caminhou sobre a ponta dos dedos que pareciam galhos retorcidos e compridos, até chegar a um metro de Harry.

E foi o mais perto que ela chegou, pois Matthew recuperara sua faca, e com um corte preciso, desprendeu a criatura do teto ao cortar o fio de gosma que a prendia. A parte traseira de seu corpo se chocou contra o chão e ela virou a coluna — se é que tinha uma — para olhar para seu oponente.

Matthew parecia em chamas. Seu olhar era de raiva, de coragem, de medo, de preocupação.

— Já sentiu gosto de uma partícula de tempo?

A coisa guinchou mais alto do que nunca e se arrastou numa velocidade assustadora até Matthew. Abrindo seus braços, ela o encobriu, derrubando-o no chão. Harry até se levantou, mas não conseguiu agir. Não conseguiu fazer nada. Estava tomado de pânico e desespero. Suas pernas congelaram no lugar, pisando, sem nem perceber, no muco que a criatura excretava.

Olhou de relance para o quadro de Damon na parede. Observando tudo, julgando-o, talvez pedindo que ajudasse seu irmão.

Mas Harry não conseguia sequer se mexer.

Viu um pedaço da camisa de Matthew ser jogada longe, seguida do grito de dor do garoto. Um uivo de agonia escapou dos lábios de Harry e suas pernas dobraram. Seus joelhos se chocaram contra o chão dolorosamente, enquanto assistia Matthew sendo esfolado pela criatura. Não conseguia ver o garoto de onde estava, pois a coisa o encobrira por completo. Só enxergava os braços excessivamente longos movendo-se rapidamente, atacando o garoto sob ele.

Pareceu durar horas. Mas na verdade foram apenas segundos. Segundos intermináveis, até que a criatura finalmente parou, com um novo guincho estridente. A ponta da faca podia ser vista através de seu pescoço. Com um rosnar de Matthew, a faca percorreu toda a extensão do pescoço da criatura, separando a cabeça do resto do corpo.

O crânio despencou no chão com um baque úmido, sem quicar. Apenas rolou para o lado, para longe do corpo, que desabara sobre Matthew.

Harry respirou fundo. Parecia não respirar por tempo demais, pois seus pulmões agradeceram pelo oxigênio. Ainda estava entorpecido em adrenalina. Seu coração parecia uma criatura desesperada para sair de sua caixa torácica. Percebeu que não seria capaz de se levantar, então engatinhou até Matthew, até então imóvel.

Desesperado, empurrou o corpo de cima do garoto, que tossiu e grunhiu de dor. Seu peito estava arranhado por inteiro e sangrando. A camisa havia sido completamente rasgada. As mãos de Harry tremeram de desespero, sem saber o que fazer para ajudar.

— Você está bem? Matthew, fala comigo. Fala comigo, por favor. O que faço?

Matthew cerrou os olhos e botou uma das mãos sobre o ferimento maior em seu peito, gemendo de dor. Seu corpo todo se curvou.

Sem opções, Harry levantou Matthew do chão. O menino era bastante leve e Harry estava longe de ser fraco, então não foi muito difícil. Em desespero, correu para fora da sala de troféus, passando pelo corredor em frente ao hall de entrada. Enquanto corria, Matthew em seu colo tentava falar, pois sabia para onde Harry estava indo.

— Não — ele murmurou, entre os gemidos de dor. — Não vai pra enfermaria. Não me leva pra enfermaria.

Harry piscou, perdido. Suas próprias roupas estavam começando a manchar de sangue. O menino precisava de atendimento imediato. E Deus sabe o que mais. Se uma mordida de um cachorro pode transmitir raiva, o que aquela gosma toda que caiu sobre os ferimentos de Matthew podia trazer?

Preferiu não pensar nisso por enquanto. Sua cabeça já estava confusa e assustada demais para piorar ainda mais a situação.

— Pro meu quarto — o menino continuou. — Só isso. Só me leva pro meu quarto.

Harry engoliu em seco. Seu estômago se contraía de tal forma que pensou que vomitaria a qualquer momento. O odor de enxofre já havia sumido, mas parecia ainda estar em seu nariz, assim como a sensação nauseante de medo. Como um cão, obedeceu às ordens de Matthew, já que o menino parecia ser o único que sabia que raios estava acontecendo.

Passou correndo pelo gramado do pátio central, rezando em sua cabeça quando passou pela estátua do arcanjo. Quase tropeçou quando estava chegando ao prédio de dormitórios e agradeceu por ter sido mais rápido. Teriam ido os dois pro chão se tivesse caído.

Para o seu azar, o quarto de Matthew era o último, no último andar. O quarto que tinha vista para o prédio de exatas, virado para a janela da sala de Matemática. Então era um longo percurso com três lances de escada e muitos metros de corredor. Quando chegou, teve de pôr Matthew no chão, apoiado na parede, controlando-se para não gemer de dor, para pegar o cartão de acesso no bolso do garoto. O sangue já escorria pela calça, e o peito do menino estava completamente tingido de vermelho-escuro.

A mão de Harry tremia violentamente, sendo difícil inclusive enfiar o cartão no leitor. Assim que o fez, ergueu Matthew, colocando o braço dele ao redor de seu pescoço, segurando firmemente sua cintura. Os dois entraram e Harry só fechou a porta depois que Matthew estava deitado em sua cama, manchando os lençóis.

— O que faço? — Harry perguntou, desesperado. — Me diz o que eu faço?!

Matthew negou com a cabeça e cerrou os dentes, respirando fundo. O garoto arqueou as costas, contorcendo-se na cama, parecendo sentir uma dor ainda mais profunda, repentinamente. Então, diante dos olhos assustados de Harry, os ferimentos de Matthew Knight simplesmente se fecharam. O sangue parou de vazar, a coluna se endireitou, o corpo relaxou na cama, e os olhos permaneceram fechados. Agora ele respirava calma e pacificamente.

— Matthew? — Harry chamou, ajoelhado ao seu lado na cama. — Matthew, fala comigo.

O menino se limitou a abrir a boca levemente.

— Vou ficar bem — ele murmurou, sonolento, fraco.

— E o corpo daquela coisa? Eles vão achar, eles…

— Vai ficar tudo bem — ele insistiu.

Harry mordeu o lábio, ainda em frenesi por tudo o que havia acontecido. Matthew pegara no sono. Um sono profundo que Harry sabia não ser capaz de interromper naquele momento. Então apenas se deixou cair sentado para trás. Respirou fundo, tentou se acalmar. Tentou raciocinar. Tentou achar qualquer sentido em tudo o que estava acontecendo. Ligar alguns pontos. Mas nada, absolutamente nada parecia se conectar.

Damon Knight estava morto. Matthew Knight quase morrera. Ambos pelo mesmo motivo. Harry Darwin. E Harry Darwin não se lembrava de merecer que qualquer sacrifício fosse feito por ele. Pelo contrário. Até agora só conseguia se ver como um grande covarde, enquanto a família Knight era absurdamente corajosa e valorosa.

E Matthew é quem tinha sido espancado. Que grande erro.

6. DAMON

Harry não ficou no quarto de Matthew por muito tempo. Só o necessário para garantir que ficaria bem. Achou uma coberta no guarda-roupas, cobriu o garoto e decidiu dar uma olhada ao redor.

O quarto era do mesmo tamanho que o de Harry, mas havia apenas uma cama, deixando-o com mais espaço livre. Também não havia duas mesas de cabeceira nem duas mesas para computadores, como no seu. Estava razoavelmente arrumado, apesar de os livros estarem espalhados pela mesa de estudo.

Claro que queria estar ali quando Matthew acordasse, para enchê-lo de perguntas. Para entender o que estava acontecendo. Mas quando Bill voltasse, Harry tinha que estar no quarto, então saiu do dormitório de Matthew por volta das duas da manhã.

Na manhã seguinte, tudo ainda parecia um sonho. Ou um pesadelo. Qualquer coisa, menos realidade. E a única prova de que fora real era o sono que sentia na hora de acordar.

Quando despertou, Bill já estava em sua cama, jogado, com as mesmas roupas da noite anterior, braço pendurado para fora da cama. Provavelmente não acordaria tão cedo. O restante dos meninos também devia estar no mesmo estado, então era a oportunidade de Harry aparecer sozinho no café da manhã e procurar por Matthew.

Vestiu um jeans surrado, uma camiseta branca e um suéter velho. Fins de semana eram os únicos dias que os alunos podiam circular sem o uniforme, mas Harry particularmente não gostava disso. Tornava-se uma competição de marcas famosas, e ele não tinha a menor condição de competir com qualquer aluno que não precisava de bolsa de estudos.

De qualquer forma, deixou Bill no quarto — e ele sequer se mexeu enquanto Harry se vestia — e atravessou o pátio principal até o refeitório, sentindo o frio queimar suas bochechas e o orvalho da grama molhar a barra de sua calça. Alguns poucos estudantes faziam o mesmo percurso, mas não era uma parcela representativa da escola. Domingo era dia de dormir até tarde.

O refeitório estava até silencioso, mas isso era esperado. Limpou os pés no tapete na entrada e adentrou o salão com diversas mesas compridas e retangulares. Cheirava a café e chá. Deu uma rápida olhada ao redor, em especial na mesa que Matthew costumava se sentar, mas não o encontrou. Só viu Gregory, comendo sozinho. Claro. Ele havia dirigido, então não tinha bebido, portanto não estava completamente destruído na cama.

— Ei — Harry disse, sentando-se à frente de Gregory com um prato com pão, ovos e cogumelos, além de uma xícara de chá. — Como foi ontem?

Gregory ergueu os olhos para Harry e bocejou antes de responder. Já estava no fim de seu prato. O café na caneca provavelmente já estava frio.

— O de sempre. Denis bebeu demais e Frederic teve que carregá-lo. Por sorte não precisou ir pro hospital. Paramos num pub, mas era de vinte e um anos e não nos deixaram entrar. Ficamos lá fora e obviamente o David foi o único que ficou com alguém. Voltamos há uma hora. Ainda nem dormi.

Harry fez que sim com a cabeça. Sua vontade de ir num desses passeios com o resto do time era equivalente à de enfiar a mão numa frigideira quente.

— Ninguém vomitou no carro dessa vez?

Gregory deu uma leve risada e bebeu o fim do seu café.

— A gente colocou o Denis com a cabeça pra fora do carro. O Fred veio segurando ele.

Harry riu, imaginando a cena. Podia prever o resfriado de Denis nos próximos dias, já que a noite fora bastante fria. Andar de carro com a cabeça para fora não deve ter sido uma experiência muito boa.

— E você? Alguma coisa de novo?

Harry pensou em contar o que lhe havia acontecido. Ter uma segunda opinião sobre o assunto. Mas lembrou que contar qualquer coisa sobre Matthew já tinha trazido problemas demais, então fez que não com a cabeça.

— Não saí do meu quarto — afirmou, dando de ombros. — Fiquei estudando.

— E hoje?

Harry não tinha plano algum para o domingo. Bill provavelmente dormiria até depois do meio-dia, quando acordaria com uma dor de cabeça absurda e ficaria de cama até o fim da tarde. O restante do time, idem. Talvez nem visse Denis hoje.

Pensou em treinar, mas aos domingos a piscina coberta ficaria fechada, e não queria se arriscar no frio da piscina aberta. Então talvez o lago.

— Acho que vou aproveitar o lago enquanto ainda dá pra entrar.

— Você está levando o polo bem a sério, não?

Harry deu de ombros. Não era que fosse terrivelmente apaixonado pelo esporte. Só gostava de nadar. Gostava da sensação, gostava do silêncio de ficar submerso. O esporte fora só uma consequência.

— Ainda não jogamos contra ninguém que não fosse nossos próprios reservas. Não dá pra saber se o time está bom.

— O time está bom. O único time que concorre com o nosso é o do St. Mary. Não perdemos pra outro time há dez anos.

— De qualquer forma vou aproveitar pra nadar no lago hoje.

— Você quem sabe. Mas vão exibir um filme no anfiteatro. Acho que vou aproveitar.

Harry gostava das sessões de filmes no anfiteatro. Já tinha participado algumas vezes, mas hoje só queria ficar sozinho.

Ou era isso que enfiara na cabeça. Pois na verdade Harry tinha medo de ficar sozinho de agora em diante. O que queria era dar a chance de Matthew se aproximar. De lhe fazer perguntas. E o lago parecia um lugar convidativo para perguntar sobre o dia oito de outubro.

Tão logo Harry levara a xícara de chá à boca para o último gole, fora interrompido por uma sirene estridente ecoando por todo o colégio. Tapou os ouvidos, enquanto o restante dos alunos se limitou a se entreolhar. Então, um a um, como soldados programados, todos se levantaram e começaram a rumar para o mesmo lugar.

— O que está acontecendo? — perguntou Harry, enquanto se levantava para seguir Gregory.

— Sirene de infração — Gregory respondeu. Estava bastante calmo. — Os alunos são chamados ao salão principal porque alguém fez alguma coisa grave.

Harry franziu o cenho. Então se lembrou do corpo da criatura na sala de troféus. Como poderia se esquecer de algo assim? Apesar de que, um corpo como aquele, absolutamente diferente de qualquer coisa já vista na Terra, provavelmente não causaria apenas o toque da tal sirene de infração. Seria mais óbvio imaginar uma repentina invasão do FBI ou coisa parecida.

— Melhor chamar os outros. Eles vão fazer uma chamada. Quem não comparece é imediatamente acusado — avisou Gregory. — Eu chamo o Fred e o Denis. Você fica com o Bill e o David, ok?

Harry concordou balançando a cabeça e disparou até o prédio dos dormitórios. No caminho, no entanto, só conseguiu se preocupar com Matthew. E se o garoto ainda estava dormindo, fraco pela noite de ontem? Era fácil de imaginar que o menino ainda dormia seu sono pesado e merecido, apesar de a sirene ter sido bastante alta e estridente.

Mas não podia se dar ao luxo de ser visto batendo no quarto do Knight. Então teve de se contentar em esperar que ele tivesse acordado e fosse comparecer. Foi direto ao seu próprio dormitório, onde Bill já estava grunhindo palavras sem sentido, tentando se vestir, sem muito sucesso. Ainda cheirava a álcool e claramente tinha uma dor de cabeça absurda.

— Ainda temos que passar no apartamento do David — avisou Harry, ajudando Bill a acertar o buraco da manga da camisa. — Tá bom assim, vem logo.

Harry puxou Bill pelo braço, e o garoto parecia estar sendo arrastado pelos corredores. Bill não era exclusivamente grande ou pesado. Pelo contrário, era bastante magro, com menos músculos que os companheiros mais velhos, apesar de treinar mais que Frederic, por exemplo, que era uma montanha.

Os dois bateram no apartamento de David até que o líder abrisse a porta, com uma aparência muito melhor que a de Bill. Não parecia que o capitão do time havia bebido tudo o que havia bebido na noite anterior. Seu rosto exibia apenas olheiras de uma noite maldormida.

— Eu sei, vão na frente, vou logo.

Harry não precisou ouvir duas vezes. Partiu com Bill bocejando e reclamando da claridade. O garoto quase caíra do segundo lance de escadas, enquanto Harry se distraía tentando localizar Matthew.

Ignorou completamente toda vez que Bill reclamava do quão frio estava e do quanto sua cabeça estava explodindo e entrou no prédio principal. Chegou a passar em frente à sala de troféus, que estava aberta. E completamente limpa. Mesmo o teto. Não havia indícios de que qualquer coisa tivesse acontecido.

Mesmo que tivessem limpado, ficariam rastros. E não tinha como alguém ter visto aquilo antes das sete da manhã. Por que alguém teria passado na sala de troféus antes disso? E Harry estava plenamente certo de que demoraria muito mais que uma hora para se livrar de um corpo daqueles. Ou dos litros de muco que ele produzia.

Talvez tenha sido um sonho.

O pensamento e a forma que se instalaram na cabeça de Harry lhe causaram ânsia. Era um sentimento de medo. De quem não sabe mais se está reconhecendo e diferenciando a realidade do sonho. Porque Harry já começara a ficar realmente confuso a respeito disso tudo. Para ele, o evento de quase morte no lago havia sido, inicialmente, um sonho. A melhor prova de que não era fora a morte de Damon, que reconheceu claramente como sendo seu salvador. Mas talvez não fosse. Talvez Harry apenas o tivesse visto no rosto de Damon. A memória era muito antiga para ter certeza agora.

Mas tinha também o Knight caçula. E Matthew insistia que não era um sonho. Havia dito, inclusive, que havia visto tudo o que acontecera.

Porém, quando Matthew fora interrompido pela invasão de um monstro absurdamente improvável. Então talvez tenha sonhado que o garoto dissera ter visto Damon salvá-lo.

Harry se beliscou. Era uma coisa bastante estúpida, e sempre pensou que isso só acontecia nos filmes, mas precisava de uma forma de garantir que não estava sonhando naquele exato momento.

E, confiando naquele método, não estava mesmo sonhando. Então continuou caminhando até o salão principal, cercado de um rio de outros estudantes e puxando Bill pelo braço.

Arrumou um lugar no meio do salão. Denis logo o encontrou e se embrenhou até eles para se sentar. Em determinado momento, Harry viu David entrando no local para sentar na primeira cadeira disponível, bastante distante do resto do time. Frederic e Gregory até procuraram por Harry e os outros, mas acabaram sentando ao lado de David.

Quando os alunos pararam de entrar, Harry se levantou casualmente, fingindo arrumar sua camisa, apenas para procurar por Matthew. E seu coração deu um salto repentino quando o viu, sentado alguns bancos mais à frente. Podia ver a parte de trás de sua cabeleira desorganizada e negra. Os garotos dos dois lados pareciam evitar sentar muito perto, dando uma distância de meio braço em relação a ele, que não fazia menção de se importar. O que era tão ridículo que Harry sentiu vontade de surrar cada um deles.

Um dos monitores fechou a porta do salão principal vinte e cinco minutos depois do primeiro toque da sirene. O lugar tornava a conversa dos alunos muito mais alta ao ecoar pelas paredes, então o senhor Aldrin teve de falar muito alto no microfone para que fosse ouvido.

— Silêncio! — bradou. Estava bastante diferente do dia em que anunciara a morte de Damon Knight. Agora uma veia pulsava em seu pescoço e em sua testa, e seu rosto muito branco estava rosa de raiva. — Quero que saibam que sinto *vergonha* de vir aqui hoje. De convocar alunos inocentes para um inquérito como este. Em um domingo, um dia reservado ao silêncio e aos estudos, sou obrigado a relembrá-los das regras muito repetidas neste colégio. Um de vocês sabe exatamente por que estou aqui. O livro de regras, atualizado há dois anos, cita claramente, no capítulo três, parágrafos dois e três, que é terminantemente proibida a entrada de qualquer tipo de arma, seja de fogo ou branca, nas dependências do colégio. Também é proibido perambular por qualquer prédio do colégio que não seja o dormitório, depois das onze da noite. E, no entanto…

O senhor Aldrin fez um gesto rápido com sua mão pesada e grossa, e um dos monitores rapidamente lhe entregou um objeto pequeno embrulhado num pano velho. O diretor tomou o embrulho, descartou o pano e ergueu, na ponta dos dedos, uma pequena adaga, de não mais que um palmo e meio de comprimento. Harry imediatamente a reconheceu, e seus olhos baixaram sobre Matthew como atraído por ímãs. O menino não esboçara reação que Harry pudesse ver, observando-o de costas. Mas era óbvio que aquela adaga pertencia a ele. E que a noite de ontem não fora um sonho. Aquela arma havia sido usada para decepar a criatura que o atacara.

— Esta arma altamente perigosa foi encontrada na sala de troféus hoje pela manhã. Como o último turno de limpeza foi às onze horas, é razoável concluir que a arma foi deixada lá após tal horário, indicando dupla infração. Portanto, quero deixá-los cientes de que os professores estão liberados para aplicar provas finais equivalentes às das salas especiais até que o dono desta arma seja encontrado.

Foi como acender um pavio. O salão todo explodiu em comentários, reclamações, até mesmo gritos de revolta. Aplicar as provas finais das salas especiais era como garantir que pelo menos setenta por cento da sala fosse para a recuperação. Os que já estavam arriscando pegá-la certamente acabariam repetindo a matéria. Era uma medida extremamente drástica para uma arma tão pequena.

E Harry continuava sem entender por que o monstro encontrado não fora mencionado.

Harry era o único, fora o próprio dono da arma, que sabia a quem ela pertencia. Matthew não deu sinais de se importar com a punição, e claro que não se importaria, estando ele mesmo em quatro salas especiais. Harry, no entanto, não estava certo de que conseguiria passar em todas as matérias com provas daquele nível. E, mesmo assim, acusar Matthew sequer passava por sua cabeça.

Claro que ninguém mais podia ter ideia de quem era o dono da adaga. Mas o senhor Aldrin parecia não conhecer os alunos que tinha. Era óbvio que aquilo não passaria sem consequências. A punição generalizada servia para apontar pessoas odiadas, não culpadas. Se o dono da arma fosse alguém como David, mesmo que a escola toda soubesse, dificilmente o garoto seria entregue. Era muito mais fácil que alguém como Matthew fosse acusado, simplesmente para haver um bode expiatório, alguém para ser punido no lugar do resto da escola. Então não era realmente necessário que alguém soubesse que a arma pertencia ao garoto. Haveria problemas de qualquer forma.

Quando a reunião acabou e os alunos se dissiparam após severos protestos — todos negados pelo diretor — e acusações sem fundamentos feitas a pessoas menos queridas pelos alunos, Harry pensou em procurar por Matthew, mas o time de polo logo se reuniu ao seu redor, tornando a ideia inviável. No entanto, quando o garoto passou por Harry, dera um jeito de mencionar, alto o suficiente, que iria nadar no lago naquela tarde.

— As provas são semana que vem — disse Gregory. — Minha mãe disse que, se eu repetir em mais uma matéria, vou ter que mudar de colégio. Então vou estudar agora.

Harry sabia que aquela situação não era exclusiva de Greg. Muitos estudantes provavelmente planejavam perder o domingo estudando. E talvez o resto da semana. Bill ia dormir a tarde toda, com certeza. Denis também, que, aliás, estava verde de ressaca. Podia adivinhar que a noite não fora tão tranquila quanto a de Bill. Não queria nem imaginar o estado do banheiro de Denis e Frederic.

Harry então acompanhou Bill até o dormitório, mas enquanto o companheiro simplesmente entrou no banheiro para tomar um banho e tirar o cheiro de álcool do corpo, Harry vestiu uma sunga e pôs as mesmas roupas de antes por cima. Pegou duas toalhas e saiu do prédio de dormitórios direto para o lago.

Sabia que a água estaria gelada. Não tanto quanto a piscina a céu aberto, mas, ainda assim, gelada. De qualquer forma, estava ali só para se encontrar com Matthew, então dificilmente tinha importância.

Imaginou que o garoto já estaria lá quando chegasse, já que Harry ainda demorou um tempo para trocar de roupa, mas nem sinal do menino. Talvez não tivesse escutado quando disse que iria para o lago. Ou talvez não quisesse se encontrar com ele. O fato era que Harry estava sozinho de novo.

Tirou as calças e a camiseta, sentando-se na beirada do deque. Seus pés tocaram a água, e começou a, inconscientemente, treinar os movimentos de pernada do polo. Ficou assim durante bastante tempo, hipnotizado pelos movimentos da água ao redor de seus pés, até decidir entrar.

Em menos de dois segundos desistiu da ideia.

Não sabia exatamente por quê, mas um medo irracional se apoderou de Harry. Só conseguia lembrar quanto daquela água tinha engolido, o desespero de olhar para a luz vinda da superfície e estar tão longe dela. Tão longe do oxigênio que seus pulmões clamavam. O aperto no tornozelo, da planta em que ficara preso. A tontura, a fraqueza, os pensamentos desistentes.

Harry piscou, voltando à realidade, quando ouviu uma voz chamando-o. Quase reconheceu-a como sendo de Matthew, mas era mais grave. Mesmo assim, Harry a reconhecera.

Perdão.

Harry virou-se rapidamente. O coração palpitou, os membros quase viraram geleia. Parado no começo do deque estava Damon Knight.

Damon Knight era mais alto que Harry. Não muito. Ou talvez fosse do mesmo tamanho. Não sabia dizer. Parecia mais alto por ser bastante magro. Estava usando óculos de aro preto. Seu cabelo, encaracolado e castanho muito escuro, estava levemente molhado e a camisa branca, uniforme do colégio, estava amassada, tal qual a calça preta. Estava descalço. Nem sinal de seus sapatos em qualquer lugar. Tinha algum sinal de barba por fazer no maxilar e no queixo.

Vivo.

Harry não soube o que pensar. Sua mente se apagou. Não sabia nem dizer se sentia medo. Se ficava feliz. Se gritava, se fugia. Seu corpo parecia ter esquecido até de respirar. Enquanto isso, Damon o observava com um sorriso zombeteiro.

Harry se levantou. As pernas tremiam e pareciam querer ceder a qualquer momento.

— Você… Como você? — gaguejou. Internamente praguejou contra ele mesmo por estar novamente na beira do deque enquanto um Knight o assustava.

— Sai do deque, Harry. Não quer cair na água. Vem cá — disse, estendendo a mão.

Harry engoliu em seco e obedeceu, caminhando cautelosamente até o garoto que devia estar morto. No entanto, parou a uma distância segura: cerca de dois metros.

— Não tente nadar no lago por um tempo, ok? — Damon pediu, pondo as mãos nos bolsos da calça. — Não vou estar aqui outras vezes.

— Você morreu — Harry murmurou. Sua voz pareceu morrer em sua garganta.

À acusação, Damon simplesmente sorriu. Concordou com a cabeça, mordeu o lábio inferior e respirou fundo. Estava pálido. Mais pálido do que se lembrava. Tão pálido quanto no caixão.

— Sim, eu morri, e não há nada que você possa fazer. — E deu dois passos na direção de Harry. — Por favor, não jogue fora o que fiz. Você é muito importante pra mim.

Harry balançou a cabeça negativamente.

— Você está enganado. Eu não te conheço.

Damon simplesmente o encarou com um leve, porém triste sorriso nos lábios. Harry o via como um fantasma, um zumbi, um corpo andante, qualquer coisa, menos uma pessoa viva, e claro que Knight percebera. Sabendo que Harry não se afastaria, Damon deu mais dois passos para a frente e segurou o pulso do garoto. Agora, tão perto, Harry percebia que Damon era estranhamente bonito. Só num colégio masculino um rapaz como aquele seria odiado. Seus olhos, que lembravam muito os de Matthew, eram grandes, como duas amêndoas, mas eram escuros como o céu nublado, num tom de azul um tanto diferente dos olhos do irmão.

Devagar, olhando profundamente nos olhos de Harry, Damon levou a mão do garoto ao próprio peito, onde seu coração batia velozmente, provando estar, de fato, vivo. Harry não reagiu, pois não fazia a menor ideia do que fazer ou pensar. Perdera a fala, a respiração, os pensamentos.

— Harry, você é a pessoa mais importante pra mim. É por isso que ainda estou aqui. — Soltou a mão de Harry, que permaneceu ainda alguns segundos no peito de Damon. — Quero que deixe meu irmão cuidar de você.

— Seu irmão… — Harry murmurou. — Ele… Por minha culpa, ele…

— Não se preocupe — Damon o interrompeu. — Ele vai saber lidar com isso.

— Mas você sumiu. Por dois anos. Porque eles te bateram…

— Não. — Damon novamente não deixou que Harry terminasse. — Não sumi por causa deles, Harry. E não me matei por causa deles. Não daria a última coisa que me resta por pessoas como David e o resto.

— Então por quê?

— Porque era necessário, apesar de difícil. Precisava ser feito por mim para você.

— Por mim?

Damon sorriu. Seus lábios tremeram e seus olhos se encheram de lágrimas. Concordou com a cabeça e engoliu em seco. Harry conseguia enxergar mais tristeza do que imaginou ser possível naqueles olhos.

— É tudo por você — disse, antes de abraçar Harry com tanto carinho quanto o garoto se lembrava do dia do afogamento. Era como uma mãe abraçando seu recém-nascido após horas de parto. Como um pai após anos sem ver o filho.

— Eu não te conheço... — Harry murmurou ainda sendo abraçado.

Harry não vira, mas todas as lágrimas guardadas no rosto de Damon despencaram de uma vez com aquelas palavras. Após alguns segundos, Damon se distanciou de Harry com dois passos e então, como uma névoa dissipando no ar, o garoto Knight desapareceu.

Harry ainda piscou algumas vezes para ter certeza de que realmente vira uma pessoa desaparecendo em pleno ar. Seus joelhos se flexionaram e ele caiu contra o chão, aturdido, tonto, confuso. O que raios tinha acontecido ali? Harry tinha acabado de ser abraçado por um garoto que deveria estar morto há duas semanas. Um garoto que o salvara da morte sem conhecê-lo, um garoto que havia desaparecido por dois anos sem explicação ou rastros. Fora em seu funeral. Vira-o pálido, inerte no caixão.

Nesse ponto, Harry já estava tão confuso com tudo o que estava acontecendo, que começou a temer pelo que estava por vir.

É claro, Harry estava mais do que certo em temer.

7. A ARMA DEIXADA PARA TRÁS

Bill passara mais da metade do caminho até o prédio de Humanas falando sobre alguma garota do St. Mary e o quanto gostaria de namorá-la. Sobre como ela era bonita, e o namorado, um idiota. Harry se lembrava vagamente de o companheiro de quarto dizer que gostaria que o St. Mary fosse um colégio só para garotas, como o St. Raphael era só para garotos. Isso eliminaria um forte oponente em todos os esportes, além de significar garotas solteiras a dois quilômetros de distância do St. Raphael. Harry, no entanto, prestara pouca ou nenhuma atenção. Seus pensamentos ainda vagavam pelas lembranças do dia anterior. Ainda estavam presos a Damon Knight. E não era uma memória ruim. Apesar de haver muita coisa a respeito daquele dia que Harry não entendia nem pretendia entender, gostava de pensar naquele momento e no abraço que recebera. No carinho verdadeiro que o garoto tinha por ele. Então era uma lembrança calorosa que Harry repetia seguidas vezes em sua cabeça. Não sabia por que Damon se importava tanto com ele, mas isso deixara de ser tão relevante. O fato era que se importava e o salvara. E Harry daria tudo para conhecer melhor o irmão de Matthew, para conviver com ele, para sentar e conversar.

Quando deu por si, já estavam na sala de Línguas, e Bill havia parado de falar em algum momento. Harry apoiou seu material numa carteira no canto e olhou ao redor, procurando por Matthew. Não via o garoto desde a madrugada de domingo, então o irmão de Damon nem fazia ideia de que Harry havia tido um encontro com o falecido Knight. Estava ansioso em contar, em ver a reação de Matthew ao saber. Não tinha ideia do que dizer, na verdade. Que Damon estava vivo? Não tinha certeza disso. Sentira seu coração bater, fora abraçado por ele. Mas também o vira no caixão, morto, duas semanas antes. Sem mencionar que o garoto desaparecera em pleno ar. Então diria somente os fatos. Damon Knight aparecera no lago e o abraçara. Em seguida virou vapor e sumiu. Teria sorte se Matthew acreditasse.

Matthew foi um dos últimos a entrar na sala. O professor estava apoiado na mesa, aguardando. Quando todas as cadeiras foram ocupadas, ele fechou a porta e baixou a tela de projeção.

Harry olhou para Matthew como se seu mero olhar pudesse fazer o garoto virar para ele. Knight estava sentado na primeira cadeira da segunda fileira, enquanto Harry estava distante, na carteira do meio da última fileira. No entanto, estava acostumado a ter o olhar de Harry sobre ele durante horas, então imaginava que o garoto logo olharia para ele.

Porém, até a metade da aula, Knight pareceu se esquecer que Harry estava na mesma sala. Para chamar sua atenção, Harry se levantou para apontar o lápis perto do lixo. Disfarçadamente, olhou para Matthew, que estava focado na apresentação à sua frente. Foi nesse momento que Harry concluiu que Matthew o ignorava.

Voltou à sua carteira tentando entender o que havia feito de errado. Estava tão distraído com seus pensamentos que acabou perdendo algumas explicações e, quando se deu conta, o professor estava comentando que a prova final seria muito mais difícil que de costume, devido à adaga encontrada. Isso seria evitado, no entanto, se o dono se pronunciasse.

Harry olhou para Matthew novamente, sem esperança que o garoto se levantasse e dissesse alguma coisa. Com o silêncio da sala, o professor deu de ombros e voltou a passar a matéria, até que alguém se levantou.

— Foi o Knight.

Harry rapidamente virou o corpo todo na direção de Peter Grimm, um garoto rico e irritante, dos cabelos cor de fogo. A sala toda agora o encarava, em silêncio. O professor ainda demorou um tempo para se virar para ele.

— E o que o leva a crer que tenha sido Matthew?

Matthew cruzou os braços e se recostou na cadeira, despreocupado.

— Quem poderia ter sido? Se ninguém diz, eu vou dizer. Todos aqui têm amigos. O único com motivo pra trazer uma arma dessas pra cá é ele. É o único que pode ter feito algo sozinho. Aposto que tem mais coisas no quarto. Por que ninguém foi procurar ainda?

— Sem contar que ele está em quatro salas especiais — ajudou Francis, outro de nariz empinado que costumava andar pelo colégio comentando sobre o último grande negócio da empresa de seus pais. — Ele não se importa de fazer as provas das salas especiais.

Matthew suspirou e não disse absolutamente nada. Harry nem sabia se sentia raiva ou não, pois sabia que Knight era mesmo culpado e que não iria se pronunciar porque pouco tinha a perder fazendo as provas das salas especiais. Mas ao mesmo tempo aqueles garotos não sabiam disso. Suas acusações não tinham provas e eram baseadas na raiva e no desprezo que sentiam por Matthew ou qualquer Knight que já pisara no colégio.

— Eu quero provas — disse o professor, muito calmo. — Não acusações. Têm provas?

— E se ninguém der prova? A gente vai se ferrar de qualquer forma? Ninguém viu o desgraçado no dia. Como alguém vai provar?

— Sem provas, ninguém será considerado culpado. Ponto-final.

O professor então deu as costas à sala e continuou explicando a matéria. Matthew parecia absolutamente indiferente às acusações. Despreocupado, o garoto se limitou a copiar o que era passado e prestar atenção na aula, enquanto o resto da sala o encarava com raiva.

Quando o sinal soou, Harry sabia que Matthew partiria para sua sala especial de Física, então disse a Bill que passaria no banheiro antes de ir para a próxima aula e foi atrás de Matthew.

O garoto andava apressadamente, com as mãos no bolso e a mochila pendurada no ombro, pegando um caminho mais longo e menos utilizado, provavelmente para evitar empurrões e provocações por parte do resto da sala. Então, no segundo andar, Harry pôde chamá-lo quando estavam sozinhos.

— Por que está fugindo? — Harry disse, dando passos mais longos para alcançá-lo.

— Não estou fugindo — o garoto afirmou, sem olhar para trás.

— Bem, quero falar com você.

Matthew revirou os olhos e parou no meio da escada, um degrau abaixo de Harry.

— O que foi?

Harry estava até confuso com a repentina mudança de comportamento do Knight.

— Como assim o que foi? — perguntou, decidido a ser tão rude quanto Matthew. — Primeiro de tudo, você está bem?

— Sim. É só isso?

— Não, claro que não! Você sabe que tem muita coisa precisando ser explicada.

Matthew deu um leve sorriso irônico, quase imperceptível, mas o suficiente para fazer o peito de Harry inflar.

— Sério? Tenho que explicar alguma coisa *pra você*?

Harry não acreditou no que estava ouvindo.

— Você tem e sabe disso.

— Por onde devo começar?

— Bom, talvez explicando por que fui atacado por um monstro! — Harry quase disse alto demais, entre os dentes.

— E eu vou saber? — disse o garoto, dando as costas a Harry para continuar descendo a escada.

Harry o segurou pelo pulso, talvez forte demais, e o virou em sua direção.

— Não banque o desentendido. Você sabia muito bem o que era aquilo. Você sabia enfrentar aquela coisa. Aliás, por sua culpa agora todos vão fazer provas de salas especiais. Mas você não se importa, não é? Por que se importaria?

Matthew olhou para o próprio pulso sendo apertado por Harry, então ergueu os olhos para o garoto mais alto. Seu olhar carregava tanto ódio quanto possível.

— Tem razão, Harry Darwin. Por que me importaria? Não tenho nada a perder com essas provas, sei que sou inteligente o suficiente para tirar boas notas nelas, ao contrário do bando de babuínos que estudam nessa latrina que chamam de colégio. Por que me importaria com pessoas como Peter e Francis, que nunca sequer falaram comigo, mas me acusam sem provas, em benefício próprio? Por que me importaria com pessoas como

David Buckler, seu querido capitão, que me espancou pra eu *aprender a não olhar muito pras pessoas erradas*?

Harry largou o braço de Matthew e cerrou os punhos. A verdade era que agora, querendo ou não, cabia somente a Matthew Knight decidir se o colégio todo passaria por provas extremamente difíceis, que os levariam a repetências, dependências e recuperações. E o colégio nunca tinha feito algo de bom para Matthew. Então por que o garoto teria a boa vontade de se entregar?

— Não ande por aí sozinho — Matthew repetiu e novamente deu as costas para ir embora.

Harry estava tão aturdido que não o impediu dessa vez. Ele mesmo estava preocupado com suas próprias notas. Dificilmente passaria imune em Matemática ou Física. Então talvez devesse ter insistido mais. Mas a culpa de ter sido por ele que David batera em Matthew o interrompeu. Talvez os alunos do colégio St. Raphael merecessem aquelas provas. Por Matthew, por Damon.

Harry ficara tão irritado e ao mesmo tempo tão envergonhado em relação a Matthew que sequer tentou falar com o garoto de novo. Como só o via nas aulas de Línguas, não ficara tão difícil assim ignorar sua existência. Diferentemente da primeira semana do garoto no colégio, já quase não via Matthew. De fato, algumas pessoas diziam que ele matava muitas de suas aulas, exatamente como o irmão — chamado de *o outro esquisito.*

A semana correu relativamente bem, considerando que os alunos estavam nervosos quanto às provas finais. Não havia mesas disponíveis na biblioteca, e os exames eram só entre os dias dez e vinte e um de dezembro. Ainda faltavam cerca de dois meses.

Harry já nem cogitava nadar no lago, mas constantemente passava pelo local. Observava as águas, sentava sob a árvore em que, supostamente, Damon tinha se enforcado. Quem sabe o garoto não apareceria novamente, confundiria novamente, abraçaria novamente. Quem sabe não se sentaria ao seu lado e deixaria Harry conhecê-lo, entendê-lo.

Mas durante a semana toda nem sinal de Damon Knight. Ou Matthew Knight. E o mais próximo de algum acontecimento estranho foi Gregory lhe trazendo um remédio para enjoo na sexta-feira, alegando que o tinha visto passando mal no banheiro coletivo dos dormitórios, num horário que Harry obviamente estaria na aula de Matemática. Não que fosse muito importante ou que tenha tomado muito a atenção do garoto.

Até que a sirene de infração ecoou novamente pelo colégio, no sábado, dia vinte e sete de outubro, logo pela manhã. Dessa vez, Harry não fazia a menor ideia do que poderia ter acontecido. E por mais que quisesse se convencer de que não tinha nada a ver com Matthew Knight, sua intuição ia na direção contrária. Como Bill havia mencionado, a sirene de infração só era tocada quando não sabiam quem era o culpado, então seja lá o que tenha acontecido de grave dessa vez, haveria mais punição para o colégio todo.

Antes das oito da manhã, o salão principal estava lotado novamente, e o senhor Aldrin estava roxo de raiva, gritando com algum monitor. Seus gritos podiam ser ouvidos graças à proximidade com o microfone, mas em geral tudo era abafado pela grande balbúrdia dos estudantes, preocupados com as provas.

Assim que o monitor que conferia o cartão de identificação dos estudantes na entrada sinalizou que todos os quatrocentos e oitenta garotos estavam presentes, o diretor gritou no microfone, ordenando silêncio. Sua voz grave encheu os ouvidos dos meninos, que se calaram imediatamente.

— Venho a vocês informar que neste momento seus quartos estão sendo revistados — disse o diretor. — Porque temos um ladrãozinho muito apegado à sua arma.

E foi só isso que o senhor Aldrin precisou dizer para ficar muito claro o envolvimento de Matthew naquela reunião. Matthew roubara de volta sua adaga.

Harry olhou ao redor, procurando pelo garoto. Encontrou-o na última posição de um banco quatro fileiras à frente. Tinha espaço para mais duas pessoas se sentarem entre ele e o próximo aluno. Tentou identificar qualquer tipo de reação contrária do menino em saber que seu quarto estava sendo revistado, pois era óbvio que a arma estaria lá e ele seria descoberto. Mas Matthew parecia calmo como sempre.

Os alunos ficaram presos no salão principal quase até a hora do almoço. Alguns alunos de pais mais ricos ameaçaram contar ao pai. O diretor se limitou a dizer que qualquer pai racional saberia que aquela medida era o mínimo que podia fazer pela segurança dos alunos.

Depois de três horas, os monitores que vasculharam os quartos entraram no salão e entregaram uma caixa para o diretor. O senhor Aldrin vasculhou a caixa, que continha garrafas de vodca, cerveja e um maço de cigarros. Então voltou ao microfone após pedir silêncio mais uma vez.

— Senhores Tyson Muller, Rodrik West, Bernard Tymothy e Trevis Morgan cumprirão três dias de detenção por porte de substâncias ilícitas. Seus pais receberão um comunicado. Quanto ao restante, não apenas as provas finais serão as das salas especiais, como todas as anteriores, até que o dono e ladrão da arma seja encontrado.

O queixo de Harry caiu. Sem chance. Sem a mínima chance. Seria jubilado do colégio. Sua bolsa de estudos não impedia isso. Não que não tivesse uma certa regalia com os professores graças ao treino, mas simplesmente não podia repetir um ano. E ele não parecia ser o único cuja alma pareceu sair do corpo com aquela notícia. O salão se encheu de gritos e acusações, e dessa vez o senhor Aldrin não foi capaz de silenciá-los. Não demorou nem um minuto para que Harry visse Matthew andando no meio do corredor até quase subir no púlpito. Estava a poucos metros do diretor.

— A arma é minha.

Ninguém ouviu, obviamente, já que todos estavam gritando ao mesmo tempo. Mas como o senhor Aldrin vira o garoto tentar falar, insistiu algumas vezes para que os estudantes fizessem silêncio, apesar de que ainda se ouviam várias vozes.

— A arma é minha — repetiu Matthew.

Dessa vez, foi como cortar toda a conversa com uma faca. Todas as palavras se encerraram pela metade, e quem não estava olhando a cena, se virou imediatamente.

— Senhor Knight, já lhe falei que não há provas e…

Matthew o interrompeu ao tirar do bolso a dita adaga e erguê-la à vista de todos.

Houve silêncio durante um longo período. O diretor parecia não saber como reagir, assim como todos os demais alunos. Matthew estava condenado naquele colégio. Teria sorte de ir às aulas e voltar ileso delas de agora em diante.

Aliás, teria sorte se continuasse no colégio. A expulsão parecia algo muito razoável.

— Senhor Knight… — o diretor começou, parecendo bastante decepcionado. — Por favor, me acompanhe. Os demais estão liberados.

8. A PARTÍCULA DE TEMPO

Harry estava começando a considerar a ideia de fazer uma lista com todas as coisas que não entendia desde o dia oito de outubro. Como era dia vinte e oito, havia acontecido bastante coisa inexplicável em pouco tempo. E agora podia adicionar à lista o fato de que Matthew havia, inesperadamente e sem motivo, se entregado como culpado por porte de arma branca, vagar nas dependências do colégio em horário proibido, invasão do escritório do diretor e roubo de objeto sob custódia do colégio.

Não havia provas contra ele. Só sua própria palavra. Então, se Matthew não tivesse erguido a adaga durante a reunião, não havia uma só pessoa naquele colégio que pudesse testemunhar contra o garoto. Nem mesmo Harry, pois não tinha como provar que estivera com Knight. Mesmo que acreditassem, ele mesmo estaria condenado.

O pensamento, aliás, o fez ter calafrios. E se Matthew contasse que também estivera na sala de troféus?

E Harry era muito mais culpado do que parecia. Afinal, Matthew o salvara. Estava ali por causa de Harry, não o contrário. Tinha que dar graças que o menino possuía a adaga.

Mas e se Matthew Knight fosse expulso do colégio?

O pensamento era mais do que razoável. Ele precisava de um milagre para que isso não acontecesse. Talvez considerando que era um bom aluno ou alegando que sofria agressões constantes. Harry não sabia mais o que, mas estava preocupado.

— O que acha que vai acontecer? — Harry perguntou a Bill, quando os dois estavam em silêncio, estudando no quarto, cada qual em sua mesa de estudos.

Bill virou a página do livro de Matemática e continuou fazendo seus exercícios.

— Com o quê?

— Com Matthew Knight — Harry completou. Às vezes tinha que lembrar que as pessoas, na verdade, odiavam o garoto e pouco pensavam nele, e que só Harry se importava.

— O irmão dele vai aparecer.

O estômago de Harry pareceu receber um estoque de gelo ao ouvir aquelas palavras. Mas então seu cérebro fez o raciocínio correto e ele se lembrou de Dalton Knight, o mais velho.

— E daí?

— E daí tudo vai ser esquecido. Era assim com o outro esquisito.

Harry franziu o cenho, confuso. Tomou um gole do chá que repousava perigosamente perto do livro de Línguas e considerou abrir um pacote de bolachas.

— Como assim esquecido?

Bill pousou a lapiseira sobre o caderno antes de responder.

— Quando o outro…

— Damon — Harry o interrompeu antes que a palavra *esquisito* pudesse ser proferida.

— Esse. Quando Damon estudava aqui, às vezes era pego. Uma vez foram drogas.

— Drogas?

— Remédios. Umas coisas meio pesadas. Em excesso. Dessas que viciam. Sem receita, sem prescrição. Foi o que ouvi falar. Daí pegaram. Ele ia ser suspenso. Chamaram o responsável. E já era o irmão, os pais já tinham morrido. Só sei que o tal do Dalton veio, perambulou pelo colégio um tempo, falou com o diretor, e aí tudo foi esquecido. Ele não pegou nem um dia de suspensão.

Harry afirmou com a cabeça e internamente rezou para que acontecesse o mesmo com Matthew, apesar das acusações serem muito mais fortes dessa vez. Remédios, antidepressivos, ansiolíticos e coisas do gênero poderiam ser explicados pela morte dos pais. Uma adaga, não.

Foi na segunda-feira que, indo para o prédio de Exatas, Harry avistou uma cena no mínimo curiosa.

Matthew Knight estava caminhando ao lado do senhor Aldrin e de outro rapaz bastante alto. Harry o reconheceu graças à sua foto na sala de troféus. Aquele era, com certeza, Dalton Knight. O trio caminhava pelo pátio central, passando pela grama, debaixo das árvores. Alguns estudantes olhavam de canto de olho, outros apontavam.

Sentados num banco mais distante estavam David e Frederic. Os dois encararam Dalton Knight com um misto de raiva e medo que fez Harry curioso em saber mais sobre o Knight mais velho. Matthew não parecia muito preocupado com o que quer que o senhor Aldrin e seu irmão conversavam. Na verdade, estava muito mais entediado do que qualquer outra coisa.

O trio incomum atravessou o pátio até entrar no prédio principal e desaparecer da vista. Harry desistiu de segui-los com o olhar e rumou para sua aula de Química.

O dia teria passado sem mais acontecimentos estranhos, se Harry não tivesse saído do quarto perto das nove da noite para procurar por David a respeito dos treinos durante o período de provas. Mesmo que agora a situação estivesse resolvida e Matthew fosse o único a ser punido, ainda tinha que se esforçar para passar nas matérias.

Mas nunca chegou ao quarto de David, porque antes disso viu um vulto descendo as escadas em grande velocidade. Harry sentiu um calafrio que fez os pelos de sua nuca eriçarem. A lembrança do monstro era responsável por isso. Mas enfiou na cabeça que quem quer que fosse, parecia ser humano o suficiente para que ficasse mais curioso que amedrontado. Então desceu as escadas, olhando para os dois lados, de repente consciente do quão sozinho estava.

Andando no corredor, aparentemente atento ao menor ruído, estava Matthew. A luz vinha de frente, então ele era só um vulto, mas ninguém era tão magro e pequeno quanto Matthew. E foi só Harry chegar ao último degrau que o garoto girou na sua direção, num salto, como um gato arisco.

— O que está fazendo aí? — Harry perguntou, andando em sua direção.

Matthew revirou os olhos, relaxando agora que vira que era Harry. Ele olhou para os dois lados, provavelmente tentando se certificar que ninguém mais estava vindo.

— Volta pro seu quarto, estou ocupado.

Harry balançou a cabeça e se aproximou mais.

— Fazendo o quê?

— Não te interessa.

— Acontece que interessa, sim. — Harry tomou coragem para dizer. Se continuasse passivo e só vendo as coisas acontecendo ao seu redor, talvez nunca entendesse todos os fatos estranhos envolvendo a família Knight. — Eu fui perseguido por um monstro e você sequer se deu ao trabalho de explicar. E não venha me dizer que não sabe nada sobre isso, porque onde quer que tenha alguma coisa estranha, você está no meio.

— Acredite ou não, não tenho tempo pra te explicar. Volta pro seu quarto *agora*.

Harry estufou o peito.

— Ou o quê?

Uma claridade invadiu o corredor. Não uma luz artificial ou estranha, não algo fora do normal. Simplesmente a luz do dia. Simplesmente o Sol. Exceto que eram nove da noite e, nesse caso, sim, era algo muito estranho.

O som do sinal que indicava fim de período ecoou pelo colégio, e Harry se viu imerso nos sons rotineiros do St. Raphael. Alunos conversando, rindo. Professores caminhando. Passos no carpete, escadas rangendo.

— Amanheceu? — Harry olhou ao redor, perdido, confuso, completamente desorientado.

Matthew esfregou a mão no rosto, entediado, e deu de ombros.

— Ótimo, era tudo que eu precisava.

— O que está acontecendo? Por que é dia?

Alguns alunos começaram a passar por Harry, rumando para os prédios de sala de aula, aparentemente sem a menor preocupação ou estranheza, fazendo Harry girar em torno de si próprio, desnorteado.

— Anda. O diretor deve sair da sala dele às três.

— Três? São nove da noite!

Matthew suspirou e puxou Harry pela mão. E como o garoto não tinha muita noção do que estava acontecendo, acompanhou-o sem dizer mais nada.

É um sonho. Só pode ser um sonho.

Os dois saíram do prédio de dormitórios e deram a volta para caminhar pelo lado de fora, e não pelo pátio da estátua do anjo, passando atrás das arquibancadas do campo de futebol. Matthew parecia bastante preocupado que alguém os visse e segurava a mão de Harry com força suficiente para que o menino sequer cogitasse tentar se soltar. Não que tivessem qualquer condição mental de tentar, já que ver o sol lá fora o deixara ainda mais aturdido.

Sem questionar, Harry foi guiado até o prédio principal. Na última sala do lado esquerdo ficava o senhor Aldrin. Ele mantinha um quadro de si próprio na parede atrás de sua cadeira, e Harry sempre tivera a impressão de que o retrato era muito mais assustador que o próprio diretor.

Matthew entrou no último banheiro antes da sala do senhor Aldrin, escondendo-se atrás da parede. Harry fez o mesmo, respirando alto, confuso.

— Agora vai me explicar o que estamos fazendo?

Matthew fez sinal para que Harry ficasse calado e olhou no relógio. Inconscientemente, Harry fez o mesmo, porém olhando em seu celular.

O que viu fez seu coração disparar. Tinha que estar errado. Talvez tivesse derrubado o celular e desregulado.

A data era de vinte e seis de outubro, sexta-feira, dois dias antes. Eram três da tarde.

Ainda tentando raciocinar, Harry começou a balbuciar coisas sem sentido e sua única atitude racional foi desligar e religar o celular. Mas a data continuava a mesma.

— Matthew, você pode me explicar por que hoje é dia vinte e seis?

Matthew novamente fez sinal para que se calasse, dessa vez mais irritado. Então viram o senhor Aldrin caminhar na direção do banheiro a passos rápidos.

— Vem — mandou Matthew, puxando Harry pelo braço mais uma vez.

Os dois entraram numa das cabines do banheiro, fazendo Harry se sentir bastante desconfortável. Teria reclamado, se não estivesse tão aturdido.

— O que raios estamos...

Matthew pôs a mão na boca de Harry, impedindo-o de pronunciar mais uma palavra. Ergueu um dedo à frente dos lábios, fazendo sinal de silêncio, enquanto os dois claramente ouviam o senhor Aldrin entrar no banheiro, na cabine seguinte. Tão logo o fizera, Matthew girou o trinco para abrir a porta e sair. E sem dizer mais nada, empurrou um banco pesado que havia no lugar, colocando-o na frente da cabine onde o senhor Aldrin entrara, bloqueando a porta.

Harry estava prestes a ter um surto. De repente quis sair dali, correr, ir para o mais longe possível de Matthew. Se fosse pego, não haveria um irmão mais velho influente para salvá-lo. Seria expulso sem uma segunda chance. E ia reclamar, quando percebeu que, se dissesse uma única palavra, o senhor Aldrin reconheceria sua voz.

Matthew puxou Harry pela manga da camisa para fora do banheiro. Lá, olhou para os dois lados do corredor antes de começar a correr, ainda segurando o colega, na direção da sala do diretor, enquanto um sentimento de medo causava ânsia em Harry.

Matthew abriu a porta da sala, que estava destrancada, muito provavelmente porque o diretor saíra com pressa. Lá dentro, pôs-se a revirar as gavetas desesperadamente, enquanto Harry lentamente entendia o que o menino procurava.

Era dia vinte e seis.

No dia vinte e sete pela manhã, tocaria a sirene de infração, anunciando que a adaga encontrada fora roubada.

Harry sentiu o estômago revirar quando sua suspeita foi confirmada. Matthew tirou sua adaga de uma caixa onde ainda havia uma série de outros pequenos objetos proibidos, como isqueiros e revistas para maiores. E tão logo encontrou, o garoto abriu a porta para voltar a puxar Harry pelo braço, correndo pelo corredor até que estivessem na saída para o pátio da estátua.

— Não podem me ver com você. Vai pelo lado de trás. Se conseguir se lembrar onde estava nesse horário, evite o lugar. Não seja visto por você ou por alguém que saiba onde você deveria estar. Encontre-me no meu quarto. Entendeu? Não desvie do caminho por nada. Sem truques. Sem ideias. Se fizer tudo certo… eu explico tudo.

Harry balançou a cabeça afirmativamente e se separou de Matthew. Suas pernas estavam bambas. A ideia ainda estava entrando em sua cabeça enquanto caminhava pelo mesmo caminho pelo qual viera. *Não seja visto por você*. Deus. Não sabia o que faria se ele se visse. E o que aconteceria se fosse visto por aquela versão de si? Seria criada uma memória instantânea em sua cabeça sobre como no dia vinte e seis avistou ele mesmo andando por aí?

Se tinha alguma dúvida de que as coisas acontecendo ao seu redor estavam longe de serem normais, hoje — dia vinte e seis ou vinte e oito de outubro, não sabia direito qual dos dois — teve a certeza de que aquilo tudo não era um sonho. Algo muito bizarro estava acontecendo.

Atravessou o lado externo do colégio, por trás dos prédios de Exatas e do dormitório, o qual teve que contornar para entrar. As pessoas passavam por ele sem nenhuma reação estranha. Presas ao passado. Deus.

Harry não conseguiu chegar ao dormitório sem passar mal. Ainda estava zonzo com tudo o que acontecia e o quarto de Matthew era o último do último andar. Então parou no banheiro coletivo e descarregou no vaso toda sua confusão.

Sentiu-se ainda pior quando saiu do banheiro e se deparou com Gregory.

— Harry? Tá tudo bem?

Harry afirmou que sim, mas em sua cabeça um milhão de coisas passavam. A ideia de que poderia alterar o futuro irreversivelmente, a ideia de que qualquer palavra que dissesse a Gregory causaria qualquer mudança drástica.

Então se lembrou que, no dia vinte e seis, após sua aula de Matemática, Gregory o encontrara com uma cartela de remédios para enjoo, afirmando ter visto Harry no banheiro, passando mal, num horário em que Harry estava na aula de Matemática. E com isso, o garoto sentiu a bile subir à garganta e ele se virou para vomitar mais uma vez.

— Quer que eu pegue um remédio pra enjoo? A gente comprou pro Denis no último sábado.

Harry fez que sim com a cabeça para se livrar do garoto, que partiu imediatamente para seu próprio quarto. Agora sozinho, Harry continuou seu caminho até o dormitório de Matthew.

Bateu na porta duas vezes antes que ela fosse aberta. Entrou e desabou no chão, atrás da porta, de cabeça baixa. Suas mãos tremiam de fraqueza.

— O que está acontecendo? Por favor, Matthew, só me diz…

— Sério que vou precisar trazer ele comigo?

Harry ergueu a cabeça. Sentados na cama estavam… dois Matthews.

Eram idênticos. Absurdamente idênticos. Gêmeos não teriam esse grau de simetria. Claro. Eram exatamente a mesma pessoa, em tempos diferentes.

Harry sentiu o estômago contrair mais uma vez, mas já não havia nada para botar para fora.

— Por favor. O que está acontecendo aqui?

— Ele veio sem querer — alegou o outro Matthew, e Harry teve a certeza de que era o *correto*. O do seu tempo, ao menos.

— Bom, se ele não desmaiar, tá tudo bem.

— Não, só vai ficar com cara de morto o tempo todo.

— Vai ser um incômodo — reclamou o Matthew do passado.

— Aparentemente vamos salvá-lo no futuro. Um demônio atemporal vai persegui-lo ou algo assim. Ele está falando disso há um tempo.

— Ainda? Ele mencionou isso na segunda-feira.

— Chega! — Harry gritou, tapando os ouvidos. Sua cabeça parecia estar prestes a explodir. — Quero explicações, e não mais coisas pra me confundir!

— Boa sorte com ele — disse o garoto do passado.

E então a sala ficou gradativamente mais escura. Alguns objetos começaram a sumir e aparecer em lugares diferentes. O Matthew do passado também começou a desvanecer, até que desaparecesse completamente em pleno ar. Harry já tinha visto algo parecido. Com Damon. O Matthew do passado desapareceu exatamente como Damon Knight, uma semana antes. E agora, no quarto, estava apenas Harry e Matthew, o do seu tempo, e estava escuro como antes. O relógio indicava dez da noite.

— O que raios…

— Calado — interrompeu Matthew. — Sou uma partícula de tempo. Uma partícula de tempo é alguém responsável por fazer reparações no tempo.

Harry sacudiu a cabeça e encarou o garoto.

— O que quer dizer? Como assim, reparações no tempo?

— Existem coisas que deviam acontecer. Quando elas não acontecem, apareço pra garantir que elas aconteçam.

— Você viaja no tempo.

— Normalmente sim — respondeu, levantando-se da cama para acender a luz do quarto. — Quando é necessário. E isso é tudo o que você precisa saber.

Harry se levantou, de queixo caído, respirando pela boca, atordoado.

— Como assim, isso é tudo o que preciso saber? E o monstro?

— O monstro pode ser muita coisa. Ainda estou tentando investigar isso, mas não vai dar pra dizer nada até que aconteça comigo. Ele aparece onde há feridas no tempo.

Harry sabia que não devia estar no quarto de Matthew àquela hora. Mas agora que o garoto resolvera falar, não podia perder a oportunidade de fazer todas as perguntas presas na garganta.

— O Matthew que me salvou não era você? — ele perguntou, num tom quase afirmativo.

— Era eu. No futuro. No futuro vou voltar no tempo e te salvar, aparentemente. O que é bem estranho, já que não arriscaria minha vida por você. Não é meu trabalho matar coisas como aquela.

O estômago de Harry revirou, mas de uma forma diferente. Não mais em confusão e assombramento. Mas em algo semelhante à melancolia. Sacudiu a cabeça para tirar a expressão de desapontamento do rosto e voltou a olhar para o garoto.

— Como você sabe quando ir? Por que você não iria *agora*, por exemplo?

— Não vou para missões quando quero. Sou sensível a falhas temporais acontecendo em diferentes linhas temporais. Consigo perceber quando vai acontecer, mas nunca sei pra onde vou. Às vezes dá pra deduzir ou eu mesmo me conto quando me encontro em diferentes linhas de tempo. Minha versão que te salvou estava preparada para fazê-lo. Aparentemente, ainda não estou. Por isso não é hora de te salvar.

— O que acontece se chegar a hora e você não for?

— Você morre e toda linha de tempo após esse momento se desintegra, dando lugar a outra em que você não exista mais.

Harry sentiu um calafrio que fez seu corpo todo tremer.

— Isso não seria uma falha no tempo?

— Não — Matthew respondeu, sem mais explicações. Aquela resposta, no entanto, contrariava suas explicações anteriores.

Harry o encarou durante alguns segundos, esperando por qualquer coisa que justificasse aquele não, mas Matthew não disse mais nada. Não tentou perguntar, por medo de ter entendido qualquer ponto errado e ser chamado de burro.

— Você faz muito isso? — Harry perguntou, pondo as mãos no bolso. — Ir e voltar no tempo? Seu irmão fazia?

Matthew mordeu o lábio e olhou para a parede. Era perceptível que estava pensando em que conjunto de palavras escolher para responder àquela questão. Demorou alguns instantes para abrir a boca novamente.

— Sempre que preciso, sim. De qualquer forma, não tenho muita escolha.

— E Damon?

Matthew revirou os olhos, irritado.

— Por que sempre Damon? Por que tanta curiosidade pelo meu irmão?

— Porque ele apareceu. Semana passada. Pra falar comigo. E porque ele me salvou. Ele era como você, não era? Uma partícula. Ele está vivo? Existe alguma linha temporal em que ele está vivo?

Matthew suspirou e engoliu em seco. Olhou para o relógio e então de volta para Harry.

— Você devia voltar pro seu quarto agora.

— Só mais essa pergunta. Por favor.

— Foram três perguntas.

Harry respirou fundo. O que perguntaria sobre Damon? O que era mais importante saber sobre ele? O que Harry mais *queria* saber?

— Ele está vivo?

— Em alguma linha temporal, até mesmo Hitler está vivo.

— Não foi isso que quis dizer e você sabe.

— Meu irmão se matou. Não me pergunte por quê. Pergunte a ele, se ele está lhe fazendo visitas. E o odeio por isso. Odeio com todas as forças por ter se matado por alguém como você.

— Ele está me visitando de alguma outra… linha temporal? — Harry perguntou, ignorando a ofensa explícita.

— É a segunda pergunta.

— Sua resposta não respondeu minha primeira pergunta — alegou Harry.

— Você quer saber se vai vê-lo de novo — afirmou Matthew. O garoto se levantou e caminhou até a porta do quarto, destrancando-a. — A resposta é sim. Agora vai embora. E vai direto pro quarto.

9. A APOSTA CONVENIENTE

Ainda havia muita coisa que Harry queria entender, mas percebera que as respostas não viriam de Matthew tão cedo.

Pelo menos sabia que ainda veria Damon. Quem sabe numa próxima vez, pudesse conversar com ele e fazer perguntas, apesar de ter a impressão de que era incapaz de dizer ou perguntar qualquer coisa ao rapaz. Da primeira vez, Harry simplesmente ouviu e aceitou. Suas palavras sumiam como num sonho. E nenhuma das explicações dadas por Matthew parecia justificar tal admiração. Talvez fosse apenas por ter sido salvo.

Fato era que Damon, assim como Matthew, era uma partícula de tempo. Talvez Dalton também fosse. Isso explicaria todo seu poder. Ou ao menos Harry achava que sim. Alguém com a habilidade de voltar no tempo com certeza saberia usar isso a seu favor, se fosse inteligente como Dalton era. E com base no fato quase certo de que Damon era uma partícula, Harry começou a tecer teorias.

Em seu caderno de Química, durante a aula do dia trinta de outubro, o garoto começou a rabiscar desenhos e ideias. Sabia que devia estar prestando atenção, já que a primeira semana de provas seria dali a duas semanas. Mas seus pensamentos eram constantemente desfocados da matéria em nome de alguma nova suposição em torno de Damon Knight. Às vezes, Matthew.

Damon é uma partícula de tempo. Damon consegue viajar no tempo.
Damon sumiu em 23 de setembro de 2010 e reapareceu em 8 de outubro de 2012 para me salvar, em seguida se matou.
Damon continua aparecendo mesmo após morto.
Teoria: Damon está vindo do passado para o futuro.

Por quê?

Partículas de tempo não controlam quando vão ou voltam no tempo.

Aparecem onde há uma ferida de tempo para consertá-la.

O monstro está associado às feridas. Damon apareceu por causa do monstro?

Mais de uma partícula de tempo pode aparecer na mesma ferida...

Harry prendeu a respiração e largou o lápis, casualmente virando a página do caderno para uma em branco. O senhor Trevor estava logo atrás dele, e não sabia dizer com certeza se o professor tinha visto ou não o que lhe pareceria coisas completamente sem sentido em seu caderno.

— Acha que duas semanas é muito tempo para estudar pra prova, senhor Darwin?

Harry engoliu em seco e endireitou a coluna.

— Não, senhor.

— Então por que não está se dando ao trabalho de copiar a matéria? Tudo que vejo é seu caderno em branco.

Harry respirou fundo e virou duas páginas para trás, segurando as folhas firmemente juntas para que parecesse apenas uma página. Suas anotações estavam ali, apesar de incompletas. Tinha parado de anotar qualquer coisa há vinte minutos. Mas duvidava que um ser míope e orgulhoso demais para usar óculos como o senhor Trevor iria se esforçar para conferir tais anotações. Havia números e fórmulas na folha, e isso era o suficiente.

Harry respirou aliviado depois que o professor voltou à explicação. Mas não voltou à página de teorias. Resolveu que havia sido demais para uma aula e decidiu usar o intervalo para qualquer pensamento a respeito de Damon.

Mas no intervalo Harry se viu rodeado pelo time de polo para ter qualquer chance de pensar em Matthew ou em Damon. Só não estava na roda o capitão David. O restante — Gregory, Bill, Denis e Fred — estava comentando sobre a possibilidade de visitarem o St. Mary num futuro próximo. Na verdade, apenas Fred estava realmente interessado, já que tinha uma namorada lá. Os demais questionavam a promessa do gigante do time de conhecer amigas de Monic que poderiam sair com eles.

Mais uma vez Harry não podia se importar menos com tudo aquilo. Estava mais preocupado com o fato de que a próxima aula seria Línguas, a única matéria que fazia com Matthew.

Era engraçado pensar que o garoto estava tão focado na família Knight, quando Matthew nem era seu amigo. E parecia fazer questão de ressaltar que não entendia por que sua versão do futuro salvaria alguém como Harry. Não era o mais corajoso dos garotos. Não entraria numa briga, apesar de ser forte o suficiente para vencê-la. Sequer se arriscara quando um monstro saltara sobre Matthew. Então sua curiosidade por algo que parecia ser tão perigoso era outra questão que o menino levantara no meio de tantas outras. Não entendia por que, mas se sentia fortemente atraído por todo o mistério que rodeava os Knight. E por mais que tenha descoberto o centro disso tudo — viagens no tempo — e que isso tenha aberto portas para teorias, cada hipótese levantava outras tantas questões.

E havia Damon.

Harry não estava tão curioso sobre Damon. A questão sobre o rapaz era mais profunda. O que queria saber sobre ele era basicamente por que o salvara. E tinha medo da resposta, mas a pergunta ficava martelando em sua cabeça.

Quando David finalmente se juntou ao grupo, todos se calaram e esperaram o capitão se sentar calmamente para continuar a conversa. A presença de David também cortou os pensamentos de Harry.

— Consegui falar com o treinador. Agora vamos ter treinos noturnos também — avisou o capitão.

— Noturnos?! — reclamou Gregory. — Algumas pessoas aproveitam o tempo livre pra estudar, sabia, David?

— Vocês são jogadores. Ninguém liga se vocês tiram nota baixa. E agora que o esquisito se entregou, não tem mais provas difíceis pra se preocupar.

— Ainda acho que as provas de Física são bem preocupantes — opinou Bill, dando de ombros. — E vocês têm provas de faculdade ano que vem.

— Ano que vem — repetiu David, ressaltando a frase.

— O campeonato também é só ano que vem — lembrou Gregory.

Claro que Frederic e Denis pouco opinavam. Os dois idolatravam David demais para ir contra sua palavra.

— E vamos estar preparados pra ele, pra não precisarmos remediar um resultado ruim em época de exames de nível — esclareceu David. — Ou será que querem sair do time?

Harry só ouviu. Sabia que sua opinião valeria pouco ou coisa alguma. Era bolsista. Sair do time significava sair do colégio. Então o que quer que o capitão decidisse, teria que concordar, gostando ou não.

— Ninguém está falando de sair do time, David — reclamou Bill. — Alguns de nós têm mais dificuldade com…

— Vou repetir a pergunta. Alguém quer sair do time?

O grupo se calou. Gregory ainda resmungou, mas não disse nada.

— Terça e quinta — avisou David, depois que os demais se calaram. — Os reservas já foram avisados. Impressionantemente, ninguém reclamou.

Harry suspirou e deitou a cabeça na mesa, apoiado na testa. Não fechou os olhos, mas estava distraído demais com os próprios pensamentos, de forma que não viu, de canto de olho, quando Matthew passou perto deles com uma bandeja de comida e sentou-se na mesma mesa isolada, sozinho.

— Foi você de novo, David? — perguntou Gregory.

Harry não deu atenção à pergunta, pois não a relacionara a Matthew.

— Não. Gostaria de saber quem foi.

— Está ficando apegado ao seu pequeno saco de pancadas? — caçoou Fred.

Harry finalmente se interessou pelo assunto e ergueu a cabeça, olhou para os demais.

— Não — respondeu David, dando de ombros. — Só gostaria de apertar a mão de quem fez. Foi muito bem-feito. Devo admitir que foi melhor que eu.

Harry franziu o cenho, sem compreender do que eles estavam falando, quando seus olhos pararam em Matthew.

O garoto estava de cabeça baixa. Os longos fios negros de sua franja não permitiam que ele enxergasse direito seus olhos, mas quando o garoto ergueu a cabeça para beber seu suco, ficou muito claro que seus dois olhos estavam escuros. Arroxeados, quase negros. Seu lábio superior estava cortado e inchado. Havia uma série de cortes em seus braços.

Harry sentiu o estômago contrair. Se fosse David quem tinha feito aquilo, Harry não sabia o que faria. Provavelmente seria expulso do time por surrar o capitão, e consequentemente também expulso da escola. Sabia perfeitamente que seria estúpido da sua parte, mas ao mesmo tempo sabia que não teria se controlado.

E lá estava Matthew Knight, comendo seu almoço sozinho, como se nada tivesse acontecido. Como se tudo estivesse perfeitamente normal.

— Ele mereceu, convenhamos — disse Denis, olhando para David, buscando aprovação. O olhar do menor do grupo para o capitão foi tão repugnante para Harry que ele quase não segurou as palavras na boca pra xingá-lo. — Ele merecia uma punição por ter trazido uma arma pro colégio.

— Alguém tinha que ensinar pra ele — concordou Frederic. — Já que o diretor tem medo do irmão dele.

— Ele não pegou suspensão então? — perguntou Harry. — Nem detenção?

— Nem um único dia — disse Bill, com a boca cheia demais. — Foi como eu te disse.

— O irmão apareceu, andou pelo colégio com o diretor e tudo foi resolvido — Harry completou, balançando a cabeça. — Por que isso? — perguntou. Claro que sua dúvida era só mais uma em torno dos Knight, mas ajudaria se o resto do time pensasse que ele também estava revoltado com a impunidade de Matthew. — Por que o diretor teria medo do Dalton?

David deu de ombros, segurando o copo de suco perto da boca.

— É um covarde.

Uma resposta genérica que ainda assim fez Denis e Frederic soltarem risinhos. Harry estava começando a ganhar uma pequena raiva inocente, não por David, por quem estava dividido em admiração e profundo ódio, mas pela dupla de puxa-sacos que parecia gastar cada segundo em busca da aprovação do capitão.

— Se aquele moleque tivesse uma arma quando o espanquei, eu ia acabar com a raça dele — disse Frederic, com sua manzorra fechada, socando a mesa.

Harry tinha suas dúvidas se Matthew ia mesmo algum dia usar uma arma contra qualquer coisa que não fosse um daqueles monstros. E de qualquer forma, apesar de, obviamente, não haver como o grupo saber, não era aquele Matthew que tinha um dia usado aquela arma. Não ainda.

A conversa rapidamente divagou para as meninas do St. Mary, e Harry novamente ficou entediado. Sua mente se absteve de tais divagações e, quando menos esperou, o sinal para a aula seguinte ressoou pelo colégio, de forma que o grupo se separou novamente. Harry e Bill rumaram para o prédio de Humanas. Matthew também, mas por um caminho completamente diferente, evitando andar perto de grandes multidões. No entanto, no devido tempo, o garoto estava lá, com o rosto muito machucado. A professora notou, mas a situação parecia normal para um Knight, então ela só forçou uma expressão de pena e ignorou-o em seguida.

A professora começou a falar sobre literatura e sobre os grandes escritores do século XX. Em especial sobre George Adams, parecia ser um amor platônico. Ela até pareceu realmente sentida ao mencionar que ele morrera dois anos antes. Harry não dava a mínima. A todo momento lançava olhares para Matthew, tentando encontrar seu olhar, buscando uma forma de perguntar o que havia acontecido e quem havia lhe batido. Até que Bill virou na sua direção e começou a girar a carteira junto.

— A professora pediu pra formar duplas. Você estava prestando atenção?

Harry balançou a cabeça e pareceu perdido por um momento, então deu de ombros e ajudou o colega a virar a carteira.

— Não, não… — interrompeu a professora, e a classe toda olhou pra ela, mas aparentemente ela se referia a Brett, George e Francis, que estavam fazendo um trio. — Eu disse duplas.

— Eu não quero ir com o esquisito! — protestou Francis.

Harry olhou rapidamente para Matthew, que não havia movido sequer um músculo para procurar por alguém. Por algum motivo, aquilo fez seu estômago doer. A verdade era que Harry nunca havia conhecido alguém tão solitário quanto Matthew. Era um isolamento que sua mente não conseguia compreender.

A professora botou as mãos na cintura e olhou por cima dos alunos, provavelmente buscando alguém que se oferecesse a fazer dupla com ele por livre vontade. Afinal, os machucados no rosto do menino deixavam claro que forçar alguém a fazer par com ele seria perigoso.

Depois de esperar, em vão, a professora suspirou e deu de ombros.

— Matthew, tem problema se você...

— Não — Matthew respondeu, antes de ela terminar. — Não tenho problema algum em fazer o trabalho de uma dupla sozinho.

Harry teria se oferecido. Harry queria se oferecer. O trabalho não era feito em apenas uma aula e, na verdade, parecia ser muito mais longo que isso. Era a oportunidade perfeita para passar mais tempo com Matthew e lhe fazer perguntas. Mas seria muito suspeito para Bill.

— Às vezes dá até dó — disse Bill, abrindo seu caderno. — Quer dizer, ele só é estranho. E convencido.

Harry não comentou nada a respeito, com medo de parecer suspeito, e começou a fazer círculos no caderno enquanto a professora começava a distribuir os temas para os trabalhos.

— Ei, Bill — Harry chamou, após ter uma vaga ideia. — Aposto vinte pratas que consigo fazer um trabalho com ele.

— Com o esquisito? — Bill perguntou, dando leves risinhos. — Sei não. Não vou apostar meu dinheiro nisso. Ele sempre faz o trabalho todo sozinho e o outro nunca faz nada. Aí é fácil.

— Você sabe que não aceito essas coisas.

Era bem verdade. Da última vez que Bill e Harry formaram uma dupla, Bill quase o esganara na vigésima correção feita na sua parte do trabalho.

— Vocês iriam enlouquecer fazendo trabalho juntos — Bill caçoou, rindo.

Harry deu de ombros e mordeu o lábio, sorrindo. Estava levando o amigo exatamente aonde queria.

— Vinte pratas.

Bill parou de rir e pareceu analisar a proposta com mais seriedade dessa vez.

— Se você se irritar com ele, você perde. Se desistir, obviamente perde. Eu incluiria bater nele, mas você não bateria nem num saco de pancadas.

Se ele fizer o trabalho todo sozinho, ainda quero juros de cinco pratas, já que foi o que avisei que aconteceria.

— Feito — Harry disse, apertando a mão de Bill simbolicamente.

Harry levantou-se da carteira e foi até a mesa da professora, que estava anotando o nome das duplas em seu caderno para organizar os temas. O garoto limpou a garganta para chamar a atenção da mulher, que levantou os olhos por trás dos redondos óculos para encarar o garoto.

— Senhora Duvet, gostaria de me oferecer para fazer o trabalho com Matthew Knight. O Bill vai fazer com o Francis.

A professora o encarou por alguns segundos, tentando entender o porquê daquilo. Mas Harry era um bom aluno, e nunca havia estado em nenhum tipo de encrenca. Também nunca havia ofendido Matthew e parecia neutro em relação ao garoto. E o mais importante: era novo na escola. Não devia conhecer a fama dos Knight.

Ela inclinou um pouco o corpo na cadeira para desviar de Harry e olhar para Matthew.

— Senhor Knight, não vai precisar fazer seu trabalho sozinho.

Matthew ergueu a cabeça e encarou Harry. Então olhou para a professora.

— Mas não quero fazer meu trabalho com ele. Posso fazer sozinho.

— É um trabalho em dupla, senhor Knight. Por favor, coloquem suas cadeiras próximas. Vou entregar os temas em alguns minutos.

Harry previra um pouco de relutância. Não estava esperando que Matthew aceitasse com alegria de qualquer forma. Ainda assim não se sentiu muito bem com aquilo. Tampouco se sentiu bem quando, após juntar as carteiras, o menino o ignorou completamente. Mas a proximidade tornou os ferimentos muito mais visíveis. Não pareciam terem sido feitos a mão. Na altura das maçãs do rosto do lado direito havia um inchaço e um hematoma que claramente indicava ter sido feito por um bastão ou algo do tipo. Só ao redor dos olhos parecia a marca de um punho. Ainda mais inchado, o olho esquerdo estava levemente mais fechado que o direito.

A professora logo anunciou que o trabalho seria uma pesquisa profunda em relação a vários grandes autores e o uso que fizeram da língua. Padrões, estilos, detalhes de escrita. Isso incluía a leitura de pelo menos cinco ou seis livros de cada autor. Seria entregue valendo cinquenta por cento da nota das provas finais, na última semana de aula.

Harry estava perfeitamente bem com o trabalho. Gostava de ler, gostava de literatura e com alguma sorte pegaria algum autor que já conhecia. Porém, para seu azar, acabara recebendo George Adams. Já até tinha lido um de seus livros e gostado. O problema era que a senhora Duvet tinha dedicado toda sua carreira acadêmica ao autor. Portanto, qualquer pequeno erro seria visto como uma ofensa à memória de George Adams.

— Ok, vai ser um pouco mais difícil do que eu imaginava — disse Harry, abrindo seu caderno.

— Você não precisa fazer isso — disse Matthew, ignorando o comentário anterior.

— Isso o quê?

— O trabalho comigo. Seus amigos podem pensar algo.

Harry descobriu que encarar Matthew com o rosto daquele jeito era bastante agoniante, então tentou evitar.

— Eu disse que era uma aposta.

— Uma aposta?

— Apostei que faria o trabalho com você.

Matthew revirou os olhos e se recostou na cadeira, distanciando-se de Harry.

— Típico.

— Era minha única opção, certo?

— Bom, de qualquer forma você não tem que fazer o trabalho. Faço, entrego no prazo e, se você quiser, pode dar uma última olhada.

Harry balançou a cabeça e começou a anotar nomes de livros de George Adams.

— Faz parte da aposta que você não faça o trabalho todo sozinho.

— Eles não vão saber.

— Não, mas eu vou — Harry respondeu, firme. — Olha, nós vamos fazer o trabalho juntos, entendeu? É só um trabalho escolar.

Matthew franziu o lábio inchado e pareceu não ter mais nada para contra-argumentar.

— Vai me dizer quem fez isso? — Harry perguntou, olhando para o caderno.

O Knight caçula simplesmente deu uma risada curta, sarcástica e cruzou os braços, sem dizer nada.

— Não sei quem foi — Harry afirmou. — Não foi o David.

— Você vai ler *O conto da vida inacabada*? — Matthew perguntou. — Posso ler esse aqui. — E apontou para o segundo nome na lista que Harry estava fazendo.

— Matthew — Harry repreendeu, erguendo os olhos para o garoto. — Eu te fiz uma pergunta.

— E eu não me lembro de ter obrigação de responder — retrucou rapidamente, sem nem encarar o colega.

Harry entrelaçou os dedos, apoiando os braços sobre a mesa, com as mãos na frente do rosto. Encarou Matthew por cima dos punhos, não acreditando naquela frase.

— Ok, desisto — disse Harry, baixando as mãos. Suspirou e voltou a anotar nomes de livros que lembrava.

Os dois fizeram silêncio por um tempo, enquanto Harry continuava a escrever no caderno. Lembrava-se de uns doze títulos de livros de George Adams, e só tinha lido apenas um deles. Quando a lista baseada apenas em sua memória estava completa, Matthew se pronunciou.

— Quero ler *O solstício* — disse Matthew.

— Vamos ler os mesmos livros — avisou Harry. — Metade cada um.

— Isso é ridículo, como vou…

— Saber se entendi o livro direito? Confiar que analisei certo?

— Eu vou acabar lendo tudo.

— Não vai dar tempo e você sabe disso.

Matthew ergueu as sobrancelhas e sorriu em sinal de desafio.

— Está esquecendo que tenho certos poderes relacionados a tempo.

— Não, eu me lembro muito bem — afirmou Harry, com um sorriso de canto. — Lembro também que você disse não ter escolha sobre quando ou pra onde viajar.

Matthew não respondeu de imediato.

— Isso não é bem verdade.

Harry franziu o cenho. Ótimo. Agora além de ter uma centena de dúvidas, também não podia confiar nas respostas obtidas do garoto.

— Você mentiu?

— Não menti — defendeu-se rapidamente. Os dois estavam literalmente cochichando agora, de forma que Harry mal ouvia o que o outro dizia. — Só não disse tudo.

— Matthew, não é justo. Você não pode…

— Tá, Ok, entendi. Ok, metade cada um.

— Isso ou…

Matthew revirou os olhos. Harry estava quase ficando cansado daquele pequeno gesto frequente e indiferente.

— Ou o quê? Foi você quem deu a ideia.

— Ou a gente lê alto. Um pro outro.

Matthew torceu o lábio com desdém e encarou Harry como se indagasse se estava mesmo cogitando aquilo.

— Poderíamos discutir o livro enquanto lemos, analisar juntos, ao mesmo tempo. Não teríamos que rever tudo depois e passar a limpo. Daria menos trabalho no fim — Harry alegou.

— Leio muito mais rápido na minha cabeça. Ler alto tomaria muito tempo. E iria requerer que passássemos muito tempo juntos.

— Tempo não parece ser problema pra você. E aí, pelo menos você não teria que confiar em mim quanto às interpretações.

Matthew o encarou um pouco mais, provavelmente esperando que Harry desistisse da ideia e pedisse desculpas, admitindo que era ridícula. E na verdade Harry estava a segundos de fazê-lo, quando Matthew finalmente deu de ombros.

— Ok. Vai ser do seu jeito, Harry Darwin.

10. OS ALUNOS EM DETENÇÃO

Harry saiu do quarto uma hora antes de Bill na quinta-feira. Eram seis da tarde e o treino noturno estava marcado para as sete e meia. Não levaria mais que quinze minutos para chegar na piscina coberta, mas o garoto queria algum tempo sozinho.

Ele vestiu a sunga de treino por baixo da calça do colégio, enfiou duas toalhas e a touca em sua mochila e deixou Bill estudando Matemática no quarto, sem dizer nem uma palavra. Desceu os dois andares do prédio de dormitórios, ignorando e sendo ignorado por todos por quem passava. Já estava plenamente acostumado com a ideia de ser absolutamente ninguém naquele colégio e ter apenas o time de polo como colegas. E talvez seja justamente pelo fato de conhecer o sentimento de ser ninguém para a maioria das pessoas que Harry se sentia tão mal ao ver Matthew sozinho, porque para o garoto não havia ninguém. Nem mesmo o próprio Harry, já que nem ousava aproximar-se do Knight quando o resto de seus amigos estava por perto. O que só o fazia se sentir ainda pior e desejar ficar sozinho ainda mais.

Passou pelo corredor entre prédios e chegou nas piscinas abertas, onde alguns estudantes cumpriam detenção as limpando. Provavelmente os mesmos que foram pegos com objetos ilegais em seus quartos, durante a busca pela adaga de Matthew. Não os conhecia por nome, só sabia que um deles estava no time de hóquei.

Harry se interrompeu por alguns segundos quando pensou nisso. Na cabeça dele, aqueles garotos não podiam ser boas pessoas. Ou não teriam cigarros e bebidas em seus quartos. Haviam sido pegos só porque o diretor procurava pela adaga de Matthew. E graças à sua confissão pública, agora todos sabiam que a arma era, de fato, sua.

Harry fechou os punhos quando a conclusão veio. Aqueles eram os responsáveis pelos hematomas de Matthew.

— Tá olhando o quê? — perguntou o mais alto.

Os três pararam o que faziam para encarar Harry. Quase podia vê-los colocando Matthew contra a parede, rindo. Logo o reconheceu. Trevis Morgan. Claro, por que não se lembrara antes? Trevis Morgan, capitão do time de hóquei. Era fácil saber quem era, pois Trevis havia se machucado com o disco durante um jogo e agora exibia uma cicatriz permanente logo abaixo do olho. Fazia sentido que fosse ele, pois Matthew tinha marcas de bastão no rosto. Algo como o bastão de hóquei. Harry fechou os olhos, sacudiu a cabeça e ignorou a segunda vez que o rapaz o chamara, tentando afastar a imagem de Matthew sangrando pelo corte na boca. Ainda assim, não se moveu dali.

— Ei! — chamou o segundo, com mais agressividade na voz. Rodrik era alemão, tinha um sotaque bastante forte. Alto, de cabelo quase branco, seu rosto era quase perfeitamente quadrado. — Não está ouvindo, bolsista? Vaza daqui.

Harry sequer se mexeu quando Tyson, o único que não havia dito nada até o momento, largou o cabo do limpador que usava para limpar o fundo da piscina e pulou o cercado que o separava de Harry. O menino trouxe com ele um cheiro acre de suor e raiva.

— Tem algo a dizer? Está achando engraçado?

Harry o encarou. Eram exatamente do mesmo tamanho. Tyson devia ser do time de MMA ou algo assim, considerando o tamanho dos ombros e a forma com que o uniforme ficava agarrado ao seu braço anormalmente grande. Ou de qualquer outra luta. O cabelo raspado e a pele negra de Tyson faziam Harry se lembrar de todos os filmes americanos com boxeadores. A postura e a proximidade com que encarou Harry — podia facilmente ver suas narinas inflarem cada vez que inspirava para encher ainda mais o peito — também comprovavam a teoria das artes marciais.

Ainda assim, Harry sequer se mexeu.

— Posso ficar onde quiser — finalmente respondeu, devolvendo ao garoto exatamente o mesmo olhar. — E se quiser assisti-los, é exatamente isso que vou fazer.

Harry pôde ver perfeitamente os olhos negros do garoto estreitarem segundos antes de seu punho afundar em seu estômago. Perdeu a visão por alguns segundos, junto com todo seu fôlego. Foi como se o ar de seus pulmões tivesse desaparecido. Quando a visão voltou, seus joelhos já estavam no chão, e a sola do sapato de Tyson já o forçava a cair de costas ao chutá-lo no peito.

Harry tentou falar, tentou expressar a raiva que estava sentindo, mas o ar não retornou a seus pulmões, e a dor parecia dominar todo seu corpo. Seus olhos se encheram de vergonhosas lágrimas. Não de dor. Mas pela incapacidade, pela covardia, pela fraqueza e a impotência. Porque Matthew havia passado por muito mais que um mero soco e um chute. Matthew fora completamente espancado. Não uma vez. Em vinte dias naquele colégio, o Knight mais novo havia sido surrado duas vezes, uma delas por sua culpa. Aliás, ele não teria precisado daquela faca se Harry tivesse seguido seu conselho de não andar sozinho. Matthew tinha toda a razão de odiá-lo.

— Ainda acha que pode ficar onde quiser? — Tyson provocou. — Vai chamar o papai? Anda, levanta daí.

Harry ergueu o corpo da grama. O estômago doía horrores. Apoiando-se nas duas mãos e nos joelhos, finalmente se ergueu, arfando e tentando puxar o máximo de ar que pudesse. Tentou localizar os outros dois e ficou aliviado que estivessem satisfeitos em observar de longe, rindo.

— Se acha que pode ficar onde quiser, por que não tenta ficar, por exemplo, no armário de equipamentos? — ameaçou o garoto, aproximando-se para segurá-lo.

Harry deu dois passos para trás.

— Vocês vão limpar piscina o resto do ano por isso.

— Você se acha muito engraçado, não é, bolsista?

— Meu nome é Harry.

Trevis e Rodrik estavam perdendo o fôlego de tanto rir, por trás do cercado. Harry desejou que caíssem na água.

— Pouco me importa seu nome.

Harry limpou as lágrimas do rosto e encarou o garoto. O que quer que lhe acontecesse agora, com aquelas marcas no estômago, ninguém poderia dizer que atacara gratuitamente. Então, mirando o queixo, Harry manteve na cabeça a imagem de Tyson surrando o rosto de Matthew e usou isso como um potente incentivo para o soco que acertara em seu agressor.

Não importava que Tyson Muller estivesse acostumado a levar socos. Não importava que lutasse qualquer tipo de artes marciais. Um soco como aquele deixaria qualquer um desnorteado. O garoto virou o rosto e curvou o corpo para cuspir sangue. Enquanto isso, os outros dois pularam o cercado num único movimento e ergueram Harry do chão, prensando-o na parede do prédio logo atrás dele. Sentiu as costas se chocarem com os tijolos num baque seco que fez o ar fugir de seus pulmões mais uma vez.

— Agora você não pode dizer que não pediu por isso, bolsista — disse Trevis Morgan, segundos antes de lhe socar o olho, deixando-o instantaneamente cego.

Deus, isso dói mais do que parece, Harry pensou, desejando poder levar a mão ao rosto, apesar de seus braços estarem firmemente presos pelos punhos de Rodrik.

— Não, espera!

Harry *ouviu* Rodrik dizer, afinal não estava vendo mais nada, apenas sentindo-se prensado contra a parede e esperando o golpe seguinte. Aparentemente Rodrik havia impedido o segundo soco de Trevis.

— Você é bolsista do quê? — ouviu-o perguntar.

Harry ainda arfava, tentando respirar. Não encontrou ar o suficiente para responder.

— Por que isso é relevante? — ouviu Trevis questionar.

— Olha a bolsa dele — mandou Rodrik.

Harry tentou forçar os olhos a abrir, mas o que havia sido acertado se recusou a abrir. Com um olho e sem muita noção de distância, viu Tyson esvaziar toda sua mochila no chão com uma só mão, a outra segurava o queixo.

— Polo — Tyson concluiu, erguendo a touca com sua numeração no time.

— Deixa ele — mandou Rodrik, soltando os punhos de Harry.

— O quê? — Trevis exaltou, contrariado.

— Deixa ele — Tyson concordou. — Solta o moleque.

Trevis encarou Harry com desprezo, mas acabou por se distanciar dele, deixando-o escorregar até se sentar no chão. Levou uma mão ao olho esquerdo quase instantaneamente.

— David é o capitão do time de polo — Harry ouviu Rodrik murmurar para Trevis. — Deixa o moleque.

E, sem outra palavra, os três calmamente saltaram o cercado e, um por um, retornaram à tarefa de limpar a piscina, enquanto Harry continuava arfando, moralmente destruído, encostado na parede. A calça devia estar suja de terra. Seu olho já estava inchado. E a sola do sapato de Tyson estava absurdamente evidente na camisa branca do colégio, na altura de seu peito.

Humilhado, Harry se levantou uma vez mais, depois que o fôlego voltara. Relutante, recolheu as coisas espalhadas pela grama e enfiou tudo de qualquer jeito na mochila. Não olhou para os três antes de virar as costas e seguir seu caminho até o prédio das piscinas cobertas.

Tirou o celular do bolso, parado em frente à entrada. Xingou quando viu que a tela do aparelho havia trincado e que já não ligava mais. Ótimo saber que dependeria puramente das limitadas chamadas do telefone do colégio. Depois de suspirar e aceitar a perda, checou o horário. Ainda tinha cerca de trinta minutos antes do início do treino, e os demais não chegariam antes disso. Então aproveitou para ir até o banheiro, lavar o rosto, checar o estrago, sentar-se, tomar fôlego.

Não havia como negar o que acontecera. Seu olho já estava arroxeado. E por mais que tentasse limpar a camisa, a marca do pé de Tyson ainda estava evidente. Harry se apoiou na pia do banheiro, baixou a cabeça, respirou fundo e ergueu a cabeça novamente para se olhar no espelho.

Arroxeado.

Não era nem bem um hematoma. Era óbvio que havia levado um soco, mas o rosto de Matthew estava *preto*. Ambos os olhos. A boca, o nariz, as maçãs do rosto. Fora o resto do corpo. Harry sentiu as lágrimas voltarem aos olhos ao tentar imaginar a dor que o garoto passara.

Foi aí que Gregory entrou no banheiro, carregando sua própria mochila. Com o susto, Harry endireitou a coluna e deu um pulo.

— Gregory! Quase me mata.

Gregory colocou a mochila sobre a pia e encarou Harry, estreitando os olhos.

— O que raios aconteceu com você?

Harry sacudiu a cabeça e começou a desabotoar a camisa.

— Não aconteceu nada. Levei uma bolada.

— Ah, claro. De tênis. No olho.

Harry deu de ombros e tirou a camisa com cuidado, dobrando-a para colocar de volta na mochila.

— E outra bolada no estômago, ao que parece.

Harry olhou para o próprio corpo e xingou algo ao ver a área arroxeada onde levara o soco de Tyson.

— David vai querer saber o que aconteceu — avisou Gregory, desistindo de obter respostas pra entrar num dos cubículos e se trocar.

Harry suspirou e tirou as calças do colégio, aproveitando para olhar a parte de trás e confirmar que estavam mesmo sujas. Esperava poder usá-las no dia seguinte, já que não tinha chances de as que tinha mandado para lavar chegarem antes da segunda-feira. Provavelmente pegaria alguma emprestada de Bill e usaria um cinto.

Tirou a touca e a toalha da mochila. O restante deixara pendurado no gancho do banheiro, já que não havia mais pessoas para usar a piscina além do time de polo.

Um dos rapazes da reserva, Ferris, entrara enquanto Harry estava saindo e também lhe perguntara o que havia acontecido. Simplesmente o cumprimentou e ignorou a pergunta. Quando chegou à piscina, viu todos os demais entrando juntos, alguns já de sunga, outros sem camisa e poucos rumando até o banheiro para se trocar. David estava pronto, dentro da água, lançando a bola na rede enquanto Frederic bancava o goleiro. Funcionaria muito bem, graças aos seus quase dois metros, mas ainda era muito lento e tinha mais força do que habilidade, então David não via problemas em lançar bolas precisas onde bem entendesse e fazer quantos gols quisesse.

Harry não pôde deixar de lembrar da forma com que aqueles garotos se acovardaram e se distanciaram quando perceberam que era do time de polo. O time de David Buckler. E por algum motivo isso era razão para temer.

Aproximou-se da piscina e notou que, atrás dele, alguns rapazes da reserva também chegavam. Denis correra direto da entrada para a piscina, saltando em forma de uma bola. O garoto emergiu alguns metros dali, mantendo-se a flutuar com a pernada do polo. Harry simplesmente ignorou os respingos de água, já que sabia que era aquecida.

— Ei, Harry, o que aconteceu com seu olho? — perguntou Bill, quando chegou sem prévio aviso.

Harry sacudiu a cabeça e ignorou, saltando na água. Mas David tinha ouvido, apesar de não ter dado tanta atenção. Quando Harry emergiu de volta, o capitão o estava encarando de longe, enquanto Frederic reclamava que Bill estava demorando.

Harry retribuiu o olhar de David. Não disse absolutamente nada e desviou os olhos. O capitão fez o mesmo. Em vez de ter qualquer reação diante do hematoma, David saiu da piscina e começou a distribuir as funções de cada um. Começaram com simples movimentação, passe de bola, treino de ataque, treino de defesa, o time todo dentro da água, incluindo os reservas. Cada vez que o estômago de Harry dava uma agulhada de dor que o fazia cometer algum erro, David lhe lançava um olhar duro, mas nada dizia, o que era estranho, já que o capitão costumava não deixar falhas sem uma correção.

O treino durou uma hora e meia. Porque ficou incapaz de nadar por muito tempo sem ter que se apoiar na borda da piscina, Harry fora aconselhado por David a dar lugar a um dos reservas. Quando o treino foi encerrado, o garoto estava sentado fora da piscina, enrolado numa toalha.

— Todos dispensados. Exceto...

Denis, Fred, Bill e Gregory reviraram os olhos praticamente ao mesmo tempo. Bill já estava praticamente vestido quando David o chamou de volta. O capitão enrolou uma toalha na cintura e parou em frente a Harry com os braços cruzados. David tinha o corpo comprido, os ombros largos, os braços longos. Daria um bom nadador se quisesse. Também tinha fama de ser alvo dos gritos das meninas do St. Mary. Os demais se sentaram com suas roupas no mesmo banco onde Harry ainda estava. Frederic estava inteiramente vestido, exceto pelas meias e pelos tênis. Denis lutava contra a camisa, num esforço inútil de vesti-la sem desabotoá-la.

— Harry, quero o nome de quem te bateu — David disse, muito calmamente.

Harry engoliu em seco. O que o capitão pensaria se dissesse que comprara briga por causa de Matthew?

— David, não foi nada. Esquece isso — pediu Harry.

— O nome, Harry — David insistiu.

— Eu não preciso ser protegido, David.

O capitão ergueu uma sobrancelha. Harry nunca deixaria de se impressionar com o quão frio o garoto parecia. O quão imponente, o quão *líder* ele era. Ao mesmo tempo, nunca o perdoaria pelo que fizera a Matthew.

— Claramente precisa.

— Não preciso. É problema meu.

David não se moveu. Apenas piscou os olhos e franziu os lábios levemente. Estava esperando.

— Nem sei o nome deles, David — Harry mentiu, dando de ombros.

— *Eles* — David repetiu. — Mais de um.

Frederic deu uma risada sarcástica nesse momento. Denis parecia empolgado.

— David, por favor — implorou Harry.

Tudo o que não precisava era de mais uma briga por um motivo estúpido. David entraria em confronto com Travis, Rodrik e Tyson, provavelmente com Frederic e Denis ao seu lado. Não era uma disputa desigual. Podiam não ter alguém alto como Frederic, mas tinham Tyson. Por que então tinham se acovardado na mera menção do nome de David?

— Você não está entendendo, Harry. Se eu não fizer alguma coisa, vão pensar que não protejo meu time. Vão pensar que somos um alvo. Vão pensar que somos fracos. E não vou deixar isso acontecer — avisou David, frio, calmo, deixando os braços soltos próximos ao corpo.

— Não tem que haver uma resposta, David. Fui idiota. Sério.

David se ajoelhou em frente a Harry para encarar o garoto nos olhos.

— Você sabe por que eles te bateram?

Harry pensou no assunto. *Porque os encarei*. Mas então deu de ombros.

— Porque você é bolsista — David respondeu a si próprio. — Você tem esse olhar de inferioridade que está refletido no seu jeito de respirar. Está impregnado em você.

Harry franziu a testa. Não tinha certeza se estava entendendo o que quer que David tentava dizer com aquele discurso.

— Eu não…

— Harry, se você usar o mesmo uniforme que qualquer um de nós, um novato saberia dizer que você é bolsista. Você age como um. Essa escola não é uma disputa de dinheiro, Harry, é uma disputa de poderes. Se fôssemos disputar dinheiro, qualquer Knight estaria no topo da cadeia.

Harry finalmente reagiu. O nome Knight tinha efeito nele. Qualquer coisa mencionada sobre qualquer um dos irmãos fazia com que o garoto reagisse.

— Eu não sabia que eles tinham tanto dinheiro.

— Não é esse o ponto. O ponto é… — David lhe apontou um dedo. — Você ainda não provou seu valor. Não provou ser absolutamente nada. Aos olhos de todos, você é só um cara de sorte que acabou vindo parar de graça nessa escola. E eles vão fazer questão de te fazer pensar assim. Quando você ganhar sua primeira partida e a escola toda estiver assistindo, ninguém nunca mais vai te bater. Vão saber seu nome. Mas antes disso…

— David, eu…

— Nomes, Harry.

Harry suspirou. Agradeceu profundamente por não ter sido idiota o suficiente para mencionar o nome de Matthew para os garotos.

— Não quero continuar essas brigas. Se eu disser, você tem que prometer que não vai bater neles.

David olhou para Frederic e para Denis. Então voltou o olhar para Harry.

— Só vou mandar um recado.

— Tyson Muller, Rodrik West e Trevis Morgan.

Bill, que estava completamente vestido e esperando para poder voltar pro quarto, moveu-se nesse momento.

— Não são três dos quatro que pegaram detenção no sábado?

Harry balançou a cabeça. Frederic riu sarcasticamente e cruzou os braços.

— Tyson? Ótimo — foi tudo que disse.

Harry sentiu o estômago doer, mas duvidou que fosse por causa do soco.

11. AS NOVE VIDAS

Na segunda-feira depois das aulas, Harry voltou para o quarto, onde Bill estava jogando seu videogame portátil com o volume aparentemente no máximo. Franziu o rosto ante o barulho, mas não comentou nada. Durante todo o fim de semana, Harry havia andado perdido e sozinho pelo colégio, na esperança de eventualmente encontrar Matthew correndo por aí. Mas acabou não o vendo. Na sexta, o menino também não aparecera na aula de Línguas, o que o deixara verdadeiramente irritado, já que teve que fazer uma pequena introdução ao projeto final sozinho. No domingo foi ao lago e até vestiu a sunga para tentar nadar, mas desistiu da ideia. O lago pareceu três vezes mais profundo que o usual, dando a impressão de que suas águas escuras iam engoli-lo, como um monstro muito vivo. Matthew estava certo: Harry não seria capaz de nadar no lago tão cedo.

De qualquer forma, haviam marcado de começar a leitura e interpretação dos livros na segunda-feira, então Harry estava aguardando ansiosamente pelas seis da tarde, horário combinado. Tentava disfarçar, mas mesmo Bill estando completamente absorvido no jogo eletrônico, notara o nervosismo do colega.

— Se eu soubesse que você ficaria nessa pilha pra fazer o projeto com o esquisito, não tinha apostado — disse Bill sem desviar os olhos da pequena tela. — Mas nem adianta voltar atrás agora, se quiser desistir me deve vinte pratas.

Harry sacudiu a cabeça negativamente e se jogou em sua cama, suspirando. O relógio parecia mais lento que o normal. De repente quis ter o poder de Matthew de viajar no tempo, só para ir direto para o momento em que o encontraria.

Mas pensando bem não parecia que o poder era de Matthew. Era mais como uma permissão, até onde Harry sabia. Se o menino não podia escolher para onde ou quando ir, a impressão que dava era que Knight simplesmente aceitava as viagens, sem ser responsável por elas. Era mais uma coisa para perguntar quando fosse se encontrar com ele.

Perto das cinco e meia e já com dor de cabeça pelo barulho do videogame de Bill, Harry se levantou e decidiu fazer algo de útil. Avisou que ia estudar, pediu que o colega abaixasse o volume e tirou o livro de Matemática da mochila.

E assim, o tempo pareceu andar ainda mais devagar.

— Ei, Bill.

Bill não desviou os olhos da tela. Estava com o pescoço dobrado, o queixo tocando o peito, o videogame repousava em sua barriga. Resmungou qualquer coisa para avisar que estava ouvindo, sem dar mais atenção que isso.

— Por que todo mundo tem medo do David?

Todo mundo era um número muito grande. Mas como Tyson era do time de luta livre e ainda assim não queria mexer com o capitão do time de polo, Harry podia adivinhar que muitas outras pessoas tinham medo de David.

— Como assim?

— Quando o Tyson e os outros descobriram que eu era do time de polo, eles me soltaram.

Bill demorou um tempo para responder. E só o fez após xingar por ter morrido no jogo.

— Fama — respondeu simplesmente.

— Fama? David não é exatamente o cara mais popular do colégio — lembrou Harry.

Podia se lembrar de vários nomes de alunos, mesmo tendo entrado recentemente. Nomes que eram mencionados mais vezes, pessoas que via com mais frequência, em grupos maiores. Eram, normalmente, pessoas mais ricas, filhos de personalidades ou grandes nomes do esporte no colégio, nas categorias principais, como futebol e rugby. Polo aquático não era exatamente uma prática muito famosa, ainda que a escola tivesse grande destaque na área.

— Exatamente — disse Bill. Havia pausado o jogo e finalmente olhava para Harry. — O David não fica por aí se exibindo. Ele tem outro tipo de fama.

Harry franziu o cenho. Sentiu como se não conhecesse o próprio capitão.

— Lembra quando eu disse que o que aconteceu com o Knight era o tipo de coisa que todo mundo sabe quem foi, mas ninguém vai falar? — perguntou Bill. — Todo mundo sabe que foi o David. Mas não tem um que vá acusá-lo.

— Mas ele não é tão forte assim. O Tyson poderia bater nele.

— Você não precisa ser forte, Harry. Só precisa que as pessoas achem que você é forte.

— Ter pessoas que te achem forte não te faz aguentar o soco do Tyson — lembrou Harry, que sabia muito bem a potência do golpe.

— Não, mas faz com que elas saiam da sua frente. Depois do que o David fez com o Knight, as pessoas começaram a ficar com medo dele. Mas ninguém diz nada, ninguém comenta, ninguém fala do David. É como se ninguém soubesse de nada. Porque ninguém sabe exatamente o que aconteceu, além do David e dos outros que participaram. Ninguém sabe os limites dele. E depois que o moleque saiu do colégio, tudo ficou ainda melhor pro David. Como não achar que foi por causa dele, por alguma insanidade que ele fez com o esquisito, que ele sumiu e depois voltou só pra se matar? Você mexeria com alguém assim?

— Ele bateu no Damon — Harry acusou. — Ele humilhou o Damon.

— Não é só isso, Harry. O sumiço do Damon foi muito mais. Ele era um menino estranho, sozinho, insolente, drogado, problemático. Todo mundo batia nele. Todo mundo tirava sarro dele. Todo mundo humilhava o Damon. E você sabe o que ele fazia? Ele ignorava. Pegava as coisas do chão e seguia em frente. Uma vez vi um rapaz do quinto ano jogar a maçã do almoço na cabeça do Damon. Sabe o que ele fez? Pegou a maçã do chão, limpou e colocou no próprio prato. Mas de repente o David pega o moleque e faz algo com ele que ninguém sabe o que é, e o moleque some e volta só pra se matar.

Harry sabia que não era algo tão sinistro assim e achou isso um grande avanço. Não havia mistérios ali. Segundo o próprio Damon, ele não sumira por causa da agressão de David. Sumira por Harry. Outro mistério.

— As pessoas não sabem do que o David é capaz — concluiu Harry.

— Exatamente. As pessoas têm medo que o que quer que tenha feito a Damon se repita com elas. Então ninguém comenta, mas todos sabem a fama dele.

David era, então, uma pessoa que havia ganhado em cima de uma atrocidade que cometera contra um inocente. E Harry, no meio disso, não sabia se admirava o capitão, que era forte e com um senso de liderança indiscutível, ou o repugnava com todas as forças.

— Você não acha que ele vai bater no Tyson e nos outros, acha? — perguntou Harry.

— Se David não intimidar Tyson, a fama acaba. Se ele deixar passar, vão achar que ele não é ninguém, que a fama não condiz, que só bate em magrelos como o esquisito. Não é assim que funciona. E se o Tyson, que está no time de luta livre, disser pra alguém que apanhou do David, consegue imaginar o tipo de medo que ele vai espalhar?

— Mas como é que o David vai conseguir bater no Tyson?!

— Só vi David lutando uma vez. Era impressionante. Poderia estar em qualquer time de luta, mas não tem o físico, ainda que tenha a força. Também não faz nenhum curso de luta, mas é muito rápido. Não se cansa nunca. Não tenho dúvida de que venceria o Tyson. Também tem o fato de que David não confrontaria os três ao mesmo tempo, mas um de cada vez e com Frederic e Denis junto. E só se for mesmo necessário bater. Pode ser que o Tyson se acovarde antes.

Harry desejou, do fundo de sua alma, que Tyson se acovardasse. Porque apesar de ainda ter uma raiva desesperada do garoto que espancara Matthew, Harry também não queria ter em seus ombros o peso de mais uma pessoa agredida por sua causa.

Perto das seis horas, Harry finalmente fechou o livro de Matemática, sem ter conseguido estudar mais que algumas páginas, e pegou os livros de

George Adams que tinha conseguido na biblioteca. De repente nervoso, o menino saiu do quarto após lavar o rosto e verificar, pela sétima vez no dia, que seu olho continuava arroxeado, apesar da marca já estar amarelada nas bordas.

O corredor estava relativamente movimentado para o horário. Alguns alunos conversavam na pequena sala de televisão, ignorando o telejornal que era exibido. Outros rumavam para o refeitório, enquanto uns já voltavam de lá.

Harry sentiu as bochechas queimarem ao passar por tanta gente para ir ao quarto de Matthew. Podia sentir o olhar daquelas pessoas julgando-o por estar entrando no quarto do *esquisito*. Precisaria encontrar um horário mais tranquilo para fazerem o trabalho. Ou isso ou escolher outro lugar. Na biblioteca talvez. Uma sala onde houvesse mais pessoas, que soubessem que o trabalho que faziam era obrigatório.

E que grande sentimento de ódio de si mesmo invadiu Harry quando percebeu a vergonha que sentia simplesmente por estar com Matthew. Era justamente por isso que o menino não tinha amigos, por isso que ninguém se aproximava. Ninguém queria ser como ele, ninguém queria ser julgado pelos outros.

Mas sentimento algum fez Harry sentir menos vergonha de bater na última porta do corredor. Matthew abriu segundos depois, sem perguntar quem era. Deu um passo para trás para deixar Harry passar e fechou a porta logo atrás do colega.

— Consegui pegar um livro na biblioteca — Harry avisou, levantando o livro.

O quarto continuava exatamente como se lembrava dele. Provavelmente mais organizado que noventa por cento dos quartos daquele colégio. Harry se sentia um invasor ali, sabendo que pouquíssimas pessoas além dele mesmo haviam visitado Matthew. Talvez apenas Dalton, o irmão mais velho.

Matthew acenou com a cabeça e caminhou até sua cama, sentando-se nela. Harry tomou a liberdade de se sentar à mesa do computador.

— Você não foi pra aula na sexta — Harry lembrou, já que o garoto nada dizia e aparentemente sequer tinha olhado para ele. — Tive que fazer um trabalho sozinho.

Matthew ergueu a cabeça levemente, só o suficiente para olhar para Harry. O rosto do menino ainda estava bastante machucado e até levemente inchado, apesar de estar melhorando.

— O que aconteceu com seu rosto? — Matthew perguntou, semicerrando os olhos.

Harry se mexeu na cadeira, endireitando a coluna, e olhou para baixo, para a capa do livro em suas mãos. Deslizou a ponta do dedo indicador na lateral das páginas e tentou não mostrar o quão envergonhado estava.

— Nada — alegou, dando de ombros. Enfiou a mão dentro do livro, abrindo-o numa página qualquer.

— Ah, claro — Matthew respondeu, e mesmo sem olhar para o menino, Harry sabia que tinha revirado os olhos da forma mais irritante possível. — Seu olho decidiu ficar roxo de repente.

— Quando você apareceu espancado, perguntei quem tinha te batido e você não me disse — Harry retrucou. Não erguera a cabeça, apenas levantara os olhos. — Disse que não tinha a obrigação de me responder.

— Então esse é você querendo deixar as coisas iguais?

— Claro que não. Não tomei uma surra pra ficar de misteriozinho estúpido com você — Harry retrucou, cerrando os punhos.

O encontro certamente não havia começado como previsto. Por nenhum dos dois.

— Misteriozinho? Você acha que é isso que estou fazendo? Divertindo-me em deixar você curioso?

— Às vezes é isso que parece, sim — Harry se exaltou, jogando o livro sobre a mesa. — Porque você não me diz nada, aparece espancado de um dia pro outro e tenho que descobrir sozinho quem fez isso com você quando podia ter simplesmente me contado.

— Ah, então você acha que descobriu quem me bateu? — Matthew deu uma risada irônica que parecia ter vindo de um adulto rindo de uma criança.

— Não foi tão difícil — Harry resmungou.

— Não vai me dizer que… — O menino se interrompeu, respirou fundo e pinçou o nariz, na área entre os olhos. — Seja lá quem tenha te batido, Harry, não foi a mesma pessoa que me bateu, acredite.

Harry se sentiu ainda mais encabulado com aquilo. Desviou os olhos novamente e engoliu em seco.

— Como pode ter tanta certeza?

— Harry, quem me bateu foi uma gangue de traficantes de pessoas, na China, há quatro meses.

Os olhos de Harry voltaram para Matthew imediatamente. Não sabia o que pensar daquela frase. Afinal, nada te prepara para acreditar numa informação daquelas.

— Como…?

— Uma pessoa estava sendo levada e isso não estava previsto no tempo. Ela devia se casar e ter filhos. Então fui convocado. Provavelmente pelo meu tamanho. Tive que passar em uns buracos bem estreitos. Mas fui pego e me espancaram. Só isso.

Harry ainda ficou encarando Matthew por um bom tempo até esboçar qualquer reação. E quando finalmente o fez, foi simplesmente se lembrar de respirar e piscar.

— Você foi espancado por uma gangue de tráfico de pessoas — Harry repetiu.

— Sim.

— Na China.

— E nem falo mandarim.

— Há quatro meses.

— E meio.

Harry balançou a cabeça, apoiou os cotovelos nas pernas, se inclinando para a frente ligeiramente.

— É uma dessas coisas de *partícula de tempo*?

Matthew deu de ombros e pegou seu travesseiro da cama para apoiá-lo na parede. Em seguida, moveu-se e apoiou as costas nele.

— Exato.

Harry balançou a cabeça afirmativamente e juntou as mãos, olhando agora para o tapete, que era exatamente igual ao do seu quarto. Exceto que não tinha uma mancha de molho de tomate que Bill havia derrubado há três semanas.

— Você foi tirar satisfações com alguém que você achou que tivesse me batido? — perguntou Matthew.

Uma sensação de queimação começava a chegar às orelhas e bochechas. Havia tentado vingar a surra de Matthew, mas nunca tivera certeza de que tinham sido mesmo os meninos que estavam de detenção.

— Não é da sua conta — retrucou, com dureza.

Matthew ficou em silêncio um tempo. Sua pose de superioridade havia sumido. O riso irônico havia desaparecido de sua boca. Pressionou os lábios numa linha fina e pareceu buscar algo para dizer, enquanto Harry simplesmente evitava olhá-lo nos olhos.

— Tudo bem… — Matthew murmurou. — Se você fez isso pra me defender, tudo bem.

— Não fiz! — Harry retrucou rapidamente, já completamente corado.

— Se não foi, tudo bem também. — Matthew deu de ombros.

Os dois ficaram em silêncio durante um bom tempo, tentando achar algo para dizer que não fosse constrangedor ou que não tornasse tão óbvio o quão estranha era aquela situação.

— Você bateu neles também? — perguntou Matthew, tentando sorrir sem parecer falso.

— Dei um soco.

Matthew sorriu de canto, parecendo orgulhoso. Harry acabou sorrindo também. Pensou ter sido porque o sorriso de Knight era contagioso ou algo assim. Mas era porque nunca o tinha visto sorrir honestamente antes.

— A gente tem que terminar isso antes do fim do jantar — lembrou Matthew.

Harry precisou de um tempo para entender do que o menino falava, mas então piscou e lembrou que ainda tinham um trabalho de Línguas para fazer. Pegou o livro de George Adams de cima da mesa e acenou com a cabeça. Abriu a primeira página e limpou a garganta.

— Eu começo?

— Você já está com o livro.

— Ok. — Harry deu de ombros, tomou fôlego e começou. — *As nove vidas.* Escrito por George Adams. Foi o último livro dele, não?

— Acho que sim. — Matthew deitou na cama, com as mãos atrás da cabeça, de forma que sua camiseta se ergueu um pouco com o movimento. Harry desviou os olhos.

— *É do saber popular que os gatos possuem nove vidas. Em algumas culturas, o número atribuído é de sete vidas. O mito nasceu devido à incrível habilidade dos felinos de saírem de situações complicadas, como cair de grandes alturas ou perder-se numa floresta. Sabe-se que o gato doméstico passará a agir como predador se estiver perdido em ambiente selvagem, enquanto os cães dificilmente saberiam buscar alimento ou mesmo se defender de outros predadores.*

— É uma história ou um artigo da Wikipédia? — debochou Matthew.

— É só o prólogo, relaxa — Harry afirmou, e continuou a leitura. — *Porque os gatos são extremamente ágeis e podem ser violentos quando querem. A lealdade de um felino se estende tão somente até a sua para com ele. Deixe de alimentá-lo, acarinhá-lo, e o animal entenderá como uma afronta, enquanto o cão entenderá como punição. O cão só atacará outros animais em raras situações, muito provavelmente por fome ou por diversão: sem intenção de matar. Mas porque é afobado e seus dentes são afiados, acabará matando um passarinho ou outro em sua vida. Os gatos matam por três motivos: fome, agrado ao dono e diversão. A diversão, neste caso, não é sem o desejo de matar. Matar faz parte da brincadeira.* — Harry parou de ler por um momento e ergueu a cabeça para Matthew. — Você sabia dessas coisas?

Matthew grunhiu de tédio e se esticou na cama. Sua camiseta se ergueu até o meio da barriga.

— Quem liga? — disse, desesperado de tédio.

— Acho interessante. Prefiro cães.

— É por que você é um perdedor.

Harry sorriu sarcasticamente e fingiu uma risada.

— Ah, claro, porque prezar a lealdade é realmente para perdedores.

— Quanto mais você confia, mais se desaponta — Matthew disse, olhando para algum ponto no teto.

Harry pensou em algo para contradizer aquilo, mas havia pouco em sua vida para que soubesse o que dizer. Havia seu pai, é claro, que costumava ser seu herói, até vê-lo dar um tapa em sua mãe quando estava bêbado demais.

— De qualquer forma, os cães são mais simpáticos, mais brincalhões e gostam mais do dono.

— Isso é questionável — disse Matthew. — Só porque não demonstram, não quer dizer que os gatos gostem menos do dono.

— E de que vale te amar se não demonstrar?

Matthew ergueu as sobrancelhas e desviou o rosto para olhar para Harry.

— Então você acha que só se você ganhar algo em troca é que vale a pena gostar de alguém?

— Não foi isso que eu quis dizer.

— Então o que você quis dizer?

Harry tomou fôlego, pensando em como responder a pergunta. Só tinham lido uma página do livro até agora e estavam tendo uma discussão sobre amor.

— Eu quis dizer que mesmo que o gato goste de você, se ele ficar só no canto dele, você nunca vai saber que ele gosta de você. É importante saber.

— Ele confia em você. É uma criatura que tem grandes instintos de sobrevivência, que mata por diversão, arisco e inteligente e confia em você. Busca afago quando quer, aceita sua comida, aceita sua presença. É uma característica dos cães confiar e te eleger como mestre deles. São criaturas que vivem em bando, que se dão bem com a presença de outros. Os gatos são sempre solitários. É a única espécie que o ser humano domesticou que não está predisposta a viver em bandos. Então ele vai contra sua própria natureza porque ama você. Se ele te deixa chegar perto, é porque te ama.

Harry se sentiu, de repente, um tanto quanto constrangido por estar tendo esse tipo de conversa com Matthew. Não que não fosse agradável. Pelo contrário, o Knight caçula era uma pessoa mais agradável de ter por perto do que Bill ou qualquer outro integrante do time de polo. Na verdade, não soube dizer por que não conseguiu reagir àquele discurso. Ou por que ele o fez se sentir desconfortável.

— Pra alguém que fica o tempo todo sozinho, você sabe muito sobre relacionamentos.

Matthew deu uma risada sarcástica e voltou a olhar para o teto.

— Estou falando de gatos e cachorros, e você?

Harry não conseguiu evitar o riso. Sem mais nada para dizer, reabriu o livro e continuou a leitura.

O livro falava sobre um assassino, de apelido *Gato*, que enganou policiais sete vezes ao mudar completamente de vida e de personalidade, até ser finalmente morto. No decorrer da história, mesmo Harry ficara confuso sobre o personagem. Na terceira vida, parecia ter se redimido e estar completamente arrependido, mas resultou apenas em outra morte, ainda mais violenta.

Os dois quase se esqueceram do horário do jantar. Não leram mais que cinquenta das trezentas e vinte páginas, mas discutiram vários aspectos da história, o que já foi um progresso. Matthew havia ligado seu laptop para escrever tudo o que decidiam anotar sobre as características do autor e, apesar de nem sempre concordarem com tudo, na medida do possível chegavam a uma conclusão. Lá pelas sete e meia, quando Harry cogitava parar de ler, Matthew o interrompeu de súbito.

O garoto, que até então estava deitado na cama com o laptop apoiado na barriga, levantou-se após colocar o computador de lado. Sentado, olhou ao seu redor. Harry se interrompeu para observar o menino. Coçou a cabeça e pensou em perguntar se havia algo errado, mas Matthew falou antes.

— Preciso que saia.

Harry franziu o cenho e marcou a página do livro em que pararam. Em seguida o fechou e o colocou sobre a mesa.

— Alguma coisa errada?

— Não, só preciso que saia.

Harry suspirou e baixou a cabeça, apoiando os cotovelos nos joelhos. Já estava cansado de ficar na mesma posição, sentado na cadeira não estofada.

O jeito assustado de Matthew, no entanto, não lhe era tão estranho. Da última vez que o mandara embora, acabara voltando alguns dias no tempo para roubar uma adaga da sala do diretor.

— Viagem no tempo? — Harry perguntou.

Matthew estava suando frio a essa altura.

— Sim. Preciso que saia.

Harry cruzou os braços e se encostou na cadeira. Deu de ombros e arqueou os lábios.

— Não.

Matthew estreitou os olhos. Até sua respiração estava acelerada. Como se precisasse sair correndo a qualquer momento, como se sua vida dependesse disso. Em contraste, Harry se limitou a bocejar, o que claramente irritou Knight.

— Saia daqui *agora*.

— Não vou sair. Vou com você.

Matthew soltou uma risada irônica tão alta que Harry teve certeza que alguém poderia ter ouvido do outro lado da porta.

— Você *não vai* comigo.

— Se você tivesse a opção de não me levar com você quando estamos próximos, teria voltado no tempo sozinho naquele dia.

Matthew encarou Harry como se estivesse frustrado por não poder matá-lo com o olhar.

— É perigoso.

— É exatamente por isso que eu vou. Vi como você voltou.

Matthew sacudiu a cabeça, bagunçou o cabelo num repentino acesso de raiva e desceu da cama. Como se de repente tudo tivesse mudado, como se o garoto se transformasse em outra pessoa, muito mais agressiva e determinada, Matthew apontou o dedo em riste para o peito de Harry.

— Não vou te proteger.

Harry deu de ombros.

— Se você morrer fora da sua linha de tempo…

— Matthew — Harry o interrompeu. — Vou com você.

12. 2013

Quando Harry piscou os olhos, viu-se num lugar completamente diferente. A mudança não foi tão singela quanto da última vez. Não estava mais no quarto de Matthew, muito menos na escola. Talvez nem mesmo no país. Por alguns segundos, ficou confuso, girou em torno de si mesmo e procurou por Matthew, que continuava tão distante dele quanto antes.

Era uma rua vazia, sem saída. Um beco, por assim dizer, margeado por prédios de tamanho pequeno. Havia chovido há pouco tempo, pois o asfalto estava molhado. Não havia sinal de vida ao redor. Devia ser mais de nove da noite e só uma luz distante iluminava o lugar. Um silêncio estranho causava um arrepio no pescoço de Harry.

— Onde estamos?

Matthew desviou os olhos para Harry e suspirou, provavelmente irritado. Em seguida seu olhar foi atraído por um barulho repentino. Alguma coisa havia derrubado a tampa de um latão de lixo. Muito provavelmente uma ratazana. Harry pulou de susto, mas Matthew mal piscou.

— Viajamos cerca de um ano no futuro — disse Matthew bem baixinho, sem olhar para Harry. — Estamos nos Estados Unidos. Não sei bem em que cidade.

— Futuro?!

Harry imaginava que Matthew era capaz de viajar para o futuro, mas imaginar e ir com ele eram coisas completamente diferentes. O pensamento de que estava um ano longe de onde estava há minutos era bastante inquietante.

— E o que você veio fazer aqui?

— Boa pergunta.

Matthew começou a caminhar rapidamente. Uma de suas mãos estava no bolso, e Harry se pôs a imaginar se o menino tinha a adaga consigo. Por algum motivo, se sentiu mais seguro ao pensar que sim, mesmo que Knight tivesse avisado que não o protegeria.

Andaram até a rua principal, onde o movimento ainda era nulo. Talvez fosse uma cidade pequena ou algo assim. Não havia muitos prédios de qualquer forma, apesar do cheiro ser de cidade grande.

— O que você normalmente faz?

Matthew continuou andando pela rua. À distância, podiam ouvir barulho de alguns carros, provavelmente na avenida principal.

— Eu procuro por erros no tempo. Mas hoje não fui convocado pra isso. Alguém está pedindo ajuda.

— Alguém?

— Uma partícula. Ou um caçador — Matthew respondeu, olhando atentamente para ambos os lados, até que finalmente parou.

— Um caçador?

— Partículas evitam que falhas aconteçam. Quando a partícula falha, surgem fraturas — Matthew explicou, sem olhar para Harry, muito mais preocupado em olhar ao seu redor. — Das fraturas saem *coisas*. Os caçadores matam essas coisas.

Harry não precisou perguntar o que eram essas criaturas das quais Matthew falava. Porque ele se lembrava perfeitamente de ter sido quase morto por uma na sala de troféus.

— Então tem uma dessas coisas por aqui?

— Talvez. Tem alguém pedindo ajuda, é só isso que sei — disse, dando de ombros.

Harry deu dois passos à frente de Matthew e continuou procurando por qualquer sinal de anormalidade. No entanto, a única coisa estranha era a completa falta de pessoas ou de carros naquela rua. E porque estava de costas para Knight, seu coração deu um salto quando foi puxado bruscamente. Perdeu o equilíbrio e acabou sentado no chão úmido.

Menos de um segundo depois, e muito antes de perceber o que lhe havia acontecido, uma criatura saltou de uma janela, fazendo estilhaços voarem sobre os garotos sem machucá-los, pois Matthew tirara sua jaqueta e a usara para cobri-los, ajoelhando-se ao lado de Harry.

Quando conseguiu abrir os olhos e enxergar o que havia saltado pela janela, Harry se arrependeu de sua curiosidade. Matthew se levantou e ergueu o colega consigo, empurrando-o para longe.

Era diferente daquela que o havia perseguido na sala de troféus. Esta era muito mais humanoide, apesar de ter quase três metros e braços que iam até os calcanhares. Era de uma cor amarronzada, tinha dentes que saltavam da boca e até cortavam parte do rosto acima dos lábios superiores. Tinha apenas um olho, no centro da testa, e dedos finos e compridos, que terminavam no formato de garras, apesar de não ter unhas.

A coisa tinha saltado da janela do segundo andar e aterrissara com facilidade a menos de dois metros de Harry. Mas agora Matthew estava entre os dois. Em algum momento, havia sacado sua adaga, mas Harry sequer vira quando.

E, mais uma vez, exatamente como na sala de troféus, Knight havia se posto entre o colega e o perigo. Mas desta vez Harry decidiu que não permaneceria apático em relação a isso. Decidiu que não fugiria e que não observaria Matthew sendo machucado por aquela coisa. Então se levantou e se pôs ao lado do garoto, erguendo os punhos em posição de luta.

— O que raios está fazendo?

— Vim pra te ajudar. E você disse que não me protegeria.

Matthew o encarou por poucos segundos e bufou nervoso, só para voltar a encarar a criatura. Ela estava de quatro no chão, com a parte da frente do corpo levemente mais baixa, como um gato se preparando para saltar. Mas Knight não esperou por isso. Antes que a criatura pudesse fazer qualquer coisa, avançou contra ela, que tentou desviar, sem sucesso. A adaga foi presa no ombro anormalmente mole.

Ao soltar a arma, Matthew deu vários passos para trás, puxando Harry consigo. Agora mais irritada do que nunca, a criatura urrou tão alto que os garotos taparam os ouvidos, um pouco desnorteados pelo barulho. Então, com um tapa no cabo da arma, a coisa atirou a adaga longe e voltou a encarar os meninos.

— Quando eu disser *corre*, obedece — mandou Matthew, que suava frio. Deu três passos lentos para trás, sempre segurando a manga da camiseta de Harry. Até que finalmente se virou na direção oposta. — Corre!

Harry não pensou duas vezes antes de obedecer. Com toda a velocidade de suas pernas, o garoto desatou a correr pela rua, sem olhar para trás. E foi só após ter corrido por cerca de duzentos metros que reparou que Matthew não o acompanhava, tampouco o monstro. Então parou e virou-se novamente.

Matthew não havia saído do lugar, e agora a criatura erguia seu gigantesco braço. Num piscar de olhos, ela deu um golpe violento no ombro de Matthew, que até tentou desviar, mas fora completamente em vão. O menino foi arremessado contra o prédio ao lado e agora estava sendo encurralado ali.

Harry sentiu o coração se esmigalhar. Seus membros adormeceram. De medo, de raiva, de terror. E então ergueu um dos braços e gritou.

— Ei! Olha eu aqui!

A criatura ergueu a cabeça com a intromissão. Matthew pareceu se desesperar quando isso aconteceu. O monstro olhou para Harry e farejou o ar com suas narinas que pareciam meros buracos entre o olho e a bocarra. Em seguida, parecia ter perdido todo o interesse em Matthew para olhar Harry.

Em menos de três segundos, devido ao tamanho de suas pernas, a coisa já estava a poucos metros do garoto, enquanto Matthew corria desesperadamente em sua direção, muito mais lento.

Harry não tinha exatamente um plano. Só havia pensado na parte de chamar a atenção da criatura; o que fazer depois era algo completamente diferente. Como seus braços eram muito longos, caso se aproximasse o suficiente para atingi-la, poderia ser facilmente arremessado. Também não tinha chances de correr mais do que aquelas pernas gigantescas. Matthew continuava desarmado.

Engoliu em seco e fechou os punhos. Não havia o que fazer. Respirou fundo e cerrou os olhos, esperando pelo impacto.

O impacto, no entanto, nunca veio. No lugar, apenas um barulho de carne sendo fatiada e sangue respingando no chão. Abriu um dos olhos para ver o que havia acontecido e se assustou com o som da coisa urrando de dor. Mas agora ainda havia outra pessoa no local.

Era um rapaz de aproximadamente vinte e poucos anos. Alto, forte, porém esguio, de pele entre o castanho e o bronze. O cabelo chamava a atenção por si só, com longos dreads que fugiam de um rabo de cavalo. Eles se moviam livremente conforme se mexia, mesmo não sendo muito comprido. Usava três piercings na orelha esquerda e tinha uma tatuagem no braço direito. Mesmo no escuro, era possível enxergá-la, pois parecia ter sido feita com tinta luminescente. Estava segurando uma espada bastante fina, irregular, com umas estrelas gravadas na lâmina.

— Ei, partícula, uma ajuda aqui seria ótimo — o rapaz disse, dando passos para trás enquanto o monstro caminhava em sua direção. Segurava a arma firmemente à frente, apontando para a criatura, que sangrava pelo corte.

Matthew, que já estava próximo, voltou a correr até eles, mas o monstro já estava vidrado no rapaz, e não reparou a aproximação de Knight, de forma que mesmo quando o rapaz gritou para chamar a atenção da criatura, ela o ignorou.

Após grunhir e respirar fundo, o rapaz arremessou sua espada para Matthew, que a agarrou no ar e, num único movimento, saltou e decepou a cabeça do monstro segundos antes que pudesse furar o peito do jovem.

A cabeça rolou no asfalto, e o corpo jogou um sangue estranho, denso, muito mais escuro que o normal. Quase preto. Lembrava piche.

Harry parecia não respirar há horas. Quando o silêncio voltou a reinar na rua, uma vez que nenhum dos três conseguia dizer alguma coisa, respirou fundo, absorvendo o cheiro ruim daquela cidade. Tossiu quando sentiu o cheiro daquela criatura. Era o mesmo cheiro de enxofre que sentira na sala de troféus.

— Dos grandes — comentou o rapaz. Ele se jogou no meio-fio, sentado. Estava suando como um maratonista.

— Achei que tinham me chamado pra resolver uma falha temporal — disse Matthew, que arfava.

— E chamei.

— Você é um caçador, de que isso te interessa? — Matthew perguntou.

O rapaz se levantou com a língua para fora, afobado como um cachorro, e caminhou até sua espada, que Matthew havia largado tão logo a cabeça do monstro fora decepada.

— Monstros atemporais estão ficando perigosamente comuns. Aliás, quem raios é você? Eu chamei Damon Knight. Não uma criança.

Matthew revirou os olhos e olhou para Harry. Em seguida cruzou os braços.

— Sou o Damon.

Harry franziu o cenho, completamente confuso. Os olhos foram de Matthew para o rapaz algumas dezenas de vezes antes que alguém dissesse algo.

— Não, você não é. Conheci o Damon. — O rapaz ergueu a espada na direção de Matthew, encostando-a logo abaixo de seu queixo. — Quem é você?

— Damon Knight — Matthew insistiu, sem nem piscar para a espada quase cortando sua garganta. — E você é...?

— Já disse que conheci Damon Knight, apesar da semelhança, você *não é* Damon Knight.

Harry continuava simplesmente assistindo, sem entender absolutamente nada do que estava acontecendo ou por que Matthew estava tentando se passar por seu irmão morto.

— Você nunca conheceu Damon Knight — Matthew afirmou. Teve de erguer a cabeça levemente quando o rapaz ergueu a espada até encostar em seu queixo. — Se tivesse conhecido saberia que sou eu.

O rapaz ergueu uma sobrancelha e baixou a espada, guardando-a numa bainha presa em sua calça.

— Muito bem. Você me convenceu. Tem que entender como estão as coisas por aqui. Não sei de que ponto você saiu, mas 2013 está sendo um ano muito agitado pros caçadores.

— Saí de 2010 — Matthew respondeu. Mais calmo, andou até Harry e o ajudou a se levantar. — Mas já estive por aqui algumas vezes.

— Imaginei — disse o rapaz. — Meu nome é James Ford. — Estendeu a mão para Matthew e em seguida para Harry.

— James *Ford*? — Matthew repetiu, e seus olhos estavam largamente abertos. Sua boca havia caído em espanto. — Irmão de Victor Ford?

— Infelizmente — afirmou, dando de ombros. — Ele me falou de você. Não queria te chamar, sei como tem estado ocupado, mas ele me aconselhou a pedir sua ajuda.

Harry quase se arrependeu de vir com Matthew. Estava ainda mais perdido do que quando tudo se limitava ao colégio.

— Em algum momento alguém vai me explicar o que está acontecendo? — perguntou Harry, interrompendo a conversa dos dois.

Matthew pareceu levemente constrangido pela pergunta de Harry.

— Acho que eu deveria lhe apresentar Harry Darwin — disse Matthew, apontando para Harry.

— Também é uma partícula? — James perguntou, colocando as mãos na cintura. Usava uma regata preta, muito provavelmente para exibir os músculos.

— Não. Nem caçador. — A voz de Matthew pareceu bastante entediada com aquilo. — Minha dupla no trabalho de Línguas na escola.

— Ok… — James balançou a cabeça. Riu de uma forma irritante, olhando para Harry, em seguida voltou os olhos em Matthew. — E por que ele está aqui?

— Acho que nem ele sabe.

Harry sentiu as bochechas queimarem. Ficou ainda mais vermelho quando James riu.

— Só não seja morto, ok? Morrer fora da sua linha de tempo pode ser perigoso. E não queremos mais dessas criaturas.

— Era só isso que você queria? — perguntou Matthew, atraindo a atenção de James novamente. — Ajuda pra matar um monstro atemporal?

James ergueu uma sobrancelha e cruzou os braços, talvez até ofendido por aquilo.

— Claro que não. Se eu precisasse de ajuda pra matar um monstro, não seria um fraco como esse, e eu chamaria um caçador, não uma partícula.

— Então por que estou aqui?

James estralou o pescoço e arrumou a roupa. Em seguida deu de ombros e começou a andar pela rua. Quando Matthew começou a segui-lo, Harry também o fez. E não deu muito valor quando James estalou os dedos, mas se assustou quando seus ouvidos foram invadidos pelos sons mundanos tão logo ele o fez. Um carro virou a esquina e atravessou a rua de uma ponta a outra, e logo algumas pessoas faziam o mesmo. Harry virou para procurar pelo corpo da criatura, que supostamente ainda estaria estendido na calçada, mas não viu nada.

— O corpo… — Harry disse, ainda olhando para trás. — Onde…?

— Vai me explicar por que trouxe um alguém que não sabe nada sobre monstros atemporais? — perguntou James, sem nem olhar para trás.

— Não tive opção — Matthew respondeu, também aparentemente ignorando Harry, que bufou, irritado, e percebeu que a arrogância não era um traço exclusivo de Matthew, mas de todos os que sabiam sobre as viagens no tempo.

Andaram por mais duas quadras, onde a cidade estava muito viva, e os sons mundanos eram muito mais ativos.

— Tem algo de errado acontecendo — disse James, enquanto passavam em frente a uma drogaria. — A quantidade de monstros está aumentando muito com o tempo. Victor estava estranho. Ele dizia que algo aconteceu com o futuro. E de repente estão aparecendo milhares de erros.

— Percebi — disse Matthew. — Mas não consigo resolver isso. Espero que não tenha sido esse o motivo de ter me chamado.

— Claro que não. A questão é, num raio de quatro quilômetros, tendo como ponto central a rua onde estávamos, há cerca de uma semana começaram a surgir mais monstros que o normal. Muito mais. Estou matando cerca de cinco *por dia*. E esse número só vem aumentando.

— Acredite, se Victor não consegue identificar o erro, não vou conseguir.

James parou em frente a uma porta e enfiou a mão no bolso da calça.

— Victor sumiu — o rapaz confessou, tirando uma chave para abrir a porta em sua frente. — Não estão sendo convocadas partículas para esse problema, e não sei por quê. Só sei que estou cansado de ficar matando essas criaturas sozinho.

Matthew pareceu levemente surpreso ao ouvir do desaparecimento do rapaz. Seguiu James por uma escadaria num corredor estreito com iluminação fraca, tendo Harry logo atrás dele. Chegaram a uma sala pequena, de um apartamento simples, mas que contava com diversas armas espalhadas pela parede, além de um computador de última geração. Fora essas coisas, o lugar estava caótico. Havia uma caixa de pizza sobre o sofá e, pelo cheiro, Harry deduziu que não era recente. Garrafas de refrigerante e bebida alcoólica estavam sendo colocadas juntas perto da porta, provavelmente até alguém ter coragem de levá-las para baixo.

— Victor ficaria assustado com esse lugar — comentou Matthew, olhando ao redor.

— Como se ele entrasse aqui — James desdenhou e se sentou em frente ao computador. — Ok, o que temos até agora.

O computador ligou em questão de segundos. Harry parou ao lado de Matthew, atrás de James, para também ver o que se passava na tela. Havia uma série de dados de pelo menos cinquenta pessoas. Todas identificadas por nome, sobrenome e data de nascimento.

— Fiz uma listagem de acontecimentos pra cada morador da área em que os monstros estão aparecendo. Então procurei por conexões entre as pessoas e eliminei as que não tinham nenhuma conexão. Sobraram sessenta e três nomes. Uma dessas pessoas é um erro ou cometeu um erro. Já as segui de perto, mas não cheguei a nenhuma conclusão. Não é esse meu trabalho, aliás.

— A maior pergunta aqui é por que não tem partícula alguma sendo convocada pra esse erro — disse Matthew, coçando o queixo enquanto analisava a lista de nomes. — Imprime isso pra mim. Eu também quero saber aonde o Victor foi.

— Victor foi pro passado. Ou pelo menos foi o que ele disse. Mas ainda não voltou. Faz um ano. Ele não vai mais voltar. Minha esperança é que ele venha me procurar, mas isso já devia ter acontecido. Gostaria de saber que tipo de missão ele foi fazer que o fez falhar.

— Falhar? — Harry os interrompeu, o que aparentemente surpreendeu os dois rapazes.

Damon havia desaparecido por dois anos. E como Matthew já havia dito, ele era capaz de viajar no tempo também. Então ele era uma partícula, como o irmão. Mas o rapaz nunca voltara para sua própria linha do tempo. Em vez disso, morrera dois anos depois de desaparecer, após salvar Harry.

As coisas estalaram na cabeça do garoto. Sentiu vontade de desembestar a falar sobre Damon, sobre ele ter desaparecido porque nunca voltou para sua linha do tempo, porque *morreu* ao viajar.

Mas Matthew estava se passando por Damon, então Harry engoliu as palavras e tentou se manter calado.

— De qualquer forma — James continuou, após perceber que Harry não diria mais nada —, Victor disse que, se eu precisasse de ajuda, deveria falar com você.

James se abaixou até quase sumir embaixo da mesa do computador. Estava recolhendo a impressão do papel, feita quase sem som algum, pela impressora que estava praticamente escondida ali. Então estendeu o papel para Matthew, que o dobrou assim que o teve na mão.

— Aviso quando tiver resolvido — disse Matthew, virando-se para deixar o apartamento. — E se Victor voltar…

— Nós dois sabemos que, se ele tiver que procurar alguém, vai ser você.

— Ele é seu irmão — disse Matthew, franzindo a resta.

James ergueu as duas sobrancelhas e cruzou os braços. Virou a cadeira na direção de Harry e Matthew, que estavam próximos à porta e encarou a partícula com um sorriso quase desafiador.

— Você vale muito mais pra ele e sabe disso.

Harry achou ter visto Matthew corando, mas fora rápido demais. O garoto então revirou os olhos e deu as costas a James, para deixar o apartamento.

Os dois desceram as escadarias de volta à rua rapidamente. Harry teve dificuldades para acompanhar Knight. Porém, lá fora, Harry já podia dizer o que havia guardado sob a presença de James.

— Posso perguntar por que disse que era Damon?

Matthew, que estava parado em frente à porta, observando os nomes no papel que James lhe entregara, ergueu os olhos rapidamente para Harry e então voltou a observar a lista.

— Meu irmão foi um dos melhores no que fazia. Qualquer caçador ou partícula o conhece e confia nele. James nunca conheceu Damon, apesar de o irmão dele tê-lo conhecido. Ele não teria me entregado um mês de investigação se não tivesse certeza de que eu sou Damon Knight.

— Damon era o melhor?

— Um dos melhores. Victor também estava entre os melhores.

Harry acenou com a cabeça e os dois começaram a andar pela rua, desviando de quem passava. Demorou um tempo para voltar a falar.

— Ambos falharam — concluiu. — Damon desapareceu porque morreu enquanto estava fora de seu tempo. Nunca voltou para 2010, o ano de seu desaparecimento, porque morreu em 2012. Victor também…

— Victor pode não ter morrido — disse Matthew, antes que Harry pudesse concluir seu raciocínio. — Existe uma série de fatores que estão levando todas as partículas a achar que há algo de muito errado com o futuro. Victor provavelmente estava investigando isso.

— Algo de errado com o futuro? Como o quê?

— Coisas como o aumento repentino de monstros atemporais — Matthew respondeu, andando rapidamente. Em determinado momento, parou e ficou olhando ao redor. As pessoas passavam pela dupla sem grande interesse. Um relógio dentro de uma loja de conveniência marcava dez da noite. — Quanto mais próximo de 2014, mais monstros aparecem. É como uma bola de neve.

— E depois de 2014?

— Não tem nada — Matthew disse e olhou ao redor. — Tem uma caneta?

Harry piscou algumas vezes, um tanto quanto chocado pela informação e atordoado pela súbita mudança de assunto. O rapaz tirou uma caneta do bolso e a entregou a Matthew.

— Como assim, não tem nada?

— Não tem partículas, pelo menos. Todas as partículas só podem viajar para, no máximo, o momento de sua morte ou nascimento. Eu não consigo viajar pra antes ou depois da minha existência. E, de repente, nenhuma partícula consegue viajar pra depois de 2014.

Harry sentiu o coração gelar. Ainda não entendia todo o esquema de viagem no tempo nem se aquilo era uma certeza de que Matthew morreria. Ou se havia uma forma de impedir. Mesmo assim sentiu um medo repentino. Parte do choque foi devido a quão indiferente Matthew pareceu ao dizer aquilo.

— Ninguém nunca viajou pra 2015? — perguntou.

— Já. Inúmeras vezes. Foi recentemente que isso mudou.

— Como assim? O que isso significa?

Matthew ficou distraído um tempo, fazendo marcações na lista de nomes, ignorando Harry por completo até que começou a andar novamente, virando esquinas e se embrenhando pela cidade como se a conhecesse como a palma da mão. Só parou cerca de vinte minutos depois, sem nem uma palavra ter sido dita. Estavam em frente a uma casa com um extenso jardim. Sem pensar duas vezes, Knight pulou a cerca baixa e invadiu a casa. Preocupado, Harry olhou para os dois lados para garantir que ninguém o veria fazendo isso e seguiu Matthew.

— Consigo identificar erros — Matthew disse, muito baixo. Atravessaram o jardim calmamente até que o garoto agachou perto de uma janela e esticou a cabeça para observar lá dentro. — Pessoas que causam fraturas no tempo. Consigo identificá-las com relativa facilidade. Mesmo por seus nomes.

— Fraturas no tempo?

Matthew fez sinal que Harry deveria ficar calado e continuou observando a casa. Uma mulher atravessou a sala para se sentar em frente à televisão, enquanto uma criança era carregada por um homem. Uma segunda criança um pouco mais velha apareceu e correu até o sofá para se jogar lá com a mãe. Harry ainda observou fotos de mais uma menina de aproximadamente nove anos.

— A causa não está aqui — concluiu Matthew, e sorrateiramente voltou pelo mesmo caminho, sabendo que Harry o acompanharia. — Mas essa família é a mais afetada. A garota que não está aqui. Algo aconteceu com ela.

De volta à rua, Harry acompanhou Matthew quando o garoto entrou em um bar, três ruas acima. Havia apenas algumas poucas pessoas tomando café ou improvisando um jantar. Os meninos passaram quase despercebidos e se sentaram a uma das mesas. A garçonete lhes entregou um cardápio, que Matthew rapidamente passou para Harry.

— Olha, sei que você me odeia… — disse Harry, com os olhos fixos no cardápio. *Omelete com bacon*. Não lembrava se tinha trazido algum dinheiro. — Mas eu realmente gostaria de saber o que está acontecendo. O que são esses monstros? O que era aquilo que nos atacou e o que me atacou há algumas semanas?

Matthew ergueu os olhos para Harry, mas não cruzaram o olhar.

— Um demônio atemporal. Ele escapa pelas feridas de tempo.

— Uma… o quê?

— Quando algo não acontece como deveria, o tempo abre feridas para a sub-realidade.

Harry finalmente ergueu a cabeça e ficou encarando Matthew. Se algo daquilo fazia o menor sentido para aquele viajante do tempo, para ele não significava absolutamente nada. E o garoto pareceu perceber a confusão, então não esperou pela próxima pergunta.

— O que você conhece representa apenas parte da realidade. Além daqui, existem lugares onde não existe tempo. Um lugar gigantesco onde tudo acontece sem parar, repetidas vezes. Criação e destruição, morte e vida. Tudo simultâneo. Não tente entender, a compreensão não existe nessa dimensão. Assim como eles não compreendem nosso sistema de organização por tempo.

— Ok — disse Harry. A ideia de que havia algo mais além de tudo que ele conhecia ainda não se abateu sobre ele, já que ficara preso na ideia de que, não importa o quanto tentasse, não entenderia que lugar era aquele. — E aquela coisa era um demônio atemporal. — Harry compreendeu.

— Sim. Ele saiu dessa outra realidade pra vir pra cá.

— E por que ele veio pra cá?!

— Porque há uma ferida de tempo aberta. Uma ferida de tempo se abre quando algo que deveria acontecer não acontece. Toda vez que o tempo é contrariado, nossa realidade se rasga, pois fica ligeiramente mais parecida com a outra realidade. E assim o que existe do outro lado pode passar pra cá.

— E seu trabalho é…

— Garantir que não se abram feridas no tempo, permitindo que as coisas que têm que acontecer, aconteçam. Não é meu trabalho caçar demônios atemporais. Isso é trabalho para os caçadores.

Harry afirmou com a cabeça. Sua garganta estava seca. Ainda havia muito o que perguntar. Mil dúvidas para tirar. Mesmo com toda aquela explicação, muitas coisas ainda não faziam sentido.

— Por que algo não acontece? Se já *não aconteceu*, como pode ter sido errado? Quer dizer, se é passado, se você precisa voltar no tempo pra consertar…

— O tempo é uma coisa muito mais confusa do que sua cabeça vai conseguir compreender. É algo tão ridiculamente grande que seu cérebro não tem neurônios suficientes para processar a informação. Mas existem vários tempos paralelos acontecendo. Um ser humano, em sua própria linha temporal, raramente sai de seu destino, raramente causa uma fratura. Essas fraturas são muito difíceis de consertar. Tudo é previsto para acontecer, de forma geral. O que causa fraturas são outras partículas do tempo, viajando para tempos diferentes, e demônios atemporais, que saem dessas fraturas. Ou qualquer coisa fora de sua linha temporal pode causar fraturas. Paradoxos causam fraturas imensas.

— Pensei que tivesse dito que partículas de tempo consertam o tempo.

— Consertam.

— Mas também causam fraturas.

— Sim. Porque partículas não são escolhidas pela integridade moral, mas sim pela capacidade.

Harry abriu a boca, sem conseguir fazer comentário algum a respeito daquilo. Aparentemente, havia um monte de pessoas indo e voltando no tempo a bel-prazer, mudando tudo ao seu redor por simples falta de integridade moral. Por que um ser humano seria encarregado de uma tarefa como essa? Por que dar tanto poder na mão de uma criatura que mal consegue lidar com sua própria realidade?

— Por que alguém faria algo assim? Quer dizer, se toda partícula sabe o que acontece se uma fratura se abrir, por que ainda a causam?

Matthew deu de ombros e suspirou, cansado de toda explicação.

— Existem vários motivos. O primeiro é a inexperiência. No começo, todos cometemos erros. Nas primeiras viagens, a menos que tenha alguém te instruindo, não dá pra entender tudo logo de cara, e você acaba, sei lá, comendo uma torta que devia ter feito alguém engasgar e morrer. Acontece bastante. Ou quando uma partícula que nunca errou e trabalhou fielmente durante anos e, por algum motivo, resolveu testar a seriedade das regras. Isso causa pequenas fraturas, normalmente. Pessoas enriquecendo de repente. Não pense que ninguém nunca usou isso pra ganhar na loteria. Ou mesmo pra… dar um jeito numa prova, tentar trazer de volta pessoas que perderam. Perder pessoas e ter o poder de voltar no tempo é tudo o que precisa pra começar um desastre. Pode ser também excesso de experiência. Quando uma partícula olhou pra uma fratura vezes demais, ela começa a se perguntar o que acontece do outro lado. Há promessas de imortalidade e de elevação a divindades. Um ser humano normal jamais resistiria à transição para o outro lado, mas algumas partículas já o fizeram.

— Então ela abre fraturas pra passar pro outro lado?

— Basicamente. Mas a fratura tem que ser relativamente grande, então isso pode causar problemas.

A garçonete voltou a se aproximar dos garotos, com um caderninho na mão para anotar os pedidos. Seu avental estava bem manchado de gordura e ela mesma cheirava a óleo de fritura.

— Dois cafés — disse Matthew, sem olhar para a mulher.

Harry franziu o rosto.

— Não quero café.

— Acredite, você vai precisar.

A garçonete anotou o pedido rapidamente e deu as costas aos dois. Harry tamborilou os dedos na mesa, impaciente. Não gostava de café e realmente não estava com sono. Duvidava que fosse conseguir tomar.

— O que você tem contra chá? Eu poderia tomar um chá.

— Você está viajando no tempo. Nós passaremos algumas horas aqui. Esse caso é mais complicado que o normal. Quando voltarmos, vai ser sete da noite de novo. Você vai estar cansado. Podemos ficar dias aqui. Seu horário vai ficar completamente desregulado. Se conseguirmos ficar pouco tempo, no entanto, um café vai ser suficiente pra te deixar acordado. E o mais importante: não espere seu chá favorito nos Estados Unidos.

Com essa frase, remédios para dormir, muito usados por Damon, começavam a fazer sentido.

Harry soltou um muxoxo e se encostou na cadeira. Que raios estava fazendo nos Estados Unidos, em 2013, quando devia estar no colégio, em 2012? Claro que a ideia era divertida. Viajar no tempo, estar ao lado de Matthew, ganhar sua confiança. Tudo parecia muito bom para ser verdade. Então desistiu de reclamar do café.

— E o que estamos fazendo nesse bar?

— Tem um monstro atemporal aqui — Matthew respondeu, como se isso não fosse importante.

— Um monstro? Onde? Por quê?

Matthew ergueu uma sobrancelha, não impressionado pelo susto de Harry com a informação.

— Não vai atacar por enquanto. Está dentro de uma das pessoas afetadas pela falha.

— *Dentro*?

Harry começou a olhar ao redor desesperado, tentando encontrar qualquer traço de anormalidade no local. Mas o máximo que conseguiu foi ver um homem muito nervoso, tomando várias doses de café. Não parecia um monstro, no entanto.

— Monstros atemporais conseguem invadir corpos de pessoas afetadas por falhas atemporais — Matthew explicou, sem se preocupar em procurar por algo no bar. — Quando acontece uma falha, isso vira uma sequência de eventos. Dependendo da dimensão da falha, os eventos se tornam destrutivos. Uma morte que não aconteceu, ou que não deveria ter acontecido e aconteceu, é o pior tipo de fratura. A presença ou a falta de uma pessoa numa situação de equilíbrio vai causar uma sequência de eventos fora de ordem, imprevisível e caótica. E todas as pessoas que fazem algo que não deveriam por haver alguém a mais ou a menos, são suscetíveis a serem invadidas por monstros atemporais. Essas causam ainda mais fraturas. Então é importante voltar ao ponto inicial e não remediar matando monstros ou consertando pequenos erros.

— E o que eles fazem… depois que estão dentro das pessoas?

— Aprendizado — respondeu.

A garçonete voltou e colocou duas xícaras de café na mesa, na frente de cada um, além de uma pequena colher de plástico e dois pacotinhos de açúcar.

Sem provar antes, Matthew despejou seu açúcar na xícara e a tomou, quente, sem aparentar ter queimado a boca. Harry não conseguiu fazer o mesmo. Bebericou, torceu o rosto em desaprovação, tocou o lábio superior onde o líquido o havia queimado e levantou para pedir mais três pacotinhos de açúcar. Quando voltou, Matthew já estava na metade de sua xícara.

— Aprendizado — Harry repetiu, mastigando a palavra. — Como assim?

— Eles vêm de uma realidade completamente diferente, com um sistema completamente diferente. Não sabem o que é o tempo nem sabem quem são os humanos. Não sabem nada sobre este lado. A pessoa infectada não sabe que foi infectada. Vai agir normalmente, seguir sua vida durante anos, até que o monstro tenha entendido sistemas de comunicação, dor, pena, cultura, fraquezas etc. Só então ele se manifesta. É a forma de evolução deles.

Harry começou a olhar ao redor, um tanto quanto assustado por aquelas informações.

— E o que estamos fazendo aqui?

— Estou tentando identificar quem é a pessoa infectada. Ela também está relacionada à causa da fratura que estamos investigando.

Harry deu um meio sorriso e abaixou a cabeça, constrangido por não conseguir segurar a expressão do rosto ao ouvir a palavra *estamos*. Agora estava incluído na história? Como um parceiro? Eram uma dupla?

— Isso significa que você me aceitou?

Matthew ergueu os olhos tão rápido que pareceu ter ouvido um insulto. Estava com a xícara nos lábios. Engasgou, pôs o café de volta no pires e deu duas batidas de leve no peito.

— Perdão?

— Tive que implorar pra vir com você. Agora você está usando o plural.

Matthew ficou encarando Harry por um tempo até desviar os olhos e dar um último gole no café.

— Gosto de ter companhia. E já que você não me dá outra opção…

Gosto de ter companhia. Por algum motivo, aquela declaração fez o estômago de Harry embrulhar. O café já devia estar esfriando, mas não conseguia tomar, ainda que estivesse bastante doce. Matthew era, provavelmente, a pessoa mais solitária que já conhecera. Alvo de piadas, de surras, de chacotas. Estava tão acostumado a vê-lo sozinho que já achava que o menino *gostava* de ficar sozinho. Mas no meio de toda essa viagem no tempo, parecia que Matthew não era assim tão solitário. O tal Victor Ford parecia ter sido alguém importante para ele. Mas a forma que James falara do rapaz não deixava muito claro qual era o nível da amizade de Matthew com a outra partícula. A única pista era ter dito que, se retornasse, Victor voltaria para Damon, não para o próprio irmão. Mas até aí, dependia muito da relação fraterna dos dois.

— Victor Ford. — Harry abriu a boca para falar, depois de alguns minutos em silêncio. — Ele era sua companhia antes?

Matthew ruborizou instantaneamente. O garoto prendeu a respiração e a soltou lentamente, sem olhar para Harry, rodando o dedo na asa da xícara.

— Do Damon, lembra? James achou que eu fosse o Damon. Mas eles eram enviados pra missões diferentes. Não dava pra andarem juntos o tempo todo.

— Ele era amigo do Damon?

Matthew abriu a boca para responder, mas a fechou novamente. Fixou os olhos em um rapaz atrás do balcão, preparando um sanduíche na chapa, que emitia um chiado mais alto cada vez que ele mexia nos hambúrgueres.

— Algo assim — Matthew respondeu, sem desviar os olhos do chapeiro.

— *Algo assim*?

— É. Algo assim. — Levantou de sua cadeira, deixando cinco dólares sobre a mesa.

Harry se levantou também. Ainda tentou tomar seu café rapidamente, mas o amargor, mesmo adoçado, fez o garoto torcer o rosto e deixar mais da metade da xícara. Acompanhou Matthew, que fora até o balcão, atrás de onde o chapeiro trabalhava.

Harry, de início, não entendeu por que o garoto ficara ali parado, observando o rapaz. Até desconfiar que o monstro atemporal estava dentro dele.

— O que pretende fazer? — Harry perguntou.

Matthew se sentou num dos banquinhos em frente ao balcão e ficou observando o rapaz. Quando ele se virou, foi para colocar um sanduíche já pronto sobre o balcão e chamar alguém pelo nome. No entanto, quando estendeu a mão, Matthew segurou seu pulso e o empurrou, até um armário de produtos de limpeza atrás do balcão. Não tinha porta, apenas uma pequena cortina, e Matthew pressionava o rapaz contra as estantes, sem se importar com o barulho de alguns produtos caindo delas.

— Onde está a fenda?

Harry engoliu em seco. O rapaz que Matthew segurava — tinha vinte e poucos anos, cabelo engordurado, penteado para o lado, e a testa ainda cheia de espinhas — tentou puxar o braço para fugir do aperto de Matthew, mas ele não o soltou. Pelo contrário, fixou o olhar no rapaz e pressionou ainda mais seu punho. Amedrontado, o chapeiro tentou gritar, mas antes que qualquer voz saísse de sua garganta, seus olhos viraram nas órbitas, o que fez Harry saltar de susto.

— Onde está a fenda? — Matthew insistiu, falando baixo.

O chapeiro, de repente, curvou os ombros e se inclinou para a frente. Seus dedos se curvaram como gravetos e ele passou a exibir os dentes.

— Longe ficar. Distância manter deve — balbuciou, babando, numa velocidade que já teria sido difícil de entender se estivesse falando coisa com coisa.

— De você? — Matthew perguntou e deu uma risada sarcástica.

O rapaz — ou o monstro dentro dele — também sorriu. O pescoço torceu como um cachorro curioso. Os olhos permaneciam brancos.

— Harry Darwin — grunhiu, como se tivesse prazer naquelas palavras.

Harry ergueu as sobrancelhas. Um fio gelado atravessou sua espinha e deu um passo para trás.

— O que ele quer dizer? Como sabe meu nome?

Matthew apertou o pulso do rapaz ainda mais, de forma que agora sua circulação estava limitada, fazendo as veias saltarem em seu braço.

— Perguntei onde está a fenda — Matthew insistiu, cerrando os dentes.

— Pequena. Expandindo. Preocupar deve não. Pior virá. Pior virá. Pior virá.

Matthew olhou para os dois lados. E então, antes que Harry pudesse antecipar o que o garoto faria, saltou por cima do balcão e torceu o braço do rapaz em suas costas.

— Ou você diz onde está a fenda ou o pior virá pra você.

— Digo eu. Agosto vinte e um. Morte. Morte. Morte. Tempo — ele balbuciou, excitado com aquelas palavras, inclinando cada vez mais, sem focar o olhar em absolutamente nada. — Não. Matar não. Fenda disse eu está onde. Não matar. Precisa não morrer. Eu.

— Hmm. Desculpe, preciso te matar — ponderou Matthew. Então olhou para os dois lados novamente, enquanto o rapaz se desesperava para se livrar do aperto.

Matthew olhou para Harry e sorriu antes de retirar a adaga de seu bolso e fincá-la na lombar do rapaz.

13. CAMALEÃO

Com a mesma rapidez de sempre, Matthew retirou a arma e guardou em seu bolso, enquanto o chapeiro gritava a plenos pulmões, grunhindo, se contorcendo, fazendo que todos no lugar se levantassem em desespero e corressem até ele, que caíra atrás do balcão. Matthew pegou Harry pela mão e, na confusão, os dois deixaram o bar, de volta para as ruas geladas.

Harry demorou muito tempo para processar o que acontecera ali. Atordoado, seguiu Matthew. Um garoto de quinze anos que acabara de matar um rapaz. Não, tinha que haver uma explicação razoável.

Quando os dois chegaram à rua inicial — dessa vez movimentada — Matthew entrou num beco isolado, fechado por prédios.

— Você tem perguntas — disse Matthew. — Faça-as agora.

Harry foi tomado de surpresa, mas respirou fundo e acenou com a cabeça.

— Você matou uma pessoa.

Matthew revirou os olhos. Estava escuro e mal podia ver seu rosto, mas Harry *sabia* que ele tinha revirado os olhos.

— O dono do corpo não morreu — explicou e enfiou a mão no bolso para retirar a adaga e mostrá-la a Harry. — Esta é uma arma temporal. Está contida num loop de tempo. Ou seja, eu não faço ideia de como a consegui. Só sei que um dia a recebi do meu eu futuro. E, quando chegar a hora, vou ter que passá-la ao meu eu passado. Esta arma está ligada a diversos eventos. Se eu não a transferir, isso se torna uma fenda no tempo. A questão é: armas temporais, armas que você recebe de você mesmo do futuro e depois a transfere para seu eu passado, são armas capazes de matar *apenas* monstros atemporais. Quando eu furei aquele rapaz, só o monstro foi atingido.

Harry fez que sim, mais aliviado. O ar da noite até pareceu mais leve.

— E por que os monstros desaparecem depois de mortos?

— Olha, nós não temos pesquisadores. Não temos como explicar muitas das coisas que acontecem. Mas imaginamos que isso aconteça porque os corpos deles sejam de outra realidade, onde não há o processo de tempo. Então não há apodrecimento. O tempo age diferente sobre eles. Tanto é que você viu como aquele monstro no rapaz não falava na ordem correta. Acontece sempre. Ele fala tudo ao mesmo tempo e sem organização de palavras. Na verdade, eu diria que já estava lá há pelo menos uma semana, pois no começo eles não conhecem a fala. São incapazes de falar justamente por não entenderem o tempo. Com o aprendizado, eles vão dominando a palavra. Quando o monstro atemporal morre, o que lhe resta acontecer é apodrecer. Então ele vai apodrecer o processo todo ao mesmo tempo. Morre e imediatamente se desfaz.

Harry novamente acenou com a cabeça, mostrando que havia entendido. Encostou na parede de um dos prédios, mas logo se arrependeu quando sua camisa umedeceu.

— Ele falou meu nome — Harry lembrou. — Por quê?

Matthew baixou a cabeça e lhe deu as costas, depois deu meia-volta e voltou-se a Harry, como se buscasse uma explicação razoável.

— Não sei — finalmente disse.

Harry suspirou. Estava começando a ficar com sono. Se estivesse em sua própria linha do tempo, seria provavelmente perto da meia-noite. E precisava acordar razoavelmente cedo.

— Ele disse que o pior virá.

— Sim. — Matthew aproximou-se de Harry e ficou olhando ao redor, preparando-se para qualquer coisa que não soube dizer o quê. — 2014, lembra? Alguma coisa acontece. Ninguém sabe o quê.

Harry fez que sim com a cabeça, ainda confuso, sentindo-se tragado para uma história com a qual não tinha nenhuma relação. E ao tentar lembrar como viera parar no meio de tudo isso, uma pergunta lhe ocorreu.

— E Damon?

Matthew tirou um telefone do bolso, aparentemente ignorando a pergunta. Rapidamente digitou alguns números e levou o aparelho ao ouvido.

— James, achei a fenda. Vinte e um de agosto. Preciso que procure notícias relacionadas a crianças.

Harry ficou apenas observando, um tanto quanto irritado por ter sido ignorado. Matthew se calara por um longo período, durante o qual ficou mexendo numa folha com os pés, absorto e ignorando Harry completamente. Após cerca de cinco minutos sem uma única palavra, James respondeu ao garoto, o que fez Matthew desligar o celular em seguida.

— O que quer saber sobre meu irmão? — perguntou, fechando os olhos.

— O que ele tem a ver com isso tudo? Por que ele me salvou?

Matthew mordeu o lábio e virou o rosto. Claramente não queria falar sobre o assunto.

— Não sei. Por que não pergunta pra ele da próxima vez que resolver dar o ar de sua graça?

— Você disse que estava lá — Harry acusou.

— Eu nunca disse isso.

E só então Harry lembrou que Matthew havia dito isso quando o salvara da primeira criatura na sala de troféus. O que significava que não era o Matthew que estava em sua frente quem lhe contara isso, mas algum em um futuro próximo.

— Vai dizer. — Balançou a cabeça e suspirou, atordoado com a confusão entre períodos. — Na sala de troféus. Você disse que estava lá. E disse que… — Harry se interrompeu. Lembrava-se de cada momento naquele dia. Lembrava-se das palavras de Matthew. — Eu tive medo de você.

Matthew finalmente abriu os olhos e olhou para Harry. Quando o fez, uma luz forte iluminou todo o lugar. Eles ouviram o barulho de crianças correndo e rindo e de carros passando na rua. Harry olhou ao redor. Não devia ser mais que duas da tarde. Estavam num bairro suburbano, em frente a uma escola pública.

— O que raios?!

— Vinte e um de agosto. O dia em que Tereza Finnigan sofreu um acidente por engano — disse Matthew, pondo-se a andar na direção do pátio do colégio.

Harry não podia deixar de pensar no quão hiperativo Matthew era quando viajava no tempo. Era como se fosse outra pessoa completamente diferente. Não mais quieto, não mais solitário, não mais apático em relação ao mundo. Como se a vida comum lhe sugasse as energias e toda essa história de viagem no tempo o restaurasse novamente. Harry sorriu ao pensar nisso. Viver como Matthew Knight, o garoto isolado no canto da sala, o garoto constantemente surrado, devia ser como viver numa jaula. Durante essas viagens, porém, Matthew era livre como nenhum outro humano poderia ser.

— Como você sabe quem é Tereza Finnigan? — Harry perguntou, enquanto os dois se misturavam entre crianças e outros adolescentes.

— Tereza Finnigan é uma das crianças daquele casal que vimos há pouco. Dentro de uma semana, ela estará em coma. Hoje, está aqui em algum lugar — disse Matthew, olhando ao seu redor, para cada criança que brincava no pátio. — Mas ela não deveria estar em coma.

— E o que causou isso? O que poderia...

Matthew parou de andar subitamente e colocou o braço na frente de Harry, que também parou ao ser interrompido.

— O quê? O que está acontecendo?

Matthew ignorou a pergunta de Harry e engoliu em seco. Sentiu um frio percorrer suas costas, fazendo seu corpo todo esfriar de repente e seus pelos se arrepiarem na nuca. O olhar de Matthew era preocupante. Estava perdido, mesmo assustado, e sua íris se movia rapidamente sobre o branco de seus olhos, buscando alguma coisa ao seu redor sem mover a cabeça.

— Foi um monstro atemporal que causou isso — explicou, e continuou olhando ao redor. — Está dentro de uma das crianças.

Harry imediatamente começou a girar o corpo, buscando por qualquer sinal que indicasse onde o monstro estaria.

— Isso significa que o erro não começa aqui — Matthew murmurou, ainda olhando ao redor. — Alguma outra coisa aconteceu antes. Uma outra fenda se abriu antes dessa e não foi resolvida.

— Você vai ter que ir mais longe ou algo assim?

Matthew fez que não e puxou Harry pela manga da camisa.

— Primeiro esse. Pode levar muito tempo pra achar a fonte do outro erro — explicou, passando por diversas crianças.

Havia pelo menos cem estudantes correndo de um lado para o outro, brincando no parquinho, de pega-pega, ou só conversando no caso dos mais velhos. Alguns professores observavam, alheios à presença dos dois estranhos que não usavam uniforme, uma vez que Matthew tomava o cuidado de se manter atrás de alguma coisa. As crianças, no entanto, começaram a lançar a eles olhares desconfiados.

— Vou ter que me disfarçar — avisou.

Harry ia perguntar como, mas a pergunta ficou presa em sua garganta. Ao olhar para Matthew, o garoto havia desaparecido. Em seu lugar, surgiu um rapaz loiro, usando o uniforme do colégio. Tinha o cabelo espetado na frente, usava óculos e era um tanto mais alto que Harry.

Confuso, Harry deu dois passos para trás, mas assim que o rapaz revirou os olhos exatamente como Matthew, Harry entendeu que aquele ainda era Knight.

— C-como você…?

Matthew balançou a cabeça, avisando que não diria nada agora, e apontou para o canto da quadra, onde havia algumas árvores.

— Você vai ter que ficar lá. Se um dos professores te vir, pode acabar com tudo — avisou.

Harry engoliu em seco e não teve como ir contra a ordem. Ainda chocado demais para pensar propriamente, o garoto se afastou, andando de costas, até se esconder atrás de uma árvore grossa o suficiente para ocultá-lo da visão de qualquer professor.

E de lá, ele assistiu Matthew andar pelo pátio com a mão no bolso, onde sabia que havia uma adaga. Seu estômago doía, mal podia respirar. Em determinado momento, quando um grupo grande de crianças passou por trás de Matthew, Harry o perdeu de vista. Quando elas se foram, o garoto não estava mais lá.

Harry ficou parado, em choque, sem saber o que fazer, pelo que lhe pareceu uma eternidade. Perdido, saiu de trás da árvore e ia começar a andar de volta pelo pátio, procurando por Matthew, quando o viu correndo a toda velocidade na direção de um homem, que corria para fora do colégio.

A reação foi imediata. Harry correu pela lateral da quadra, sempre olhando na direção dos dois. Quando chegou no alambrado que o separava da rua, interrompeu-se apenas para ver que ambos haviam saltado por cima do portão de entrada. Harry olhou para trás, percebendo que as crianças e os professores estavam assustados, esticando suas cabeças para ver o que acontecia. Harry então escalou o alambrado e passou para o outro lado, porém teve de saltar de lá de cima, o que lhe torceu o tornozelo e o fez cair violentamente contra o chão.

Fechou os olhos instantaneamente com a dor. Seu rosto ficou sobre o cimento da calçada até que a vista voltasse ao normal após escurecer repentinamente. A primeira coisa que viu foi Matthew, já bem distante, ainda perseguindo aquele mesmo homem. Apoiando no chão as mãos feridas por tentar parar a queda, Harry se levantou e, sem pensar duas vezes, pegou a primeira bicicleta que viu no estacionamento em frente ao colégio e partiu o mais rápido que seu tornozelo machucado lhe permitia. Talvez pela adrenalina, talvez porque o corpo ainda estivesse quente do esforço físico, Harry não sentiu tanta dor. Estava numa descida, o que o ajudou bastante.

Para sua surpresa, mesmo de bicicleta, demorou muito até alcançar os dois. Matthew, ainda loiro e com uma aparência que simplesmente não lhe pertencia, arfava, cansado, enquanto o homem, de cerca de trinta anos, cabelo raspado e nariz adunco, tremia como se seu corpo estivesse recebendo pequenas descargas elétricas, parado entre Matthew e o muro de um terreno baldio que ele não tinha conseguido escalar.

Harry desceu da bicicleta enquanto ainda estava em movimento, o que a fez derrapar pelo chão alguns metros. O baque com o chão foi como uma lembrança da torção no tornozelo.

— Matthew? — Harry chamou, preocupado, a cerca de dez metros do garoto.

Matthew olhou para trás por poucos segundos. Mas fora o tempo suficiente para que o homem saltasse sobre ele e lhe desse um violento soco no nariz. Harry nem percebeu que gritara, mas o berro que saiu de sua garganta realmente assustou o homem, que já tinha as mãos apertando fortemente a garganta de Matthew e fora obrigado a soltá-lo quando Harry se lançou contra ele, como um saco de areia muito grande, sem nenhum tipo de plano, tática ou ideia na cabeça. Apenas impulso. Apenas desespero. E o homem, magro, curvo, foi ao chão, com Harry sobre ele. Seus olhos estavam completamente brancos, revirados e, enquanto Matthew se recompunha da falta de ar, Harry fez o que pensou jamais fazer em sua vida: com toda a força que os constantes exercícios de braço para natação lhe ofereciam, Harry quebrou dois dentes do lado direito do rosto daquele homem que nunca tinha visto na vida.

— Harry! — Matthew gritou e lhe lançou a adaga.

Ele tomou a adaga do chão e, num único movimento, fincou-a no peito do homem.

Ele gritou. Seu braço se contorceu, sua coluna se dobrou de tal forma que Harry fora arremessado para longe. Num movimento nada natural, o homem se levantou, dando um berro animalesco.

— Você… — o homem grunhiu, cambaleante, apontando um dedo retorcido na direção de Matthew. — Manterá distância!

Matthew se arrastou para trás. Sua forma original lentamente retornou enquanto o garoto rolava para o lado para evitar que o homem caísse como uma árvore cortada sobre ele.

— Distância… Darwin — disse, por fim, e então a consciência o abandonou.

Harry ainda arfava. Seu peito subia e descia e sua boca não ousava se fechar. Matthew estava deitado na grama do terreno baldio, olhando para o céu, também respirando alto. Nenhum dos dois disse absolutamente nada por pelo menos três minutos, até que Matthew se sentou e sua face se transformou de cansaço e choque para inconformidade.

— Por que raios de motivo você tinha medo de mim?! — berrou, apontando para o corpo do homem no chão.

Harry precisou de mais alguns instantes para se recompor. O corpo todo doía, o tornozelo já estava inchando e a garganta estava seca como um pano esturricado. Olhou para o corpo do homem novamente, para a adaga no chão e para a própria mão. Suas juntas estavam sangrando e tinha certeza de que havia distendido alguns ligamentos.

— Como assim?

— Você disse que tinha medo de mim! Olha o que fez com ele!

Harry não sabia que Matthew havia se prendido tanto naquela informação. Simplesmente deu de ombros. Também estava assustado consigo mesmo.

— Você disse que a adaga não ia matá-lo — lembrou Harry.

— Ele não está morto. — Matthew se levantou e virou o corpo do homem, apenas para tocar-lhe o pescoço, checando por sinais vitais. — Só está completamente nocauteado e sem dois dentes, aparentemente.

— Bom, não doeu só nele — disse Harry, levantando a mão para mostrar as juntas sangrando. — É isso que você faz quando viaja no tempo?

— Essa foi relativamente fácil.

— Fácil?! Você quase foi morto!

— Você me distraiu!

Harry balançou a cabeça e precisou da ajuda de Matthew para se levantar. Não conseguia se apoiar no pé esquerdo, então ainda segurou o ombro de Knight, que voltara a ser mais baixo que ele.

— Ok, desde quando você é loiro?

Matthew olhou para Harry e lhe deu um meio sorriso. No instante seguinte, o mundo ao redor dos garotos se transformou. Harry se sentiu novamente tragado. Desta vez, um tanto quanto tonto pela mudança repentina, caiu, mas havia a cama de Matthew para aparar a queda.

14. CORAGEM E COVARDIA

Harry foi dispensado dos treinos de polo por uma semana inteira graças a um tornozelo torcido. David passara três dias perguntando a ele sobre como havia conseguido se machucar tanto. E, dessa vez, Harry não fazia ideia de como responder. Nesse meio-tempo, nem uma página sequer do trabalho de Línguas foi desenvolvida, apesar de Harry ter ido na quinta-feira visitar Matthew em seu quarto, para fazer perguntas sobre tudo o que havia acontecido.

Após o encontro, Harry tomou um pequeno caderno de seu material e decidiu usá-lo como guia para tudo o que sabia sobre partículas do tempo e a família Knight. Incluindo o fato de que partículas possuem, cada uma, um poder específico, e o de Matthew era alterar livremente sua forma física. Harry chegou a perguntar qual era o poder de Damon, mas o garoto simplesmente revirou os olhos e pediu que Harry não o incomodasse mais perguntando sobre o irmão. Apesar de ter respondido prontamente que Dalton havia sido uma partícula também e que seu poder era simplesmente a *genialidade*.

— Foi? Não é mais? Dá pra deixar de ser uma partícula?

Matthew deu de ombros.

— Faz muito tempo que ele não é chamado pra missão nenhuma.

Na segunda-feira seguinte, os dois haviam marcado de se encontrar de novo para tentar fazer o trabalho de Línguas, mas de última hora, Matthew cancelou o encontro. Disse que tinha coisas para fazer. Harry lhe fez prometer que não ia viajar no tempo de novo, pois queria ir junto se esse fosse o caso.

— Queria eu que fosse uma missão — disse simplesmente, sem explicar o que faria.

Então, naquele dia, ao invés de ficar em seu quarto estudando para as provas — como o companheiro Bill — Harry saiu do quarto e rumou para o Lago dos Padres mais uma vez, na tentativa de finalmente conseguir voltar a nadar. Não fora uma decisão óbvia, muito menos instantânea. O garoto ficou remoendo o pensamento por pelo menos duas horas, durante o chá da tarde, convencendo-se de que devia mesmo fazer isso, que precisava voltar a nadar, que devia perder o medo e que alguém que perseguiu um monstro atemporal não precisa temer um lago.

Até porque havia modalidades de polo jogadas no lago, apesar de não fazerem parte da competição anual. Era como uma mera apresentação, um evento especial, mas que acontecia todos os anos, no mesmo período do campeonato. E se Harry fosse incapaz de entrar no lago, não sabia se David o perdoaria por isso.

Portanto, no dia onze de novembro, Harry novamente juntou seu uniforme de natação, vestindo-o por debaixo do jeans amarrotado e de uma camisa de algodão simples, preta, e partiu para o Lago dos Padres, perto das seis da tarde, esperando voltar antes do jantar.

Como as provas estavam muito perto, o colégio todo estava um tanto vazio, com cara de horário de aula. Nesse período, eram comuns as aulas particulares dadas por alunos das salas especiais, o que deixava o St. Raphael ainda mais vazio. Harry encontrou Fred estudando com Denis numa mesa na praça da estátua do anjo, mas David, ouvira dizer, estava em seu próprio quarto, estudando sozinho.

Passou em frente ao ginásio de esportes aquáticos, encarando-o com certa saudade. Uma semana sem treinar havia lhe mostrado o quanto sentia falta do esporte. Ao menos os treinos voltariam no dia seguinte.

Por estar encarando o ginásio, Harry só olhou para a frente, em direção ao lago, quando já estava muito perto. E o que viu fez seu estômago congelar e sua cabeça girar.

Próximo à árvore onde, diziam as más-línguas, Damon havia se enforcado, Harry viu a silhueta que reconheceu ser de Matthew falando com alguém mais alto, que facilmente concluiu ser Damon Knight.

Num salto, Harry se escondeu atrás da parede externa do prédio do ginásio. Então correu — ainda sentindo o tornozelo reclamar — para dar a volta no mesmo e chegar pelo lado oposto. Não precisou se aproximar tanto para ouvir a voz de Matthew. Gritava, exasperado e, em determinado momento, Harry chegou a vê-lo segurando Damon pela gola da camisa e chacoalhá-lo.

Damon, no entanto, falava muito baixo e pouco se importava com a raiva do irmão. Então, para ouvir o que diziam, precisou se aproximar ainda mais, escondendo-se nas árvores do bosque que delimitava o terreno do St. Raphael.

— Você só está nervoso porque sabe que estou certo — disse Damon, ponderadamente, limpando a camisa onde Matthew o havia segurado.

— Certo? — Matthew gritou e soltou uma risada sarcástica. — Você está cego. E quer me cegar também.

— Você vai entender…

— Não tem nada pra entender! — Matthew o interrompeu, apontando um dedo estendido em sua direção. — Eu não quero ser como você. Você é fraco, você é inútil, um desastre ambulante, uma bomba só esperando pra explodir. Eu cansei de viver na sua sombra, cansei de fazer o que você me manda. Eu posso muito bem sair desse colégio, mandar todos esses babuínos pro inferno, *você* não vai me parar.

— Você sabe que eu estou certo. Eu sempre estou certo sobre você.

— Eu odeio você — Matthew disse, muito baixo, de forma que Harry se perguntou se foi isso mesmo que o garoto dissera. — Eu odeio você! — berrou, confirmando a suspeita.

— Entendo que esteja com medo. E espero que você seja mais forte do que eu. E você provavelmente será. E também espero que entenda que a maior demonstração de força que eu posso lhe dar é justamente lhe pedir que seja forte.

— Está me forçando a viver ao lado dele. E espera que eu seja forte.

— Ele lhe fará forte.

— Você está morto! Olha no que sua bondade deu! Você está *morto*! Eu te vi no seu caixão! Eu te vi completamente branco. Eu vi as pessoas darem sorrisinhos quando passaram perto do seu corpo. Eu vi pessoas agradecendo por você ter morrido. Vi pessoas fazendo piada de você. Olha onde tudo isso te levou! Você é um nada, um covarde, e agora é um covarde morto!

— Covardes não morrem. Corajosos morrem.

— Como pode chamar seu suicídio de coragem? Não há coragem em morrer.

Os dois se calaram por um tempo. Harry sentia cada ofensa de Matthew como se fosse para si. Não entendeu muito bem por que se sentiu tão mal por ouvir o garoto xingar o irmão daquele jeito. Talvez por Damon tê-lo salvo. Mas Matthew também já tinha salvado sua vida, na ocasião do monstro atemporal. E seu coração ainda batia velozmente enquanto olhava para Damon.

— Você cresceu afastado do mundo — disse Damon, baixo, quase inaudível. — Você conheceu a angústia novo demais.

— Cala a boca! Você está morto! Dalton nem chorou no seu funeral! Nem eu chorei!

— Não esperava que Dalton chorasse. Mas você… Honestamente, depois de tudo que fiz por você, esperava…

— Eu juro que se disser mais uma palavra…

— Você precisa dele.

Matthew então deu as costas ao irmão e o deixou sozinho. Passou em frente ao deque do lago e seguiu pelo mesmo caminho por onde Harry havia chegado.

Harry ficou algum tempo sem saber o que fazer, com o coração agitado e as pernas bambas. Começou então a dar silenciosos passos para trás, para sair dali, mas antes que o fizesse Damon virou-se na sua direção.

— Eu sei que está aí, Harry.

Harry segurou a respiração. Não percebeu, mas havia corado ao ser pego bisbilhotando. Sem opção, cerrou os punhos de nervosismo e caminhou até Damon. Estava mais pálido do que da última vez que o vira.

— Desculpe, eu não pretendia…

— Tudo bem, não tem que se desculpar — Damon afirmou.

Harry ainda não conseguia conceber como o garoto podia estar vivo, parado diante de seus olhos, enquanto havia uma lápide no cemitério municipal com seu nome escrito, com seu corpo enterrado. Mas aqui estava Damon, fazendo Harry corar e seu coração agitar.

— Você salvou meu irmão. Obrigado.

Harry balançou a cabeça, fechando os olhos. Por que simplesmente não conseguia agir como uma pessoa normal perto daquele Knight? Por que tinha que enrubescer em frente ao seu ídolo?

— Eu o distraí antes. Foi culpa minha ele ter precisado de ajuda.

— Acredite, ele não se importa com isso. Ele sabe que você o salvou.

— Ele se importa, ele disse…

Damon sorriu. O sorriso foi o suficiente para que Harry se calasse.

— Matthew é um cabeça-dura, mas vai melhorar com o tempo. É o sangue da família.

Harry sorriu de volta. E ficou ainda mais feliz quando Damon se sentou na beira da árvore, sem se importar em sujar as roupas do colégio. Harry queria isso há tempos: a chance de se sentar ao lado de Damon e conversar com ele. Então se sentou de pernas cruzadas em frente ao garoto.

— Nunca te agradeci por me salvar — disse Harry. — Muito obrigado.

Damon deu um sorriso de canto e balançou a cabeça levemente.

— Não tem que agradecer por isso, Harry. Eu te salvei porque eu precisava de você.

— Por que precisava de mim? Eu nunca havia te conhecido.

Damon tomou uma folha seca nas mãos e começou a cortar tiras da mesma, até que só sobrassem pequenos pedacinhos, que deixou o vento levar.

— Eu precisava que você cuidasse do meu irmão.

— Damon, o que está acontecendo? Por que você está aqui?

O garoto respirou fundo antes de responder.

— Estou nos meus momentos finais. Estou viajando pra te ver novamente. Gastando minhas últimas energias.

— Cada vez que você aparece, está mais perto da morte?

Damon fez que sim com a cabeça, em silêncio, e isso fez o estômago de Harry dar uma cambalhota.

— Eu estou cuidando muito mal do seu irmão.

— Você está cuidando muito bem dele, não se preocupe. Ele vai melhorar com o tempo. Matthew… viu coisas demais pra idade dele.

Harry pressionou os lábios numa linha fina, tentando imaginar tudo o que Matthew supostamente havia visto da vida.

— E Dalton?

— Dalton foi uma partícula de tempo tão eficiente que sua capacidade está além do necessário. Então nunca é chamado pra nenhuma missão. A partícula convocada pra um trabalho é sempre aquela com a capacidade e a experiência necessárias para obter sucesso. Dalton tem capacidade e experiência demais. Tem sempre alguém que vai no lugar dele.

Harry fez que sim com a cabeça, mostrando que havia entendido. Havia tantas coisas que queria dizer, perguntar, contar. Mas agora que o tinha por perto, nenhuma delas vinha à mente. Harry só conseguia ficar ali, parado, sentado, em frente ao garoto, tentando decidir o que mais queria saber, o que devia dizer e no fim não dizia nada.

— Eu queria ter te conhecido antes — disse Harry. — Eu não teria deixado eles fazerem o que fizeram com você.

Damon sorriu levemente.

— Sei que não. Mas isso pouco me importa.

— Eles foram cruéis.

— Foram. Mas eu cresci sendo chamado de nomes indizíveis, Harry. Cresci ouvindo de todos que eu era problemático. E quando eu não estava em condições de sair do meu quarto e olhar no rosto das pessoas, me disseram pra superar e seguir em frente. Cresci achando que ninguém nunca olharia pra mim e faria sentir…

Harry abraçou as pernas dobradas contra o peito, apoiando o queixo nos joelhos. Encarava Damon com os olhos brilhando, como se fosse algum tipo de divindade, o que fez o garoto sorrir.

— O que importa, Harry — disse Damon, cortando sua própria fala — é que Matthew terá o que eu não tive.

— O que você não teve?

— Você.

Harry engoliu em seco.

— Os monstros dizem pra ele ficar longe de mim.

— Mais um motivo pra você continuar perto dele.

— Como você pode saber? Como podia saber, antes de me conhecer, que eu cuidaria do Matthew?

Damon deu de ombros.

— Coisas de partícula do tempo.

— Seu poder? — Harry perguntou, lembrando que Matthew tinha o poder de se transformar em qualquer pessoa. — Matthew disse que cada partícula tem um poder diferente.

— Algo assim — respondeu.

Harry sorriu. Devia ser um poder muito bom, conseguir ver as pessoas daquela forma. Imaginou que fosse algum tipo de visão, qualquer coisa que lhe permitisse identificar a moral, os sentimentos de alguém. E devia ser um mundo realmente muito feio por trás dos olhos de quem enxerga o interior das pessoas.

— E Victor? — Harry perguntou, lembrando de repente. — Matthew disse que era seu amigo.

Os olhos de Damon claramente se entristeceram com aquela pergunta. Respirou fundo e olhou para o céu cinzento como seus olhos.

— Victor foi uma grande decepção pra mim.

— Uma decepção?

— Victor é uma pessoa difícil de lidar. Com muitos limites. Mas eu gostava muito dele. Matthew também.

— Ele desapareceu…

— Não — interrompeu Damon. — Ele está no seu futuro, no passado dele. Só ficou preso numa missão, como eu. Mas no seu período de tempo, ainda está vivo. E você vai encontrá-lo.

— Como pode saber?

— Ele me disse, pouco antes de iniciar sua missão, que iria para o começo de 2013. Então você ainda vai se encontrar com ele. Espero vê-lo nesse período.

Harry fez que sim com a cabeça, começando a entender mais toda aquela história.

— E quanto ao evento que o Matt falou? Sobre ninguém viajar pra depois de 2014? Você já esteve lá?

Damon pôs as mãos nos bolsos da calça e deu de ombros.

— Na verdade não. Nunca fui pra além de 2014.

— Então você não sabe o que acontece.

— Sei — afirmou, olhando para o céu e para qualquer lugar que não fosse Harry.

— Sabe? Você sabe o que mata todas as partículas de tempo?

— Não são só as partículas de tempo, Harry. São todos. Tudo que existe. Coisa viva e não viva.

Harry franziu o cenho, sem conseguir assimilar toda a carga de informações. Seu cérebro demorou um tempo para processar a ideia.

— Você quer dizer… O fim do mundo está em 2014?

— Não. O fim de toda a existência e desta unidade de dimensão. Tudo. A realidade em si.

— Não… não é possível. Tem que ter uma forma de evitar.

— E tem — disse Damon. — Será a missão de Matthew muito em breve.

— Matthew? Você disse que Dalton era responsável por missões muito difíceis…

— Não é uma missão difícil. Difícil não significa importante.

— Mas se é fácil, por que acontece? Por que as coisas estão caminhando pra isso?

Damon sorriu levemente.

— Não se preocupe muito com isso, Harry. Tenho certeza de que Matthew vai vencer essa missão. Ele nunca falhou. Confio nele. Mas agora preciso ir. Preciso te visitar no seu aniversário. Então espere por mim nesse dia, ok? Até mais.

E dizendo isso, Damon desapareceu em pleno ar, como se seu corpo fosse feito de fumaça, viajando pelo vento, desintegrando-se. Harry ficara sozinho novamente, ainda tentando digerir todas aquelas informações. O fim da realidade. O fim de tudo. Nas mãos de Matthew. E Harry, aparentemente, tinha que ficar ao lado do garoto.

Na verdade, tudo o que queria agora era que seu aniversário chegasse logo para poder ver Damon mais uma vez.

15. A CASA DAS PARTÍCULAS

Na segunda vez que Matthew e Harry marcaram de se encontrar para continuarem o projeto de Línguas, já era domingo, dia vinte e cinco de novembro. Nesse meio-tempo, Harry havia enfrentado a desconfiança de David quanto ao modo com que tinha torcido o tornozelo e quanto à sua distração durante os treinos. Muito porque Harry já não conseguia colocar de lado o fato de que havia viajado no tempo e espaço, que estivera no futuro, que estivera no passado, e que conversava com um garoto considerado morto no período atual. Isso havia feito Harry reconsiderar tudo o que julgava real. Começara a criar teorias conspiratórias e fazer diversos rabiscos e rascunhos de ideias em seu caderno. E sua cabeça estava constantemente nesses assuntos.

De qualquer forma, ele e Matthew deram um tempo nos encontros, já que era importante manter as aparências, mesmo que tivessem que fazer um trabalho juntos. Era parte do plano que todos achassem que Harry realmente não queria fazer o trabalho com Matthew.

Isso só melhorou as coisas, já que Harry sentia falta dos encontros.

Quando entrou no quarto naquele domingo, no entanto, Matthew não estava se preparando para ler o livro. O garoto estava em frente ao computador, lendo algo relacionado a pessoas nas sombras, o que era bastante bizarro. A tela era escura, com letras em branco para dar contraste, e havia alguns desenhos macabros nas bordas.

— Que raios é isso? — Harry perguntou, colocando sua mochila sobre a cama de Matthew. — Não sabia que se interessava por creepypasta.

Matthew não deu importância à presença de Harry por um bom tempo. Continuava lendo uma página de algum blog obscuro e com pouca credibilidade, até que girou a cadeira para olhar para Harry.

— Ficaria surpreso com quanta coisa útil se acha no meio desse monte de besteiras.

— Coisa útil? — perguntou Harry, sentando-se sobre a cama. — Tipo o quê?

Matthew deu de ombros e apontou para a tela.

Harry se inclinou para ver melhor. A página falava sobre pessoas vistas na penumbra. Como uma sombra no canto da visão. Harry não achava isso muito mais confiável do que qualquer outra lenda urbana, mas como também não achava viagem temporal possível até tempos atrás, decidiu não ser totalmente cético sobre nada que Matthew falava.

— Pessoas nas sombras. Ok, o que de tudo isso é verdade? — perguntou, rendido.

Matthew pareceu satisfeito por ter convencido Harry.

— Tão logo atravessam a fenda, monstros atemporais são exatamente isso: uma sombra. São fracos e praticamente inexistentes. Não têm dimensão, não têm corpo, não têm alma. São só uma pequena existência sem forças. Então, relatos de pessoas nas sombras servem como forma de localizar fendas recentes.

— Então nessa forma eles são mais fracos? Mais fáceis de matar?

Matthew sacudiu a cabeça negativamente e apoiou-se no encosto da cadeira.

— Não exatamente. São mais fracos, sim. Mas são também imortais. Como se mata uma sombra?

— Com luz?

— A luz *projeta* a sombra. Quando você muda o ângulo, está apenas projetando pra outro lado.

— Então... sem luz?

— Sem luz a sombra se torna infinita — Matthew disse, levantando-se para pegar o livro de George Adams. — Não. Nesse formato, eles são não só imortais, mas também são capazes de entrar no corpo das pessoas. É assim que eles invadem. Como sombras. Mas depois de ganharem um corpo, também ganham mortalidade.

— Você tem pensado muito nesses monstros, não? — perguntou Harry, observando que o navegador de Matthew tinha cerca de quinze abas abertas. Todas de sites de creepypasta.

— Sei que não devia — admitiu, sentando-se na cama com o livro aberto na página em que haviam parado. — Eu sou uma partícula, não um caçador. Mas tenho me preocupado com a onda de monstros.

— Você teve alguma missão desde a última? Que estive junto?

A pergunta também era para saber se Matthew havia viajado sem ele. Se estava fugindo dele. Sabia que era muito provável, mas ao mesmo tempo gostava de acreditar que não. Que Matthew ia chamá-lo se recebesse mais alguma missão.

— Só uma — admitiu Matthew. — A missão pra te salvar. Faz um tempo já. — Ele deu de ombros. — Eu não podia te levar. Você não sabia nada de monstros atemporais nessa época. Não podia deixar você se encontrar com você mesmo.

Harry fez que sim. Ele olhou para o lado, escondendo o sorriso que se formou em seu rosto. Matthew estava tentando se explicar. Queria justificar por que não o chamara.

— Tudo bem. Essa não conta. Eu estava lá de qualquer forma — ele disse, sorrindo.

Matthew olhou para a direção oposta, provavelmente porque havia enrubescido.

— De qualquer forma, muitos caçadores têm reclamado do trabalho das partículas. Eles dizem que não estamos fazendo nosso trabalho direito. Do mesmo jeito, partículas estão reclamando dos caçadores pela quantidade de monstros.

— Talvez porque tem tido mais missões como a nossa última? Nenhuma partícula estava sendo chamada.

Matthew fez que sim com a cabeça. O livro ainda repousava aberto sobre seu colo. Ele respirou fundo e pareceu decidir-se que valia a pena dizer mais alguma coisa.

— Tem algo que… — começou, mas se interrompeu, como se tivesse se arrependido da decisão de começar a falar — tem me incomodado sobre aquela missão — ele finalmente concluiu. — Isso sobre ninguém estar sendo chamado. Não tenho certeza sobre o que acontece quando uma partícula… — Pareceu vasculhar a mente por uma palavra que se encaixasse no que queria dizer. — Quando uma partícula não conclui seu trabalho. Quando fica presa no tempo.

— Como Damon?

Matthew revirou os olhos, o que fez Harry franzir os lábios, desgostoso. Odiava quando fazia isso. Era como se o chamasse de idiota, só com o olhar.

— Não. Damon está morto. Ele não falhou. Ele se matou. Não era nem missão dele… — Matthew se interrompeu.

Harry estreitou os olhos, franzindo a testa. Matthew estava claramente escondendo alguma coisa dele. Alguma coisa sobre o dia em que Damon o salvou.

— Não era missão dele… me salvar? — perguntou Harry.

— A questão não é meu irmão — disse Matthew, cortando o assunto. — A questão é: se uma partícula viaja numa missão e falha, permanece presa naquele período. Sendo assim, na sua linha de tempo, ela desaparece. Mas e se esta partícula é chamada para uma missão durante o período em que ficou desaparecida?

— Você acha que foi isso que aconteceu nos Estados Unidos? A partícula responsável pelas falhas que fechamos está presa em outro período?

— Você sabe qual partícula.

— Victor? — Harry se lembrara. Victor estava desaparecido, e era um dos melhores no que fazia.

Matthew fez que sim, ainda pensativo. Enquanto isso, Harry decidia se contava ou não que eles ainda veriam Victor. Que Damon havia dito que ele estava no futuro deles. Talvez eles pudessem ajudá-lo, talvez eles pudessem fazer com que ele voltasse para seu próprio período de tempo.

— Ei, Matt — ele chamou.

Matthew olhou para ele franzindo o cenho. Era a primeira vez que era chamado por um apelido. Apesar de ter achado estranho, não falou nada a respeito.

— Damon… — ele começou, e parou assim que Matthew revirou os olhos. — Damon disse que ainda vamos encontrar Victor — ele disse, de uma só vez.

Harry observou a reação de Matthew. Não pareceu muito surpreso. Simplesmente absorveu a informação e acenou com a cabeça. Então abaixou os olhos e pôs-se a encarar o livro em seu colo.

— A gente devia continuar isso — ele disse.

Harry fez que sim e tomou fôlego. Então suspirou e moveu-se até o computador para começar a tomar notas, ainda sem entender a reação de Matthew. Não sabia no que o garoto estava pensando, mas parecia mais preocupado. Mais… triste? Não sabia explicar.

Eles recomeçaram a leitura do livro. Dessa vez, sem grandes comentários. Ambos estavam distraídos, sem realmente prestar atenção à história. Fizeram poucas anotações, mas leram bastante por muito tempo. Até que ambos estavam entediados demais para continuar. Matthew foi o primeiro a jogar a toalha. Deitou-se na cama, de barriga para cima, encarando o teto. O livro ficou sobre seu peito, aberto. Ele respirou fundo, fechou os olhos e liberou o ar pela boca. Estava ansioso, era óbvio. Preocupado. Harry não quis insistir em continuar a história. Também tinha um gosto estranho na boca. Um gosto que não sentia desde que retornaram da viagem a 2013. Uma sensação de que alguma coisa estava acontecendo enquanto ele simplesmente assistia às aulas.

— Então… essas pessoas na sombra — Harry comentou depois de um tempo com Matthew de olhos fechados na cama. — Vamos atrás desses relatos?

Matthew tinha aberto os olhos, mas não respondeu por um tempo. Estava distante.

— Não tem mais do que relatos em páginas apagadas de fóruns que não existem mais. Não tem nada pra seguir em frente.

— Mas se isso de fato acontece, como não tem ninguém investigando isso?

Matthew deu uma risada de escárnio.

— E quem vai investigar isso? Mulder e Scully?

Harry suspirou. Odiava quando Matthew tentava ser irônico só para irritá-lo.

— Eu quis dizer, se essas coisas acontecem, *alguém* tem que ter prestado atenção.

— Harry, digamos que você ache que viu uma pessoa na sombra. Você vê uma sombra se mexendo sem que haja um objeto barrando a luz e projetando-a. O que você faz? O que você pensa? Pra quem você avisa? Isso vira creepypasta. Serve pra duas coisas: encher página de internet e dar pesadelo pra pessoas que acreditam. Mesmo que seja verdade.

Harry suspirou e confirmou com a cabeça. Não ia discutir nenhuma verdade de creepypasta com Matthew. Não com um viajante do tempo.

— Não é com isso que está preocupado, é?

O garoto coçou a cabeça e fez que não.

— Eu me encontrei — ele disse. — Eu, vindo de um futuro próximo. Ao que parece, vou ser chamado pra uma missão grande.

— Grande?

Matthew sentou-se na cama e bagunçou os cabelos, que se arrepiaram. Ele respirou fundo e jogou o livro no chão.

— Perigosa.

— Posso ir com você?

Matthew ergueu os olhos para Harry.

— Eu disse que é perigosa.

— Quando você diz perigosa, entendo que você precisa de ajuda.

Knight deu um sorriso de canto, quase de escárnio. Harry odiava aquele sorriso.

— Quando digo que é perigosa, você deve entender que há um alto risco para você. Não preciso de você, Harry.

Harry sentiu essas palavras pesarem mais do que poderia prever. Sentiu-se um idiota mais uma vez. Idolatrando um garoto que sequer se importava.

— Só diga que não quer que eu vá e não vou — ele disse, levantando-se da cadeira para pegar sua mochila. — Não precisa ser estúpido.

Harry botou a mochila nas costas num movimento brusco, então puxou um livro que estava sob Matthew sem pedir licença ao garoto e em seguida foi até a porta.

— Ei — Matthew chamou. Não disse nada por um tempo, então tomou fôlego e continuou. — Não preciso de você, mas quero que você vá.

Harry ficou um tempo com a mão na maçaneta. Não soube quanto. Só percebeu que era muito tempo quando Matthew balançou a cabeça, mostrando a palma das mãos, exigindo uma resposta.

— Eu... ah... — ele balbuciou, e coçou a cabeça, nervoso. — Quando?

— Provavelmente depois de amanhã. Esteja aqui durante o almoço.

Harry fez que sim e tentou empurrar a porta, então percebeu que ela não abria e se lembrou de destrancá-la. Só então percebeu que tinha que puxá-la e conseguiu sair.

Harry ainda encontraria Matthew antes da terça-feira. Mas Matthew não o veria. Na segunda, Harry acompanhava o time principal de polo até as piscinas aquecidas, quando viu Matthew atravessando o gramado central correndo. Seus olhos imediatamente o seguiram, e o acompanharam até que o garoto sumisse entre os prédios. Franziu a testa até ver outros três garotos o perseguindo. Seu primeiro impulso foi ir até ele, tentar ajudar, mas David e os outros estavam ao seu lado, portanto essa seria uma ideia absurda. Só podia esperar que Matthew corresse mais rápido, que soubesse escapar.

Ficou feliz quando, no dia seguinte, ao entrar no quarto de Matthew durante o jantar, o viu sem hematomas ou qualquer tipo de ferimentos. Sentiu-se bastante aliviado. Fechou a porta atrás de si. O garoto estava usando o computador, novamente em algum site de creepypasta, sem nenhuma página aberta em especial.

— Então? Qual é a missão?

— Ainda não sei — respondeu Matthew.

— Seu eu do futuro não disse nada?

— Ele ainda não tinha ido para nenhuma missão.

— Então?

— Reunião.

Harry franziu a testa.

— Reunião?

Matthew balançou a cabeça e se levantou. Então andou até Harry e tocou-lhe o ombro. No momento seguinte, Harry caiu na grama, úmida e gelada. Olhou ao redor, assustado. Atrás dele havia uma casa de campo, feita inteiramente de pedra. A temperatura estava agradável demais para ainda estarem na Inglaterra. Conseguia ouvir pássaros cantando em diferentes tons. Era um campo aberto, de grama baixa, com árvores espaçadas, e uma suave brisa soprava do leste. Eles não eram os únicos surgindo naquele lugar de repente. Harry viu outras cinco pessoas chegando da mesma forma e caminhando até a casa de pedra.

— Que lugar é esse?

— Centro de reuniões. Fica um milissegundo atrasado em relação ao resto do Universo. É impossível chegar sem saber voltar no tempo — explicou Matthew. — É onde nos encontramos pra sermos mandados para missões maiores. Missões mais complexas.

— Achei que você não tivesse escolha sobre que missões ir.

Matthew começou a andar em direção à casa de pedra, à frente de Harry.

— Essas são missões como as que enfrentamos. Em que partículas não são chamadas porque não há uma real ferida. Às vezes, quando o dano ocorre e a partícula é chamada, não há como resolver a falha da forma convencional. Às vezes é preciso mexer com os cordões do tempo.

— Cordões do tempo?

Eles estavam subindo as escadas de pedra. As portas da casa estavam abertas, e parecia bastante grande.

— Modo de falar — ele explicou, parando nos degraus. — É quando você tem que interferir em algo anterior à ferida, que não tem muito a ver com ela, que não dá pra identificar só com poderes de partícula, porque é uma relação muito remota. É como matar a borboleta para que não se forme um furacão, em vez de salvar alguém que morreu no furacão. São casos muito específicos e que requerem muitas mentes trabalhando em conjunto pra identificar um ponto perfeito pra alterar.

— Aqui é onde nos encontramos pra estudar esses pontos. Há um líder, que geralmente é quem tem as melhores ideias, e ele convoca quem ele bem entender. Agora, é muito importante que você me escute — ele disse, e virou-se para Harry. Estava um degrau acima, então estavam quase do mesmo tamanho. — Ninguém sabe que Damon morreu. Portanto... — Ele olhou ao redor, e quando teve certeza de que ninguém mais estava observando-os, seu rosto se alterou. Não muito. Apenas um queixo levemente mais largo. Cabelos mais claros, olhos mais escuros. Um pouco mais alto. E, em segundos, Matthew havia se transformado em seu irmão mais velho, Damon, com a idade que ele deveria ter se não tivesse morrido. — Você vai me chamar de Damon, entendeu?

Harry sentiu a garganta ficar seca ao ver Damon assim tão de perto de novo, mas com a clara expressão irritadiça de Matthew. Não tinha como confundir os dois, mas sua aparência era o suficiente para fazer Harry sentir seu estômago gelar.

Os dois subiram as escadas e entraram numa grande antessala. Harry teve tontura, pois a sala tinha o tamanho que ele imaginava da casa toda, mas ainda havia diversas entradas para outros cômodos. Todas as paredes estavam cobertas de relógios de todos os tipos e formatos possíveis. Alguns sequer funcionavam. Outros produziam um tique-taque irritante e sincronizado. Não havia outras pessoas nessa primeira sala, mas Harry mal podia ouvir seu próprio pensamento.

— Cada relógio pertence a uma partícula — explicou Matthew. — Nós colocamos aí. Tem relógio de uma partícula que morreu há milhares de anos.

— Esse trabalho já existia há milhares de anos?

— O trabalho existe desde muito tempo. Desde que há gente para fazê-lo. Não sabemos quem foi o primeiro. Mas um dia houve uma partícula que podia voltar pra antes do seu nascimento. Era seu poder. Assim como o meu é alterar minha forma física. E um dia ela foi para 2 milhões de anos atrás. Infelizmente nunca voltou pra nos dizer nada. Seu relógio parou uma hora.

Ele seguiu em frente e Harry o acompanhou, sempre olhando ao redor. Percebeu que o piso era brilhoso, com mármore, formando um enorme desenho circular. Era uma bússola e ao mesmo tempo um relógio. Nas agulhas estava entalhado em branco *Morte, vida, espaço e tempo.*

— Essa sala é muito grande. Não parecia tão grande do lado de fora.

— Diferença de tempo. Aqui o tempo corre mais devagar do que lá fora. Isso gera esse efeito — explicou Matthew.

Eles passaram por uma porta grande que os guiou a um corredor. Dos dois lados havia painéis gigantes, como aquários, por onde ele podia ver que estavam dentro de uma estrutura muito maior. O corredor era, na verdade, uma ponte, atravessando uma gigantesca cúpula. Ao redor, uma escada circulava o local todo, desde o topo até vinte metros abaixo. Nas paredes, cápsulas nas quais, forçando os olhos, Harry viu pessoas imóveis.

— É a prisão de partículas — disse Matthew, sem olhar ao redor. — Quando fica provado que você conscientemente abriu uma fenda, você é trazido pra cá. O tempo passa infinitamente mais devagar dentro das cápsulas. Quando você é sentenciado por vinte anos, na verdade fica aí por mais de cem anos. É por isso que as pessoas parecem imóveis. Elas estão se mexendo bem devagar.

— Então, na verdade você fica aí até morrer.

— Você pode escolher. Pode acelerar ou desacelerar o tempo da sua prisão. Não faz diferença pra você, porque o referencial é seu. Pra nós, pode ser que coloquemos um homem na cápsula e, minutos depois, tiremos um senhor. Mas isso normalmente acontece pra casos de pena de morte. Você não sente fome porque seu organismo está acostumado ao tempo na velocidade normal. Mas você passa uma vida toda dentro de uma cápsula, e então morre, e quando abrimos, apenas varremos o pó.

Ele disse isso com tanta naturalidade que Harry sentiu um frio na espinha. Eles seguiram adiante, passando pela ponte até a porta na outra extremidade. Era uma antessala com diversas outras entradas. Duas escadas levavam a um mezanino. Eles caminhavam para a porta do meio, a principal, mas Matthew decidiu se desviar do caminho e entrar numa porta pintada de vermelho.

— Quero te mostrar uma coisa — ele disse, e abriu a pesada porta.

Era uma livraria. Mas era absurdamente grande. Monstruosamente grande. Infinitos corredores e estantes, e livros até nas paredes.

— Essa é a Livraria do Que Não Aconteceu.

Harry ainda estava tonto com a quantidade de livros que lá havia. Não conseguiu dizer nada, apenas ficou olhando, girando sobre o próprio eixo, tentando ver o fim do lugar, sem sucesso.

— Aqui guardamos as histórias que foram corrigidas. Coisas que aconteceram errado, que foram consertadas e não são mais daquele jeito. Temos várias versões das guerras mundiais. Temos trinta e cinco em que Hitler vence. São livros grandes, cheios de erros. Foi uma época difícil para as partículas. Partículas alemãs, nazistas, usando o poder em prol de Hitler. Também entramos em guerra. Está tudo documentado.

— Por que escrever esse livro? Quem escreve eles?

— O tempo escreve — Matthew disse, mãos nos bolsos, olhando os livros ao redor. — Quando algo acontece e deixa de existir, torna-se lembrança. A lembrança pode ser esquecida. Cada vez que você se lembra, está tentando resgatar um tempo que já acabou. Uma partícula não pode voltar para um tempo que foi corrigido. Para que ele não deixe de existir, a partícula deposita sua memória num livro em branco. A história então será eterna e é fonte de estudos depois.

— Você já escreveu algum?

Matthew fez que não com a cabeça e deu meia-volta para deixar a sala.

— Nunca aconteceu algo muito significante na minha vida — ele justificou.

Harry quase riu daquilo. O garoto já tinha enfrentado monstros e salvado a vida de muitas pessoas. Mas nada de significante havia acontecido em sua vida.

Eles então voltaram a rumar para a porta principal da antessala e chegaram num enorme auditório circular. Como um salão de ópera, era decorado com veludo vermelho. As poltronas eram grandes e macias, em couro. O lugar já estava bastante cheio. Muitos jovens conversavam. Todos eles pareciam ter menos de trinta anos, mas em geral, a maioria era adolescente ou jovem adulto. Quando Harry pisou na sala, percebeu que pelo menos metade das pessoas se viraram em sua direção, encarando-o, desconfiados.

Harry e Matthew acharam um lugar vazio e sentaram-se um do lado do outro, numa das primeiras fileiras. E mesmo então, muitas pessoas se viraram para olhar para Harry, aparentemente incomodados com sua presença. A pessoa do banco da frente torceu o pescoço como se tivesse levado um susto do garoto.

— O que está acontecendo? — perguntou Harry, assustado.

— Eles sabem que você não é uma partícula. Estão achando estranho, só isso.

— O que acontece agora?

— O líder das partículas no mundo vem e explica a situação-problema. Apresenta a solução proposta pelo grupo de partículas que se foca só em estudar esses casos. São os anciãos. Depois pede que alguém se candidate a resolver o caso — explicou Matthew.

— Você disse que teria uma missão, não que ia se candidatar a uma — disse Harry.

— Eu vou pegar essa missão, Harry.

— Por quê? Algo de especial?

Matthew deu de ombros.

— É importante fazer coisas grandes. É importante subir na hierarquia.

— Por quê?

— Uma hora você para de ser chamado. É como a aposentadoria. Em geral, isso não acontece.

— Não acontece?

— Olhe ao seu redor. Quantas pessoas com mais de trinta anos você vê?

Harry sabia que havia poucas, mas olhou pelo lugar assim mesmo, tentando enxergar alguma. Algumas até pareciam mais velhas, mas não podiam ter trinta anos.

— Por que são todos tão novos?

— Partículas morrem cedo. Antes de se tornarem boas o suficiente para não serem mais chamadas.

— Você disse que Dalton…

Matthew simplesmente fez que sim com a cabeça. Nesse momento, todos fizeram silêncio. Harry virou-se para o palco, onde alguém entrava enquanto uma imagem era projetada na parede atrás do palco. Forçou os olhos para ver até ter certeza. Quem estava lá na frente era Dalton Knight.

Dalton Knight usava um terno impecável. Tinha aproximadamente vinte e quatro anos, mas seu olhar era de alguém muito mais velho. Sua coluna ereta lhe dava um ar de superioridade que todos na sala pareciam respeitar. Fez-se silêncio automático quando ele entrou na sala, com um controle nas mãos, e ligou o projetor.

A primeira imagem que apareceu era de uma garota. Num quadro ao lado havia alguns de seus dados.

Nome: Felícia Schmidt
Posição: partícula.
Idade na última aparição: 17 anos.
País de origem: Áustria.
Crime: Assassinato do pai, Gilbert Schmidt.
Data do crime: 23 de julho de 2000.

— Há uma pequena cidade na Áustria na qual temos motivos para acreditar que pelo menos trinta por cento dos habitantes estão infectados com monstros atemporais — explicou Dalton. Na projeção, a imagem fazia um zoom no mapa da Áustria, numa região de campo e isolada. — O fato teria passado despercebido, pois não há uma única partícula residente em Heiligenblut, cidade com apenas mil habitantes.

Não houve comentário vindo dos que assistiam, apesar de Harry ter se impressionado com a porcentagem.

— Nossa investigação inicial não encontrou a causa da falha próxima ao vilarejo, de forma que visitantes recentes e turistas foram investigados. Não houve nenhum suspeito. Visto isso, cremos que a falha esteja na falta de alguém. Para que trezentas pessoas se contaminassem, a falha deve estar assustadoramente grande. De forma que deve ter pelo menos cinco ou seis anos. E é, com certeza, derivada de alguma outra fenda ainda mais antiga. Nos parece que uma falha tão precisa e tão poderosa só poderia ter vindo de uma partícula criminosa. Assim, cada um de vocês foi investigado, até chegarmos em Felícia Schmidt.

— Felícia Schmidt passou cerca de cinco meses ilegalmente investigando pequenos danos ao tecido da realidade, até encontrar um que se localizasse próximo de julho de 2000 para usá-lo como transporte — explicou Dalton ao microfone. — Quando encontrou, partiu para Viena, onde assassinou seu próprio pai. O senhor Gilbert Schmidt deveria ter cometido suicídio em 25 de julho de 2000, mas consta que morreu por causas não confirmadas em 23 de julho. Sabe-se que Norbert Schmidt, irmão de Felícia Schmidt, mudou-se para Heiligenblut em 2006, quando a falha dessa cidade começou a se abrir. Assim, concluímos que o assassinato de Gilbert Schmidt é, muito provavelmente, o causador não só desta falha, mas também o responsável pela morte de todas as partículas do mundo em 2015. Uma fenda dessa dimensão poderia ocasionar, futuramente, o rompimento da realidade. Portanto não preciso dizer o quão importante é viajar para dia vinte e três de julho e capturar Felícia Schmidt antes que ela mate seu pai. Preciso de voluntários.

Imediatamente, Matthew se levantou, com outras quinze pessoas.

— Por favor — disse Dalton, apontando um ponto atrás dele no palco.

Todas as pessoas — seis homens e nove mulheres — subiram ao palco. Sete deles, para espanto de Harry, tinham um tipo de criatura os seguindo. Como uma pequena fada, de aparência humanoide, voando perto de seu ombro. Não fazia ideia do que aquilo seria, e Matthew não estava ao seu lado para que perguntasse.

As partículas formaram uma fileira atrás de Dalton, que não pareceu surpreso em ver o irmão já morto. Harry sabia que Dalton estava ciente da morte de Damon, pois havia estado no funeral.

Em pouco tempo, uma mulher entrou pela parte de trás do palco portando uma ampulheta vazia. Ela se aproximou da primeira partícula da fila, uma garota ruiva, que tocou a parte de cima da ampulheta com a ponta de dois dedos. Imediatamente, o objeto começou a encher-se de areia vermelha, até parar, aproximadamente na metade.

Após a areia parar de cair, a mulher virou a ampulheta, e a areia, em vez de descer para a parte de baixo, foi sumindo no meio do caminho.

Sem dizer nada, a mulher aproximou a ampulheta da segunda partícula, que repetiu o procedimento. Desta vez, havia menos areia ao final.

A ação foi repetida para cada uma das quinze partículas. Quando chegou a vez de Matthew, a ampulheta se encheu completamente, ambos os lados.

— Damon Knight é o selecionado para a missão — disse Dalton. — Favor reportar a conclusão da missão em forma de ata. Você contará com mil euros para gastos em despesas. Boa sorte.

Matthew confirmou com a cabeça e desceu do palco, acompanhado pelas outras partículas, que não pareciam muito contentes. O garoto não chegou a se sentar de volta, apenas passou pela fileira em que Harry estava para que ele o seguisse.

Eles saíram do auditório com todas as demais partículas. Matthew ainda não havia dito nada, mas tinha um sorriso fino nos lábios. Estava claramente satisfeito por ter pegado a missão.

— Essas coisas. Voando do lado das pessoas. O que são? — perguntou Harry, ao ver uma partícula passar perto dele com uma das "fadas".

— Monstros atemporais. Um tipo bastante conhecido e domesticado. São como cães, altamente fiéis a suas partículas. Se alimentam de sangue humano, em pequenas quantidades. Normalmente só tomam o sangue do dono.

— Você não tem um?

— Eu... — ele disse, mas se interrompeu por um segundo. Eles haviam parado na antessala. Diversas partículas passavam por eles. — Doei o meu.

— Doou? Pra quem?

Matthew pareceu querer responder, mas se interrompeu quando viu Dalton saindo do auditório e caminhando em sua direção. O garoto revirou os olhos e cruzou os braços. Dalton, no entanto, pareceu muito mais focado em Harry do que no próprio irmão. Ficou o encarando por um tempo até que seus olhos voltassem para Matthew.

O Knight mais velho era bem mais alto que Harry. O cabelo era mais claro, mas ainda tinha a mandíbula proeminente dos outros Knight. Parecia ainda mais sério e rancoroso que Matthew.

— Espero que entenda o quão importante esta missão é — disse Dalton.

Matthew deu de ombros.

— Não dá pra saber se é isso que causa o desastre de 2014.

— Mas é uma grande possibilidade — ele disse, e então seus olhos se focaram em Harry de novo. — Você é daquela escola.

— Sim, senhor — Harry disse, respeitosamente.

— Por que está aqui?

— Matthew é meu amigo.

Harry pensou ter visto um pequeno sorriso se formar nos lábios do Knight mais velho. Não era de alívio ou felicidade. Era de sarcasmo. Talvez até de pena. Imaginou se era essa a expressão que ele fazia quando enfrentava seus oponentes nos torneios de Matemática, Física e todas as outras matérias.

— É mesmo?

Harry não respondeu. Engoliu em seco e olhou para Matthew de canto de olho, perguntando-se o que fazer.

— Sim — respondeu Matthew. — Ele vai me ajudar com a missão.

Harry respirou fundo. Sorriu sem perceber.

— Neste caso, devo alertá-lo de que, se morrer sob responsabilidade de meu irmão, senhor…

— Harry. Harry Darwin.

— Se morrer sob responsabilidade do meu irmão, Harry Darwin, Matthew será posto numa prisão temporal por alterar a data de sua morte. Humanos não devem viajar no tempo.

A forma com que Dalton se referiu a ele como *humano* fez Harry sentir um arrepio na espinha, como se o homem à sua frente não fosse da mesma espécie. Como se fosse algum tipo de monstro ou ser superior.

— Ele não vai morrer — disse Matthew, antes que Harry pudesse responder.

— Muito bem. Então boa sorte a você e ao seu *amigo.*

16. CAROLA

Eles não voltaram para a escola, tampouco viajaram para a Áustria imediatamente. Matthew levou Harry até uma ala do gigantesco casarão onde havia diversos computadores de última geração. Harry não tinha certeza de ter visto algum deles antes. Mas não duvidava que haviam sido trazidos do futuro.

Matthew foi até um deles e moveu o mouse para ligá-lo. Harry puxou uma das cadeiras para se sentar ao seu lado.

— O que estamos fazendo? — perguntou.

Matthew entrou no que parecia uma grande rede de arquivos separados por datas. Dentro das pastas, havia ainda mais pastas. Uma sequência de subpastas com divisão por século, ano, mês, semana, dia e horário. Depois, continente, país, estado, cidade, bairro e rua.

— Estamos buscando uma falha próxima do dia 23 de julho de 2000, na Áustria — disse Matthew. — Eu só posso viajar para essas falhas, então preciso achar uma.

— Então você realmente viaja quando quer — disse Harry. — Você disse que não tinha escolha.

— Não tenho. Não quando sou encarregado de uma missão. Se eu não viajar, uma falha enorme se forma sobre mim. Partículas não sobrevivem muito tempo depois disso. Monstros infinitos a atacam. Mas nesse caso, não fui encarregado, fui selecionado. Essa missão não estava prevista. É um trabalho extra.

Harry fez que sim com a cabeça, observando Matthew procurar por arquivo dentro de arquivo.

— Se há uma falha aonde você vai, alguma partícula não deveria automaticamente ser encaminhada para consertá-la?

— Às vezes não é um buraco no tecido. Às vezes é só um arranhão. O tecido fica mais fino. São pequenas coisas, pequenas falhas, que não chegam a causar uma ruptura. Quando você faz alguém desviar de seu caminho para o trabalho, quando você quebra algum objeto de pequena importância fora do seu tempo. Isso machuca o tecido, mas não o rompe. Não chama nenhuma partícula, mas somos sensíveis a isso também. Podemos viajar para esses pontos. Só é mais difícil de acertá-lo. Felícia foi muito precisa. O pai dela ia se matar no dia vinte e cinco, então ela o matou dois dias antes. Isso gera quase nenhum dano à realidade imediatamente. Mas vai afinando o tecido até que, depois de muito tempo, ele se rompe inteiro de uma vez.

— É por isso que acham que essa seja a causa do fim dos tempos?

— Exatamente — disse Matthew, finalmente encontrando a pasta de Viena, que estava repleta de fotos. Começou a buscar uma por uma. Eram retratos simples de uma infinidade de pessoas. Por fim, desistiu e abriu um arquivo de texto de duzentas páginas. — Isso vai tomar um tempo — avisou.

— O que é isso?

— Eu tenho quinze relatos de partículas que viajaram a Viena no mês de julho de 2000. São relatos muito detalhados, que podem incluir pequenas falhas que essas partículas tenham cometido. Dessa forma, posso achar alguma falha que tenha sido feita no período que preciso. Mas cada relato tem mais de cem páginas, e a falha pode estar num detalhe insignificante. Portanto te aconselho a relaxar e dormir um pouco. Tem um refeitório em que a refeição é servida a cada duas horas, assim você pode comer independentemente do seu fuso horário. Fica no primeiro andar, a terceira porta depois da Biblioteca.

— Não precisa de ajuda?

— Não tem como você me ajudar com isso, só vai se entediar.

Harry fez que sim e se levantou. Podia mesmo comer alguma coisa agora. Ele ia sair, quando olhou de volta para Matthew, que ainda assumia a forma de Damon. Ainda que mais novo do que o Damon que o visitava.

— Não vai voltar pra sua forma original?

Matthew demorou um tempo para responder, focado na leitura.

— Ninguém pode saber que Damon morreu.

— Por que não?

— Ele não devia ter morrido.

Harry franziu o cenho, confuso. Isso não devia causar uma falha? Não era perigoso? Por que Damon teria se matado então?

— Mas…

— É por isso que o odeio tanto — disse Matthew, sem tirar os olhos do computador. — Ele se matou sem poder. Estou ocupando seu lugar. Estou fazendo missões dele e minhas. Estou trabalhando dobrado para que a falha não se abra pela falta dele.

Harry não soube o que dizer. Ou melhor, soube, mas não conseguiu expressar em palavras. Seu cérebro havia entrado em confusão, misturado com certa revolta. Quando conseguiu falar, quase gaguejou.

— É seu irmão. E ele morreu. E você o odeia porque está trabalhando dobrado?

Matthew revirou os olhos e virou a cadeira na direção de Harry. Mesmo com a forma de Damon, era impossível confundir os dois. Não havia como um se passar pelo outro. Não para Harry.

— Ele foi irresponsável, fraco e covarde.

— Ele queria te ajudar! Ele disse que fez isso para que eu pudesse te ajudar!

— Não preciso de ajuda. Ele só complicou as coisas.

Harry ficou encarando-o com certa repulsa, de boca aberta, sem conseguir acreditar no que ouvia.

— Você é a criatura mais teimosa que já conheci.

— Você não sabe de nada — alegou Matthew, virando a cadeira de volta para o computador.

— Sei que seu irmão morreu por você.

— Não, não por mim. Por você — corrigiu Matthew. — Ele vai acabar me matando por essa decisão, então, *sim*, odeio Damon com todas as minhas forças.

Harry não soube mais o que dizer. Nada do que dissesse convenceria Matthew, então simplesmente deu as costas e saiu da sala de computadores. Teve alguma dificuldade para encontrar o refeitório, e ficou curioso em entrar na biblioteca novamente para ler algumas versões das guerras mundiais, mas a fome falou mais alto e Harry finalmente entrou num salão bem decorado em tons salmão, com madeira rústica e iluminação não muito forte. As mesas eram grandes, com bancos estofados. No centro havia um balcão de self-service, até o momento vazio. Algumas pessoas andavam de um lado para o outro, conversando, buscando algum lugar para se sentar. Quando Harry entrou, muitas delas viraram a cabeça em sua direção. Algumas até pararam de andar para o observar. A conversa diminuiu significantemente. *Eles sabem que não sou uma partícula*, ele se lembrou, tentando permanecer calmo, mas com tantos olhares, era realmente incômodo. Aproximou-se de uma mesa para duas pessoas e olhou ao redor antes de se sentar. Quieto, ele esfregava as mãos, sem saber o que fazer. Reparou que havia diversos relógios na parede, todos com o fuso horário escrito em cima, de forma que marcavam horários diferentes. Havia uma frase escrita em algum idioma estranho sobre a saída do refeitório.

— Você que é o amigo do Damon? — perguntou uma garota de aproximadamente vinte anos, sentando-se à sua frente. Tinha sotaque espanhol.

Harry ruborizou. Há muito tempo não falava com uma garota, que dirá uma garota bonita. Também ficou levemente confuso ao ouvir o nome de Damon, mas lembrou que ninguém sabia que o Knight estava morto.

— Sim. Acho que pode-se dizer que sim — ele respondeu, constrangido.

— Ele é muito difícil de conviver?

Harry arqueou os lábios, balançando a cabeça levemente para os lados, ombros encolhidos.

— Não muito. O irmão dele é pior.

— Teve a chance de conversar com Dalton? — ela perguntou, curiosa, colocando as mechas encaracoladas e loiras atrás da orelha.

— Não, não o Dalton. O Matthew.

— Matthew? Eu não sabia que tinha outro Knight.

— Ele não convive muito com as pessoas — explicou Harry. — É bem solitário. Desculpe, não perguntei seu nome.

— Carola — ela disse, com um sorriso aberto. — E o seu?

— Harry — ele respondeu, alegre, já mais solto. — Espanhola?

— Argentina — ela corrigiu. — E você certamente é inglês.

Harry fez que sim, passando a mão na nuca. Sabia que seu sotaque não era exatamente o sotaque que as pessoas conheciam como sotaque inglês, mas pela convivência com a alta classe, estava começando a falar como eles.

— Então, você… — ele disse, com uma pausa tentando continuar o assunto. — Você é uma partícula desde quando?

Antes que a garota respondesse, uma das pequenas criaturas semelhantes a fadas veio voando até ela com uma xícara de café nas mãos. Agora de perto, Harry percebera que a pequena humanoide tinha no máximo vinte centímetros e feições de uma criança. Era delicada e usava roupas provavelmente de boneca — um macacão roxo com uma estrela no peito. Esta era uma garotinha tão loira quanto a dona, com bochechas rosadas e o nariz minúsculo empinado.

— Obrigada, Lola — ela disse, sorrindo, e lhe ofereceu o dedo.

A pequena criaturinha fez um barulhinho baixo e alegre, como um brinquedo para cachorro, e mordeu a ponta do dedo oferecido por apenas alguns segundos, depois sentou-se satisfeita na mesa.

Carola tomou um gole do café e pôs a xícara de volta no pires, depois olhou para Harry.

— Nós todos nascemos partículas. Damon não te explicou?

— Ele não fala muito. — Harry deu de ombros.

— Minha primeira missão foi com sete anos. É mais ou menos quando começa.

Harry franziu o cenho. Sete anos não era muita coisa. Tudo isso parecia muito confuso para uma criança de sete anos entender.

— Então você simplesmente, de repente, viaja no tempo?

Ela deu risada. Seu riso era gostoso de ouvir.

— Não. O começo é um loop. Nós recebemos uma visita de nós mesmos, do futuro, explicando tudo. A primeira missão é sempre acompanhada. Daí então, quando chega a hora, voltamos no tempo para encontrarmos nós mesmos quando crianças. Pelo menos foi assim comigo.

— Quando você conseguiu a Lola? — ele perguntou, olhando para a criaturinha adorável, brincando com um guardanapo.

— Ela estava dentro de uma pessoa, fugindo. Percebi que era uma mascote porque eles costumam invadir crianças, e nunca cometem crimes.

Acabam morrendo de fome por isso, já que se alimentam de sangue. Quando a capturei, dei-lhe a opção de me acompanhar, e ela aceitou. Já faz oito anos.

Harry sorriu quando viu a pequena Lola sentada com as pernas cruzadas sobre a mesa. Ela olhou para Carola, sorrindo, que lhe acarinhou a cabeça.

— Acontece de você doar sua mascote? — perguntou, lembrando-se do que Matthew dissera.

Carola deu de ombros. Lola reagiu a isso com uma careta. Ela mostrou a língua para Harry e subiu pelo braço de Carola, até se empoleirar em seu ombro, em meio a seus longos cabelos loiros.

— Lola, não vou doar você! — disse, rindo do medo da mascote.

Ela apoiou o cotovelo na mesa, se inclinando para a frente, queixo apoiado na mão.

— É muito raro. Você acaba ficando conectado com sua mascote. Quando você a doa, é uma forma de se manter conectado com a pessoa que a recebeu. Alguém que você realmente não quer perder de vista.

Isso fez a cabeça de Harry estalar de curiosidade, e até uma pontada de ciúmes surgiu. Para quem Matthew teria dado sua mascote? Até onde Harry sabia, Matthew era a pessoa mais solitária que já conhecera. Se havia doado sua mascote para nunca perder alguém de vista, o que quer que tenha acontecido, não funcionou muito bem. Afinal, Harry era ainda o único amigo de Matthew.

Ou pelo menos ele esperava que fosse amigo de Matthew.

— Não tem ninguém especial assim pra você? — Harry perguntou, e só então percebeu que isso soou como demonstração de interesse. Ruborizou terrivelmente e limpou a garganta. — Quer dizer, não que achei que…

Ela riu da vergonha de Harry.

— Tudo bem. E não, não teve nem tem ninguém especial o suficiente pra que eu doe minha Lola. É muito difícil de acontecer. Poucas pessoas têm tanta sorte. Tudo tem que acontecer em seu devido tempo, e muitas vezes nós atuamos como cupido. Quando alguém não conhece a esposa que amaria o resto de sua vida, intervimos. As regras valem pra nós também. Às vezes há alguém que nós devemos conhecer, alguém muito especial. Mas as partículas têm um grau de liberdade maior que as pessoas normais. Nunca se sabe quando iremos pra alguma missão. Então mesmo que conheçamos alguém com quem devemos ficar o resto da vida, isso pode não acontecer. Doamos nossa mascote para que nunca percamos essa pessoa de vista.

Harry não conseguia imaginar Matthew se sentindo desse jeito. Amando uma pessoa a ponto de doar sua mascote. Não conseguia imaginar que um garoto tão solitário tenha, um dia, tido alguém que amasse assim.

Mas antes que pudesse dizer mais alguma coisa, todos os relógios do lugar soaram ao mesmo tempo, fazendo Harry saltar da cadeira de susto. Em seguida, diversos jovens entraram com bandejas, que foram postas na bancada de self-service. Cada uma delas continha, Harry percebeu, comida típica de um país diferente. Assim que Carola se levantou com Lola, Harry a seguiu, tal como tantas outras partículas no local.

Depois do almoço — ou jantar, não fazia ideia de que horas eram, apesar de haver centenas de relógios ao seu redor — Harry se sentiu bastante cansado. Carola o ajudou a encontrar a sessão de dormitórios, que eram separados em quartos com dez camas cada, sem divisão por sexo. Era muito mais confortável e bem-arrumado do que os quartos do St. Raphael. Não fazia ideia se Matthew o encontraria, mas o cansaço não o deixou se preocupar com isso. Carola também foi muito convincente ao dizer que as camas eram bastante confortáveis.

O dormitório que escolheram tinha temática da África, com animais falsos nas paredes. Havia ainda duas redes para quem não quisesse camas.

Harry pegou a cama de baixo de uma das beliches, sentando-se ali enquanto Carola escolhia uma cama do lado oposto. Ela parecia já ter se instalado ali previamente, pois havia deixado uma mochila sobre a cama.

— Vou me trocar e volto logo — ela avisou, levantando-se com suas roupas.

Ela entrou no banheiro enquanto Harry olhava ao redor. Estavam sozinhos no quarto. As outras camas permaneciam desocupadas. Ficou levemente preocupado com Matthew o procurando, e eventualmente se irritando por não encontrá-lo, mas os pensamentos foram afastados quando Carola deixou o banheiro com um shorts bem antes da metade das coxas e uma camisetinha de algodão com um ursinho no centro.

— Vem cá, quero te mostrar uma coisa.

Harry engoliu em seco e se levantou imediatamente, sem pensar duas vezes. Ela o guiou até uma varanda, onde o garoto perdeu totalmente o fôlego ao ver uma savana africana.

— É uma ilusão — ela explicou. — Esse lugar foi construído com os poderes de diversas partículas. Uma delas tinha o poder de gerar ilusões. Cada quarto tem uma varanda com uma ilusão visual diferente.

Harry mantinha a boca aberta, as pupilas dilatadas, o corpo quase imóvel, se sentindo pequeno diante daquilo tudo. Só foi se mexer quando uma girafa passou a dois metros da varanda, e ele saltou para trás com o susto. Carola riu e ele riu junto. Lola estava em seu ombro, parecendo entediada e até um pouco irritada com a cena dos dois.

Harry respirou fundo e olhou para Carola. Seus olhos claros refletiam o pôr do sol da savana africana. Ela tinha algumas sardas que Harry não tinha reparado até então. Isso o fez perceber o quão perto estava dela. E ela olhava nos olhos dele com um sorriso leve, como se lhe acalmasse o coração, que batia desenfreadamente no peito. Nenhum dos dois ouviu Lola guinchar de raiva enquanto seus rostos se aproximavam. Ignorada, a criatura voou, de braços cruzados, e quando os lábios de Harry estavam a centímetros de tocar os de Carola, eles sentiram pequenas mãozinhas interrompendo-os. A porta do quarto se abriu e Harry desviou o olhar.

Quando Matthew entrou, Harry estava na varanda do quarto, inclinado na direção de Carola, e só o que separava seus lábios era uma mascote muito ciumenta.

17. SOBRE COSTURAS NO TEMPO

Fazia tempo bom em Viena, no dia 17 de julho de 2000. Na estação de trem Westbahnhof, as pessoas caminhavam como em qualquer dia normal, alheias aos dois, de volta à forma original. Estavam em silêncio enquanto Matthew olhava o mapa do metrô.

Harry mantinha as mãos no bolso do uniforme da escola, que já o incomodava. Não tinha a menor noção de quanto tempo tinha se passado, mas queria tomar banho e dormir um pouco. Esquecer a cena constrangedora de momentos antes. Só de lembrar que quase beijara Carola — e Matthew vira — seu estômago dava piruetas. Seria seu primeiro beijo, e não aconteceu. Matthew sequer disse uma palavra a respeito.

— Que dia é hoje mesmo? — Harry perguntou, em meio ao barulho urbano de pessoas indo para lá e para cá na estação.

— Dezessete de julho de 2000.

Harry fez que sim com a cabeça, olhando ao redor. Nunca tinha estado na Áustria. Em 2000, tinha só quatro anos. Devia estar a alguns quilômetros dali, tentando aprender a escrever. O pensamento já não o incomodava como antes.

— Mas Felícia só mata o pai dia vinte e três — lembrou Harry.

Matthew fez que sim e decidiu-se por qual trem pegar. Com uma mochila nas costas, o garoto deu meia-volta e pôs-se a andar entre as pessoas. Harry não falava uma palavra de alemão, então todas aquelas placas indicando direções não faziam o menor sentido para ele.

— Linha U6 — murmurou Matthew, observando as placas.

O garoto puxou Harry pela manga da camisa quando ele ficou para trás em determinado momento. Matthew pagou um tíquete para ambos e eles entraram na parte de embarque, em que as pessoas entravam e saíam como robôs, sem conversar umas com as outras.

— Onde vamos ficar até dia vinte e três? — perguntou Harry, quando eles finalmente se sentaram dentro do trem. — Pra onde estamos indo?

Matthew ignorou completamente, atento ao mapa sobre a porta. O ponto final era Floridsdorf, mas assim que o nome Währinger Strasse/Volksoper foi anunciado, Matthew se levantou, puxando Harry mais uma vez.

Fora do trem, Matthew pareceu perdido novamente, mas por pouco tempo. Ele subiu pelas escadas rolantes, acompanhado de Harry, até a saída do lado direito do metrô, de volta às ruas de Viena.

Eles atravessaram uma avenida extremamente movimentada, de nome Währinger Gürtel, e seguiram por aproximadamente um quilômetro sem que Matthew respondesse nenhuma de suas perguntas até parar em frente a um prédio não mais importante que qualquer outro. Conferiu alguma coisa num papel em sua mão e então entrou.

Só então Harry compreendeu que aquilo era um hostel. Algo como um albergue, mas parecia bastante confortável.

O garoto não teve problema em arranjar um quarto duplo. Logo o recepcionista lhe entregou as chaves e Matthew seguiu por um corredor até o quarto que tinha uma beliche.

— Não vamos fazer nada enquanto isso? — perguntou Harry. — Temos quase uma semana antes do dia vinte e três. Estamos em Viena. Devíamos passear ou algo assim.

Matthew jogara sua mochila na cama de cima e andara até a janela, sem responder. Harry estava acostumado com os monólogos a esse ponto, mas sentia que algo havia acontecido. Matthew estava ainda mais irritadiço do que de costume.

— Você já esteve em Viena? — perguntou Harry, ainda dando-lhe o benefício da dúvida.

Matthew abriu a janela e apoiou-se no beiral. A vista era a avenida logo abaixo, movimentada, barulhenta.

— Ok, o que aconteceu? — Harry perguntou, apoiando-se na parede ao lado da janela, de braços cruzados. — Que bicho te mordeu?

— Você fala demais. Devia ficar quieto um pouco — disse Matthew, os olhos sem foco.

Harry franziu o cenho levemente, impressionado pelo amargor naquelas palavras. Achava que estava tudo bem. Que Matthew o trazer para uma missão tão importante significasse que eram amigos. Ele até havia dito a Dalton que eram amigos.

— Desculpe, mas não tem mais ninguém aqui pra eu conversar. Ou qualquer outra coisa pra fazer.

— Talvez devesse ter ido com a menina loira então.

A reação automática de Harry foi franzir o cenho, tentando entender aquela frase. O rapaz não soube como responder, porque tudo que seu cérebro formulou pareceu absurdo. Então o garoto optou pela honestidade.

— Olha, Matt, não estou entendendo muito bem o que você está querendo dizer, mas, por mais absurdo que pareça, parece muito com ciúmes, então eu gostaria que fosse um pouco mais claro.

Matthew virou o rosto levemente para o lado, agora focado num cachorro que passeava pela rua sem coleira, próximo ao dono.

— Você gosta dela — ele disse, sem entonação de afirmação ou de interrogação.

— Eu a conheci hoje.

— Sim.

Harry estava cada vez mais confuso. Na cabeça dele, um amigo seu teria zombado de Harry por não ter beijado Carola. Teria também perguntado como a conquistara, sobre o que conversaram. Teria batido em seu ombro num sinal de aprovação.

— Você a conheceu hoje e já ia beijá-la. Deve gostar muito dela.

— Não, eu… quer dizer… — ele disse, incerto sobre como responder. — Ela é bonita.

— Você beija pessoas porque elas são bonitas?

Harry franziu o rosto ainda mais. Era uma pergunta estranha, uma pergunta que não fazia muito sentido, e ao mesmo tempo fazia todo sentido do mundo. Outra das perguntas de Matthew que Harry não fazia a menor ideia de como responder.

— Um pouco por isso, sim — respondeu Harry. — Mas ela também era simpática e doce. E gentil.

— Então você gosta dela.

— Mal a conheço.

— Mas ia beijá-la.

Harry abriu a boca para responder, mas a frase que havia formulado só ia mantê-los naquele ciclo de perguntas que ia acabar sempre se voltando contra Harry.

— Nunca beijei ninguém. Queria saber como é. Ela era bonita e simpática, e gostou de mim. Por que não? E por que você está tão irritado com isso? Não venha me dizer que isso é algo novo pra você, afinal teve alguém muito especial pra você ter doado sua mascote.

Matthew ergueu os olhos, surpreso por aquela frase. Suas bochechas coraram levemente e ele assumiu um tom mais sério.

— Isso não é da sua conta.

— Quem foi ela? Você tinha acabado de conhecê-la?

— Só estou tentando ser um bom amigo! — ele bradou, fechando os punhos.

Eles se encararam por alguns segundos, até Matthew se acalmar e desviar o rosto novamente. Baixou os olhos, tocando a borda da janela. Uma linha de pó se desprendeu da madeira e ele limpou o dedo na jaqueta.

— Não é o que um amigo faria?

— Ficar irritado porque o outro quase beijou uma garota? Não. Você deveria ficar orgulhoso. Ou sei lá, zombar de mim pelo *quase*.

Matthew ergueu os olhos para Harry. Sua face era uma página em branco. Sem sentimentos óbvios, sem uma única expressão que dissesse alguma coisa sobre os pensamentos do garoto naquele momento.

— Achei que ficar bravo fosse uma demonstração do medo de perder sua amizade pelo indício de que você poderia deixar de viajar comigo para viajar com ela. Achei que fosse o que um amigo faria.

Harry relaxou os ombros. Os membros caíram ao lado do corpo e ele tentou não sorrir, mas era impossível. Seus olhos lacrimejaram e ele apertou os lábios numa linha fina.

— Matt, você já… já teve um amigo?

Matthew desviou o olhar novamente e balançou a cabeça negativamente.

— Tem dinheiro na minha mochila. Compre roupas pra você — ele disse, cortando o assunto. — Devemos ficar aqui pelo máximo de tempo possível para evitar cometer falhas. Não devíamos interagir demais. Evite fazer coisas anormais. Chamar a atenção. Passe despercebido.

Harry mantinha um sorriso, olhando para Matthew. Em seguida deu um passo à frente e o abraçou.

Não tinha como Harry saber, mas Matthew nunca tinha sido abraçado daquela forma.

— Temos quatro dias para encontrar Felícia — disse Matthew. Eles caminhavam por uma avenida que passava ao lado de uma universidade. — Ela vai matar o pai dia vinte e três. Precisamos impedi-la antes disso.

Harry ainda andava estupefato pelas ruas. Viena era uma cidade muito bonita, com muitos prédios mais largos e compridos do que altos. Além de uma arquitetura fascinante, o garoto se apaixonara pelos jardins e estátuas. A Universidade de Viena era uma construção antiga, com amplas janelas, uma escadaria em frente, rampas laterais, e estátuas na borda do telhado, como uma igreja gótica. Matthew passava por tudo isso sem nem virar o rosto.

— Tem alguma ideia de como vamos achá-la? — perguntou Harry, com as mãos no bolso. — Você consegue perceber a presença dela como das outras vezes?

Matthew balançou a cabeça.

— Não ainda. Ela não fez nada contra o tempo, ainda. E quando tiver feito, será tarde demais.

— Então?

Matthew parou por um momento, segurando as alças da mochila que carregava nas costas.

— Se você estivesse tentando matar seu pai dois dias antes de ele se matar, no ano 2000, em Viena, onde ficaria até o dia certo?

Harry piscou algumas vezes, sem certeza se devia responder a essa pergunta ou não. Talvez Matthew fosse apenas zombar dele se tentasse.

— Bem... por que ela esperaria pra fazer isso? Por que não antes do dia vinte e três?

— Fica muito claro que ela matou o pai próximo da data de suicídio dele pra que isso afetasse o tempo o mínimo possível. Ele ia morrer de qualquer forma. Mas se fosse muito antes, o tempo se alteraria e uma ferida grande se formaria. Alguém apareceria pra fechá-la automaticamente.

— Então por que não dia vinte e quatro?

Matthew ergueu as sobrancelhas, incerto sobre a questão. Então baixou os olhos, aparentemente pensando sobre o assunto.

— Primeiro de tudo, seu irmão não falou por que ela fez isso — disse Harry. — Por que ela matou o pai antes que ele cometesse suicídio? Ele ia morrer de qualquer forma, por que isso faria diferença?

Matthew balançou a cabeça, obviamente desgostando de concordar com Harry.

— Talvez algo aconteça no dia vinte e quatro — disse Harry, cruzando os braços. — Talvez ela quisesse impedir algo de acontecer no dia vinte e quatro. Alguma coisa que não teve uma consequência grande o suficiente pra causar uma abertura.

Os olhos de Matthew ficaram presos nos de Harry por algum tempo antes que ele dissesse alguma coisa.

— Faz sentido.

— Sabemos alguma coisa sobre ela? Onde mora?

— Dalton me deu um endereço, mas ela dificilmente vai aparecer por lá antes do dia certo, ela deve saber que corre o risco de que alguma partícula a persiga.

— Não ela, a Felícia criminosa que estamos caçando — interrompeu Harry. — Mas ela daqui. Ela do passado. Felícia criança. Ela vai viver em breve o que quer que a fará voltar ao passado no futuro. Talvez o suicídio tenha sido lento. Talvez ele começou no dia vinte e quatro, mas algo deu errado e ele sofreu até o dia seguinte. Qualquer coisa que leve alguém à depressão a ponto de cometer suicídio seria notada pela filha.

— Isso ainda não nos leva a encontrar a Felícia do futuro.

— Não, mas e se pudermos fazer a garota não presenciar o que acontece? E se ela não souber o que acontece?

— A Felícia do futuro já está aqui, você não vai impedir que ela volte. Já está reescrito — explicou Matthew. — Mas você me deu uma ideia.

O garoto ajoelhou na calçada, colocando a mochila no chão para vasculhá-la. Ele carregava uma garrafa de água, uma garrafa térmica de café, uma navalha, um livro de capa dura, preta, e um celular, além de algumas folhas de papel. Ele puxou uma delas, que tinha um mapa claramente feito com o Google Maps.

— Então você tem um plano? — perguntou Harry.

Matthew fez que sim com a cabeça e começou a andar novamente. Parou na guia e olhou para os dois lados antes de atravessar a rua. Harry o seguiu.

— E qual é o plano?

— Vamos sequestrar Felícia.

Harry continuou olhando Matthew, esperando que ele dissesse se tratar de uma brincadeira, que eles obviamente não iam fazer isso. Pelas suas contas, se Felícia tinha dezessete anos em 2012, devia ter cinco no ano 2000. Sequestrar uma criança certamente não parecia uma forma delicada de mexer com o tempo.

— Matthew, como você espera resolver uma ferida abrindo outra?!

— Não vamos criar uma ferida. Vou entrar no lugar da Felícia. Você vai ficar com ela num cativeiro, vou me transformar no mais próximo dela que eu puder, e vou estar lá quando a Felícia do futuro chegar para matar o pai.

— Você quer que eu sequestre e mantenha uma menina de cinco anos em um cativeiro? — Harry disse, inconformado, sem sequer se dar conta do quão alto tinha dito aquilo.

Matthew revirou os olhos quando um homem passou por eles encarando Harry.

— Você não vai machucá-la nem nada do tipo. Pelo contrário, tem que parecer que nada está acontecendo. Ela não pode saber que foi sequestrada. Vai parecer uma caminhada no parque.

Harry não gostava nem um pouco daquela ideia, mas suspirou e continuou seguindo Matthew.

— Quando vamos fazer isso? Quanto tempo pretende ficar lá, se fingindo de Felícia?

Matthew deu de ombros e continuou caminhando, olhando para o mapa de vez em quando.

— Dia vinte e dois, provavelmente. Por enquanto precisamos mapear o terreno. Saber onde é a casa, formas de entrar, de sair. Saber com que estamos lidando.

Harry assentiu. Os dois seguiram por mais vinte minutos, desviando de pessoas, passando praticamente despercebidos. O dia estava ensolarado, apesar da temperatura amena. A cidade era bonita, limpa. Vez ou outra, Harry sentia vontade de parar para tomar um chá num dos diversos cafés, mas Matthew certamente diria que não vieram até ali para isso.

Eles entraram num bairro de casas relativamente pequenas, considerando o padrão que haviam visto até então. Elas eram todas muito parecidas, com gramados bem cuidados, mas sem muitos canteiros. Matthew olhava o mapa enquanto andavam, até parar em frente a uma das residências, não mais ou menos bonita que as demais. Tinha um balanço na frente, onde um garoto de aproximadamente sete anos balançava-se levemente.

— Heike Schmidt — disse Matthew, observando o garoto. — Irmão de Felícia. Em 2012 lida com drogas e outros vícios.

Matthew prosseguiu pelo caminho de pedras do jardim até se aproximar do garoto, que parecia ignorá-los. Seus olhos mantinham-se fixos em algum ponto da rua.

— Olá — disse Matthew. — Seu pai ou sua mãe estão em casa?

O garoto piscou e continuou com o olhar vago, sem parar de se balançar.

— Não.

— Sua irmã está em casa?

— Sim.

— Quem está cuidando de vocês?

— Thomas.

— Onde está o Thomas?

O garoto parou de se balançar e virou o pescoço para apontar um golden retriever que brincava com uma bolinha, no gramado ao lado.

— Thomas é o cachorro?

O menino fez que sim com a cabeça e voltou a se balançar. Foi quando a porta da casa se abriu, fazendo o coração de Harry saltar. De lá saiu uma menina de cinco anos, cabelos amarrados numa trança. Ela desceu as escadas até o jardim e correu até Heike.

— Heike, não pode falar com estranhos, mamãe não deixa! — ela disse, muito brava.

— Nós não somos estranhos — disse Matthew. — Somos amigos.

— Eu não conheço vocês, então são estranhos! — ela acusou, cruzando os braços.

— Meu nome é Matthew Knight — ele disse, apontando para si próprio. — Esse é meu amigo Harry Darwin. E qual seu nome?

Ela olhou para eles, desconfiada, com seus grandes olhos azuis e então fez um bico antes de responder.

— Felícia Schmidt.

— Muito prazer, Felícia. Queríamos saber se podemos brincar com vocês. Eu e meu amigo não temos mais ninguém pra brincar.

Harry olhou para Matthew fazendo uma careta. O que raios ele queria com aquilo?

A menina pareceu deixar-se seduzir por um momento. Ela estava claramente dividida entre não falar mais com os estranhos e brincar com eles. Aparentemente, o irmão mais velho não era alguém que ela pudesse contar para cuidar dela. O menino simplesmente se balançava enquanto a conversa transcorria.

— Tudo bem — ela concluiu. — Mas vamos brincar de boneca.

— Meninos não brincam de boneca — disse Heike, de repente.

Tanto Matthew quanto Harry se surpreenderam pelo garoto soltar uma frase complexa.

— Tudo bem. Podemos brincar de boneca com você.

Ela sorriu abertamente.

— Tudo bem! Mas quando papai e mamãe chegarem, vocês têm que ir embora.

Matthew colocou dois dedos sobre o peito.

— Promessa.

A garota sorriu mais ainda e correu para dentro de casa. Matthew olhou para Harry e a seguiu. Harry foi logo atrás, ainda sem entender as intenções do colega. Heike simplesmente deu um impulso maior e continuou a se balançar.

A menina estava subindo as escadas para o segundo andar quando os dois entraram. Matthew permaneceu na sala, com as mãos no bolso, após colocar a mochila sobre a poltrona da ampla sala. A lareira tinha cinzas velhas, a casa cheirava a madeira e chá. Não havia muitas fotos de família pela casa. Os sofás tinham o braço já gasto, o couro quase rasgando. Sem sinal de brinquedos de criança na sala, o que era incomum numa casa em que as crianças ficam sozinhas a tarde toda.

— Ela precisa confiar em nós — disse Matthew. — Você vai levá-la pra passear no dia vinte e dois. Pra que eu possa assumir o lugar dela. Ela precisa confiar em você — ele explicou.

Harry fez que sim com a cabeça enquanto a menina descia as escadas com três bonecas. Ela caminhou até eles e sentou-se no chão, sobre o tapete da sala.

— Esta é a Kirsten — disse Felícia, apontando para a boneca mais nova. — Ela é minha favorita, então vou ficar com ela. Esta é a Claudi e esta é a Anette. Vocês podem escolher com qual ficar.

Matthew sentou de pernas cruzadas próximo à Felícia. Harry fez o mesmo. Matthew pegou a boneca denominada Claudi. Harry, ainda incerto, pegou a que restara.

Harry nunca tinha brincado de boneca. O mais próximo disso havia sido o dia em que fora visitar seu primo, mais rico, e brincara com as figuras de ação do garoto. Assim como Felícia, ele também tinha seu favorito, que era o boneco dos sonhos de Harry, mas que nunca teve a chance de encostar, devido ao zelo do primo. Ouvira falar que o tal boneco havia sido esquecido na garagem um dia, e o pai do garoto passara por cima com o Ford azul.

Mesmo desajeitado, Harry conseguiu corresponder às expectativas de Felícia. Matthew parecia muito mais solto, despreocupado. Era impressionante como o garoto lidava com a menina de cinco anos. Como se ela fosse sua irmã mais nova, e não a criminosa que ele precisava capturar.

Horas depois, quando Harry já estava a ponto de desejar se afogar na pia de tédio, a menina levantou-se de imediato quando o relógio da cozinha apitou.

— Papai está chegando — ela avisou.

Segundos depois, Heike entrou correndo, passou direto por eles e subiu para o segundo andar.

Ele se levantou de súbito, acompanhado de Matthew. Ouviram o barulho de um carro estacionando na garagem enquanto Felícia pegava todas as bonecas e corria com elas para o segundo andar.

— A janela — disse Matthew, pondo-se a correr até lá.

O garoto precisou se apoiar no beiral da janela para conseguir abri-la. Eles conseguiam ouvir o carro desligando, a porta abrindo.

Em vez de saltar, Matthew deu um passo para trás e permitiu que Harry saísse. A altura era relativamente grande, mas o garoto conseguiu rolar logo ao pisar no chão, amortecendo o impacto. Matthew apareceu logo em seguida.

— Heike! — ouviram o homem gritar. — Thomas está no canteiro do vizinho, vá buscá-lo!

Matthew e Harry respiraram fundo, apoiando-se na parede do lado de fora. Sem dizer uma palavra, eles se esgueiraram por um arbusto sem flores até passarem para o terreno do lado. De lá, chegaram à rua, andando pelo mesmo caminho pelo qual chegaram.

— Não dá pra acreditar que esse homem vai cometer suicídio em alguns dias — disse Harry. — Ele tem dois filhos. Como alguém abandona dois filhos? O menino claramente precisa dele.

Matthew continuou andando, sem responder, aparentemente pensativo. E ele não disse uma única palavra até chegarem no hostel, quase uma hora depois. Harry desistira de perguntar. Sabia que não ia ter uma resposta até que o garoto tivesse vontade de responder. E isso só foi acontecer muito tempo depois, quando Harry já estava lendo uma revista de super-herói.

— Ele bate neles.

Harry franziu o cenho e virou o rosto para Matthew.

— Quem?

— O pai. Ele bate nas crianças.

— Praticamente todos os pais batem nos filhos uma vez ou outra — disse Harry, dando de ombros. Ele mesmo havia levado muitas surras.

— É diferente. Heike é traumatizado.

— Felícia parecia normal.

Matthew fez que sim com a cabeça, pensativo novamente. Provavelmente não tinha uma explicação para o fato de Felícia não ser igualmente traumatizada. O menino Heike podia ser simplesmente portador de algum tipo de autismo.

— E ele não tinha marcas de surras — disse Harry.

— Talvez não estivessem visíveis. Ou talvez não tenha deixado marcas.

— Uma surra grande o suficiente pra traumatizar deixaria marcas. E ninguém escolhe onde bater nessa hora.

— Como pode saber?

Harry encarou Matthew, pressionou os lábios numa linha fina e então desviou os olhos.

— Simplesmente sei.

E isso foi o suficiente para Matthew entender. O garoto permaneceu em silêncio, e Harry agradeceu por isso. Voltou a atenção para a revista em quadrinhos em seu colo, ignorando o fato de que o silêncio era ensurdecedor. Era um silêncio de palavras não ditas, o silêncio de quando há milhares de palavras na mente, mas nenhuma na boca.

— Sinto muito — murmurou Matthew.

Harry sentiu as palavras pesarem. Ele sabia que sentia muito. Todos sentiam muito. E ao mesmo tempo não sentiam nada. Não sentiram nada. Não fazia diferença sentir muito.

— Como eram seus pais? — perguntou Harry, depois de um tempo.

Matthew suspirou.

— Minha mãe era... — ele começou, mas se interrompeu, olhando para algum ponto da parede, como se pudesse vê-la. — Era muito doce. Gentil. Por muito tempo foi assim.

— Por muito tempo?

— Meu pai foi assassinado — Matthew revelou. — Minha mãe enlouqueceu.

Pela primeira vez, Harry estava ouvindo algo de real da história de Matthew.

— Quanto tempo entre um e outro?

— Um ano. Ela enlouqueceu enquanto estava grávida de mim. Eu nunca conheci meu pai. Ela ainda viveu por seis anos.

— Dalton criou você e o Damon.

Matthew balançou a cabeça.

— Dalton não chorou no enterro do Damon — Harry lembrou.

— Dalton não chora desde a morte de nossa mãe. Ele diz que lágrimas não trazem ninguém de volta à vida. Às vezes ele viajava no tempo só pra vê-la. Mas ela não sabia sobre nós. Então ele se disfarçava. Mandava cartas pra ela. Dizia que ela era linda. Que ela era a melhor mãe do mundo. Talvez tentando... impedi-la.

— Você já viajou para vê-la?

Matthew mordeu o lábio, provavelmente tentando conter choro.

— Não.

— Por quê?

— Ela enlouqueceu grávida de mim. Não posso viajar para antes do meu nascimento. Nunca vou poder ver a mulher doce e cheia de vida da qual Dalton fala. Às vezes acho que... — Ele deu uma pausa e fechou os olhos. — Às vezes acho que ela estava lá. No fundo, ela estava lá. Presa num corpo em demência. Às vezes acho que podíamos ter feito algo. O poder de Dalton é a inteligência. Ele consegue modificar o tempo de formas estratégicas, para que um erro compense pelo outro e feridas não se abram. E tentamos. Uma série de vezes, tentamos fazer algo para salvá-la.

— Feridas se abriram — disse Harry, antes que Matthew concluísse.

— Às vezes, não importa o quão inteligente você seja, o tempo não pode ser recosturado. Ela tinha que morrer. Era o destino dela sofrer e sofrer até morrer. Não podia ser diferente.

Harry engoliu as palavras, pensando naquilo. No quão frágil eles eram. No quão impotente perante o tempo era Matthew, ainda que tivesse o dom de viajar no tempo, de alterar o futuro, ainda era um escravo do próprio destino. Carola havia dito que partículas têm uma liberdade maior quanto a sinas, mas isso não significava nada. Significava apenas que o tempo lhes fechava os olhos para que pudessem cumprir suas ordens. Significava que as pessoas normais eram escravos sem saber, sempre presos em linha reta, acreditando que estão andando livremente, enquanto Matthew carregava grilhões para traçar caminhos tortuosos.

18. NAS MEMÓRIAS DE FELÍCIA

Foi só no dia vinte e dois, à noite, que Matthew e Harry voltaram a falar sobre o caso de Felícia. Os dois passaram todo o intervalo descansando e aproveitando para passear em Viena. Harry comprou algumas roupas só para passar a semana e Matthew ficou encarregado de controlar o dinheiro para comerem. Durante esse tempo, era como se estivessem de férias, apenas passeando, sem preocupações. E apesar de Matthew não admitir, o garoto havia sorrido mais durante esses dias do que todo o tempo que Harry o conhecia. Ele estava constantemente alegre, mostrando a Harry tudo o que já conhecia de Viena por uma missão anterior.

Na noite antes da missão começar, eles voltaram a revisar os planos. Era tarde da noite e eles já estavam cansados de terem caminhado pelas avenidas lindas e movimentadas. Harry se sentou no chão, apoiado no estrado de madeira clara e polida do beliche. Matthew se sentou numa cadeira dura, de frente para o amigo.

— Amanhã cedo o pai da Felícia vai sair pra trabalhar com a mãe. Assim que eles saírem, você vai chamar a menina pra passear com você e vai dar uma volta. Leve-a no parque, arranje algo pra fazer.

Harry não sabia cuidar de crianças e já previa que ia fazer alguma coisa de errado, mas concordou mesmo assim, sabendo que não tinha opção.

— Vou entrar no lugar dela — continuou Matthew. — E vou esperar a Felícia do futuro aparecer. Ela já vai saber que vou estar lá, porque as memórias dela vão se alterar conforme alteramos seu passado. Mas com o pai por lá, acho que ainda devo ter alguma vantagem. É muito importante que você apareça até a noite. Não posso sair de lá sem que a Felícia criança fique no meu lugar. A falta de uma criança na casa dos pais, e principalmente para o irmão, vai criar uma ferida com certeza. Portanto, leve-a de volta até as nove. Não depois disso. Eu vou tentar sinalizar se ela pode entrar ou não.

Harry fez que sim com a cabeça, ainda pensando aonde ia levar a menina. Ela ia se cansar de ficar andando e talvez sentisse falta do irmão. Talvez a trouxesse para o hostel e inventasse qualquer tipo de brincadeira para passar o tempo.

Cansados, cada um se deitou em sua respectiva cama, nervosos com a missão do dia seguinte. Harry ainda pensava que, se tivessem sucesso, havia a chance de toda a história sobre o fim do mundo em 2014 acabar. Que fosse essa a causa do fim de tudo. E, assim, ele teria salvado toda a realidade que conhecia. Ou pelo menos ajudaria. Harry sorriu, certo de que tudo correria bem, e adormeceu.

Logo pela manhã, eles comeram muito rapidamente, e partiram para a casa de Felícia. Conhecendo o caminho, ele parecia muito mais curto. As pessoas estavam saindo para o trabalho, assim como os pais da menina. Quando se aproximaram, viram o Honda deixando a garagem. Em seguida, um segundo carro, preto, que Harry não identificou, também saiu. Pôde ver uma mulher em um dos carros, e um homem no segundo.

— Eles saíram. As crianças devem estar sozinhas — disse Matthew, aproximando-se do gramado.

A porta da casa se abriu lentamente com um rangido. De lá, o pequeno Heike saiu, fechando a porta atrás de si, com cuidado extra para que não ficasse entreaberta. Mas não adiantou muito. Logo depois, um golden retriever passou correndo, escancarando-a, e foi brincar no jardim ao lado. Heike soltou um muxoxo e voltou para fechar a porta novamente. Então desceu as escadinhas até o gramado e foi até o balanço. Sua camisa listrada em branco e preto estava suja de geleia e os cantos de sua boca tinham farelo de torrada.

— Oi, Heike — disse Matthew. — Lembra-se da gente?

O menino ergueu os grandes olhos claros e confirmou com a cabeça.

— Lícia disse que vocês brincaram com ela — ele confirmou.

— Pois é. Viemos para brincar com ela de novo.

O menino fez que sim e apontou para a porta.

Matthew fez sinal para Harry acompanhá-lo e os dois atravessaram o gramado até a casa.

O cheiro de madeira e chá novamente preenchia o ambiente. A casa estava bem-arrumada, apesar do acúmulo de pó nos móveis. Escura, as cortinas não tinham sido abertas pela manhã. Parecia que nada havia sido movido desde o dia que entraram ali pela primeira vez. Felícia não estava na sala, então Matthew seguiu pela escada até o segundo andar, onde havia três quartos e um banheiro no corredor, entre os quartos das crianças.

— Felícia? — Matthew chamou, batendo na porta do quarto da menina.

Ela ergueu a cabeça no susto e escondeu suas bonecas atrás de si. Ao ver Matthew e Harry, ela respirou fundo e sorriu.

— Vocês vieram brincar comigo?

Matthew fez que sim.

— Harry veio te levar pra passear e brincar com você.

Ela abriu a boca num círculo quase perfeito, espantada.

— Vou passear?

Harry sorriu. Ela era encantadora. Nem podia acreditar que ela cresceria para se tornar assassina do próprio pai.

— Sim. Tem algum lugar que você queira ir?

Ela pôs o dedinho no queixo e inclinou a cabeça, olhando para o teto, pensativa. Então sorriu e fez que sim.

— Quero brincar no playground do parque.

— Tudo bem. Vista-se e vou te levar até lá.

Ela pareceu feliz demais para uma criança que já tivesse sido levada aonde queria. Ele ponderou se os pais nunca a tinham levado para brincar em algum outro lugar, já que a menina parecia um cachorro ao ver a coleira.

— Vamos sair pela porta dos fundos, ok? — disse Harry. Heike não podia ver a menina saindo e depois vê-la dentro de casa. — Senão o Heike vai ficar com ciúmes.

A menina fez que sim alegremente e correu até Harry, segurando sua mão. Ele e a criança desceram as escadas e passaram pela cozinha para sair pelo quintal. Então deram a volta na casa e chegaram ao quintal ao lado, de forma que o menino no balanço não os viu.

Harry olhou para trás para procurar por Matthew, mas não o viu mais, nem aparecendo na janela. A menina parecia feliz demais para se perguntar onde estava o outro garoto. Então aproveitou e a seguiu pela calçada, segurando a mão da criança.

As primeiras horas foram fáceis. Harry só teve que observar a criança brincar no parquinho enquanto outras mães achavam isso lindo. Já que Harry parecia o irmão mais velho levando a irmãzinha para passear. Na hora do almoço, teve o pequeno contratempo de que Felícia queria almoçar sorvete, e Harry teve que convencê-la a escolher qualquer outra coisa. No fim, o garoto gastou muito mais do que podia dando de comer a uma criança de cinco anos.

Depois das duas da tarde, as coisas começaram a ficar levemente mais difíceis.

Felícia não cansava nunca. A menina ameaçou chorar quando Harry pediu que descansassem um pouco. Então ele teve que levá-la a uma loja de brinquedos e gastara os últimos euros disponíveis em uma boneca para a garota, com a condição de que fossem tirar uma soneca logo em seguida.

Quando Harry conseguiu finalmente levá-la para o hostel, a menina parecia finalmente cansada. Abraçada à sua boneca, ela deitou-se confortavelmente na cama de Harry e não demorou para pegar no sono.

Harry não teve opção senão deitar na cama de Matthew. O travesseiro tinha o cheiro de uma lembrança que não era óbvia em sua cabeça. Como uma nostalgia, uma memória que você tenta recuperar, mas lhe foge como cortar névoa com uma faca. Ou como tentar lembrar uma palavra que estava na ponta da língua. Harry fechou os olhos, cansado, afundando a cabeça no travesseiro, naquele cheiro que lhe fazia tão feliz. E então lembrou que se tratava do cheiro de Matthew. Claro. Mas a lembrança associada a ele era a de quando o abraçara, poucos dias antes.

— *Harry!*

Quando o garoto acordou, o som da voz estridente de Felícia parecia consumir todo o ambiente, lhe causando uma sensação de pânico imediata. Seus sentidos estavam agitados e ele sentou-se na cama num salto.

Felícia estava sendo segurada por uma garota alta, vestindo uma saia lilás, camiseta vermelha e um colete cinza. Tinha cabelos loiros e Harry tinha absoluta certeza de já tê-la visto antes. Óbvio, ele a estava vendo naquele momento. Era Felícia do futuro.

Ele saltou da cama de imediato, ainda tonto pelo sono e por ser acordado tão de repente, com tanta adrenalina sendo pulsada por seu corpo. Não sabia quais eram as intenções da menina ali. Até onde sabia, ela devia estar indo até Matthew nesse momento. Devia estar sendo presa por ele. Nada disso devia estar acontecendo. Então ele estava bastante confuso.

— Pode se acalmar, menino — ela disse. Suas mãos estavam deixando marcas vermelhas no braço de sua versão mais nova. — Ninguém vai sair daqui.

— O que você quer comigo?

Ela ergueu uma das sobrancelhas, fazendo Harry se sentir estúpido por sua pergunta. É claro que ela não queria nada com ele. Matthew era o herói aqui.

— Minhas memórias foram alteradas — ela disse. — Eu sei como tudo isso termina, e não termina bem pra mim.

Harry franziu o cenho, confuso. Matthew havia dito que as memórias dela podiam se alterar. Que ela sabia que Matthew estaria esperando por ela na casa. Mas saber seu passado deveria dar a ela alguma vantagem.

— Matthew vai te prender.

— Ah, sim, ele vai — concordou Felícia. Mas isso não parecia lhe incomodar muito. — Ou talvez não. Porque alguém vai dizer a ele pra não fazer isso.

Harry estava ainda mais confuso. A pequena Felícia choramingava ao lado da mais velha, com medo.

— Não acha que vou fazer isso, certo? Quer dizer, você não tem exatamente uma refém. Não vai matar você mesma.

Felícia riu.

— Não vou?

— O que poderia haver de mal pra *mim* se você matasse a você mesma?

Felícia abriu a boca, chocada, mas ainda assim sorrindo, como se visse uma oportunidade muito difícil de acreditar.

— Você é completamente ignorante quanto às questões do tempo, não é mesmo? Por que raios aquela partícula decidiu te trazer com ele?

Caso não saiba, se eu morrer, toda sua linha temporal relacionada a mim desaparece. Tem ideia de quantas feridas se abririam se uma partícula morrer antes da hora? Todas as missões executadas por mim seriam anuladas e deixariam de ser concluídas. O tal do apocalipse de 2014 viria em 2012. E não haveria nada que você pudesse fazer. Tudo causado pela vida de uma simples garotinha assustada de cinco anos.

Harry segurou o ar em seus pulmões por mais tempo do que se dera conta. Olhou para a Felícia mais nova, agora tentando se livrar, inutilmente, das mãos de sua versão mais velha. Harry não tinha ideia se aquilo era um blefe ou não. Só sabia que Matthew ficaria muito bravo se algo assim acontecesse por sua causa.

Dane-se o Matthew, eu não quero causar o apocalipse!

— Ok, Felícia, tenha calma. O que você quer?

— Quero que diga a Matthew para não me prender.

— Tudo bem. Vou dizer a ele. Se pudermos voltar para sua casa...

— Não. Ele vai me prender se eu me aproximar. Vamos até lá amanhã.

— Amanhã?

Ela sorriu e virou o rosto. Em seguida, ergueu as longas mechas de cabelo, exibindo uma marca de queimadura já há muito cicatrizada, que tomava a orelha e o começo de sua mandíbula.

— Curioso em saber o que acontece no dia vinte e quatro que fez meu pai se matar dia vinte e cinco? Curioso em entender por que o matei no dia vinte e três?

Harry desviou os olhos para Felícia criança rapidamente. A menina não tinha aquela marca, ainda que parecesse muito antiga na versão mais velha.

— Meu irmão Heike nasceu, como posso dizer? Diferente. Mas ele não era daquele jeito. Não. Ele ficou assim depois que meu pai o agrediu até desmaiar, quando ele tinha dois anos. Meu pai também o estuprou nessa época. Ele estava bêbado e desempregado. Eu não era nascida. Ele fez tratamento, achou um emprego, e tudo estava bem. Até o dia vinte e quatro de julho de 2000. Quando ele perdeu o emprego, bebeu, voltou pra casa e prendeu meu rosto na chapa quente da cozinha. Depois bateu no Heike. Bateu tanto que ele passou dois meses em coma. Quando meu pai se recuperou da bebedeira, acordou pra ver o que tinha feito e se matou.

Harry agora tinha o estômago se contorcendo. De medo. De desespero. Porque a Felícia na casa, nesse momento, era Matthew.

— Mas isso não é tudo, caro humano — ela continuou. — Muitas coisas aconteceram depois disso. Muitas coisas.

Harry já mal podia respirar. Olhou para a porta rapidamente, notando o trinco. Ela havia obviamente trancado. E mesmo que não tivesse, simplesmente correr não era uma opção. Felícia não podia matar aquela menina.

Mas Matthew…

— Felícia, por favor. Ele não tem que…

— Ah, então posso ser presa numa prisão temporal, mas ele não pode ter um pedacinho do rosto queimado?

— Felícia, ele não vai te prender — ele tentou argumentar. — Vamos até lá. Vou explicar as coisas.

— Não. Você ainda não tem um bom motivo.

— A vida do meu melhor amigo é um ótimo motivo, acredite — ele disse, impaciente.

— Não. Quero que você veja por que fiz o que fiz.

— Felícia…

— Calado — ela o interrompeu. Então soltou a criança, que correu para se esconder embaixo da cama.

A versão mais velha, no entanto, caminhou até Harry e tocou-lhe a testa com dois dedos. No instante seguinte, o garoto estava no chão, desacordado.

Quando Harry acordou, percebeu que estava de pé, o que era uma posição estranha para se acordar após um desmaio. Sua cabeça parecia estar cheia de ar, e o mundo ao redor estava muito pouco nítido.

Ele esfregou os olhos, semicerrando-os, tentando conseguir foco, e sentindo o coração se agitar ao perceber que não fazia a menor ideia de onde estava.

Era uma rua. Estava escuro. As casas pareciam rústicas, e era certamente uma cidade pequena. Um lugar em que os habitantes iam dormir cedo, e não havia vida noturna. Podia ver o ponto em que a cidade acabava e começava uma serra. Pela quantidade de estrelas, devia ser um vilarejo bastante isolado.

Harry começou a girar em torno do próprio eixo, confuso, se perguntando se aquilo era um sonho. Tateou a parede, sentindo-a firme e áspera sob seus dedos. As placas em alemão confirmavam que muito provavelmente ainda estava na Áustria, mas não fazia ideia de onde.

Então Felícia falou com ele.

— Heiligenblut — ela disse, com sotaque alemão. — Você está na Áustria, em 2005.

Harry sentiu o estômago revirar. Saltou na direção da voz, finalmente encontrando a menina, que parecia bastante calma, ainda que Harry estivesse de olhos arregalados.

— E quanto a Matthew?

— Depende. O Matthew de qual linha temporal?

Harry engoliu em seco.

— Não se preocupe — ela disse, dando de ombros. — Nada disso é real. Você está nas minhas memórias.

Harry franziu o cenho, confuso.

— A história escrita por uma partícula é transitável. Posso enfiá-la na sua cabeça ou em um livro. Você está sonhando. Com as minhas memórias.

Harry respirou fundo e olhou ao redor mais uma vez. Tudo parecia extremamente real. Até seu medo, seu desconforto.

— Por que estou aqui?

— Quero que você veja tudo que eu vi. Simples assim.

Harry então viu uma menina de aproximadamente quinze anos passando por ele. Era a única pessoa na rua. Mesmo de costas, ele reconheceu que era Felícia, em outra linha temporal. Vestia um pesado casaco de lã. Ela não demonstrou tê-lo visto.

— Vamos ter que acompanhá-la. Ou vamos sair da memória — avisou Felícia, virando-se para seguir a ela mesma.

Harry achou melhor obedecer. Não fazia ideia de como interromper aquele sonho, não fazia ideia de como sair dali e menos ainda do que aconteceria se *saísse da memória.*

Um pouco mais à frente, talvez alguns quarteirões, Harry finalmente avistou outra pessoa andando na rua. Era um rapaz alto, magro, de óculos. Vestia um moletom preto e um capuz. As mãos estavam enfiadas nos bolsos.

Andava apressadamente, com os ombros contraídos, a passos largos. Estava cerca de trinta metros mais adiante de Felícia de quinze anos. Não fazia ideia de quem era.

Adiante, Harry viu uma das únicas lojas abertas naquele horário. Era uma farmácia vinte e quatro horas. O rapaz encapuzado parecia estar se encaminhando para ela, e até atravessou a rua, mas parou ao lado, encostando-se na parede da vitrine. Tirou uma caixa de cigarro do bolso e acendeu um.

Felícia não o acompanhou, mas ficou claro que o estava seguindo quando a menina rapidamente se escondeu atrás de um carro no momento em que o rapaz se virou na direção dela. Ficou observando de longe, sem se mover.

A porta da farmácia se abriu, o pequeno sino, que anunciava a abertura da porta, ecoou na rua deserta. A mulher, segurando uma sacola pequena, agradeceu ao caixa uma última vez antes de sair.

Tão logo ela passou pelo rapaz encapuzado, este começou a segui-la. A Felícia de quinze anos também os acompanhou, desta vez tendo o dobro de cuidado para não ser vista. A mulher da farmácia estava bastante calma de início, mas ao perceber que o rapaz atrás dela virou o mesmo quarteirão três vezes seguidas, começou a apertar o passo. Harry fez o mesmo, para acompanhá-la.

O rapaz encapuzado, então, deu uma leve corrida. A mulher também tentou correr, mas foi inútil. Ele a segurou por trás, dando-lhe uma chave de braço. Agora estava claro que ele segurava uma faca na mão direita.

A mulher pôs-se a chorar nervosamente. O rapaz também tremia. Sua mão vacilava.

A Felícia de quinze anos, antes acompanhando de longe, começou a correr desesperadamente na direção da cena de agressão. Mas tão logo o rapaz ouviu os passos da menina, sua mão passou rente ao pescoço da vítima, fazendo sua artéria jorrar sangue na rua enquanto a mulher tossia, apertando o próprio pescoço a ponto de prender a respiração, numa tentativa inútil de parar o sangramento.

O rapaz encapuzado pôs-se a correr em velocidade impressionante, até sumir na noite. A Felícia de quinze anos não o seguiu. Em vez disso, parou para tentar socorrer a mulher, que não demorou trinta segundos para morrer.

— Três filhos — disse a Felícia mais velha. — Johanna tinha três filhos. Ela saiu para comprar remédio pra tosse para o mais novo.

— E o rapaz de capuz...?

— Heike. Meu irmão.

A próxima memória ainda era num lugar fechado. Estava escuro, frio, úmido. Harry estava agachado atrás de um grande barril de produto químico. Felícia estava logo ao lado.

O lugar parecia um galpão abandonado. Cheirava a urina de rato e madeira podre, com um misto de grãos mofados. Era noite, mais uma vez, e Harry só sabia disso porque havia uma janela triangular próxima ao teto, por onde a luz da lua tentava entrar, mas era parcialmente impedida pela sujeira do vidro.

Havia um som, no entanto, que estava lhe causando mais aflição do que o próprio lugar. Era o choro de uma mulher, unido ao tilintar de correntes e passos sobre a madeira podre do galpão.

— Ele estava fortemente armado — disse Felícia, levantando-se do esconderijo.

Harry fez o mesmo que ela, cauteloso. Heike não podia vê-los. Era só uma memória.

A mulher que choramingava tinha perto de quarenta anos. Estava suspensa no ar pelos braços, presos a correntes numa roldana. Sua boca estava coberta com silver tape. O lado direito de seu rosto estava inchado de forma que seu olho permanecia fechado. O ombro estava visivelmente deslocado, sendo fácil estimar que ela já estava naquela posição por algumas horas. Talvez dias. Sua blusa havia sido arrancada e ela usava um sutiã e uma calça jeans completamente encardida. A mulher havia provavelmente urinado algumas vezes.

Harry estava tão chocado com aquela visão que se assustou quando Heike apareceu. Ele estava perto de um balcão no qual algumas armas estavam expostas. Chegando mais perto, Harry viu um alicate, um martelo, vários tamanhos e formatos de facas, uma pistola e um frasco com agulhas.

— Onde você estava? — ele perguntou.

Felícia girou o corpo e apontou um armário de ferramentas. A porta estava levemente aberta. Prestando muita atenção, Harry conseguiu ver a sombra de alguém lá dentro.

— Estava paralisada. Eu tinha que impedi-lo, mas era impossível mover as pernas.

Harry conseguia imaginar por quê. Na posição dela também não teria feito muita coisa. O medo havia se transformado em ânsia e ele sequer fazia parte daquela cena. Mesmo assim, se forçou a virar-se na direção de Heike mais uma vez. Ele carregava o pote de agulhas. Seus passos eram lentos e despreocupados. O garoto de dezesseis anos ainda lembrava o de sete que Harry conhecera. Ainda nem tinha saído da puberdade, mas seus olhos eram os mesmos. Calmos, frios, sem emoção. O cabelo loiro estava impecavelmente arrumado. A manga da camisa xadrez fora esgarçada para evitar entrar em contato com o sangue. Nas mãos, luvas cirúrgicas.

A mulher sacudiu a cabeça conforme ele se aproximou. Seus grunhidos aumentaram, e parecia que a simples presença de Heike a machucava. Ela tentou gritar, mas ficou óbvio que além da silver tape ainda devia haver uma meia em sua garganta.

O rapaz parou a poucos centímetros da mulher. Piscou duas vezes, sem mover os olhos, segurando o pote de agulhas em frente ao abdômen. Parecia observar cada detalhe do rosto de sua vítima. As lágrimas e os grunhidos pareciam apenas atrapalhar a observação da anatomia da mulher.

— Quando um homem deseja fazer algo — ele disse, e olhou para baixo por um breve momento, removendo uma das agulhas do pote —, não há quem o impeça, senão outro homem de igual obstinação.

A mulher não parecia ter ouvido ou dado muita importância àquelas palavras. Estava muito mais preocupada com o fato de que Heike agora aproximava a agulha de seu rosto enquanto ela o movia em desespero para tentar desviar-se. A poucos centímetros de sua pele, no entanto, ele parou, frustrado, baixando a agulha.

— Chorar não quebra correntes nem aumenta a piedade do homem obstinado. Força quebra correntes. E você já não a tem. Não há como sair daqui. Seu cérebro sabe disso. Sua tentativa de desviar da agulha é uma mera esperança de redução da dor. E, nesse aspecto, devo aconselhá-la a não se mover. Pois a agulha estará na sua pele você se mexendo ou não. Em pontos muito específicos. Se eu errar na primeira tentativa, terei de tentar de novo, e de novo, e de novo. A decisão mais lógica, portanto, é manter-se quieta.

A mulher continuou a chorar, dessa vez muito mais desistente, deixando a cabeça cair. Seus olhos já não pediam liberdade. Pediam a morte. Pediam que o sofrimento acabasse de uma vez. E na segunda tentativa, ela já não mais lutou para evitar que Heike perfurasse sua fossa nasal com a agulha. Apenas grunhiu alto de dor.

Harry virou o rosto, rangendo os dentes em aflição, em horror.

— Me tira daqui, por favor — implorou Harry.

Felícia olhou para ele por um breve momento.

— Sair daqui não vai ajudar a impedir isso.

— Estamos apenas observando uma memória, ficar também não vai ajudar em nada!

— Vai ajudar.

Harry fechou os olhos, cerrando os punhos enquanto ouvia outro grito da mulher, tendo a segunda agulha enfiada. A cena se repetiu pelo que pareceram horas. Ao fim, a mulher tinha o rosto completamente perfurado por agulhas. E Harry só abriu os olhos quando os gritos se interromperam por algum tempo, trazendo ao menos um pouco de paz.

Não havia muito sangue, devido ao calibre dos buracos. Mas as agulhas haviam sido enfiadas quase inteiramente, de forma que apenas uma pequena ponta ficava para fora. Na testa, elas haviam sido inseridas transversalmente.

Heike parara para admirar sua criação quando o pote de agulhas se esvaziou. Ele esboçou um sorriso e virou as costas, removendo as luvas cirúrgicas.

— Amanhã continuaremos — disse Heike.

Ele desceu as escadas até o primeiro andar. Harry ainda ouviu o ranger agoniado do portão enferrujado. Ouviu Heike trancá-lo e então houve silêncio por alguns segundos.

O próximo som foi o do guarda-roupas abrindo. A mulher, que chorava baixinho, ergueu a cabeça, assustada. Começou a chacoalhá-la desesperadamente quando viu a Felícia de quinze anos sair do velho armário de ferramentas.

— Acalme-se — Felícia pediu, aproximando-se da mulher. A primeira coisa que fez foi tentar tirar a silver tape, mas a pele por baixo dela já estava tão frágil que ameaçou descolar, então parou antes que houvesse mais dor.

Harry se aproximou, perto o suficiente para ver todas as feridas e ferimentos do corpo da mulher. Ela estava completamente dilacerada, por dentro e por fora. Então a mulher olhou para Felícia com olhos que Harry jamais esqueceria. Olhos que imploraram que ela a matasse antes que Heike voltasse.

A Felícia de quinze anos pressionou os lábios numa linha fina. Então tocou a testa da mulher e fechou os olhos. Após alguns segundos, baixou o braço.

— Qual é seu poder? — perguntou Harry à Felícia mais velha.

— Curo pequenos ferimentos — ela respondeu. — Não funciona com nada muito grave. Nada permanente.

Harry fez que sim. Isso explicava por que a queimadura em sua orelha permanecia ali. Era permanente. Uma lembrança eterna do que havia sofrido.

A Felícia de quinze anos rapidamente tirou o celular do bolso e começou a discar para a ambulância. Mas antes que apertasse o último número, ouviu o portão de ferro estalar e ranger antes de ceder. Heike havia voltado.

Harry sentiu o estômago contrair e a bile subir à garganta, mesmo que soubesse que não fazia parte daquela cena. O som dos passos na madeira podre funcionava como a música de um filme de suspense, anunciando o perigo iminente. E o coração de Harry batia mais rápido conforme a proximidade de Heike.

A mulher presa às correntes sentiu algo muito pior. Seu corpo todo enrijeceu, seus olhos se alargaram, suas mãos, mesmo com pouca sensibilidade graças ao período presas para cima, fecharam. E agora o pedido dela era ainda mais desesperado. Nunca, em toda sua vida, Harry teve a sensação tão latente de poder ler palavras nos olhos de alguém.

Por favor, me mate.

Felícia olhou para o lado, depois para o celular, e finalmente digitou o último número. Mas não ligou para a ambulância. Ligou para a polícia.

Em seguida pegou um machado mais afiado que pôde encontrar e, fazendo barulho suficiente para que Heike agora estivesse correndo pelas escadas por perceber a presença de alguém, (quase) decepou a mulher das correntes. Não foi um golpe limpo. Não cortou a cabeça fora. Mas partiu a espinha, e, portanto, matara a mulher. Quando Harry abriu os olhos — fechados no momento em que o machado atingiu a carne — chegou a ver a cabeça de Heike surgindo pela escada circular, mas foi tudo antes de o cenário mudar.

19. VIDAS NEGOCIÁVEIS

Quando Harry abriu os olhos, sentiu como se tivesse segurado lágrimas por tempo demais. Rolaram todas de uma vez, em largas gotas, até o chão do quarto do hostel.

— Por que me fez assistir isso? — ele perguntou, tentando limpar os olhos.

Harry não estava acostumado com cenas chocantes. As piores coisas que tinha assistido sempre incluíam seu pai, mas nunca chegava perto de uma mulher sendo morta ou torturada. Seu coração batia rápido, quase sem ritmo, e suas pernas tremiam, fracas.

— No dia vinte e três, meu pai perdeu o emprego. No dia vinte e quatro, ele agrediu meu irmão e deformou meu rosto. Em setembro, meu irmão acordou de seu coma. Ele era uma pessoa completamente diferente. Não falava com ninguém. Não aceitava tratamento. Minha mãe entrou em depressão. Eu estava longe disso tudo, trabalhando como partícula, fugindo de casa, fugindo dos ataques da minha mãe. Heike ficava pra trás. Como se nada tivesse acontecido. Mas percebi que ele estava diferente. Uma manhã nosso cachorro apareceu morto no jardim. Heike não pareceu surpreso. Envenenamento.

Harry continuava chorando, com a visão da mulher pregada em sua retina, e para onde quer que olhasse, o que quer que Felícia dissesse, continuava a ver e ouvir aquela cena. A Felícia de cinco anos agora estava dormindo em sua cama, abraçada à sua boneca, com o rosto inchado de chorar, encolhida. O fato de ela dormir fez Harry se perguntar quanto tempo havia se passado.

— Heike matou pela primeira vez aos treze anos. Depois fugiu praquele vilarejo. Ninguém ia descobrir. Era escondido o suficiente. Aquela mulher que ele matou na rua... ele planejava sequestrá-la e torturá-la. Impedi. A segunda... não tive tanta sorte. De qualquer forma, além daquela, ele ainda botou fogo num orfanato. O lugar onde nossa mãe nos deixou quando já éramos velhos demais para sermos adotados. Então ele finalmente matou nossa mãe, em 2010. Em 2012, ele me encontrou. Consegui fugir viajando no tempo. Mas ele matou... — ela tomou fôlego, claramente se odiando por demonstrar fraqueza — ele matou meu namorado. A única pessoa que um dia me amou de verdade. Parece idiotice, não parece, humano? Mas você é amado pelos seus pais. Seus amigos. Você não tem que ficar fugindo de um lado pro outro. Carl me amava. Pela primeira vez. Nem meus pais, nem meu irmão, nem ninguém jamais me amou. Carl me amou. E Heike o matou. Ele tirou mais de cinquenta vidas inocentes. E uma delas era a única vida que eu amava e que me amava de volta. E agora você quer me levar presa por impedir tudo isso.

— Como pode ter impedido algo assim?!

— Matando meu pai no dia vinte e três, ele nunca espancou meu irmão. Ele ia morrer de qualquer forma. O dano era muito pequeno, não ia abrir uma ferida. Mas não espancando meu irmão, ele não criou um trauma grande o suficiente pra se tornar um assassino. Dessa forma, todas as cinquenta vidas foram salvas. Inclusive Carl. Ninguém morre. Todos estão felizes com suas famílias. Aquela mulher nunca foi torturada. Tudo aquilo que você viu... nada disso acontece. E tudo depende... de convencer seu amigo.

Harry mordeu o lábio inferior. Seu peito estava pesado. Nada o havia preparado para algo assim. Que tipo de decisão era essa? Sua visão estava turva e ele desejou que Matthew estivesse ali para lhe dizer o que fazer ou surgir com alguma ideia para tirá-los dali.

— Você causou o fim do mundo com tudo isso, Felícia...

— Mentira! — ela gritou. A pequena Felícia que dormia acordou assustada e começou a chorar. — Não foi isso que causou o apocalipse! Não foi isso que destruiu o tempo. A ferida ficou encerrada num vilarejo pequeno demais e afastado demais pra causar um efeito tão gigantesco em tão pouco tempo!

— Todos os habitantes estavam contaminados por monstros em 2012!

— E ninguém morreu! — ela insistiu. — Os monstros atemporais aprendem. Eles não sabem nada sobre este mundo quando aparecem aqui, se não aprenderem o que é violência, não praticarão violência! Os monstros do vilarejo nunca deixaram seus hospedeiros, nunca fizeram nada além de carpir!

Harry franziu o cenho. O mundo girava ao seu redor e seu estômago se contorcia de vontade de chamar por Matthew. Era como uma coceira debaixo de sua pele, um pedaço de si que não estava ali. Seu cérebro continuava repetindo o nome do garoto. *Matthew, Matthew, Matthew.* Então ele percebeu que não era um pedido de ajuda.

— Por favor, não deixe seu pai bater no Matthew.

Ela pareceu confusa com a mudança do assunto tão repentina. Então olhou ao redor, até encontrar um relógio.

— Já é dia vinte e quatro.

O coração de Harry subiu na garganta. Seu primeiro impulso foi virar o corpo e tentar abrir a porta, mas esta estava trancada.

— Abre essa porta, Felícia — ele ordenou, em tom de ameaça.

— Então você quer realmente levar essa criança de cinco anos de volta pra ser espancada pelo próprio pai no lugar do seu amigo? — ela perguntou, apontando para a criança que chorava agarrada à boneca.

— Essa criança é você. Ela vai sobreviver.

Felícia deu um leve sorriso que carregava uma dose de rancor e tristeza.

— Você não tem a menor noção do que está falando.

— Você está muito bem! Está até me ameaçando e fazendo a você mesma de refém!

— Não vou deixar que tire o Carl de mim.

— Não vou deixar que machuque o Matthew.

Felícia continuou a encará-lo com aquele mesmo olhar de rancor e ódio, até que sorriu atrevidamente e tirou uma chave do bolso para mostrá-la a Harry. Em seguida a guardou novamente.

— E o que você pode fazer a respeito?

Harry fechou os punhos. Era seu pai, numa época sóbria, que lhe dissera que não se deve bater em mulher. Mas não era isso que havia impedido Harry. Era o fato de seu pai ter se contrariado diversas vezes e ter batido em sua mãe mais vezes do que o garoto podia contar. Mas fazia sentido. Em vez de lhe dizer que não se deve bater em ninguém — afinal, por que seria violência a resposta, fosse homem ou mulher — ensinara que mulheres são mais frágeis, algo muito comum no pensamento de alguém que viria a levantar a mão para uma mulher no futuro.

— Vou pedir a ele que não te prenda. Prometo — pediu Harry, baixando a voz.

— Mesmo que pudessem me dar vida eterna, eu não a aceitaria sem Carl.

Harry respirou fundo e baixou a cabeça.

— Matthew é irmão do Dalton Knight. O Dalton consegue... reescrever as coisas. Ele consegue fazer um erro compensar o outro pra que feridas não se abram. O Matthew pode falar com ele. E ele pode dar um jeito pra que o Carl não morra — Harry prometeu, repetindo as palavras de Matthew.

Felícia perdeu o sorriso provocador. Agora parecia haver um raio de esperança em seus olhos. Ela pôs a mão no bolso novamente, segurando a chave firmemente.

— Dalton Knight não me ajudaria — ela disse, mas havia soado muito mais como uma pergunta.

— Se o Matthew falar com ele, ele vai ajudar — Harry prometeu.

Não fazia a menor ideia de qual era o nível da relação entre os dois irmãos. Não sabia se Matthew tinha qualquer influência sobre Dalton. Mas essa era sua melhor chance.

— Prometa.

— Prometo. Juro pela minha própria vida. Mas por favor, vamos até lá.

A volta até a casa de Felícia foi bastante tensa. A versão pequena ainda chorava, no colo de Harry, com medo de sua versão adolescente. Todos estavam calados, não ousando uma única palavra, a não ser pelo choramingar temeroso da criança.

Ao se aproximarem da casa, Harry sentiu o estômago se contorcer ao ouvir os gritos vindos de lá. Eram de um homem enlouquecido, em frenesi. Pratos se quebravam, o cachorro latia, uma criança gritava.

E ao contrário das demais ocasiões, o primeiro impulso de Harry não foi travar e perder a coragem, mas começar a correr até a casa. Felícia, no entanto, segurou seu punho.

— Você não pode entrar lá enquanto algo desse nível acontece. Tem noção das consequências?

— Não dou a mínima pras consequências! — Harry bradou, libertando seu braço.

— Você não. Mas seu amigo, sim.

Harry se deteve. Era verdade. Matthew jamais o perdoaria por causar uma falha ainda pior que a inicial.

— Ele ainda não começou — Felícia informou. — Enquanto quebra pratos e grita, é inofensivo.

Harry duvidava. Quais eram as chances de um estilhaço voar nos olhos de uma das crianças?

— E o que pretende fazer?

— Ele vai beber mais. Vai cair no chão. Heike vai tentar levá-lo pro sofá. Ele só vai acordar em uma hora ou duas, vomitar, beber mais e aí sim vai causar problemas. Não se preocupe, faz parte do meu plano evitar que Heike seja agredido — ela avisou, aproximando-se da casa.

Harry ainda estava confuso. Talvez não tanto quanto a garotinha, que agora chorava para que alguém a carregasse. Mas seguiu Felícia pelo gramado.

Os sons do pai da menina gritando e destruindo coisas era assustador. Causava arrepios na pele de Harry que o faziam tremer da cabeça aos pés, como se um choque elétrico o atravessasse. A voz grave, imponente, erguida a ponto de fazer os vidros da janela tremerem, era quase como a voz de seu próprio pai em dias ruins.

E isso podia ser pior do que qualquer monstro.

O desconhecido é sempre aterrorizante. Você nunca sabe o poder daquilo que não conhece. A capacidade de te fazer sentir dor. Mas muito mais aterrorizante é o poder que já lhe fez gritar uma vez. O desconhecido ainda tem a vantagem da dúvida.

A mão de Harry estava fechada, tensa. O garoto fechava os olhos todas as vezes que algo se quebrava dentro da casa. Quando Felícia ergueu o corpo para olhar pela janela lateral que dava na sala, Harry fez o mesmo.

O senhor Schmidt era um homem grande, forte, de nariz torto e pele extremamente clara, de forma que agora, bêbado e nervoso, parecia um tom muito rosado. A camisa listrada estava ensopada de suor e ele brandia uma garrafa de uísque enquanto gritava. Num canto da sala ele viu Felícia — na verdade Matthew — se colocando na frente de Heike, protegendo-o dos estilhaços.

Os dois se abaixaram e não disseram uma palavra. A Felícia mais nova choramingava, chamava por sua mãe baixinho, com medo do pai. Algumas vezes, dizia o nome de Heike, querendo ir ajudá-lo. Mas no fim, os três apenas esperaram até que o barulho parasse. Eles se levantaram e viram o senhor Schmidt sendo puxado por Heike até o sofá da sala. Foi quando Felícia os levou até a porta da frente e entrou.

No entanto, tão logo a porta se abriu, Felícia segurou ambos pelos punhos, puxou sua versão mais nova para seu colo e manteve Harry numa chave de braço. O mesmo braço que ela usava para segurar uma arma apontando para a cabeça dele. A bala perfuraria ambos os crânios.

Heike estava assustado. Suas mãos tremiam. Os olhos arregalados estavam fixos na versão mais velha de sua irmã.

Matthew assumiu sua forma original em questão de segundos e quase partiu para cima da garota. Deteve-se assim que viu a arma.

— Felícia, solta eles — ordenou Matthew.

A situação era, no mínimo, caótica.

Havia duas Felícias no lugar. Uma delas, de dezessete anos, prendia a menor e ameaçava matar a si mesma e a Harry. Matthew tinha alguns arranhões de cacos de vidro em seu rosto e braço, mas parecia bem. Estava agora em posição alerta.

— Diga a ele — mandou Felícia, forçando o cano da arma contra a têmpora de Harry.

O garoto nunca teve uma arma apontada para ele. Nunca teve a experiência de ter sua vida tão perto de acabar. Uma leve pressão do dedo da garota e seu cérebro viraria uma geleia. Talvez tenha sido isso que o tornou confuso quanto ao que a menina queria que ele dissesse. Então se lembrou.

— Matthew, ela queria impedir pessoas de serem mortas! — ele disse, desesperado. — Você tem que deixá-la agir. Vi o que acontece. As pessoas são mortas. Torturadas. Não é ela que está causando o fim dos tempos!

Matthew franziu o cenho por alguns segundos. Então relaxou os ombros.

— E você acreditou nela?

— É verdade! — Felícia o interrompeu. — Heike vai se tornar um assassino!

Heike ainda estava em estado de pânico, tremendo e sem se mexer. O garoto parecia ter entrado em transe.

— A vida dessas pessoas estava prevista para acabar, se elas não acabarem...

— As feridas que se abrem são pequenas! Os monstros que passam são pequenos! E ficam todos limitados a um minúsculo vilarejo!

— Por enquanto. É impossível dizer por quanto tempo isso ficaria restrito.

— Dalton — Harry disse, interrompendo-os. — Você disse que Dalton entende dessas coisas. Que ele pode consertar erros com outros erros. Ele saberia o que fazer.

Fez-se silêncio na sala, sempre quebrado pelo choramingar constante da criança. Matthew não se mexeu por um longo tempo. Felícia pareceu esperar ansiosamente por uma resposta.

— Você não tem muita escolha, tem? — ela disse, impaciente. — Ou me deixa salvar as pessoas que morreram ou mato seu amigo fora de sua linha do tempo e a mim mesma. Vamos ver em quanto tempo isso leva ao fim dos tempos.

Matthew não disse nada, mas havia claramente forçado a mandíbula de raiva, encarando-a.

— Escolhe! — ela gritou, pressionando a arma ainda mais contra a cabeça de Harry.

— Certo — Matthew quase a interrompeu para aceitar. — Vou te levar até Dalton.

Ela pareceu sorrir, mas o sorriso voltou a parecer nervosismo e temor.

— Prove.

— A solução não é difícil, honestamente. Se matarmos as pessoas que deviam morrer, no dia correto, de forma indolor, você se dá por contente?

Ela engoliu em seco. Matar todas as pessoas que deviam morrer, mas sem tortura. Todas podiam morrer, ela não se importava. Mas não Carl.

— Sim.

Era uma mentira, claro. Ela apontaria todos que estavam marcados para morrer, mas não Carl.

— Então vamos sair logo daqui antes que seu pai acorde — disse Matthew, apontando para o homem bêbado.

— E como vamos proteger meu irmão? Temos que matá-lo — ela disse, olhando para o pai bêbado.

Matthew suspirou e pinçou o nariz, entediado. Harry continuava nervoso, a adrenalina ainda pulsando em suas veias.

— Mate-o.

Ela arregalou os olhos, surpresa pela facilidade com que Matthew dissera tal coisa.

— Não, mate-o você.

Matthew cruzou os braços.

— É você que tem uma arma.

— Pegue uma faca na cozinha.

— Não posso sair com um objeto daqui e eles vão investigar. A investigação dando nas impressões digitais de um garoto da Inglaterra que tem dois anos de idade seria uma grande fratura. Essa arma não é daqui.

Ela forçou os lábios numa linha fina. A mão tremeu. Ela olhou, um a um, para todos os presentes no local.

— Heike...

— Quer fazer com que seu irmão deixe de ser um assassino fazendo-o assassinar o próprio pai? — interrompeu Matthew. — Já te disse. Vou levá-la ao meu irmão. O que ganho te traindo? Essa era minha missão de qualquer forma.

Ela respirou fundo, encarou Matthew por alguns segundos e então virou o rosto para olhar para o pai bêbado. Enquanto ela olhava para o outro lado, Matthew cruzou o olhar com Harry. Então, quando Felícia tirou a arma da têmpora de Harry para apontá-la para o pai, os olhos de Matthew pareceram gritar, ainda que nenhuma palavra tenha sido dita. E como uma ordem recebida por um soldado, o corpo todo de Harry reagiu, e ele soltou o braço da mão de Felícia, correndo até Matthew, tampando os ouvidos para não ouvir o tiro. Chegou a ver Matthew fazendo o caminho contrário, mas foi só um borrão.

Então o tiro veio. Mas não acertou o pai bêbado.

O sangue de Matthew começou a escorrer por toda sua roupa, manchando-a de vermelho-escuro.

20. A PARTE DESCONFORTÁVEL DO TEMPO

— Ajuda! — Harry gritou a plenos pulmões, a voz esganiçada. — Alguém, por favor. Alguém me ajuda!

Matthew estava desacordado. O garoto era leve, magrelo, e portanto, com a força adicionada pela adrenalina, Harry era capaz de carregá-lo sem dificuldade, mesmo correndo. A casa de Felícia ficara para trás, com rastros do sangue de Matthew e da própria garota, que levara uma facada dele, ao mesmo tempo que atirava. A facada fora certeira: a menina caiu rápido, com o coração fazendo seus últimos esforços. Harry não se perguntou por que o corpo da menina desapareceu, assim como a arma. Nem ficou para saber o que a Felícia de cinco anos e seu irmão fariam de agora em diante. Em poucos segundos, ele estava correndo pelas ruas de Viena carregando o frágil corpo de Matthew Knight. Suas roupas manchavam-se de sangue, seus passos eram imprecisos, desesperados. Mas aquele bairro era muito residencial. Havia poucas pessoas na rua, e essas acharam melhor não se envolver. Quando chegou à primeira avenida, no entanto, alguém estacionou o carro ao seu lado e ofereceu uma carona para o hospital.

Sem pensar duas vezes, o garoto entrou, segurando Matthew com força, balançando-o, tentando acordá-lo. Seu rosto estava coberto de lágrimas e culpa. Se não fosse tão estúpido, se tivesse tomado mais cuidado, Felícia não teria feito o que fez.

— Acorda. Matthew, por favor. Por favor, acorda — ele implorava, segurando a cabeça do garoto com cuidado. Sabia que devia checar seus sinais vitais, mas não queria fazer isso e comprovar o que o pescoço mole, o corpo pesado e os olhos sem vida deixavam claro. Queria ter uma esperança.

— Fala comigo. Por favor. Prometo não ser tão estúpido. Prometo tentar ser mais legal. Menos chato. Prometo. Por favor, não me deixe sozinho.

O carro parou numa freada brusca, em frente a um grande hospital. O motorista — um homem de pele clara, olhos grandes, aparência dócil — deu a volta no carro para ajudar Harry a tirar Matthew de lá. Os dois carregaram o garoto até a entrada, na qual dois médicos rapidamente o colocaram numa maca e o levaram embora.

Harry só ficou assistindo. Sua camisa ainda estava manchada de sangue. Suas mãos estavam meladas. O homem pôs a mão em seu ombro e disse alguma coisa sobre ficar tudo bem. Sobre o quão corajoso ele era. Harry não ouviu muito bem. Seus ouvidos estavam tampados, e tudo que ouvia era um zunido.

O garoto foi até a sala de espera, onde permaneceu curvado, o cotovelo apoiado nos joelhos, chorando baixo enquanto as pessoas passavam e repousavam sua pena sobre ele. Suas mãos ainda sujas de sangue estavam firmemente presas umas às outras. Seus músculos estavam tensos. Seus lábios começaram a tecer uma prece há muito esquecida. E assim ele ficou por aproximadamente duas horas, sem perceber a passagem do tempo, mas chorando por uma eternidade completa.

Foi sabe-se lá quanto tempo depois que ele sentiu uma mão pressionar seu ombro. O sangue em seu dedo já estava vermelho-escuro, quase marrom, seco. Ele ergueu a cabeça, sentindo o pescoço reclamar da posição mantida por tempo demais, e endireitou a coluna rapidamente quando reconheceu Dalton Knight.

— Foi um acidente — Harry choramingou.

— Você acredita em Deus, rapaz?

Dalton tinha o cabelo levemente mais claro que os dois irmãos. Era mais alto, tinha uma postura perfeita, e estava sempre usando um terno inglês. Mesmo agora, não parecia preocupado ou triste.

— Quero acreditar — Harry confessou.

— O Tempo é o único deus de uma partícula.

Após dizer isso, Dalton deu as costas e partiu pelo corredor do hospital, entrando na área de emergência sem que ninguém o parasse.

As mãos de Harry tremeram. Ele esperou mais meia hora e então viu Dalton sair pela mesma porta, mantendo-a aberta.

— Você pode ir vê-lo.

Harry saltou da cadeira, desviando-se das pessoas pelo caminho até chegar próximo a Dalton. Sem dizer mais nada, ele passou pela porta e caminhou pelo corredor, olhando de sala em sala até chegar a um quarto de recuperação intensiva. Matthew estava de olhos abertos, com uma camisola de hospital, olhando para o teto.

Harry entrou, o que fez Matthew desviar os olhos para ele.

— Você devia lavar as mãos.

Harry não se importou. Simplesmente despejou todas as lágrimas de alívio que alguém poderia chorar.

— Não entendo — disse Matthew. — Eu estou vivo. Por que está chorando?

— Estou chorando de felicidade, seu idiota! — Harry disse, apoiando a cabeça no colchão, molhando-o com suas lágrimas. — Por que foi pra cima dela?!

— Não há forma de consertar uma fratura do tamanho da que ela causou sem deixar o tempo seguir seu curso. Dalton ia colocá-la numa prisão de tempo. A morte foi mais simples e rápida.

— Mas você disse…

— Ela ia atirar em você se eu não concordasse. Era o jeito mais simples.

— Simples, mas quase te matou!

— Tudo bem. Se eu tivesse morrido, Dalton teria vindo te resgatar.

— Não se trata de ficar preso aqui! Eu nem estava pensando nisso! Como pode achar que essa era minha única preocupação?

Matthew deu um sorriso leve e virou o pescoço para olhar pela janela.

— Você ficou todo esse tempo em Viena e nem se perguntou por que consegue entender o que todos falam em alemão.

— Imaginei que fosse algo de partícula do tempo.

— Um presente da mansão das partículas. Onde todas as línguas são conhecidas.

— E como se recuperou tão rápido?

— Dalton — ele respondeu simplesmente.

— Achei que o poder do Dalton fosse inteligência.

— Quando você usa a inteligência da forma certa, pode fazer qualquer coisa.

Harry balançou a cabeça e puxou uma cadeira para sentar-se ao lado de Matthew. Ficou sem dizer nada por um bom tempo, só respirando aliviado. Sua expressão se tornou vaga, distante.

— Nunca tive tanto medo — Harry confessou com a voz trêmula.

— Besteira. E os monstros? Você teve muito mais medo quando viu um monstro pela primeira vez.

Harry fez que não com a cabeça e desviou os olhos, temendo chorar novamente.

— É um medo diferente. Nunca teve medo de perder alguém?

Matthew ficou em silêncio e então fez que sim.

— Não dói tanto assim.

— Perder alguém?

— Ficar sozinho.

Harry cruzou o olhar com o de Matthew, tentando entender por que o garoto dizia tal coisa. Matthew era solitário. Matthew aprendera a ser apenas ele mesmo, sem ninguém, sem ajuda, sem risos, sem uma outra voz, sem alguém para conversar. E mais que isso, aprendeu a ser chacota. A não ligar para o riso debochado dos outros. E há quem acredite que acostuma-se a tudo. Mesmo à dor.

— E se fosse eu? — Harry perguntou.

— Não foi.

— Mas e se fosse?

— Eu não deixaria que fosse.

— Achei que tivesse dito que estou por minha própria conta. Que não ia me proteger.

Matthew revirou os olhos, mas dessa vez Harry achou engraçado.

— Não preciso de você, Harry Darwin. Mas também não quero ficar sozinho. Já disse isso.

— Disse que ficar sozinho não dói tanto.

— Dor é relativa.

Harry sorriu e deixou o rosto no colchão, ao lado da mão de Matthew. Ele ficou assim durante um bom tempo, de forma que quase pegara no sono. Felícia estava morta. Ao menos, sua versão do futuro estava. As rupturas estavam fechadas. Os monstros voltaram. Mas Harry não podia deixar de lembrar a tortura que aquela mulher passaria para pagar por isso. Heike se tornaria um assassino, mataria mais de cinquenta pessoas, todas torturadas, todas com família. Muitas crianças. E também Carl. O motivo de tudo. O motivo de todas as ações de Felícia Schimdt. O medo de ficar sozinha.

21. O SEQUESTRO QUE NÃO ACONTECEU

Harry acabou descobrindo que o trabalho de Matthew ainda incluía fazer um relatório completo de todos os acontecimentos durante a missão. Após passar por essa burocracia realizada na mansão das partículas, eles voltaram para o colégio.

Matthew apareceu no banheiro do vestiário da quadra de tênis, um lugar muito pouco movimentado, para ter certeza de que não apareceria em frente a alguém.

— Vai ser meio confuso — disse Harry ao se ver de volta ao colégio. — Saímos há uns dois dias, mas hoje ainda é o mesmo dia que saímos.

Matthew fez que sim. Ele já sequer usava um curativo no estômago, pois uma outra partícula com poderes curativos mais fortes o curara completamente no período em que estiveram na mansão.

— Você vai se acostumar — ele disse, abrindo a porta para sair.

Harry sorriu com isso. Se ia se acostumar, é porque iriam fazer isso muitas vezes. Contava com isso.

Os dois saíram de frente para a parte de trás do prédio de dormitórios. Podiam ouvir algumas poucas pessoas andando de um lado para o outro, mas era mais de oito da noite, então o colégio já estava calmo. Eles passaram pela fenda entre os dois prédios e rumaram para a entrada do dormitório.

Foi quando viram um guarda com uma lanterna vasculhando a área e indo em direção à fenda entre os prédios.

— Um guarda? Não é um monitor — cochichou Harry.

Matthew franziu o cenho e puxou seu celular do bolso. Então fez um barulho com a garganta que só podia significar surpresa.

— Ops.

— Ops?

Matthew puxou Harry pelo braço e pôs-se a correr desenfreadamente de volta ao vestiário do campo de tênis. O tempo todo olhava para trás para ver se o guarda os havia visto.

— O que aconteceu? — Harry perguntou, arfando, depois que finalmente pararam.

— Erro de cálculo.

— Erro de cálculo?

— Estar na mansão me deixa confuso, ok? — ele disse, em tom de defesa. — É um lugar com um tempo paralelo ao nosso e às vezes me confundo com quanto tempo tenho que voltar.

— Isso quer dizer…

— Que não é o mesmo dia que saímos. É uma semana depois. Você deve ter sido dado como desaparecido.

Harry sentiu o estômago contrair. Seus olhos se reviraram e ele escorregou até o chão apoiado na parede, onde se sentou e tapou o rosto.

— Minha mãe vai me matar.

— Sua mãe vai ficar muito feliz de te ver de novo.

Harry não sabia se chorava ou se ficava bravo com Matthew. Não sabia quão grande era sua parcela de culpa. Só sabia que estava completamente ferrado.

— Não dá pra voltar? Só mais uma semana? — ele perguntou.

— Não. Já está feito. Se voltarmos, vai ser uma falha. Você já passou uma semana longe.

— Você também.

— É, pode ser.

— Que dia é hoje?

— Dois de dezembro.

Harry estava prestes a vomitar.

— As provas finais! Perdi uma semana de estudos! E o nosso trabalho de Línguas! Não vai dar tempo!

Matthew suspirou, sem saber o que dizer. Harry não esperava que ele soubesse como consolá-lo. Não era algo que o garoto faria, ou mesmo se importaria em fazer. Então Harry ficou bastante surpreso quando Matthew se ajoelhou em sua frente.

— Ei, vai dar tudo certo. Vou consertar isso.

— Consertar como?!

— Primeiro, você tem que ser encontrado. Vamos dizer que se perdeu na floresta.

— Eu não devia entrar na floresta em primeiro lugar — Harry reclamou. — Além de tudo ainda vou pegar uma detenção.

— Ok, então alguém te sequestrou.

— Aqui dentro? Em troca de quê? De tanto aluno rico pra sequestrar, por que alguém sequestraria logo eu?!

Matthew suspirou novamente, pensando em qualquer outra coisa. Foi quando alguém bateu na porta, fazendo o coração de ambos saltar.

Mas quem abriu, sem esperar uma resposta, foi outro Matthew, exatamente igual ao primeiro.

— Sem tempo pra explicações — o segundo Matthew disse. — Só o Harry foi dado como desaparecido, eu voltei para o período certo.

— Isso não é justo! — Harry bradou, inconformado. — Se você pode voltar, também posso!

— A sina da partícula é mais maleável que a do humano, Harry — disse o primeiro Matthew. — Como faremos agora? — ele perguntou, voltando-se a si mesmo e levantando-se do chão.

— Primeiro, tem uma casinha perto daqui. Um quilômetro dentro da mata. Você vai levar Harry até lá e assumir a forma de alguém. Vamos amarrá-lo, fazer tudo pra parecer um sequestro. Enquanto isso, vou voltar pro colégio e dizer que ouvi gritos vindos da floresta. Vou levar os guardas até lá. Você vai deixar eles te verem, mas então vai fugir e voltar uma semana no tempo. Também vai dar um jeito de adiantar o trabalho de Línguas.

Harry ainda ficava severamente confuso quando via duas versões da mesma pessoa em tempos diferentes, mas gostou de ouvir que o segundo Matthew cobrara do primeiro o trabalho de Línguas.

— Ok, vamos começar — disse o Matthew atual.

Harry foi levado por Matthew até a dita casa. Era uma pequena construção, provavelmente um armazém de ferramentas, utilizada na época que a escola tinha padres como professores. Ao redor havia remanescentes de uma cerca, já carcomida por cupins e tomada pela vegetação. Talvez algum tipo de caseiro morasse ali. De qualquer forma, parecia o local ideal para um cativeiro.

Matthew assumiu a forma de um homem grande, de ombros largos, cabelo alaranjado, pele bronzeada. A testa grande indicava entradas da meia--idade. A barba era malfeita e tomava parte do pescoço largo. Até mesmo suas roupas mudaram. Agora era uma camisa xadrez e uma calça jeans grossa, rasgada. Quando falou, sua voz se mostrou extremamente grave. Era impossível dizer que este homem era Matthew, o garoto pequeno e magro. E mesmo sabendo que o era, Harry se sentiu ameaçado por aquele homem.

— A cadeira — Matthew indicou.

Harry fez que sim com a cabeça, não querendo contradizê-lo. Era muito fácil fingir que aquilo era um sequestro de verdade.

Matthew tirou uma corda enrolada num gancho enferrujado na parede, limpando as mãos quando sentiu a grossa camada de pó. Este pequeno ato de vaidade fez Harry se sentir melhor, sabendo que era mesmo Matthew dentro daquele brutamonte.

Ele bateu a corda na parede algumas vezes, o que levantou todo aquele pó, fazendo-o tossir violentamente. Os olhos de ambos arderam. Pelo menos agora Harry podia fingir que estava chorando.

Com algum esforço, Matthew enrolou a corda ao redor de Harry de forma convincente, incluindo os pés e as mãos. Quando eles perceberam que o garoto devia estar pelo menos mais sujo após uma semana desaparecido, Matthew saiu do casebre e foi até o lago, que se estendia até muito além daquela distância, para buscar água num balde velho enferrujado. Aproveitou e colocou um pouco de lama na borda. Então voltou e deu um banho com aquela água barrenta em Harry, que tossiu e, se não estivesse amarrado, teria provavelmente dado o troco.

— Você tem que parecer sujo — Matthew disse, obviamente gostando da ideia de sujar Harry.

Após deixá-lo num estado de sujeira convincente, ele também usou uma pequena bomba de sucção a manivela para gerar hematomas indolores no corpo de Harry. Quando estava acabando, eles ouviram o som de cachorros latindo a distância.

— Estão chegando — concluiu Matthew. — Boa sorte.

O garoto — ou o homem — saiu da casa e Harry ouviu uma pessoa gritar que tinha visto alguém. Os cães ladraram mais alto, agressivamente, e claramente passaram muito rápido pelo casebre. Harry esperava que Matthew ficasse bem, que conseguisse escapar a tempo. Mas antes que pudesse se preocupar, um policial com uma lanterna entrou.

— Encontrei! — ele gritou, virado para a porta.

O homem, com um colete à prova de balas e uma arma na cintura, rapidamente cortou as cordas que amarravam Harry na cadeira. O garoto encenava choro, desespero, pois não faria sentido que tivesse sido sequestrado e estivesse tão calmo. O homem o segurou pelos ombros, checou seus olhos, seus dentes, seu pulso, e então perguntou se conseguiria andar. Harry fez que sim. Mais policiais entraram. Ainda era ouvido o latido dos cachorros ao longe. Segundos depois, um homem da altura de Harry entrou no casebre, passando de lado pelo corredor de policiais. Ele vestia uma calça marrom que Harry conhecia muito bem, além de um pulôver que também conhecia em detalhes. A barba por fazer, com alguns trechos já brancos, e o cabelo loiro como o do garoto, eram algo que ele jamais poderia esquecer. Seu pai entrara em frenesi, e tão logo chegou perto o suficiente de Harry, lhe desferiu um tapa que queimara o lado de sua face.

Também conhecia cada calo daquela mão.

22. CHESTER

Harry foi levado para a delegacia de polícia mais próxima ainda naquela noite. Passara oito horas lá, prestando depoimento. Seus pais aguardavam do lado de fora. A mãe chorara a maior parte do tempo. Até Matthew foi levado, pois fora quem o "encontrara". O garoto até sentiria sono, se não estivesse uma pilha de nervos, tentando não se contradizer na história que inventara.

Seu pai estava furioso. Gritava com sua mãe do lado de fora, e ele conseguia ouvir perfeitamente. Dizia que era culpa dela. Que sabia que esse negócio de escola de gente rica ia dar errado. Que ninguém quer sequestrar pobre. Que se tivessem pedido resgate teria que autorizar a execução porque não teria dinheiro para pagar.

Ele realmente achava que as coisas iam dar certo. Que ia ficar tudo bem. Que o plano de Matthew era à prova de problemas como esse. Mas agora preferia fingir ter caído num buraco ou algo parecido.

Quando o delegado do cabelo estranho finalmente o liberou, Harry estava absolutamente esgotado. Apenas sua mãe o esperava. O pai havia saído para comprar algo para beber. Muito provavelmente uísque.

Sua mãe pôs um casaco em suas costas assim que saiu da sala de depoimento. Seus olhos estavam vermelhos, inchados. Harry odiava vê-la assim. Partia seu coração. Ela era sempre muito vaidosa, cuidando do cabelo castanho-claro, deixando-o sempre volumoso. Sempre que podia, botava um sorriso no rosto e fingia que não tinha hematomas de quando o marido bebia. Gostava de usar batom, pois os lábios eram bastante pálidos. E para esconder os roxos que eventualmente aconteciam no rosto, aprendera a usar maquiagem muito bem. Destacava os olhos verdes que Harry herdara com orgulho. Era uma mulher bonita e, para quem a visse, feliz da vida. Coisas tristes o suficiente para que não soubesse fingir felicidade normalmente a deixavam tão abalada que a destruíam por dentro. E junto dela, Harry.

Ele sentou no banco de trás do carro, ainda calado. Eles não disseram nada. Harry apoiava a cabeça no vidro e por vezes seus olhos se fechavam, voltando a se abrir quando ela parava em algum sinal. Muito em breve, o carro foi estacionado em frente a um mercado com um café, onde seu pai bebia, sentado num banquinho. As pessoas ao redor bebiam café. Ele bebia cerveja. Harry não disse nada. Tampouco sua mãe o fez.

O pai pegou a lata de cerveja assim que os viu e a virou na boca. Em seguida levantou do banquinho, jogou a lata num lixo pelo caminho e foi até o carro. Sentou-se no banco do carona.

O pai de Harry tinha um cheiro constante de cigarro. Lembrava-se de tapar o nariz quando ele o pegava no colo. E quando cheirava a álcool também, suas memórias o forçavam a rever momentos menos alegres.

— Não quero saber de você naquela escola. Entendeu bem? — o pai de Harry disse, com a voz rouca. Não de gripe, mas dos efeitos do tabaco com o tempo. — Não sei por que foi inventar de ir praquele clubinho de bichas. Essa gente rica de nariz empinado.

— Não tem nada a ver com a escola — discordou Harry, olhando para fora, com olhar perdido na cidade que ele há muito não via. Continuava cinza e lotada como sempre.

— Não me contradiga, moleque. Onde está aprendendo essas coisas? Só pode ser naquele lugar.

— Não estou simplesmente te contradizendo — disse Harry, rolando os olhos. — Estou dizendo a verdade. Não tem nada a ver com a escola.

O pai se virou para olhar para o banco traseiro, levantando o dedo para Harry.

— Calado! Se não estivesse naquela maldita escolinha de gente rica, não teriam achado que você era rico.

— Qualquer um consegue ver que não tenho dinheiro. É só olhar pra mim.

Harry viu os olhos da mãe pelo espelho retrovisor. Ela parecia implorar que Harry parasse de discutir. Mas o garoto não tinha medo. O pai não era perigoso, a menos que bebesse. E uma lata de cerveja não era suficiente para dar coragem a ele. Talvez antes sim. Quando Harry era criança e não podia se defender. Mas agora Harry era um adolescente de um metro e setenta e poucos, que fazia academia diariamente e exercício pesado. Seus músculos podiam ser pouco visíveis devido à pouca idade em relação à puberdade, mas não havia dúvidas de que era forte.

— Então por que acha que alguém ia te sequestrar? Hein?! Pra passar um tempo com você?!

— Se tivesse ouvido o que disse ao delegado — Harry quase o interrompeu —, o homem nunca mencionou dinheiro. Ele só queria causar pânico.

— E este homem está à solta. Ele vai voltar e te pegar. Pra se vingar.

Harry sacudiu a cabeça.

— Ele não vai voltar.

— Escuta aqui, moleque. Quando tiver minha idade, e souber tanto da vida quanto eu, poderá discutir comigo.

Harry revirou os olhos de novo, o que encheu o pai de raiva. Não costumava fazer isso. Só agora pensava que era provavelmente um hábito que pegara de Matthew.

— Quando eu tiver sua idade você já vai ter morrido de cirrose ou câncer.

O pai de Harry torceu os lábios, fazendo seu queixo todo se enrugar e ficar vermelho. Seu rosto, no geral, estava arroxeado. Ele praticamente virou o corpo todo na direção oposta para tentar alcançar Harry, que se moveu rapidamente para o canto oposto, onde as mãos do pai não alcançavam.

— Quando chegar em casa vai ter, moleque.

A mãe o olhou pelo espelho retrovisor de novo, quase chorosa, sacudindo a cabeça.

Harry recebera uma semana de folga da escola para se recuperar do susto. Qualquer adolescente ficaria feliz com o período sem fazer nada, de volta com os pais. Mas Harry sentia-se indo para o abatedouro. Aquela semana não seria fácil. E seria importantíssima. Seu pai podia facilmente acabar decidindo de vez que ia tirá-lo do St. Raphael.

Ele morava num bairro cheio de casas grudadas umas nas outras, pequenas, umas poucas com carro na garagem, sem crianças nas ruas, apenas projetos de delinquentes, com bonés de aba reta e moletom grande demais. Harry conhecera o cheiro de maconha bem cedo, quando o filho da senhora Norbert lhe oferecera um trago de seu cigarro. Mesmo sem ter aceitado, apanhara do pai, que o vira da janela, por simplesmente falar com o garoto.

E a casa continuava igual. Os tijolos vermelhos, as mesmas pequenas rachaduras remendadas com cimento, o jardim bem cuidado pela mãe. Era como se nenhum dia tivesse se passado e tudo tivesse sido um sonho bom.

Harry respirou fundo e entrou. Reconheceu o amargo cheiro de tabaco impregnado nas cortinas e nos sofás. Por um lado era bom saber que não dividiria o quarto com ninguém, para variar. Mas naquele lugar, Harry se sentia sozinho. Sentia-se abandonado por Deus.

Seu quarto havia virado um depósito de coisas que ninguém sabia onde pôr. Algumas caixas repousavam em sua cama. Um aspirador de pó empoeirado estava encostado em seu guarda-roupa. Uma cadeira quebrada havia sido posta de lado até que seu pai decidisse tentar consertá-la.

Respirou fundo novamente. Começou a colocar as caixas no chão. Olhou ao redor e desistiu de ir pedir que arranjassem outro lugar para tudo aquilo. Deitou na cama, espirrou com a poeira e se levantou de novo para bater o edredom perto da janela. Colocou-o de volta e deitou novamente.

Parecia que tinha morrido.

E do seu quarto, Harry ouviu os pais discutirem sobre de quem era a culpa. Seu pai berrava muito e de vez em quando ele ainda ouvia a mãe tentar falar mais alto. Como havia ficado acordado a noite toda, o garoto logo pegou no sono.

Acordou perto das três da tarde. As pálpebras estavam pesadas, olhos inchados. Não sonhara, ou ao menos não se lembrava de sonhar. Seus músculos doíam, seu corpo parecia ter o dobro do peso. Ele esfregou os olhos e bocejou. Seu estômago reclamou de fome, então ele saiu do quarto para ir até a cozinha, onde a mãe estava sentada numa cadeira, com a cabeça apoiada nas mãos, à mesa.

Ela não o ouviu chegando, então ele limpou a garganta para anunciar sua chegada. Ela levantou a cabeça rapidamente, esfregando os olhos, que ainda estavam avermelhados. Talvez ainda não tivesse dormido.

— Tem, ah… — ela disse, pensando por um momento, um tanto desnorteada. — Comida na geladeira. Deve estar com fome.

Ele fez que sim. Buscou um prato no armário e foi procurar comida. Sorriu ao ver a vasilha com frango ao curry. A mãe havia feito especialmente para ele, e isso era algo de que sentia falta na escola. Colocou um pouco no prato e levou ao micro-ondas. A cozinha ficou em silêncio por um bom tempo, só com o barulho do aparelho funcionando.

— E como tem sido a escola? — sua mãe perguntou, forçando um sorriso.

Harry balançou a cabeça positivamente, arqueou os lábios e deu de ombros.

— É legal. Puxado.

— E os treinos?

— Idem.

O micro-ondas apitou e Harry tirou o prato. Sentou-se no lado oposto da mesa e quase sorriu ao experimentar a comida. Nada era melhor do que a comida de sua mãe.

— Você não tem ligado — sua mãe comentou.

— Temos um limite de créditos pra usar o telefone — ele explicou, mas tinha certeza que ela já sabia disso. — Achei que seria melhor usar em caso de emergências.

A escola mandava um boletim mensal para o e-mail dos pais. Nem os alunos tinham acesso a isso. Também mandavam um relatório de detenções e pequenas incidências. Era a forma de os pais saberem tudo que estava acontecendo com os filhos.

— Então… — ela disse, com uma pausa longa. — Você não parece muito empolgado.

— Ah, estou sim — ele afirmou, sem muita veemência.

Ela sorriu levemente e baixou os olhos.

— E a comida?

Ele sorriu.

— Deliciosa.

— Sinto falta de cozinhar pra você. Aprendi a fazer bolo de carne. Você ia gostar.

— Tenho uma semana pra matar a saudade — ele brincou. Ficou feliz que ela também tenha rido.

— Sobre isso…

Harry continuou comendo, mas agora seu olhar recaía sobre a mãe. Era claro que ela não estava gostando dos pensamentos que estava tendo naquele momento. Nas palavras que teria que dizer.

— O quê?

— O que você acha de…

— Não — ele a interrompeu.

— Você nem sabe…

— Você quer que eu saia do St. Raphael — Harry concluiu. — Quer que eu volte a morar aqui, e vá naquela escola horrível.

Sua mãe respirou fundo e apertou os lábios.

— Harry… meu filho — ela disse, inclinando levemente a cabeça e com uma expressão de dar pena. — Quase te perdi. Não sei o que teria acontecido se eu tivesse te perdido. Você é tudo que tenho. E Deus sabe que só te deixei ir pra essa escola porque quero que tenha um futuro melhor do que tive. Mas sinto sua falta. Fico preocupada todos os dias. E rezo pra que você esteja bem. A semana passada foi… foi realmente difícil. Achei que nunca mais ia te ver. Achei que iam te levar de mim…

— A razão por você estar infeliz.

Ela levantou a cabeça quando o filho a interrompeu, assustada com aquelas palavras. Seu rosto se contorceu em pelo menos cinco expressões diferentes. Harry achou verdadeiramente engraçado e soltou um risinho contido.

— Como pode dizer uma coisa dessas? Você é a razão da minha vida.

— A razão de a sua vida ser uma porcaria. Se eu não tivesse nascido…

— Calado — a mãe disse, erguendo a voz. — Não diga uma palavra sobre algo que você não sabe.

— Mãe, só quero continuar no St. Raphael. Eu gostaria de poder ficar aqui com você. Mas…

Harry estava pensando em Matthew. Em tudo que perderia se voltasse para casa. Na melhor amizade que já fizera desde sempre. Nas aventuras, nas viagens, no mundo a ser explorado.

— Filho, você ainda pode ser atleta do time da cidade se ficar por aqui.

Harry sacudiu a cabeça.

— Mãe, só me dediquei ao polo pra poder entrar numa escola melhor. Não quero ser jogador de polo pra sempre. Não quero fazer isso da vida. Se eu pudesse continuar lá sem jogar, nunca mais jogaria.

Ela sacudiu a cabeça e a apoiou numa das mãos, encarando o filho.

— Não vai dizer que arranjou uma namorada por lá.

Harry ficou vermelho no mesmo instante. Sentiu o rosto e até uma parte do pescoço arder. Desviou os olhos para o prato já quase vazio.

— Não, mãe. É uma escola de meninos, lembra?

— Um namorado então?

Harry pensou que não dava para ficar mais vermelho do que aquilo, mas então se surpreendeu ao sentir seu rosto em chamas.

— Mãe! — ele reclamou, sem nem olhar pra cima, apenas misturando a comida no prato.

— Não ouvi nenhum não.

— Não! — ele disse, rapidamente.

— Então por que quer tanto continuar por lá?

— Porque tenho amigos, pela primeira vez na vida. Porque gosto de lá. Porque pela primeira vez eu senti que podia ter um futuro independente do polo. E porque fico longe do pai.

A mãe respirou fundo e se levantou. Retirou o prato de Harry, já vazio, e o colocou na pia. Ficou um tempo sem dizer nada.

— Seu pai vai mandar que fique.

— Que mande. Não é como se me importasse com a opinião dele de qualquer forma. Mas vou precisar da sua ajuda. Onde ele está?

— No bar.

Harry respirou fundo e apoiou-se nas costas da cadeira. Cruzou os braços. Há muito tempo não se lembrava de como era ter essa sensação no estômago. A sensação de medo e impotência, de fragilidade e expectativa.

Ter a velha pergunta na cabeça: será que hoje ele vai saber parar antes de fazer algo do que irá se arrepender ou a bebida vai cegá-lo?

Era impossível não lembrar do pai de Felícia e Heike. Era impossível não ter medo.

Ainda naquela noite, o pai de Harry chegara, sem falar com ninguém. O garoto ouviu, do seu quarto, a mãe oferecer comida ao marido. Ela prometera que iria conversar com ele sobre manter Harry no St. Raphael, mas ele sabia que ainda levaria tempo para que ela tomasse coragem.

Então o garoto foi dormir após colocar as caixas de coisas no chão, sem se preocupar muito em tirá-las do caminho. Não achava que ficaria muito mais tempo naquela casa de qualquer forma.

No dia seguinte, Harry desceu para tomar café com a mãe, pois o pai já havia saído para trabalhar. Pelo que sabia, ele ainda trabalhava numa transportadora, o que não dava muito dinheiro, mas havia mantido certa estabilidade. A mãe era dona de casa, e Harry gostava disso desde sempre. Era muito próximo dela, passava o tempo todo ao seu lado quando criança.

Eles comiam em silêncio. Harry sorria por dentro sempre que ouvia o delicado tilintar dos talheres no prato e da xícara no pires. O pão amanteigado estava fofinho, com açúcar cristalizado polvilhado por cima. A geleia era sua favorita e a embalagem era nova. A mãe já estava vestida com suas roupas normais — uma calça jeans de cintura alta e uma regata azul com bolinhas. O que significava que ela havia saído cedo só pra comprar o café da manhã favorito de Harry. Até o chá estava simplesmente ideal. Não entendia como ela conseguia a porção exata de açúcar, mas era simplesmente perfeito.

— Christine ligou — ela disse, quebrando o silêncio. — Por que não vai visitá-la?

Christine era uma garota alta, com roupas sempre maiores que seu corpo, a maioria de segunda mão, graças ao irmão ainda maior. Na maioria das vezes, a camiseta era do Manchester, time que ela amava de coração. Andava de bicicleta pelo bairro desde que Harry se entendia por gente. Eles se conheceram quando a menina o atropelara enquanto ele ia para o ginásio de esportes do bairro para treinar. Ela sequer pedira desculpas, ainda o xingara por andar no caminho. Na segunda vez que isso aconteceu, ela perguntou aonde ele ia todos os dias, e eles acabaram conversando a tarde toda. Christine — ou Chester, apelido que ganhou graças à camiseta do Manchester — era uma boa amiga nos seus tempos de pré-adolescente. Ele criara um grande apego por ela, e até passou a torcer para o mesmo time, apaixonado pela empolgação da menina.

— Quando ela ligou? — ele perguntou, cortando outro pedaço de pão.

— Faz um mês, mais ou menos. Perguntou quando você entraria de férias.

— Faz tempo que não falo com ela — Harry comentou.

— Ela está solteira.

Harry ergueu os olhos e franziu o cenho, num meio sorriso irônico. Não era de hoje que a mãe tentava juntar os dois, ainda que antes isso fosse só uma brincadeira, já que ambos eram muito novos. E apesar de Harry ter tido uma admiração facilmente confundida por uma queda pela menina, hoje ele estava plenamente certo de que ela era incompreensível demais para ele. Chester era completamente maluca, para dizer a verdade.

— Eu tenho quinze anos, mãe. Por que o desespero pra que eu tenha uma namorada?

A mãe deu um risinho e colocou mais chá na xícara do filho.

— Você gostava dela, é só isso. Achei que estivesse interessado em saber.

Ele deu de ombros, tentando encerrar o assunto. Lembrou que tinha que estudar, as provas finais começariam na semana seguinte, o que lhe deu um embrulho no estômago. Um pedaço do seu tempo de estudo havia desaparecido. E ainda tinha o trabalho de Línguas, muito longe de ser concluído. Para completar, nem sabia se iria mesmo voltar para o St. Raphael. Tinha muito mais com que se preocupar do que com Chester.

Mesmo assim, após o café da manhã, Harry botou um casaco pesado, pois a previsão do tempo indicava neve, e saiu de casa, se arrependendo de deixar o protetor de orelha para trás. Mesmo ainda não tendo começado sequer a chover, o vento era como agulhas de gelo contra seu rosto.

A casa de Chester era um sobrado na rua de cima. Tinha um jardim com grama alta demais e uma escada na entrada que rangia e ameaçava quebrar há anos. A bicicleta da menina estava encostada perto da mangueira, prova de que ela estava lá. Então ele tocou a campainha e recuou uns passos a fim de olhar para cima, para a janela do centro, no segundo andar.

Viu o rosto da amiga passar rapidamente pelo vidro e então desaparecer. Quase um minuto depois, ela abriu a janela e estendeu a mão, segurando uma chave.

— Quem é vivo sempre aparece — ela disse, soltando a chave pra que ele a pegasse.

Harry destrancou a porta e entrou, fechando-a atrás de si com um ligeiro empurrão. A casa parecia muito mais antiga do que era, graças aos móveis da época do nunca, e permaneciam os mesmos, nos mesmos lugares, até hoje. Até a senhora Stanley, avó de Chester, ainda estava na mesma poltrona em que sempre estava, com a televisão ligada num canal de receitas, como sempre, tricotando o que parecia um cachecol. Era como se ela mesma fosse mais um móvel daquela casa.

— Bom dia, senhora Stanley.

— Bom dia, Darwin — ela disse, com um sorriso gentil. — Mas que frio que está fazendo lá fora. Meus ossos estão até chiando.

Harry não entendia metade das comparações que a avó de Chester fazia, mas gostava delas mesmo assim.

— Parece que vai nevar — Harry concordou.

— Ora, que neve. O Natal está logo aí, e não é Natal sem neve. E você, por que sumiu?

O barulho dos passos pesados de uma menina muito alta descendo as escadas de madeira os interrompeu. Ela parou no pé da escada e cruzou os braços. Não era mais tão alta como se lembrava. Na verdade, ela media um metro e setenta, e Harry havia crescido muito em um ano, dando a ele a mesma altura que ela. Mas continuava usando jeans surrado, a velha camiseta do Manchester e um moletom azul-marinho, cheio de bolinhas de tecido. O cabelo era uma bagunça sem fim, comprido, encaracolado da raiz às pontas, armado, ruivo. Ela era magrela, de ombros largos e rosto comprido.

— Ele sumiu porque foi estudar com gente rica, vó. Agora ele não fala mais com gentalha.

Harry riu, e riu ainda mais quando ela desatou a correr para pular no colo dele. O garoto teve que se virar para conseguir manter o equilíbrio e não deixá-la cair, o que sempre acontecia quando ela decidia fazer isso. Dessa vez ele estava mais alto e mais forte, e conseguiu manter ambos longe do chão com algum esforço.

— Quando vai se tornar um grande jogador daquele esporte que você faz? — ela perguntou, após ser colocada no chão.

— Nunca — ele respondeu, dando de ombros. — Não é do meu interesse.

Ela franziu o cenho e deu um soco no ombro de Harry, que grunhiu de dor, massageando o lugar. Ela ainda era, provavelmente, mais forte que ele.

— Treinava todo dia feito louco e diz que não vai jogar?

— Eu treinava pra conseguir bolsa, Chester.

— Que perda de tempo!

Ele torceu os lábios em desaprovação.

— O colégio é um dos melhores no país, Chester.

Ela deu de ombros e segurou a manga da blusa de Harry.

— Comprei um videogame novo. Quer jogar?

Harry fez que sim e os dois subiram correndo para o quarto da menina, a única coisa em constante mutação naquela casa. Absolutamente nenhum dos móveis estava no mesmo lugar que da última vez que viera. A cama não estava feita, havia diversos pôsteres nas paredes, fotos de jogadores do Manchester United, uma mandala perto da cama, um boneco de Buda empoeirado num canto, uma caneca torta feita de argila em algum trabalho de artes.

Ela juntou algumas almofadas no chão em frente à televisão e pegou um jogo de corrida para colocar no videogame.

— Senta aí. Tem dois controles. Eu contra você.

— Você joga isso todo dia, não é justo.

— Medo de perder?

Harry riu e se sentou ao lado dela. Ela sempre ganhava no videogame. Não era algo novo.

— E então? Como está sendo lá na escola de ricos?

Harry deu de ombros, olhando para a televisão com o controle na mão, pernas cruzadas.

— Normal. É mais difícil. Eu devia estar estudando — ele disse, lembrando de momento e sentindo um aperto no estômago.

— AH! — ela gritou, dando uma cotovelada nas costelas de Harry. — Disseram que você foi sequestrado!

Harry empurrou-a com o lado do corpo como vingança pelo golpe, que doera mais do que demonstrara.

— Ah, sim. Fui.

— E como foi?

Harry torceu os lábios, sem ter como explicar. O jogo começara, o que tomou a atenção dela, e deu a ele mais tempo para pensar.

— Foi... — ele começou, e deu uma pausa. — Ah, eu estava treinando sozinho. Tem um lago lá. É mais afastado. Daí veio esse homem de repente e me deu uma pancada. Desmaiei e acordei amarrado numa cabana.

— Nossa. Não foi abusado, foi? — ela disse, rindo.

— Não! — Harry respondeu, rapidamente, e a empurrou com o cotovelo, também rindo. — Ele me bateu, mas ficava fora a maior parte do tempo. Não sei o que queria comigo, pra falar a verdade. Não tentou resgate nem nada.

— Pegaram ele?

— Não. Mas aumentaram a segurança do colégio. Imagina esses ricos todos com medo que o filho seja sequestrado. Vai ter até helicóptero fazendo ronda.

Eles jogaram mais um tempo, sem dizer muita coisa. Depois de quase dez minutos em silêncio, durante a transição de uma corrida para a outra, Chester largou o controle para estralar os dedos e se espreguiçar.

— Arranjou namorada?

Harry suspirou. Até Chester com essa pergunta.

— Não. É um colégio só para garotos. E antes que faça a piada, não, nem namorado.

— Namorei um cara do colégio — ela disse, aparentemente orgulhosa. — Mas ele era um babaca e eu terminei.

O jogo havia recomeçado, então eles passaram a conversar pausadamente.

— Sério?

Chester era um ano e pouco mais velha, mas ainda era um tanto quanto embaraçante que ela tivesse namorado antes dele. Eles eram muito competitivos em absolutamente tudo. Ainda se lembrava de ir contar para ela, aos oito anos, que uma garota da sua sala dissera que ele era *fofo*. Como se isso significasse que ele tinha uma namorada.

— Você já pelo menos beijou alguém?

Harry se lembrou de Carola instantaneamente. Lembrou que, por muito pouco, não poderia responder aquela pergunta como queria.

— Não — ele admitiu.

— Sério? E quer mesmo voltar pra uma escola só de garotos?

Ele deu de ombros, respirando fundo. Não é como se importasse tanto assim. Na verdade, era curioso para saber como era ter uma namorada, como era beijar alguém. Mas isso era uma prioridade muito pequena, se comparada a estudar num colégio tão bom quanto o St. Raphael.

— Se quiser posso te beijar só pra você saber como é — ela disse, ainda voltada para a televisão.

Harry franziu o cenho e olhou para ela. Seu carro, no jogo, bateu contra o muro e explodiu. O que era uma representação muito boa do seu cérebro no momento.

— Você está falando sério?

Ela deu de ombros, ainda jogando. Logo a corrida acabou, com ela obviamente vencedora.

— Por que não? Quer dizer, somos amigos. Não tem nada de… sabe? Não é como se fosse significar alguma coisa.

Harry ficou pensando naquilo, encarando Chester por um longo momento. O garoto se lembrou de Matthew, se lembrou de como ele o interrompera da primeira vez e de quão bravo ficara. Agora ele não estava por aqui. E ela tinha razão. Não é como se fosse significar alguma coisa.

— Ok — ele concluiu, colocando o controle no chão.

Ela sorriu e se levantou num pulo.

— De pé.

Ele acenou com a cabeça e se levantou. Respirou fundo, apertou as mãos já suadas, e encarou Chester, tentando se convencer de que ela não conseguia perceber o quão nervoso estava.

— Fecha os olhos — ela mandou.

Harry fez que sim e obedeceu. Ficou esperando só alguns segundos. Então sentiu os lábios macios da garota tocando os seus. Ele permaneceu sem se mover, apenas assimilando a sensação, até que ela tocou seu rosto e ele estremeceu. Sentia até o pulsar do sangue indo para sua cabeça, as bochechas queimando. Ela abriu os lábios levemente, e ele quase interrompeu o beijo ao sentir a língua dela tentando entrar na sua boca. Era uma sensação estranha, mas ela sabia melhor o que estava fazendo, então ele fez o mesmo. Quase que instintivamente, ele levou a mão à cintura dela, debaixo do moletom, por cima da camiseta do Manchester. Ambos deram um passo à frente, eliminando o espaço restante que havia entre eles, e Harry não se lembrava de estar tão perto de uma garota quanto agora.

A única coisa que o interrompeu de explorar melhor todas as possibilidades dadas foi um vulto que passou na frente da luz, fazendo Harry abrir os olhos para ver o que era.

Atrás de Chester, um Matthew muito confuso olhava ao redor de si.

23. SEM VOCÊ

Harry não sabia o que fazer. Não sabia se disfarçava, se gritava, se indagava o que Matthew estava fazendo ali, não sabia se devia continuar beijando-a para impedi-la de olhar para trás, não sabia se chamava a atenção dela. Então, assim que abriu os olhos para questionar por que Harry havia parado de beijá-la, Harry segurou o rosto dela — impedindo-a de virá-lo na direção de Matthew — e a beijou novamente. Matthew revirou os olhos e desapareceu em pleno ar.

— Aconteceu alguma coisa? — perguntou, assim que Harry interrompeu o beijo pela segunda vez.

Harry fez que não, engasgou com as palavras, tossiu, limpou a garganta e tentou sorrir.

— Não. Tá tudo ok — afirmou.

Ela franziu o cenho, desconfiada, mas então deu de ombros e também sorriu.

— E então, o que achou?

— Foi… ah… bem legal.

Ele não conseguia raciocinar direito. Seu estômago estava dando mil voltas e suas pernas estavam inquietas. O que Matthew estava fazendo ali? Por que apareceria assim de repente? Será que viera buscá-lo para mais uma missão? Não tinha certeza se queria ir numa missão já. Não depois da confusão que resultou da última. E se da próxima vez se enganasse e fosse parar um mês depois?

Harry teve que interromper seus pensamentos quando Chester fez outra pergunta.

— Ah, desculpa, o que você disse?

— Está tão bobo que não está nem ouvindo direito — disse Chester, rindo. — Eu perguntei se você quer me beijar de novo. Qualquer dia desses.

Harry levou a mão à nuca, constrangido, sem saber o que dizer. Então viu alguém lá fora, na calçada, acenando pela janela. Era Matthew. Seu coração saltou e ele engoliu em seco.

— Claro. Seria ótimo. Agora eu preciso ir — ele disse, antes de pegar seu casaco e sair do quarto.

Chester ficou sem entender. Seguiu-o até o pé da escada, mas ele não se deteve quando ela o chamou. Em vez disso, deu tchau a ela e à avó, ainda no mesmo lugar. Depois saiu, fechando a porta com cuidado.

Matthew vestia uma blusa preta, de gola alta, e um agasalho de moletom com capuz de marca. Ao redor do pescoço, um cachecol caído, pendurado no ombro, xadrez vermelho e preto. O jeans era um tanto justo ao corpo e no lugar de tênis, um sapato. Era estranho ver Matthew sem o uniforme escolar. Era como se fosse mais fácil lembrar que o garoto era rico.

Harry atravessou a rua para encontrá-lo, trotando, já que andar parecia tempo demais. Matthew nem se mexeu, mantendo-se com as mãos nos bolsos até Harry parar em sua frente.

— Ei.

— Até agora só te vi conversando com duas garotas.

Harry franziu o cenho.

— E daí?

— Você tentou beijar uma e beijou a outra.

Harry sentiu o rosto queimando, apesar do frio cortante. Contraiu os ombros e torceu o lábio.

— E você veio aqui só pra dizer isso?

— Claro que não.

Ele se virou e começou a andar. Harry não teve opção a não ser segui-lo.

— Então o quê?

— Estava entediado.

Harry precisou de alguns momentos para processar a informação e saber o que fazer com ela. Não sabia sequer se Matthew falava sério.

— Entediado? Você viaja no tempo e no espaço e ficou entediado?

— Sim — afirmou, dando de ombros.

— Não tinha nenhum lugar legal pra visitar?

Matthew permanecia com as mãos no bolso. Os dois se desviaram da calçada e agora andavam pelo meio da rua, completamente vazia. Matthew parecia distante, chutando uma pedrinha.

— Tinha — respondeu, depois de um tempo.

— E…?

Matthew suspirou, como se Harry tivesse dito a coisa mais idiota do mundo. Pelo menos não revirou os olhos da forma mais irritante possível. Então Harry imaginou que talvez o lugar legal fosse ali. Justamente ali.

Com ele.

Isso fez o garoto desviar o rosto rapidamente, para que Matthew não o visse sorrir como um bobo.

— Não tem muita coisa pra fazer por aqui — disse Harry. — Mas a gente bem que podia adiantar o trabalho de Línguas.

E lá estava o revirar de olhos.

— Eu estava entediado e você quer me matar de tédio?

— É culpa sua que tenho dez dias a menos pra fazer o trabalho! Além de muito menos tempo pra estudar!

Matthew suspirou.

— Ok, ok. Tá. A gente faz a porcaria do trabalho de Línguas.

Quando os dois chegaram à casa de Harry, já nevava. Muito pouco, mas o suficiente para que a mãe de Harry se preocupasse. Estava sozinha em casa, como o garoto esperava, e se surpreendeu ao ver Matthew com ele.

— Você é o rapaz que achou meu bebê, não é? — perguntou, secando as mãos no avental. — Lembro de você na delegacia.

Matthew olhou para Harry de canto de olho. Darwin estava completamente rubro.

— O nome dele é Matthew Knight, mãe — disse Harry, ainda envergonhado. — É meu amigo lá do colégio e nós fazemos um trabalho juntos. Ele veio pra gente acabar.

— Ótimo. Muito prazer, senhor Matthew Knight. E muito obrigada por ajudar meu filho. E por vir até aqui. Se Harry vai mesmo voltar pro St. Raphael, é bom que não perca nenhum ano.

Matthew fez que sim com a cabeça. Não tinha dito uma palavra para Megan Darwin até o momento. Só então Harry percebeu que o garoto era extremamente tímido. Sabia que era introvertido, mas não tímido a esse ponto.

— Bom, vocês se divirtam com a lição, estudem bastante, que eu vou até o mercado pra comprar alguma coisa pra fazer um almoço bem gostoso pra vocês — disse, tirando o avental.

Harry deu um jeito de puxar Matthew pela mão até seu quarto, antes que a mãe o fizesse passar ainda mais vergonha. Lá, Matthew parecia mais confortável novamente.

— Então seus pais estão considerando tirar você do St. Raphael? — perguntou, sentando-se na cama.

Harry abriu o malão ainda não desfeito de quase tudo o que tinha no colégio. Ainda faltavam algumas roupas e livros, mas pelo menos o livro de George Adams ainda estava lá.

— Mais meu pai — Harry explicou. — Minha mãe não quer que eu volte, mas está me ajudando mesmo assim. Meu pai é que é o problema.

Matthew fez que sim com a cabeça, demonstrando compreender.

— Seu pai está trabalhando?

— Espero que sim — Harry disse. Isso o fez olhar o relógio. Era quase meio-dia, mas ainda tinha muito tempo antes que o pai voltasse. — Bom, vamos começar logo. Tentar terminar.

Ligou o computador e rapidamente acessou o arquivo salvo em seu e-mail com tudo o que tinham feito do livro até então. Não era muita coisa. Iam levar ainda um bom tempo em *As sete vidas.*

Harry passou um tempo fazendo o trabalho sozinho depois de perceber que Matthew havia pegado no sono três horas após terem começado, considerando uma hora de almoço como pausa. O garoto deitou na cama de Harry sobre o edredom, curvando o corpo, com frio. Então Harry se limitou a fechar a janela, ainda que a neve estivesse muito fraca, e pegar um cobertor para o garoto. Ainda bocejou enquanto se agarrava à manta, sem acordar.

Harry digitou sozinho por mais uma hora e meia, escrevendo pequenas conclusões sobre o estilo de escrita do que haviam lido juntos. Quando terminou de analisar o que já havia sido lido, girou na cadeira, respirou fundo e esfregou os olhos, também cansado. Teria se deitado em sua cama se Matthew não estivesse lá.

Enquanto voltava para o computador, ouviu o barulho conhecido do carro entrando na garagem. Os pneus derraparam um pouco devido à neve que já tinha caído na ardósia da entrada. Harry não precisou olhar pela janela para ver que era o pai chegando.

Ficou esperando, em silêncio, para ouvir as primeiras palavras que diria ao entrar. Para saber se tinha ou não bebido. A ideia de Matthew vendo seu pai naquele estado era aterrorizante.

Para seu horror, conseguiu ouvir a porta da frente bater com força. Em seguida, a voz ligeiramente rouca do pai chamando pela mãe. Estava bêbado. Completamente bêbado.

— Matt, acorda! Matt! — chamou, chacoalhando-o. Também não precisava do pai sabendo que o garoto estava dormindo em sua cama.

Matthew piscou os olhos e então se sentou assustado.

— O quê? O que aconteceu?

— Você precisa sair.

— Por quê? — perguntou, sonolento.

— Meu pai está aqui, você precisa sair!

Harry puxou Matthew pelo braço, fazendo-o ficar de pé. Matthew, por outro lado, não parecia se importar muito com a situação.

— E daí? Eu preciso sair pela porta da frente, sua mãe me viu entrando, precisa me ver saindo.

Harry engoliu em seco e foi forçado a balançar a cabeça em afirmação. Matthew não podia simplesmente sumir dali.

— Ok, só sai logo — disse e começou a empurrá-lo quarto afora.

Matthew estava claramente irritado por ser obrigado a ir embora daquele jeito. No entanto, quando bateu os olhos no homem grande, loiro, com as bochechas rosadas de bebedeira, mal se suportando em pé, Matthew entendeu e deixou de resistir.

— O Matthew já vai — disse Harry à sua mãe, que estava trazendo um copo de café ao marido no sofá.

A mãe simplesmente fez que sim com a cabeça, entregando a xícara ao pai de Harry.

— Amigo da escola de bichinhas, Harry? — perguntou o pai, antes que o garoto pudesse abrir a porta para Matthew. — Nem me apresentou. Pois nem precisa. Não vão mais se ver de qualquer forma. Você não vai voltar pra lá.

— Depois, pai — disse Harry, tentando achar a chave.

— Não é depois. É nunca — insistiu e deu uma risada larga.

Harry suspirou e tentou ignorar. Matthew estava ficando desconfortável. Era óbvio que queria ir embora dali o mais rápido possível. Era óbvio que não queria se envolver em assuntos delicados da família de Harry.

— O Harry vai voltar se ele quiser — disse a mãe do garoto.

Harry sentiu as bochechas enrubescerem e as mãos tremerem em desespero, tentando achar a chave correta do molho. Havia muito tempo que abrir aquela porta não era sua rotina, então já se esquecera. Tentava ignorar que agora uma briga estava iminente.

— Esse garoto só sai daqui por cima do meu cadáver — disse o homem, levantando-se.

Harry finalmente enfiou a chave na fechadura. Tão logo abriu a porta, já estava empurrando Matthew para fora. Não teve tempo nem de ouvir um *tchau* constrangido vindo do garoto antes de bater a porta.

Harry passara muito tempo tentando se convencer de que aquele monstro não era seu pai. Que era a bebida que o fazia dizer aqueles absurdos. Que, lá no fundo, ele se sentia culpado quando voltava a si. Gostava de imaginar que até pedia desculpas de vez em quando, ainda que nunca tenha visto. Mas isso se tornava cada dia mais difícil de acreditar. Até porque Harry havia bebido aos quatorze anos. Numa rebeldia repentina quanto ao pai, o garoto roubara uma garrafa de rum e bebera sozinho no porão da casa. Aguentara quase três quartos do conteúdo antes de sair do porão, vomitando pelo caminho. Sua mãe o achara. E ele percebeu que não era capaz de ser grosso com ela mesmo naquele estado. Mesmo que ela estivesse gritando com ele. Que era uma criança. Que não podia ter feito isso. Apesar de querer bater de frente e dizer que já era um homem, Harry apenas chorou e pediu ajuda para voltar para o quarto.

A bebida só traz à tona o que você realmente é. Não transforma ninguém em monstro.

— Harry também é meu filho e também tenho o direito de dizer o que acho melhor para ele — ela disse.

Harry olhou para a mãe e fez que não com a cabeça. Não era a hora para essa discussão.

— Harry, vai pro seu quarto! — mandou o pai, ainda encarando a mãe.

— Não — disse, cheio de coragem.

— Vai pro seu quarto agora, estou mandando! — gritou. Sua voz forte e rouca ecoou até pela prataria nunca usada, herança da avó de Harry.

— E eu estou falando que não vou! — gritou, quase mais alto.

— Harry... — interveio a mãe.

— Se eu subir ele vai te bater! — Harry disse.

— Sobe agora, moleque! Ou você sobe ou sai de casa! — ameaçou o pai.

— Harry... — a mãe choramingou.

Harry não olhou para o pai de novo antes de sair da sala, batendo numa cristaleira no caminho. Tinha os olhos firmemente fechados quando entrou no quarto. Odiava chorar por causa do pai. Odiava que ainda se importava com tudo isso, mesmo sabendo que nada ia mudar até que se formasse. Odiava estar em casa.

E por ter os olhos fechados, tentando não derramar lágrimas, Harry não viu Matthew até que a porta estivesse fechada e ele se virado na direção do quarto.

Levou um susto que quase o derrubou. Mas então a surpresa foi substituída por constrangimento. O garoto tentou secar as lágrimas com a manga da camisa.

— Que está fazendo aqui? — perguntou, envergonhando-se ainda mais pela voz ter falhado.

Matthew engoliu em seco. Claramente não fazia ideia do que estava fazendo ali, simplesmente estava.

— Achei que podíamos continuar o trabalho — disse.

— Nós quase terminamos, Matt. E não estou em condição de ler mais. É melhor você me deixar sozinho — disse, sentando-se na cama.

Matthew puxou as mangas da blusa de moletom cinza, segurando-a nas palmas das mãos com a ponta dos dedos, com os ombros encolhidos. Custou-lhe um esforço fenomenal para finalmente sentar-se ao lado de Harry na cama, ainda que com um espaço bastante grande entre eles.

— Por que seus pais ainda estão juntos? — perguntou, depois de muito tempo em silêncio.

Harry sentiu uma bola subir a garganta. Sabia que não ia conseguir falar sem começar a chorar. Baixou a cabeça, respirou fundo. Tentou, tentou. Não conseguiu. Assim que começou a falar, a voz tremeu, as lágrimas vazaram.

— Por minha culpa.

— Sua culpa? Que culpa você pode ter?

— Eu nasci.

Harry não viu Matthew franzindo o cenho, ligeiramente confuso.

— O que isso tem a ver?

Harry tomou fôlego, de olhos fechados, endireitando a coluna.

— Minha mãe engravidou de mim no primeiro ano da faculdade. O sonho dela era ser médica e ia tentar de novo, mas estava fazendo Enfermagem. Meu pai trabalhava com meu avô consertando e desmontando carros. Minha mãe teve que largar os estudos — explicou, fechando os punhos com força, tentando tomar coragem para continuar. — Meu pai a sustentava. Meu avô materno morreu logo em seguida. Minha vó disse que foi de desgosto. Minha mãe não podia trabalhar porque não tinha com quem me deixar. Meu pai não queria pagar uma babá porque, segundo ele, o trabalho da minha mãe é ser dona de casa, e ele não ia pagar pra outra pessoa fazer isso pra ela.

— Mas hoje…

— Hoje minha mãe tem um emprego, mas não dá pra sustentar eu e ela. E meu pai já avisou que se ela se divorciar, prefere ir preso a pagar pensão pra mim.

Matthew pareceu se constranger ainda mais. Agora entendia claramente o porquê de Harry se culpar pelo sofrimento da mãe. Eles haviam se casado porque ele nascera, e ela permanecia casada porque Harry ainda não se mantinha sozinho.

— Eu sei que você deve estar me achando um idiota. Que eu deveria ficar feliz de ainda ter meus pais. Eu sei que é difícil pra você não ter…

— Não — Matthew o interrompeu. — Eu entendo. São problemas completamente diferentes.

Harry balançou a cabeça, ainda chorando, soluçando, sem conseguir se conter. Caso se esforçasse, conseguiria ouvir os gritos do pai lá embaixo, dizendo à sua mãe que ele não voltaria para a escola. Que ia trabalhar, como todo homem *decente.*

— Não tem como você voltar no tempo… e me impedir de nascer?

Matthew ergueu a cabeça, olhando para Harry, chocado. Por um momento simplesmente o encarou, ainda que o colega estivesse com os olhos fechados, chorando.

— Não.

— Por que não?

— Porque, em primeiro lugar, você tinha que ter nascido. Sua não existência abriria uma ferida muito grande.

Harry esfregou os olhos, suspirando, como se aquilo não fizesse a menor diferença para ele. Grande coisa. Ninguém sentiria sua falta. E ele não teria existido para lamentar morrer.

— Em segundo lugar… eu sentia sua falta antes de ter te conhecido — disse, se aproximando. Colocou os braços ao redor de Harry, que imediatamente desabou, chorando, em seus braços. — O que eu faria sem você?

24. DA PRIMEIRA VEZ QUE HARRY SE LEVANTOU

Era domingo, dia nove de dezembro. Estava cada dia mais frio. A semana não tinha sido fácil. Todos os dias havia tido alguma discussão com o pai. Matthew estava constantemente presente, ajudando-o a terminar o trabalho de Línguas ou a estudar para os exames finais, ainda que o pai gostasse de reforçar a ideia de que Harry jamais voltaria para aquela escola.

Aquele dia, porém, era a decisão final. Harry ia sair cedo no dia seguinte para voltar para a escola ou ia ficar em casa pelo resto do ano.

Então, quando o pai chegou, lá pelas seis da tarde, parcialmente bêbado, Harry decidiu que não ia esperar que ficasse sóbrio. Sua mala já estava inteiramente feita. Matthew estava lá em cima, ouvindo o que se passava. Isso lhe dava uma sensação de confiança muito maior.

A mãe estava na casa da vizinha, cuidando da filha mais nova que teria que ficar sozinha. Era com isso que Harry contava. Não seria capaz de discutir com o pai com a mãe por perto.

Você é tão grande quanto ele. Por que tem medo dele?

A pergunta de Matthew não era muito lógica. Podia ser tão alto quanto o pai, mas não tão forte. Nem tão agressivo. E querendo ou não, ainda tinha o respeito de pai para filho, que aprendera a ter desde cedo. E Harry podia ser muitas coisas, mas não era violento. Nunca.

Tampouco corajoso.

— Quero falar com você.

Adam Darwin, o pai de Harry, virou o rosto avermelhado só o suficiente para olhar para o garoto de canto de olho. Depois voltou a visão para a TV. Estava passando a reprise de um jogo de rugby do time de Adam.

— Fala.

Harry respirou fundo. Odiava competir com o rugby. Sabia que rumo a conversa ia tomar. Fechou os punhos e foi até a poltrona de frente para a do pai. Sentou-se.

— Presta atenção em mim.

— Eu tô te ouvindo.

Harry rangeu os dentes. Esticou o braço, pegou o controle e desligou a televisão.

— Moleque!

— É uma reprise, você já viu o resultado do jogo, estou falando com você e você vai me ouvir!

— Pois eu sou seu pai e você vai me obedecer! — o homem bradou. Matthew, no andar de cima, encolheu os ombros.

Harry realmente queria tentar o diálogo. Explicar. Dar motivos. Razões. Mas nada disso chegaria ao enorme senhor Adam Darwin.

— Se você não me deixar voltar pro St. Raphael, posso denunciá-lo. Você está impedindo que eu vá para a escola.

— Impedindo? — o pai se exaltou, levantando-se e enchendo os pulmões, como um animal instintivamente tentando parecer maior que o agressor. — Você vai estudar na escola que eu quiser que você estude!

— O St. Raphael é a melhor escola que eu poderia ter!

— Quem você pensa que vai ser na vida, seu moleque imprestável? Acha que eu vou deixar você estudar até os trinta anos, te bancar até depois de virar homem feito, pra fingir que vai ter uma profissão? Seu dever é ajudar seu pai, ajudar sua família, ficar aqui pela sua mãe, arrumar um emprego e trabalhar. Não temos dinheiro pra faculdade que seus colegas que cheiram a caviar vão. Acha que vai ser igual àqueles filhos de papai daquela escola? Acha que vai ser rico, acha que vai ser mais um daqueles bichas? Dinheiro faz dinheiro. Seu lugar é conosco. Em vez de terem sequestrado uma criança sem valor em dinheiro, teriam sequestrado um daqueles ricos. É o que queriam.

— Poderia ter acontecido em qualquer lugar!

— Não, não poderia! Quem é que quer uma criança da sua antiga escola? Não servem pra nada! Somos peões, trabalhamos duro, damos o sangue, é isso que nós somos. É isso que você é. É isso que você vai ser. Não vou te deixar voltar pra aquela escola. Ponto-final.

— Eu vou voltar. Nem que pra isso tenha que fugir dessa casa!

— Se você sair dessa casa, seu moleque, nunca mais vai voltar.

— Ótimo! — Harry gritou, cheio de ódio.

— Ingrato! Quem é que te deu comida, quem é que pagou pela sua roupa, quem é que paga pra você existir, seu ingrato! Isso é falta de surra! — berrou e começou a tirar o cinto, daquele jeito de pai prometer pancada.

Harry fechou os punhos e pela primeira vez não recuou diante da ameaça. Em vez disso, o garoto deu dois passos à frente e empurrou o pai com ambas as mãos. Despreparado, o homem caiu no sofá, sentado.

— Você acha que pode fazer que eu me sinta culpado por ter me alimentado e me dado direitos básicos? Essa é sua obrigação. Você seria preso se não a cumprisse. Essa é sua única função nessa casa. Pagar contas. E tudo porque minha mãe não pode. Você não serve como pai, não serve como marido e não serve como ser humano. Pra mim já deu. Não vou te aturar como minha mãe faz.

Sem pensar duas vezes, o senhor Adam se levantou e pareceu duas vezes seu tamanho, com o peito inflado de ódio. Os punhos estavam fechados, evidenciando as veias saltadas. A mão esquerda segurou Harry pelo ombro, virando-o enquanto a direita o socou na boca.

Do quarto, Matthew apenas ouviu o som do corpo desacordado do garoto chegando ao chão. Incerto sobre como reagir, o menino fez a primeira coisa que seus instintos permitiram: desceu as escadas correndo, assustando o senhor Adam, que não fazia ideia da presença do garoto.

— E quem raios é você?!

— Não interessa — respondeu Matthew, levantando o pesado corpo de Harry do chão.

— O que você *pensa* que está fazendo?!

— Também pouco te interessa.

O garoto abriu a porta da rua, praticamente jogou o corpo de Harry para fora, fechou a porta e desapareceu antes que o senhor Adam pudesse abrir a porta novamente.

Harry não demorou a acordar. Foram apenas alguns poucos minutos desorientado, com o rosto pulsando junto com toda sua cabeça. Sentia-se como um sino que levara uma paulada e agora ressoava. Estava acostumado a apanhar do pai, mas não desse jeito, não como dois homens brigando. Sempre tapas, cintas. Coisa de pai. Não um soco no rosto.

Seu lábio estava cortado. Checou os dentes, rezando que estivessem todos no lugar. Estavam. Então olhou ao redor, tentando se localizar.

Estava numa cama. Não a sua, isso era bem óbvio. Era mais macia. Mas ainda assim, familiar. As coisas foram cada uma a seu lugar e finalmente reconheceu o símbolo do St. Raphael no topo da porta do quarto. Pela janela, via o prédio de Exatas. Era o último quarto do dormitório. Ou seja, o quarto de Matthew.

— Matt — chamou, olhando ao redor.

Matthew saiu do banheiro com uma pomada e um saco com gelo dentro.

— Está inchado e roxo — disse o garoto, sentando na borda da cama. — Agora fica quieto. A menos que você queira prestar queixa contra seu pai. Daí é melhor deixar assim.

Harry considerou a ideia. Se realmente denunciasse, o pai iria para a cadeia ou algo do tipo. Ou pelo menos perderia sua guarda. Teria que ficar distante. Pagando pensão. Seria perfeito. Mas conhecendo-o, iria preferir ir preso, e sua mãe não conseguiria sustentar a casa sozinha.

— Não, deixa pra lá. Ele já fez pior.

Matthew balançou a cabeça e passou a pomada no rosto de Harry com dois dedos, delicadamente. Depois colocou a trouxinha com gelo sobre o hematoma, ao que Harry reagiu com um gemido de dor.

— Você me trouxe de volta pro colégio.

— Sim. Tem prova amanhã e a semana toda.

— Os exames finais! — Harry se exaltou.

— Fica calmo. Não vai estar difícil. Encontrei comigo do futuro e parece que só Química está difícil.

— Isso não é justo, você pode saber as respostas com antecedência.

— Mas eu não sei — alegou Matthew, levantando-se. — Eu não pergunto e também não digo se eu perguntar. Dalton diz que se eu sou um Knight, não preciso dessas coisas.

Harry tirou a trouxa de gelo do rosto quando sentiu a face muito gelada. Então pressionou de novo, fechando um dos olhos.

— Eu achei que tinha entendido como Dalton tinha vencido todos aqueles torneios e sido parte de todas as turmas especiais. Viagens no tempo. Mas não.

— Não. Ele não faz isso. Seria uma vergonha. Não, foi tudo ele. Bem difícil competir com um irmão assim.

— Bem, pelo menos você tem amigo — Harry tentou brincar.

Matthew franziu o canto do lábio, então riu com ele.

— É.

— Aliás, obrigado por me tirar de lá.

Matthew sorriu.

— Não foi nada. Mas você devia ligar pra sua mãe. Ela vai ficar preocupada.

A mãe.

— Matt, minha mãe está em perigo! Se ela voltar pra casa, meu pai vai…

— Ok. Eu resolvo isso.

Após interrompê-lo, Matthew desapareceu como névoa, da mesma forma que Harry já estava acostumado a ver o amigo fazer. Dessa vez, porém, o garoto apareceu de volta logo em seguida.

— O que você fez?

— Mudei minha forma pra um policial e avisei que houve uma denúncia. Disse que se ele bater em mais algum familiar, vai preso.

Harry sorriu, aliviado. Ainda se lembrava de quando o pai era seu super-herói. Mas estranhamente, não se lembrava de quando havia se tornado um supervilão.

25. MONSTRO ATEMPORAL

— Ouvi falar que você vai ficar por aqui nas férias.

Fazia muito tempo que Harry não falava com David. Muito tempo que não treinava também. A voz do capitão do time o fez grunhir, culpado. Claro que sabia que não era sua culpa que tinha perdido tantos treinos. Matthew tinha grande parcela de culpa. Perder uma semana inteira havia lhe custado muito mais do que só os sete dias. Havia conseguido recuperação em Matemática, Física e Química, ainda que fosse obrigado a concordar que as provas não estavam tão difíceis. No fim, fora aprovado por muito pouco. Matthew, é claro, passara em tudo sem dificuldade alguma. O trabalho de Línguas fora entregue — Matthew terminara sozinho — a tempo. Ganharam um B+. Matthew ficou tão desapontado que gastou algum tempo conversando com a senhora Duvet sobre o quão absurdo era que não tivessem tirado a nota máxima. Harry nem se importou. No dia, estava estudando Matemática.

Sua mãe havia ligado todos os dias das últimas duas semanas, tentando convencê-lo a ir passar o Natal em casa. Recusara terminantemente, lembrando-a que seu pai lhe mandara nunca mais voltar. Segundo ela, fora da boca para fora. Mas isso não significava que Harry se sentia disposto a voltar e encará-lo.

Era domingo, dia vinte e três de dezembro de 2012. A escola estava parcialmente deserta. Apenas estudantes de outros países haviam ficado. O correio já tinha trazido o presente de Harry: um box de Star Wars. Era fascinado pela série e sabia que aquilo devia ter custado muito caro. A mãe devia ter parcelado em tantas vezes quanto possível. Quase se sentia tentado a devolver e pedir que ela trocasse por algo para si.

— Olha, David, eu sei que perdi muitos treinos, mas eu vou recuperar — Harry prometeu.

David balançou a cabeça.

— Eu sei, relaxa. Você foi sequestrado, depois tiveram as provas e tudo mais. Eu sei.

— Você também vai ficar durante as férias?

David fez que sim. Estavam na biblioteca, que nessa época era um lugar morto. Nem a bibliotecária ficava por lá. Harry havia pegado um livro sobre Física Quântica para ler. Nada muito complexo, apenas uma ideia geral, algo para atiçar a curiosidade. E sua curiosidade era baseada em viagens no tempo.

— Vou. Não tenho piscina aquecida em casa.

Harry franziu o cenho. David queria ficar para treinar, em pleno inverno. Estava -10 °C lá fora. Até o lago estava absurdamente gelado, mesmo que as correntes quentes não permitissem que congelasse.

— David, a temporada é no final do ano letivo — lembrou Harry.

— Harry, você está no primeiro ano, você tem mais dois anos além desse pra deixar seu nome na sala de troféus e honra. Essa é minha última chance.

— Seu nome já está na sala de troféus — lembrou Harry.

— Como melhor capitão do campeonato, não como vencedor. Tobias foi o melhor atacante e vencedor do campeonato nos três últimos anos. Há três anos o St. Raphael não ganha do St. Mary. Essa é minha última chance.

Harry fez que sim. O campeonato não era tão importante para ele. David, por outro lado, provavelmente queria seguir carreira no esporte. Tornar-se profissional, como Tobias era agora. Uma estrela instantânea, jogando no time do país.

— E quando eu sair, você vai continuar com o time — disse David.

Harry ergueu os olhos para o capitão, sem entender.

— Eu?

— Sim. Você vai ser capitão do time quando eu sair.

— David, Frederic está no time há muito mais tempo.

— Frederic tem o braço muito pesado e não vai saber comandar. Você é mais justo. Vai saber o que fazer. Mas espero que saiba manter o título.

Não deixe as pessoas desrespeitarem você. Não deixe ninguém desrespeitar um integrante do seu time.

Harry sabia o que isso significava e não estava disposto a bater ou ameaçar ninguém por Frederic, Gregory ou qualquer outro. Mas fez que sim de qualquer forma.

— Vou deixar você e seus *wormholes* em paz agora. Vou treinar — avisou David, levantando-se.

David Buckler deixou a biblioteca sem olhar para trás. O garoto caminhou lentamente, sem pressa, pelo corredor do prédio de Humanas, e já sentia o vento gelado do exterior, próximo à saída, quando ouviu um barulho que chamou sua atenção. O colégio estava silencioso, portanto era fácil ouvir sons incomuns. O capitão parou para prestar atenção, e o som se repetiu. Porém, não tão baixo. Não mais tão distante. Era como um inseto com muitas patas batendo o esqueleto quitinoso no assoalho, andando velozmente, porém muito maior. Um inseto muito maior.

Franziu o cenho, deu meia-volta na direção do som, tentando identificar a fonte. Então viu Harry, arfando, na esquina do corredor de que acabara de sair. Assim que o vira, deu dois passos na sua direção antes de o garoto gritar.

— Corre!

Os pés de David congelaram no lugar. Então começou a ouvir o som das pisadas se aproximando. Harry passou por ele e agarrou seu braço de forma que quase deslocou seu ombro. Estava se virando quando viu algo saltando do último lance de escadas até o piso. Fosse o que fosse aquilo, havia se chocado contra a parede do corredor como se não fosse nada e pôs-se a persegui-los de imediato. David não teve tempo de definir uma forma para aquela coisa, pois estava de costas antes de conseguir fazê-lo.

Os dois saíram do prédio principal e puseram-se a correr pelo pátio, próximo à estátua do anjo. Por não fazer ideia do que era aquilo, Harry sentia como se fosse ser agarrado pelos calcanhares a qualquer momento. Podia ouvir seus passos, os pulos, os grunhidos agudos e assustadores logo atrás de si. Lembrava o correr de um grande cão mastim, com as patas substituídas por agulhas gigantes, e sentia que podia ser destroçado com uma simples mordida. Talvez por isso não tenha sentido as pernas doerem, as forças se esvaírem. Iam completar uma volta completa em torno do pátio principal da escola e ainda não faziam ideia de como fugir daquilo.

— Que demônios é isso, Harry?! — David gritara. Corria sem esforço, suas pernas de atleta profissional sem falhar em momento algum.

— Sei lá! — Harry berrou, correndo com muito menos elegância.

Os dois entraram no prédio de dormitórios, simplesmente porque a porta era menor, esperando que a coisa não fosse conseguir passar por ali. Estavam enganados, no entanto.

Ouviram um som diferente dos demais, e o barulho da coisa que os perseguia se deslocou. Resolveu olhar, de relance, o motivo daquilo, e seu coração congelou e se destroçou em milhares de fragmentos que feriram suas entranhas quando reparou que a criatura corria *na parede* do corredor. Tinha uma feição parcialmente humana, como se fosse uma mulher com o rosto deformado e cheio de pústulas, virado quase completamente em relação ao corpo. Os braços estavam retorcidos e em posição semelhante a uma aranha, porém eram cor de carne queimada até grudar nos ossos. As mãos eram como dedos muito grandes, semelhantes a galhos quebradiços e finos. O arrastar da grande barriga mole na parede causava um som real demais para que tudo aquilo fosse só um pesadelo. Ainda havia centenas de patas saindo do pesado abdômen, o que a tornava muito mais rápida.

A coisa pulou até a parede onde havia as janelas e se deslocou para o teto, correndo como se estivesse no chão. A cabeça retorcia-se para focalizar os dois, que já arfavam e suavam, Harry muito mais do que David. Nem todo o medo do mundo conseguia disfarçar o cansaço que consumia suas pernas. A coisa estava logo acima deles, ziguezagueando no teto.

Estava *brincando* com eles. Harry teve certeza de que, se quisesse, aquilo poderia ter simplesmente saltado e caído sobre eles.

— Pra trás! — gritou Harry, e os dois mudaram de direção, deixando a criatura seguir em frente por alguns poucos metros, o que lhes deu um pouco mais de vantagem.

Subiram algumas escadas, o que foi uma péssima ideia, considerando a energia que isso consumiu. Mas, no fim, Harry agradeceu que o tivessem feito, pois ao lado de uma das janelas do segundo andar tinha um extintor de incêndio. *Dióxido de carbono, dióxido, por favor…* Puxou o pesado extintor e o arremessou na direção da criatura. E, internamente, desejou que a coisa fosse realmente muito forte.

— David, aqui!

David mudou de direção assim que a ordem foi dada, e os dois entraram num corredor qualquer, a tempo de evitar que pedaços extremamente pontudos e mortais do extintor os atingissem quando explodiu feito uma granada gigante graças à mordida da criatura. O barulho poderia ter acordado um surdo a dez quilômetros dali. Sentiram o chão tremer e acharam que tudo ia cair. Sete janelas quebraram com o impacto de pedaços do extintor, e outras quatro por causa do barulho.

O colégio todo estava acordado. Souberam disso quando todas as luzes se acenderam. Era isso que acontecia nos momentos de emergência, quando algo estranho estava acontecendo.

Harry espiou o cadáver da criatura e se assustou quando percebeu que havia pedaços vermelhos e gosmentos pingando do teto, e espalhando seu mau cheiro insuportável pelo corredor. A cabeça havia rolado até perto deles, com o crânio aberto, causando ânsia e espalhando seu conteúdo.

Deu um salto quando tudo aquilo pegou fogo. Um fogo azul e brilhante, que consumiu da carne até os ossos, e dos ossos até o pó, mas sem chegar ao chão ou às paredes. O vento liberto pelas janelas quebradas tratou de espalhar aquilo o suficiente para que não se tornasse suspeito.

Harry e David decidiram que não queriam estar no meio da confusão quando o diretor chegasse, então com o que restava de força e arfando, os dois subiram as primeiras escadas que viram, em direção ao quarto andar, parando no meio para respirar e só então continuar.

Todos os estudantes que não haviam ido para casa estavam no corredor. Todos haviam saído de seus quartos e foram impedidos de descer as escadas. Os dois se enfiaram no meio antes que percebessem de onde vieram, e se tornaram apenas mais dois garotos no meio de outros tantos se perguntando o que tinha acontecido, exceto pelo suor excessivo e a necessidade de se jogar num canto qualquer para sentar e descansar.

— Acho que distendi um músculo — disse David, cutucando a coxa.

— Acho que distendi todos — reclamou Harry, jogando-se no chão, deitado, longe dos sapatos da multidão que se perguntava o motivo do barulho.

Ouviram alguém dizer que tinha estourado um gerador ou algo assim. Estavam sentados num canto atrás de um pilar, perto das escadas, onde as pessoas não iam pisar neles. O quarto de cada um ficava longe demais para se esgueirarem até lá.

— Atenção — uma voz saiu dos autofalantes presos nos tetos. Reconheceram como sendo do senhor Aldrin imediatamente. — Um extintor de incêndio explodiu no piso três. Peço que todos voltem às suas camas. As atividades natalinas estão suspensas até que se confirme que os demais extintores são seguros, portanto estarão proibidos de andar no terceiro piso. Para as refeições, utilizem as escadarias que levam direto ao piso externo. Repito, voltem às suas camas. Quem for pego perambulando nos corredores após vinte minutos a partir de agora, terá uma detenção.

Rapidamente os corredores se esvaziaram, e os dois tomaram coragem para atravessar o lugar até o quarto de Harry, que era o mais próximo. Nenhuma palavra sobre o que havia acontecido foi proclamada, até que a porta fosse fechada e os dois estivessem seguros novamente.

— Isso foi... absolutamente surreal — disse David, ainda checando a coxa. — Se eu tiver distendido um músculo, não vou poder treinar.

Harry ergueu os olhos para David, chocado pelo comentário. Eles foram perseguidos por um monstro atemporal, quase morreram, e David estava preocupado com o treino. Decidiu não dizer nada. Não podia comentar que sabia o que era aquilo. Não podia dizer que Matthew devia estar ali para ajudá-los. E não fazia a menor ideia de onde Matthew estava enquanto um demônio atemporal os perseguira.

— Você viu aquela coisa?! — disse David, ainda inconformado. — Era enorme! Parecia um ser meio centopeia, meio pessoa, meio sei lá o quê.

Era a primeira vez que via o capitão se exasperar e ficar sem palavras. Chegava a ser engraçado.

— E os pedaços? Sumiram de repente!

Harry fez que sim. Não sabia nem aparentar surpresa mais. Preferiu não tentar. Só estava pensando em Matthew e onde o garoto estava naquela hora. Sabia que tinha ido para casa há três dias e ainda não tinha voltado. Mas podia ir de um lugar a outro em segundos, ou mesmo segundos negativos. Podia aparecer num lugar antes mesmo de ter saído. E ainda não tinha voltado.

— Eu acho melhor a gente não falar pra ninguém — disse Harry. — Ninguém ia acreditar na gente, de qualquer forma.

David concordou com a cabeça.

— E se acontecer de novo?

Harry deu de ombros.

— Sei lá.

David concordou novamente e se levantou. Não conseguia apoiar a perna esquerda no chão com muita firmeza, mas mancou até a porta.

— Qualquer coisa é só chamar.

Harry fez que sim, e o garoto saiu.

Tão logo os passos de David sumiram pelo corredor, a porta do banheiro se abriu e de lá saiu Matthew. Harry quase pulou na cama. O garoto vestia uma calça jeans, o que era bastante incomum, e mais uma camiseta preta. Esfregava os braços, com frio, já que nevava lá fora e sua roupa estava distante de ser ideal para o clima.

— Onde raios você estava?! Como pode simplesmente aparecer agora, depois que o monstro sumiu?

Matthew não pareceu se importar muito com a bronca. Simplesmente andou até o guarda-roupa de Harry, abriu e tirou um agasalho de moletom de lá. Ficava muito grande para o garoto, que era mais magro e mais baixo que Harry, mas as mangas compridas eram ideais para aquecê-lo naquele momento.

— Você se saiu bem, parabéns — disse e sentou-se na cama de Bill. — Tem algo pra comer?

— Como pode agir como se nada tivesse acontecido? David viu o monstro!

— David é um caçador. Tem algo pra comer?

Harry ficou parado alguns segundos, sem saber como reagir àquela informação, até que Matthew se levantou e caminhou até o pequeno frigobar.

— Que quer dizer com David é um caçador?

— Que David é um caçador. Sempre foi. Inclusive quando espancou meu irmão.

Harry continuava sem entender, sem acreditar. Matthew havia pegado uma lata de refrigerante e agora se servia, sentado na cama de Bill.

— David Buckler, capitão do time de polo aquático, é um caçador de monstros atemporais?

— Sim. Meu irmão costumava matar os monstros que apareciam na área pela qual ele é responsável. Isso o deixava profundamente irritado.

— Ele sabe que você é uma partícula?

Matthew fez que não.

— Três pessoas numa mesma família seria muita coincidência.

— Mas aconteceu.

— Sim, mas é mais fácil acreditar que não. Que eu sou o filho que se distorceu. É bom que ele pense assim. David é muito competitivo.

— Você não tem raiva? Que ele tenha feito o que fez com seu irmão?

Matthew fez que sim e moveu-se para deitar na cama de Harry, ainda que o garoto estivesse sentado na borda. Puxou as cobertas e se escondeu debaixo delas, abraçado ao moletom de Harry.

— David Buckler é a pessoa que eu mais odeio em todo o planeta. Se eu pudesse, o mataria.

Harry virou o corpo para olhar o garoto. Fazia sentido. Damon havia sido completamente humilhado e espancado. O ódio era bastante razoável.

— E quanto à ferida aberta? Por onde aquele monstro saiu.

— Não posso fechá-la.

— Por que não?

— Porque a quero aberta. Por agora — disse, tremendo de frio.

— Onde estava? Por que está com tanto frio?

— Estava passando o Natal no hemisfério Sul, com meu irmão. Muito mais quente.

— O Natal ainda não… — Harry se interrompeu. Claro que ele já tinha passado o Natal com o irmão. Podiam simplesmente ir para o Natal e voltar depois. — Vai passar o Natal aqui desta vez?

O garoto fez que sim. Quando Harry virou o rosto para a direção oposta, Matthew encostou os dedos gelados em sua nuca. Harry sentiu um arrepio na espinha e arqueou as costas, depois saltou da cama.

— Ei!

Matthew riu e escondeu as mãos novamente.

— Pretende dormir aí?

Matthew fez que sim. A coberta cobria até sua cabeça, só deixando o rosto para fora. O garoto se movimentou durante alguns minutos até jogar o jeans para fora. Harry enrubesceu e olhou para o outro lado.

— Não quero dormir na cama do Bill. Há manchas no lençol que eu me recuso a perguntar o que são.

Matthew soltou uma risada, mas não se mexeu para sair de baixo da coberta. Harry também não pediu que ele simplesmente se transportasse para o próprio quarto, porque gostava de tê-lo por perto. Então deu de ombros e só foi buscar roupas para poder tomar banho.

Um pensamento estranho passou por sua cabeça enquanto sentia os músculos relaxarem da corrida forçada.

David era um caçador. Sabia perfeitamente como matar aquela criatura. No entanto, quem a matara fora Harry. Se não tivesse a matado, quanto tempo demoraria para que se cansasse de correr e acabasse sendo pego? Certamente menos tempo que o capitão. E, uma vez morto, o capitão podia matar a criatura com suas habilidades de caçador.

David preferia a morte de Harry a se revelar como caçador.

26. O CALOURO COM DICÇÃO PERFEITA

As aulas recomeçaram na segunda semana de janeiro. Como era de praxe, no primeiro dia haveria apenas uma sequência de cerimônias. Começando pela missa de bom ano, seguida pela reunião no salão principal, onde os alunos novos eram avisados sobre todas as regras, além de haver demonstração dos toques de avisos.

Harry andava afastado de Matthew, o que havia se tornado estranho, após tanto tempo sempre juntos. Mas era preciso lembrar que não queriam problemas com David. Mesmo assim, Matthew estava sempre à vista. Sempre olhando de canto de olho. Como se estivessem um ao lado do outro. E quando queriam fazer algum comentário bobo, era só virar o rosto, era só cruzarem o olhar para que começassem a rir, sabendo o que o outro diria.

Em determinado momento, no meio da demonstração do toque de infração, Harry percebeu que Matthew olhava fixamente para algum outro ponto, no meio dos alunos novos. Franziu o cenho e continuou a observá-lo, tentando identificar o que Matthew estava vendo. Ao fim da reunião, os alunos foram dispensados, e Harry perdeu Matthew no meio da multidão que agora voltava para os dormitórios. Os alunos que ganhariam novos companheiros de quarto foram instruídos a ajudar os novos estudantes a encontrar o dormitório. Para sua surpresa, Matthew fora chamado pelo diretor para acompanhar um garoto mais ou menos do mesmo tamanho. Nada chamava muita atenção nele, exceto que, tão logo Harry fixara seu olhar, o garoto também o fizera, como se o encontrasse na multidão, como se sentisse seus olhos sobre o novo companheiro de quarto de Matthew, o que fez uma sensação gelada percorrer sua espinha. Então desviou os olhos rapidamente.

Não fazia ideia de que tipo de consequências isso teria. Se Matthew ia ficar com raiva daquilo. Se ia dispensar o novo morador, se ia dar um jeito para que ficasse sabendo das lendas que rondavam seu quarto. No entanto, Matthew parecia estranhamente satisfeito pelo novo companheiro. Não tinha aquela expressão entediada e irritada no rosto. Harry só conseguiu vê-lo por mais alguns instantes, antes de ser obrigado a sair do hall principal. Bill o encontrara tão logo pisou no corredor por não poder ficar parado na entrada. Mas tinha quase certeza que podia ver Matthew sorrindo para o novo companheiro.

— David quer fazer uma reunião extraordinária — avisou Bill, que levava Harry pelo braço. — Avisou por e-mail, vi agora no celular.

Harry fez que sim, mesmo não tendo muita opção, mesmo que quisesse ficar para trás e falar com Matthew. Mas Bill só soltou seu braço para correr no meio dos estudantes e tocar o ombro do gigante Frederic e avisá-lo também.

Em alguns minutos, o time principal estava sentado nos bancos do lado de fora, perto da fonte do arcanjo. David era o único de pé. Denis, hiperativo, balançava os pés.

— Temos apenas mais quatro meses até o início do campeonato — disse David, de braços cruzados, na frente de todos. — Harry ficou muito tempo sem treinar. Vai ter que recuperar. E nós todos vamos treinar muito mais daqui em diante. Sem desculpas. Não estamos mais em período de provas e, pelo que vi, todos passaram em todas as matérias. Então vamos treinar diariamente daqui em diante.

Greg soltou um muxoxo de desaprovação. David imediatamente olhou para ele.

— Algum problema com isso, Greg?

— Nenhum, David. Nenhum.

Harry também não gostou da novidade. Sabendo que David era um caçador, ficou se perguntando como achava tempo para tanta coisa. Não era novidade que o capitão passava horas na academia, muito mais do que o resto do time. Ainda tinha notas exemplares e caçava monstros nas horas vagas. Mas é claro que mesmo não sendo época de provas, muitos contavam com o tempo de sobra para não acumular matéria. Outros aproveitavam para se encontrar com amigos como Matthew.

— Vamos começar ainda hoje. Das seis às oito — avisou David.

— Mas e a janta? — perguntou Frederic.

— Já conversei com o diretor. Ele vai permitir que o time principal tenha o jantar mais tarde. Vão separar a comida pra nós.

O time balançou a cabeça. David os dispensou, mas chamou Harry quando o garoto se virou para ir embora. Preocupado, David olhou para os dois lados, confirmando que ninguém os ouvia.

— Contou pra alguém o que aconteceu?

Harry precisou pensar para se lembrar do que David estava falando. Então lembrou do monstro que os atacara.

— Não.

— Bom. Acho que não seria muito cauteloso.

— Ninguém ia acreditar de qualquer forma — disse Harry, dando de ombros.

— O extintor — lembrou David. — Tem marca de mordida. A carcaça. Ouvi os técnicos de segurança dizendo que parece que foi mordido. O que sobrou, pelo menos.

— Mesmo que *provem* que é uma marca de mordida, David, quem é que vai pensar que um monstro atemporal entrou no colégio?

Harry só se deu conta que a palavra *atemporal* não devia ter sido dita quando a expressão de David mudou completamente. Os olhos do capitão se cravaram nos de Harry, chocados, aguardando uma explicação, algo que confirmasse que havia ouvido errado, que Harry não sabia o que era aquele monstro. Conforme o silêncio se prolongava, David ficava mais e mais branco, até finalmente relaxar.

— Monstro o quê? Você sabe o que era aquilo? — perguntou.

David fora pelo caminho mais fácil. Continuar se fingindo de desentendido. Como se não fosse um caçador.

— Ouvi alguém falando — disse Harry. — No meio da confusão, alguém usou esse nome e ficou na minha cabeça.

David continuou encarando-o, analisando-o.

— Sabe quem foi?

— Não. Só ouvi. Nem olhei pra ver quem era.

David fez que sim.

— É um nome bem específico. Bom, não deve ser nada — o capitão concluiu, dando dois tapinhas no ombro de Harry. — Até de noite.

Harry fez que sim e relaxou os ombros, soltando a respiração que havia prendido sem nem perceber.

Em minutos, Harry estava no quarto andar do prédio de dormitórios, desesperado para contar a Matthew sobre David. Saber se haveria alguma consequência, se Matthew estava em perigo. Como não havia muita gente no corredor, o garoto quis aproveitar a oportunidade e simplesmente abrir a porta, já que o tempo entre bater e esperar poderia ser o tempo de alguém vê-lo ali.

— Matt, o David…

A voz do garoto morreu na garganta quando, no lugar de Matthew, viu outro estudante. O novo aluno. O novo companheiro de quarto. De cabelo castanho, bem-arrumado, camisa do colégio nova, calças pretas e bem passadas, com as dobras ainda sem nem desfazer. Era alto — mais alto que Harry —, de pele morena, cabelos puxados para trás, simplesmente para lhe dar um ar ainda mais "mecânico". Sentava-se na cama de Matthew, com a coluna ereta, os olhos castanho-claros, mirando Harry com curiosidade. Lembrava um robô.

— Oi. Desculpa. O Matt…

Fora novamente interrompido, dessa vez por Matt, que saíra do banheiro, aparentemente com pressa.

— Harry! Estou ocupado. Conversamos depois — disse o garoto, parado entre Harry e o aluno novo.

Não queria causar problemas para Matt e o aluno novo. Então mesmo irritado por estar sendo praticamente expulso, Harry fez que sim e recuou até a porta.

— Depois, então — concluiu Harry.

— Mas nem fomos apresentados — reclamou o aluno novo, lançando sua voz grave, de tom leve, e dicção excessivamente perfeita. Havia se levantado e se aproximava dos dois. — Quero conhecer os amigos de…

— Harry — interrompeu Matthew. — Esse é o Harry. Harry Darwin.

— Ah! — exclamou o rapaz. — O garoto de quem me falou. É um prazer conhecê-lo. Meu nome é Victor Ford.

A mente de Harry foi muito rápida em trazer uma informação sobre aquele nome. Lembrava-se dele nos lábios de Damon. Lembrava de James Ford falando sobre o próprio irmão. Lembrava-se de Matthew falando sobre como Damon e Victor eram amigos. E imediatamente decidiu que o falar excessivamente correto, a coluna reta demais, a roupa muito branca e o sorriso demasiado simpático eram todos bastante irritantes.

— Também ouvi falar de você — disse Harry, apertando a mão do garoto, sem muita convicção.

— Só coisas boas, espero.

— Boas demais.

Os dois ficaram se encarando por um período que pareceu uma eternidade, até que Matthew resolveu se proclamar entre eles.

— Legal, Harry, a gente se fala depois. Até logo.

Harry piscou, desviando o olhar de Victor, e então balançou a cabeça constrangido e deixou o quarto.

Lembrava-se de Damon se referindo a Victor como *uma grande decepção.*

27. DAMON (E VICTOR)

Até o fim da primeira semana de aula, Harry sequer viu Matthew, sem contar a aula de Línguas, que pouco importava, já que nem durante a aula o garoto deixava de estar o tempo todo próximo de Victor. Era como nas primeiras semanas, quando nem eram amigos, quando Matthew era só um garoto misterioso e inalcançável, não o menino que dormira em sua cama na véspera de Natal. Os treinos mais constantes de polo também não deixavam muito tempo livre. Harry estava sempre cansado e sua companhia mais frequente era Bill e Greg. Até porque, enquanto não estava treinando na piscina, estava treinando na academia.

Os garotos, no geral, gostavam do treino na academia. E nessa véspera de campeonato, nos meses que o antecediam, os aparelhos ficavam lotados, porque os adolescentes entre quatorze e dezoito anos tinham uma chance no ano todo de conviver com as meninas dos outros colégios. Os atletas eram sempre os heróis da ocasião, então os estudantes regulares faziam esforço para impressionar as garotas. De forma que os times oficiais acabavam sempre precisando de horários especiais para terem acesso à academia.

O time de polo tinha acesso exclusivo às terças de tarde e sábado de manhã, o que significava que não haveria treino na piscina naqueles horários. E naquele sábado, Bill acordara ainda antes de Harry e já vestia suas roupas de treino quando o garoto acordara.

— Mas que empolgação com a musculação — murmurou Harry, esfregando os olhos.

Bill deu de ombros. Estava procurando sua garrafa de água.

— Eu tenho quase dezesseis anos e nenhuma namorada.

Harry não conseguiu segurar a risada.

— Poxa, vai acabar ficando solteiro pra sempre, hein? — brincou Harry.

Bill apenas jogou a almofada que tinha na mão na cabeça de Harry e continuou procurando sua garrafa de água.

— Quem vai ficar solteiro pra sempre é você. Acho que nunca nem viu nenhuma garota do St. Mary, né?

Harry deu de ombros, sem se importar. Já tinha passado pela fase de ter curiosidade em beijar uma garota. E já tinha beijado. Então o interesse diminuiu e agora essa era a última de suas preocupações. Estava muito preocupado em arranjar um tempo para contar a Matthew sobre seu deslize com David, ao dizer o nome dos monstros atemporais.

Como era sábado de manhã, a escola estava vazia. Os estudantes estavam debaixo de suas cobertas quentes, dormindo e aproveitando que não tinham provas nas primeiras semanas de aula. Harry teria sido um deles, não fosse o treino rígido de David. O time todo estava na academia no horário combinado. Alguns até antes. O capitão mesmo já estava na segunda série de exercícios de perna. Quando entraram, nem se virou para ver quem era, focado em seu treino.

Era, sem dúvidas, o mais forte integrante do time. Mais forte que Fred, com seus quase um metro e noventa — que não paravam de aumentar, já que estava em constante crescimento. Também era rápido, mais rápido que o pequeno Denis, que era bastante leve, e treinava perna mais que a média do time, tendo que flutuar por mais tempo por não atingir o chão da piscina sem afundar demais.

Harry agora sabia que grande parte da força de David vinha de lutar contra monstros, não só do treino de polo.

Gregory e Bill estavam disputando o mesmo aparelho quando Harry viu, pela janela, Victor passando com Matthew, em direção ao Lago dos Padres. Sentiu um desconforto no estômago, mas virou o rosto e se contentou em treinar braço com os pesos. Em teoria, não deviam fazer musculação antes do fim da puberdade, mas o espírito de competição da escola era maior do que a preocupação com a saúde dos atletas. Mesmo assim, o treino mostrava resultados, e Harry havia ficado muito mais forte durante o ano. Lembrou-se, com um sorriso, da primeira missão em que Matthew o levara, na qual derrubara o homem possuído com um soco. Quem sabe, estando mais forte, Harry não teria mais utilidade para Matthew? E, com isso em mente, o treino passou muito mais rápido e fora feito com muito mais foco.

Cerca de duas horas de musculação e corrida depois, Harry estava cansado e suando, mas esperou todos irem embora para poder ir procurar por Matthew perto do lago. Ainda era cedo, então havia poucos estudantes zanzando pelo colégio. A equipe de rugby entrou na academia meia hora depois que o time de Harry e, a partir daí, só inspetores passeavam pela Praça do Arcanjo. Fazia frio, mas não nevava, e a grama tinha gotas de orvalho congelado que fizeram Harry arrepiar ao sair da academia. Seu corpo estava quente, e o ar gelado parecia penetrar pelos poros e furar seus ossos. Mesmo assim, Harry caminhou até o lago.

Viu de longe que Matthew não estava sozinho. Victor ainda estava com ele. Os dois estavam sentados na ponta do píer. Harry ainda viu um pequeno vulto humanoide flutuando perto dele, que o fez forçar a visão para enxergar. Se não tivesse já visto outras mascotes, teria se assustado. Mas o pequeno monstro atemporal, vestindo roupinhas costuradas sob medida, não era novidade. Parecia uma criança numa proporção muito pequena. Tinha pernas de não mais que dez centímetros cruzadas à frente do corpo e flutuava como se estivesse sentado no chão.

Quando a criaturinha viu Harry, moveu-se ágil no ar para perder altura e ir puxar a gola da camisa de Victor. Com isso, tanto Victor quanto Matthew viraram-se para ver Harry.

— Há quanto tempo — disse Harry, tentando não soar como uma provocação. — Não sabia que tinha tempo livre.

Matthew deu de ombros.

— Você tem treinado bastante. Está ocupando todo seu tempo.

— Pois é. Quem dera eu pudesse controlar meu tempo.

A última frase soara como provocação. Era tão evidente que a mascote fez uma careta e mostrou a língua minúscula para Harry.

— Nós também estávamos ocupados — disse Victor, com sua dicção irritantemente perfeita. — Matthew foi chamado em uma missão e acabamos demorando mais que o esperado.

Harry fechou os punhos sem nem perceber. Matthew havia saído em missão e levara Victor, sem nem dizer nada.

— Ah, claro. Espero que tenha sido uma missão interessante.

A mascote fez outra careta e voou até Harry, rodopiando ao redor de sua cabeça, o que fez Harry ter que desviar algumas vezes.

— E essa mascote aí?

— Ah, é minha — disse Victor. A mascote fez que sim com a cabeça e sentou no ombro do garoto. — Quer dizer, é do Matt. Ele me deu. Chama-se Eris.

Harry teve o mesmo desconforto no estômago, só que agora estava mais para um soco do que um mero mal-estar. Viu Matthew ficar vermelho, mais vermelho do que já estava devido ao frio, e sua conclusão foi confirmada. Lembrava-se de Carola, a garota loira que encontrara na reunião das partículas, dizendo que uma mascote podia ser doada quando havia uma conexão muito forte com uma pessoa, alguém que não se queria perder de vista.

Victor havia desaparecido. A mascote havia sido doada antes desse desaparecimento. O que significava que antes de Harry, Victor havia sido muito importante para Matthew. Agora o garoto voltara e Harry não via outro desfecho para isso a não ser sumir da vida de Matt. Sem utilidade, sem nada a oferecer, não podia competir com uma partícula como Victor.

Harry acordou no domingo com os músculos doloridos e uma sensação espalhada pelo corpo, difícil de identificar. Não era exatamente dor, mas doía, e por mais que cutucasse seu corpo pela fonte do desconforto, aquilo já havia se espalhado demais para que o localizasse.

Bill ainda dormia, espalhado na cama, emitindo apenas o barulho de sua respiração. Harry esfregou os olhos, sem vontade nem de levantar. Então se rendeu às dores musculares e voltou a deitar a cabeça no travesseiro, olhando para o teto. Ainda se lembrava dos sonhos que teve e, ao repassá-los na cabeça, sentiu como se cutucasse a fonte do desconforto. Vinha da boca do estômago e estava mais para agonia.

Após alguns minutos sem se mexer, Harry levantou o torso mais uma vez e girou o corpo para pôr os pés no chão. Nem sinal de consciência em Bill. Então o garoto se levantou, juntou algumas peças de roupa, se trocou e deixou o quarto.

O silêncio na escola num domingo de manhã chegava a lhe dar calafrios.

Atravessou parte do corredor, até chegar na ala de televisão, onde o sofá, em geral lotado de estudantes, estava vazio, e o lugar, normalmente barulhento, estava silencioso. Havia um telefone de uso geral num canto, sobre uma mesinha, então Harry aproveitou que estava sozinho para ligar para sua mãe.

"Seu pai está melhor. Está parando de beber. Já faz um tempo. Então não se preocupe. Ele ainda está assustado com aquele guarda que apareceu aqui."

Harry sorriu de leve.

— Que bom. Ele falou alguma coisa de mim?

"Ainda não. Mas eu tenho certeza que..."

Harry fez que não com a cabeça.

— Tudo bem, mãe. Se você está bem, tá tudo bem. Liga se acontecer qualquer coisa, ok? Eu chego aí em segundos. Promessa.

"Tá bom. Acordou tão cedo. Eu tinha acabado de levantar."

— É. Acostumado durante a semana. Não consigo acordar tarde mais.

"Sua voz está tão diferente. Você está crescendo e eu nem estou vendo. Que saudades, filho."

Enquanto ela falava, Matthew veio caminhando, com as mãos nos bolsos, roupa do colégio, mas a camisa branca para fora da calça, a calça meio amassada, cara de sono. Harry notou a sensação em seu peito piorar e se mesclar a uma ansiedade incompreensível.

— Também estou com saudades, mãe. Eu vou indo agora, senão gasto todo meu tempo de telefone em uma ligação só.

"Ah, eu estou vendo de te comprar um celular. Não podemos nos falar tão pouco."

— Relaxa, mãe. Não gasta dinheiro com isso, não. Qualquer coisa eu empresto de alguém, ok?

"Tá bom. Me liga mais vezes, ok? Te amo."

— Também te amo, mãe.

O telefone voltou para o gancho quando Matthew já estava parado ao seu lado, esperando o garoto acabar de usar o telefone.

— Ele quer falar com você — disse Matthew, bocejando, entediado. — O Damon. Tá lá fora, perto do lago.

— O Damon?

— É. O Damon — Matthew repetiu. — Ele adora te visitar, não é? Não devia estar surpreso.

Harry pensou em explicar que o fato de uma pessoa que morrera há meses ainda visitá-lo, e não como fantasma, nunca soaria normal, mas não era um conceito que uma partícula de tempo compreenderia. De qualquer forma, sentiu-se revigorado de todo aquele sentimento ruim por saber que pelo menos Damon ainda se importava. Ainda que se sentisse obrigado a ir ver Damon e se afastar de Matthew, num dos raros momentos em que eles estavam sozinhos desde a chegada de Victor.

Quando chegou no Lago dos Padres, Damon não estava em lugar nenhum. Chegou a procurar ao redor, ansioso em vê-lo, mas de nada adiantou, então o garoto se sentou na beirada do píer, olhando o próprio reflexo na água negra que um dia já o havia engolido.

Após cerca de dez minutos, Damon apareceu ao seu lado. Harry quase se assustou, mas estava começando a se acostumar com isso. Só sorriu, sem nem olhar para ele.

— Está atrasado.

Damon deu risada.

— Partículas nunca se atrasam. Você é que se adiantou.

Harry sorriu e olhou para Damon. Ainda pálido, de olhos claros como o céu nublado.

— Encontrei a mascote do Matt.

Damon fez que sim e pressionou os lábios numa linha fina, calculando as próximas palavras.

— Está bravo com ele. Com Matthew.

— Não sei se posso classificar assim. Não tenho direito de ficar bravo, tenho? Ele tem um amigo. Deveria ficar feliz por ele. Mas acho que acaba assim, não? Ele não precisa mais de mim.

— Você tem uma mania de achar que meu irmão precisa de você — disse Damon. — Não é bem assim. Ele não *precisa* de você. Nunca precisou. Nem você precisa dele. Situações de dependências não são saudáveis. Você deveria saber disso.

Harry imaginou que Damon se referisse à sua mãe. Ao fato de que ela só havia ficado com seu pai por necessidade. Dependência. Era verdade.

— Bom, ele deixou de falar comigo. Agora só fala com o Victor. E o Victor é uma partícula, não dá pra competir com isso.

Damon respirou fundo, soltando o ar num suspiro.

— Você não está competindo com ninguém, Harry. Victor era meu amigo. Nós nos dávamos bem. Matthew o conheceu e confiou no meu julgamento de caráter. Victor é confiável. Uma das poucas pessoas confiáveis que Matthew conheceu. Depois que eu desapareci, eles se tornaram amigos também. Bem próximos. Mas partículas podem ser mandadas pra diferentes regiões o tempo todo. Pra manter contato constante, Matt doou sua mascote.

— Ok, mas não estão sendo mandados pra missões diferentes. Agora o Matt nem me chama mais.

— Quando você ouviu falar do Victor pela primeira vez, como foi?

Harry deu de ombros.

— Nós conhecemos o irmão dele.

— O que tinha acontecido com o Victor?

— Ele tinha desaparecido e não tinha voltado ainda — lembrou Harry.

— O que significa…

— Que ele ficou preso numa missão. Ou morreu — concluiu Harry.

— Matthew está mantendo Victor por perto tanto quanto possível, porque Victor, de alguma forma, está preso aqui. Está preso nesse tempo, e pode ser que tenha até morrido aqui. Matthew quer protegê-lo e ajudá-lo a concluir sua missão.

Os lábios de Harry ficaram entreabertos ao entender a situação. Desviou os olhos e voltou a encarar o próprio reflexo na água.

— Qual é a missão dele?

— A missão do fim dos tempos. Ele foi mandado para investigar.

— A missão do fim dos tempos? O foco está aqui?

Damon fez que sim. Harry ficou em silêncio, digerindo a informação.

— Estou com medo — confessou, depois de um tempo.

— Medo?

Harry balançou a cabeça. A água lhe encarava de volta, convidando-o a mergulhar. O garoto fechou os olhos, mas a vertigem continuava.

— Você vai me visitar de novo?

Damon sorriu e pôs o braço ao redor de Harry. O garoto se entregou ao sentimento agoniante em seu corpo e se encostou em Damon, buscando conforto.

— Eu venho te ver no seu aniversário. Venho me despedir de você.

Os lábios de Harry tremeram e aquela agonia na boca de seu estômago subiu por sua garganta, formando um nó ali. Ele fechou os olhos, mas não segurou as lágrimas. O lago parecia rir de sua tristeza. Damon apertou mais o abraço e ficou ali, sem dizer uma palavra.

28. FRÁGIL AMIZADE

Não há sensação mais incômoda que o vazio. E Harry conhecia sentimentos ruins e sensações incômodas, mas não conhecia o vazio. Com quinze anos, Harry havia aprendido com a dificuldade a ser forte e proteger sua mãe. Podia não ser o garoto mais corajoso, e podia não conseguir se impor, mesmo com sua estatura razoável e com os músculos já em estágio avançado. Era forte, sim, mas com o pai sempre falando mais alto, Harry não fora corajoso em todas as situações que poderia ter sido. Mesmo assim, fora corajoso em todas as situações que *precisou* ser. E isso era o suficiente.

Mas o vazio e o não saber para onde correr, isso era muito pior que o medo e a apreensão antes de começar a correr.

Em diversos momentos durante o final do mês de janeiro e o começo de fevereiro, Harry se viu sozinho. O treino tomava grande parte de seu tempo, Bill era a companhia das noites, o time era a companhia das tardes, e os colegas de classe eram companhia do resto do dia. Nos poucos momentos em que se via sem estar rodeado de pessoas que mal o conheciam, o garoto aproveitava para estudar. E, assim, permanecia sozinho. O tempo todo. Ouvia as piadas de Denis e sorria, assistia Frederic se vangloriar que sua namorada o visitaria durante os jogos, ria de Bill preocupado em impressionar as garotas do St. Mary e, por livre e espontânea vontade, ignorava que David era um caçador, só porque isso o fazia se lembrar de Victor e Matthew.

E Gregory era o único que parecia perceber que algo estava errado, mas, talvez em respeito, nada perguntara.

Na realidade, havia outra pessoa que percebera o vazio de Harry. Victor sorria para ele toda vez que o via e, não coincidentemente, via Victor com mais frequência que Matthew. Mesmo que de longe, distante. Andando por aí. Às vezes sozinho. Mas Matthew nunca estava sozinho. Nunca estava disponível. Então Matthew era só um lugar vazio para Harry. Durante um mês. Não sabia ficar sozinho por um mês inteiro. Desde que entrara naquele colégio, Matthew havia sido o motivo de se empolgar em levantar da cama.

Agora estava tudo tão quieto e chato. Tão *vazio*.

Até durante um treino na piscina externa, em meados de fevereiro, quando Harry avistou Matthew bem de longe. Estava encostado no prédio de Exatas, observando Harry. Seu coração saltou e, num descuido, a bola do polo foi parar fora da piscina com seu arremesso. David foi quem saiu da água para ir buscar, só para encarar Harry enquanto jogava a bola de volta.

— Não dá pra errar assim, Harry.

O garoto fez que sim com a cabeça e Frederic saltou sobre ele, o fazendo afundar sem muita resistência. Quando retornou, o gigante do time estava rindo, junto de Denis, e Matthew já não estava mais lá.

— Me distraí — explicou Harry.

— Não dá pra se distrair — insistiu David.

Harry ia dar outra desculpa, mas previu que não adiantaria muita coisa. E contrário à sua vontade, não passou o resto do treino procurando por Matthew nos arredores. Aguardou paciente o fim do treino, tentando não se distrair, e tão logo David os liberou para ir aos vestiários, colocou a toalha no ombro e saiu da área da piscina para procurar por Matthew, se é que ele ainda estava por lá.

Descartou o Lago dos Padres, pois com a temperatura subindo, era muito provável que houvesse estudantes nadando por lá. Então deu a volta no ginásio coberto, que ficava quase nos limites do colégio. Lá atrás era raro que alguém passasse.

Quando viu Matthew mascando um chiclete, encostado na parede pouco cuidada — por ser pouco vista —, seu peito retumbou como um tecido de tambor.

Mas Matthew não parecia tão afetado pela presença de Harry. O garoto parecia sonolento e calmo, mexendo no seu celular.

— Engraçado seu jeito de falar comigo. Simplesmente aparecendo durante o treino e esperando que eu vá te achar.

Matthew revirou os olhos, e até aquela atitude tão tipicamente dele fez Harry sentir o estômago se contorcer.

— Queria que eu fizesse o quê? Pulasse na piscina?

— Claro que não. Quem sabe falar comigo. Me procurar. Deixar uma mensagem.

— Você está ocupado o tempo todo.

— Não era um problema antes do Victor aparecer — retrucou Harry, cheio de amargura na voz.

Precisava se lembrar do motivo pelo qual Matthew estava próximo de Victor. Precisava se lembrar do que Damon lhe contara. Não era sem razão. Era o medo de perder o amigo que desapareceria. Mesmo assim, era difícil não se sentir trocado, traído, jogado de lado.

— Acho melhor você não se meter onde não sabe. O Victor…

— Onde não sei? O Damon esclareceu tudo.

— Damon, Damon, Damon, você só fala do Damon. O tempo todo é só meu irmão. Por que não vai atrás dele? Ele está o tempo todo com você? Claro que não, ele se matou, te deixou pra eu cuidar e fica dando o ar da graça de vez em quando, só pra me encher. Mas é dele que você fala. E se acha que não sei que você o considera algum tipo de ser superior, está muito enganado. Então nem vem falar do Victor.

Harry abriu a boca para responder, mas nada lhe ocorria. Seu cérebro simplesmente parou. Não sabia o que dizer. Era a sensação assustadoramente incômoda de levar uma pancada na cabeça.

— Não sabia que eu era um peso tão grande pra você. Então é só por isso que era meu amigo? Porque Damon te pediu?

Matthew revirou os olhos, levando as mãos na cabeça e bagunçando os cabelos ondulados com violência.

— Por que não pensa um pouco nos outros em vez de pensar no Damon e em você mesmo?! Nem tudo é sobre vocês dois!

Os lábios de Harry tremeram e sentiu sua vista embaçar. Um calor surgiu em seu peito, inflando-o. Um desejo irremediável de se vingar e machucar Matthew tanto quanto ele o estava machucando. Antes que pudesse parar a si mesmo, Harry jogou o corpo sobre Matthew, segurando-o pela gola e chacoalhando-o com toda força que havia ganhado nos treinos.

— Acha que sabe alguma coisa sobre mim?! Olha quem é o egocêntrico aqui! Pois saiba que se eu pudesse, nunca mais pensaria em você, nunca mais falaria com você! Estou de saco cheio! Não é sobre mim ou sobre o Damon, é sobre você, sempre é sobre você! Pois se eu falo com o Damon, é sempre sobre o irmão rebelde sem causa dele, é sempre sobre por que você está agindo como um babaca, é sempre ele te protegendo! Eu passei o último mês quieto enquanto você abanava o rabo pro Victor, porque o Damon disse que você queria proteger o Victor, e eu aceitei, senão já teria desistido de você faz tempo! Achei que fosse meu amigo, mas eu era seu amigo só quando o Victor não estava por perto! Assim que ele chegou, não demorou dois minutos pra você esquecer completamente que eu existia! E agora me acusa de só pensar no Damon e em mim mesmo? Devia ter me dito essas coisas há muito tempo. Mas não! Você não podia ser sincero. Você tinha que me manter no escuro. Podia precisar de mim de novo, não é? Pois me esquece, Matthew. Volta pro Victor que é seu amigo.

Matthew tentou inutilmente fazer Harry soltar sua camisa, mas ele estava muito mais forte. Mesmo que Matthew estivesse passando por um estirão repentino e agora sua altura fosse próxima da de Harry, o treino pesado o fazia muito mais forte.

— Você só sente falta de viajar no tempo. Só sente falta de mim porque sua vida é uma merda e seus amigos são ainda mais estúpidos. Você só quer viajar no tempo, ir pros casos! — acusou, berrando e tentando se soltar.

Harry o empurrou forte o suficiente para que Matthew perdesse o equilíbrio e caísse no chão.

— Se é isso que você pensa, Matthew, então é melhor nunca mais falar comigo.

Dizendo isso, Harry deu as costas a Matthew, cerrando os punhos e andando na direção contrária, sem nem pensar aonde ia. Mas antes que desse os primeiros vinte passos, seu rosto já estava lavado de lágrimas.

Harry encontrou, aos quinze anos, o primeiro grande sentimento de perda de sua vida. Encontrou a agonia desesperadora de não ter seu melhor amigo. E mesmo quando não estava triste, havia sempre a sensação de ansiedade, de incômodo, desconforto. De não querer estar onde estava, seja lá onde fosse, fazendo o que quer que estivesse fazendo. Precisava estar em outro lugar, o tempo todo, atrasado, desesperado, mas sem saber onde devia estar. Como se houvesse um encontro marcado e não se lembrasse onde nem quando. A sensação devastadora de vazio, que ignora todos os afazeres e não se satisfaz em devorar o tempo.

Por mais de uma semana, Harry sequer viu Matthew. Quando o viu, na aula de Línguas, houve uma sensação de déjà-vu. O ex-amigo estava bastante machucado. O lábio cortado, inchado, e as maçãs do rosto enegrecidas pelo hematoma. Sem saber ou fazer ideia do que havia acontecido, sentiu raiva de Victor. Não teria deixado isso acontecer, não teria permitido que Matthew se machucasse, mas Victor deixou. E se Victor o deixasse morrer? E se, tentando salvar Victor, Matthew se pusesse em seu lugar? E se perdesse Matthew para sempre e não pudesse sequer observá-lo de longe? A culpa seria sua, talvez. Porque repassava todas as palavras da briga insistentemente em sua cabeça e, em todas as vezes, sentia-se culpado e ao mesmo tempo irritado. Com Matthew, consigo mesmo. E se convencia de que Victor seria mesmo um amigo melhor, e que Matthew nunca o quis como amigo.

Mas parecia tão difícil de acreditar.

Quando viu Victor, ainda no mesmo dia, o encontrou tão cheio de hematomas quanto Matthew. Sua cabeça se ocupou de mil coisas, exceto do campeonato que logo começaria. Ideias de que talvez os dois tenham brigado. Mas continuavam andando juntos, então não poderia ser isso. Ou uma missão perigosa demais. Algo desse tipo. De qualquer forma, Harry decidiu que a obsessão por Matthew não lhe era saudável. Decidiu que, de um jeito ou de outro, tentaria se manter distante. Não se preocuparia. A vida era dele. E a amizade deles havia acabado. E era só isso.

Só que Harry falhou miseravelmente nessa decisão, pois na terça-feira, encontrou Victor tomando café sozinho. Havia perdido sua primeira aula, e a cantina estava praticamente vazia. Ninguém o iria julgar por estar conversando com o amigo do *esquisito*.

Não pensou muito antes de puxar uma cadeira e sentar-se à frente de Victor. O garoto bebia chá enquanto comia bolo integral de maçã. Parecia ser difícil mover os músculos da face sem sentir dor. De perto, os hematomas eram ainda mais evidentes. Quando se sentou, Victor ergueu os olhos, mas não reagiu. Não disse nada.

— O que houve? Com Matt e você.

Victor torceu o lábio e tomou mais um gole do chá. Então juntou as mãos à frente de si, na mesa, e deu de ombros.

— Perdoe-me, Harry, mas acho que isso pouco lhe interessa, com todo o respeito.

Harry engoliu em seco. A senhorita Figgings, que cuidava da cafeteria, apareceu logo em seguida, com seu bule de chá. Harry fez que sim e ela despejou o líquido em sua caneca, e foi oferecer na próxima mesa.

— Estou preocupado com ele. Só quero ter certeza de que está bem.

— Talvez seja um pouco tarde para se preocupar — disse Victor, tirando pedaços do bolo com a ponta dos dedos.

— O que quer dizer com isso?

— Quero dizer que… — ele se interrompeu e deu de ombros novamente. — A missão foi concluída com sucesso. Nossos ferimentos serão curados muito em breve. O que significa que Matthew está bem, muito bem. Não precisa se preocupar.

— Isso não acontecia quando eu era o parceiro de missão dele — acusou Harry, cansado da dicção perfeita de Victor.

— Perdão, mas acho que entendi errado. Acho que entendi que está me acusando de não ser um bom amigo para Matthew. É isso mesmo?

Harry desviou o olhar.

— É você quem está dizendo. Eu apenas constatei que quando *eu* era o melhor amigo dele, isso não acontecia. Eu o protegia.

Victor ergueu os olhos, surpreso em ouvir tais palavras. Era quase difícil de acreditar que Harry estava realmente as dizendo.

— Senhor Harry Darwin, há uma semana Matthew foi conversar com você e antes que tivesse a chance de explicar a que veio, o senhor brigou com ele e disse que não deveria mais ser contatado. Se tivesse esperado, talvez tivesse ouvido de Matthew que precisávamos da sua ajuda. Você é forte e ágil e consegue nadar melhor que nós dois. Foi por isso que sugeri pedir sua ajuda. A missão pedia isso. Nós fomos sozinhos, mesmo com baixas chances de vitória, e apanhamos algumas vezes durante o curso da missão. Devo dizer que muitas dessas vezes sugeri que voltássemos para falar com você, mas Matthew se recusou. Parece que deixou muito claro que não devia mais ir procurá-lo. Então ele não foi, e agora estamos ambos feridos, mas vamos nos recuperar. Matthew está machucado porque me protegia, e eu estou machucado porque o protegia. O senhor está muito bem, como posso ver.

Harry prendeu o ar no peito, pensando numa forma de responder. Não tinha se perguntado por que Matthew tinha ido vê-lo.

— Antes de você aparecer, tudo estava bem.

— Que frágil sua amizade, Harry Darwin, que desapareceu quando eu apareci.

— A culpa não é minha! — Harry se defendeu. Os punhos se fecharam, seu rosto ficou vermelho e os olhos lacrimejaram. Mas ele não ia chorar. Não na frente de Victor. Mesmo que houvesse uma bola em sua garganta.

— Isso significa que admite sua inutilidade para Matthew?

Harry mordeu o lábio, tentando não chorar. Olhou para a xícara de chá esfriando em sua mão e tentou bebê-lo para desviar a cabeça e não derramar as lágrimas.

— Isso significa que ele era meu melhor amigo, e eu era o melhor amigo dele, e ele precisava de mim, e eu precisava dele. Ele mesmo disse. E agora...

— Agora ele não precisa mais. E você logo não precisará.

Victor pôs um pedaço grande de bolo na boca e o engoliu com calma, observando a reação de Harry. Era quase como um robô, com sua postura ereta, seu mastigar lento e sempre na mesma velocidade. Sequer reagiu quando Harry levou a mão aos olhos para tapar o choro.

— Ele precisou de você e você deu as costas. Muitas pessoas deram as costas a Matthew. Você não foi diferente daqueles que bateram nele. Você diz que era o melhor amigo dele, mas tem vergonha de estar perto dele em público. Mas está tudo bem. Não há bem ou mal nesse mundo, Harry. Portanto também não há culpa. Matthew compreende isso. Compreende seu papel nessa vida, e você deve compreender o seu. E não é ao lado dele. Suas lágrimas são apenas... solução química de lubrificação dos seus olhos. São naturais e, para o Universo, pouco representam. Lágrimas não choradas não abrem feridas. São insignificantes. O sofrimento em si não é nada para o tempo.

Harry não era capaz de entender aquelas palavras. Não era capaz de deixar de lado seu sofrimento nem de compreender que ele nada representava. Porque era ele sentindo. E, para ele, o sofrimento era tudo nesse momento. Era todo o seu ser. Era como seu sangue fluindo.

— E suas lágrimas, Harry, também não trarão Matthew de volta.

Dizendo isso, Victor terminou seu chá num gole, pegou sua mochila e levantou-se da cadeira. Harry ficou ali por mais alguns minutos, para não ter que atravessar o refeitório soluçando de tristeza.

29. VALENTINE

O St. Raphael não era tão conhecido pelo polo, simplesmente porque o polo não era um esporte muito conhecido. O principal esporte, o mais competitivo e a paixão de todos, era o rugby. Quando o futebol ganhou bons jogadores, a torcida também aumentou. Havia um campo para cada esporte, flanqueando os limites da construção do St. Raphael. Ambos tinham arquibancadas, que ficavam lotadas em dia de jogos.

O campeonato era disputado entre todos os colégios internos da cidade, seis no total. No início, havia um rodízio anual, feito por sorteio, para decidir onde os jogos seriam. Porém, com a entrada de dois novos colégios na competição, todos os demais ficaram pequenos para comportar todos os alunos. O St. Raphael era o único com estrutura para sediar o campeonato interescolar.

Mas isso não significava que durante o campeonato, o colégio não ficasse absolutamente lotado de estudantes. Havia gente em todos os lugares, o tempo todo. E ouviam-se gritos de celebração toda vez que algum time, em algum canto, marcava um ponto. Eram duas semanas sem aula, em maio, em que muitos pintavam o rosto com as cores da bandeira de seu respectivo colégio, outros vestiam a camisa do time, outros saíam cantando o hino. A semana do torneio coincidiria com o aniversário de Harry e ainda assim o garoto mal se lembrava disso. A única coisa que fazia que se lembrasse do próprio aniversário era o fato de que Damon prometera visitá-lo.

Harry acordou cedo naquele dia. Muito antes da alvorada. Muito antes dos estudantes externos chegarem. Bill também acordara cedo. Os dois estavam igualmente nervosos. Era uma adrenalina boa, que fazia Harry se sentir vivo. Os dois sorriam feito bestas e se alongavam ainda no quarto, ao mesmo tempo que juntavam o equipamento de polo. Ouviram o hino do St. Raphael sendo cantado no corredor e imaginaram que algum atleta do rugby estava passando, seguido de alguns fãs.

— Vai dar certo — disse Harry, vendo Bill tremer.

— *Porque somos filhos de Davi, e para nós não há gigante que não cairá* — gritavam os jovens no corredor. — *Não há gigante que não cairá, não há mente que não curvará.*

Bill sorriu, como se o hino reavivasse as esperanças. O garoto fez que sim e abriu a porta, para que ambos entrassem no grupo de garotos cantando.

— *O St. Raphael trará a honra, da provação virá a vitória, somos filhos de Davi, de tua força, nossa glória* — cantavam Harry e Bill.

Perto das oito horas, o portão foi aberto para o primeiro ônibus entrar. O primeiro visitante não era o St. Mary, mas sim um mais distante, do interior. Os alunos e alunas vestiam uniformes em tons de vermelho vibrante, o que os destoava dos garotos do St. Raphael, que não tinham muito interesse nas garotas de lá. Alguns sim, alguns não se importavam. Mas muitos falavam das garotas dos colégios públicos com maus olhos. Harry já nem conseguia rir da capacidade em achar que mulheres são recurso natural e que devem ser julgadas em boas ou ruins. Dessas pessoas, Harry tinha um asco insuperável.

Os atletas foram todos convidados a um café da manhã especial. O diretor veio até eles para parabenizá-los e dizer que já eram vencedores — mas casualmente lembrá-los da história de vitórias do St. Raphael. Ao final do seu discurso, todos os atletas cantaram o hino do colégio em uníssono.

Quando saíram do refeitório, mais dois ônibus estavam chegando. Nenhum deles do St. Mary. Um dos garotos fungou, frustrado. Harry não podia se importar menos. Seu estômago estava mais preocupado com o nervosismo de jogar na frente de uma plateia. Os jogos durariam duas semanas, durante as quais os alunos dos demais colégios ficariam em barracas montadas no gramado extenso do St. Raphael. Cada colégio com uma cor diferente. As meninas ficariam mais distantes, no gramado ao lado do prédio de Ciências Humanas, que era uma área bem menor.

Harry se encontrou com o time na igreja, onde todos os atletas haviam sido reunidos para uma missa de boa sorte. David parecia calmo e tranquilo. Rezava baixo, simplesmente seguindo o padre. Um dia normal. Uma missa normal. Frederic era de longe o mais nervoso. Via suas mãos tremendo, suadas, pressionadas uma contra a outra. Harry não sabia muito bem o que fazer. Olhava para a estátua de Jesus na cruz e se sentia pouco confiante em rezar. Era só um jogo, não era? Era um campeonato escolar.

— Primeiro jogo contra Highbury, certo? — disse Denis, logo após a missa. — Não ganham há muito tempo.

— Não vamos subestimar ninguém — declarou David. Ele já carregava sua mochila com equipamento do polo. — Se forem bons, vamos vencer. Se forem ruins, vamos massacrá-los.

— Parece uma boa estratégia — disse Denis, com ambas as mãos nos bolsos.

Quando o time saiu da igreja, mais três ônibus entravam. O que significava que não faltava ninguém. Pararam para observar os atletas do St. Mary descendo, com seus uniformes alinhados. As meninas com saias xadrez e gravata curta. Os meninos usavam coletes e gravatas com listras vermelhas e douradas, e quase todos os alunos carregavam grandes mochilas. Professores e voluntários ajudavam a tirar as malas dos bagageiros, com as barracas e pertences. Os treinadores dos times lideravam os atletas para os centros de concentração, montados pelo St. Raphael. Harry observava os que tinham um crachá escrito "polo aquático". Frederic procurava pela namorada. Denis observava as garotas. David localizava o irmão de Tobias Chaucer, o maior jogador de polo que o St. Mary já teve, responsável pela derrota do St. Raphael nos últimos anos. Hoje era jogador profissional, e diziam que o irmão queria seguir o mesmo rumo.

— O primeiro jogo é de rugby. St. Raphael e Blackrock — disse Bill.

Harry sabia que, conhecendo David, ele não ia querer assistir a qualquer outro jogo, preferindo se concentrar na partida. Mas o diretor já havia avisado que torcer pelo colégio era importante e tinha fechado todos os ginásios dos outros esportes para que todos fossem ao jogo de rugby. Então, às nove horas, todos rumavam para o jogo das dez.

Harry não procurou por Matthew nem Victor. Não fazia mais isso. Nem instintivamente. Não olhava mais ao redor, não buscava mais por Matthew nos cantos mais afastados, nas sombras, escondido onde ninguém notaria. Era fácil não notá-lo. Então Harry não notava. E sentia um aperto no estômago sempre que lembrava disso. Que não deveria olhar para Matthew.

O time pegou um bom lugar nas arquibancadas. O time de rugby já estava em campo, cantando o hino do colégio. Todos os alunos do St. Raphael cantavam junto. Harry quase se sentia tocado por toda aquela união. Mesmo que todos fossem preconceituosos, homofóbicos e com senso de superioridade com todos que fossem diferentes.

O jogo começou às dez em ponto. Blackrock havia se atrasado, mas conseguiram estar lá a tempo para que o apito fosse soado no horário certo. O time na arquibancada gritou o hino, tentando vencer os cânticos do St. Raphael. As demais escolas estavam divididas entre o time da casa e o visitante.

Harry sequer cogitava que Matthew estivesse no campo. Não havia a menor possibilidade de o garoto estar perdendo tempo no meio de toda aquela gente que odiava. Ou assistindo a um esporte que odiava. Talvez até torcesse contra o St. Raphael. Talvez usasse esse tempo para percorrer falhas temporais com Victor. Harry preferiu não pensar, mas pensou mesmo assim.

E, perdido em pensamentos, Harry perdeu o primeiro ponto do St. Raphael. E o do Blackrock. E as líderes de torcida do Blackrock dançando. Coisa que o St. Raphael não tinha. Assustou-se quando a arquibancada toda se levantou, em êxtase, pelo passe magnífico do jogador principal. O ídolo do time. Mas a cabeça de Harry estava distraída. Seu estômago estava enjoado. E logo a agitação toda e as pessoas de pé pulando e cantando começaram a fazê-lo se sentir claustrofóbico. Ficou sentado um tempo, de olhos fechados, mas quando os abriu, tudo piorou. Frederic e David estavam logo ao seu lado, gigantes. Era como estar se afogando na multidão. De repente ficou sem ar e a ponta dos seus dedos congelaram. Levantou-se e se embrenhou no meio dos alunos, empurrando-os para conseguir espaço para respirar.

Quando finalmente saiu das arquibancadas, sentiu o ar fresco secar as gotas de suor gelado de sua pele. Engoliu em seco e andou na direção contrária do campo, decidido a se manter longe da agitação e do barulho. Na Praça do Arcanjo, ele se jogou na grama embaixo de uma árvore, respirando alto, ainda com o estômago embrulhado. Foi quando ouviu o som de passos no gramado, aproximando-se rápido. O garoto ergueu o tronco e viu uma garota vindo em sua direção.

Ela se ajoelhou ao seu lado, mas manteve uma pequena distância, como em respeito. Estava preocupada e arfava por ter corrido. Alguns fios de cabelo loiro estavam grudados em sua testa. Eram longos e lembravam muito o cabelo da partícula que quase beijara há tempos, Carola.

— Você está bem? Te vi correndo. Está pálido.

Harry inspirou longamente e voltou a deitar o corpo todo na grama, olhando para cima, para a copa da árvore.

— Só estou nervoso pro jogo — explicou.

Ela sorriu um pouco, mas Harry não chegou a ver.

— Você é jogador, então? Joga o quê?

— Polo. Não é grande coisa, eu sei.

— Acho que nunca assisti a uma partida de polo.

Harry fechou os olhos enquanto sorria, quase rindo.

— Normal.

Ela ficou em silêncio um tempo, e ele não viu a expressão dela durante esse período, permanecendo de olhos fechados. Então sentiu um cutucão no braço.

— Eu vou assistir à sua partida.

Harry abriu os olhos e virou a cabeça para olhar para ela. Suas bochechas estavam vermelhas, evidenciando as sardas carinhosamente pingadas sobre seu nariz.

— Você me conhece? — ele perguntou, com certo receio de parecer rude.

Ela fez que não com a cabeça, quase rápido demais.

— É que você parece bem abatido. Só queria te alegrar.

Harry sorriu abertamente.

— Obrigado, mas só estou nervoso mesmo. Mas é muito bem-vinda pra assistir a uma emocionante partida de polo.

Ela sorriu, quase rindo. Havia se levantado para se sentar no banco mais próximo, enquanto Harry permanecia deitado.

— Eu nem sei seu nome — disse Harry.

Ela pareceu pensar a respeito. Antes de responder, arrumou o cabelo que ainda estava na testa.

— Valentine.

Harry sentou-se na grama, agora que já se sentia melhor. Sem a claustrofobia, sem o medo e o desespero. Seu peito estava mais leve. Por um momento pensou em ficar na grama, mas então se levantou para se sentar ao lado de Valentine.

— Harry Darwin — disse. — Você é do St. Mary, certo? Pelo uniforme.

Ela fez que sim, olhando para as próprias roupas.

— É, mas faz pouco tempo. Pelo menos é melhor que o St. Raphael.

— Melhor? — riu, aceitando o desafio. — Por que acha que é melhor, senhorita Valentine?

— Bom, pra começar, não é só para garotos. E as pessoas não são tão preconceituosas. Muitos bolsistas, quase metade. Ouvi dizer que o St. Raphael está cheia de meninos orgulhosos e insolentes. Gente que se odeia sem motivo. Gente cega e obediente, um bando de soldadinhos sem cérebro. Babuínos bem-treinados.

Harry riu alto, simplesmente porque concordava com tudo aquilo. Não podia negar nenhuma das afirmações. Não sabia que a fama do St. Raphael era tão disseminada.

— É, por esse lado você tem razão. Ainda assim, vamos ganhar o campeonato.

— Ah, sim. Pode ser que sim. Não me importo com isso. — Ela deu de ombros.

A ideia de não se importar com o campeonato era surreal para Harry. Nos últimos meses, era só isso que se falava, só isso que se discutia naquele colégio.

— Onde estão seus amigos? — ela perguntou.

Harry engoliu em seco.

— Lá no campo assistindo o jogo, como todo mundo.

— Por que te deixaram sair correndo e passando mal?

Harry franziu o cenho com aquela pergunta e olhou para Valentine. Seus olhos eram grandes e muito claros, mas desviou o olhar, aparentemente incomodada.

— Eu não disse que estava passando mal.

Ela revirou os olhos, torcendo o canto da boca. Harry piscou algumas vezes. Era como ter visto Matthew no lugar da garota. Era o mesmo gesto de Matthew. Era o mesmo olhar sem paciência. E para provar que não fora só impressão, o coração de Harry se agitou.

— *Eu* percebi que você estava passando mal. Era bem óbvio.

— Eles estavam assistindo o jogo. Ninguém estava olhando pra mim na hora.

— Não parecem bons amigos — ela disse, dando de ombros novamente.

— São os amigos que tenho — justificou Harry. — Como você mesma disse, as pessoas daqui não são muito legais. Pelo menos eles ainda estão aí.

Ela franziu os lábios, desgostosa, e deu de ombros, encerrando o assunto. Em vez de insistir, a garota se levantou e começou a andar na direção da estátua do anjo. Quando percebeu que ela não pararia, Harry se levantou e trotou por alguns segundos para alcançá-la

— Ei, tá indo aonde? — perguntou.

— Andar por aí. Conhecer seu colégio enorme e centenário.

— Ah — soltou um muxoxo e continuou andando ao lado dela por um tempo antes de tomar coragem. — Posso te acompanhar?

Ela deu de ombros de novo, e Harry entendeu como um sim.

— Algum lugar especial pra ir? Algum lugar favorito? — ela perguntou, ainda andando à frente dele.

Harry pensou por um momento, ainda que a resposta estivesse fácil. Só não sabia se queria levá-la até lá.

— Tem o lago. É bem legal. Eu gosto.

Ela revirou os olhos novamente, mas Harry nem viu. Ela andava muito mais rápido que ele e parecia ir na direção certa para o lago.

— Você nada aqui? — ela perguntou, quando chegaram. — Parece perigoso.

— É um pouco. Tem plantas lá no fundo, dá pra prender o pé — disse, olhando para as águas escuras do lago. Ainda lhe davam arrepios.

Ela fez que sim com a cabeça e se sentou na borda do deque. Então tirou os sapatos e colocou os pés na água.

— Que horas é seu jogo?

— Daqui a uma hora.

Ela sorriu e começou a desabotoar a camisa branca com o símbolo do St. Mary. Harry sentiu os pelos da nuca eriçarem, chocado. Valentine dobrou as vestes e colocou sobre o deque, incluindo a saia. O garoto engoliu em seco, incapaz de dizer qualquer coisa. Era também a primeira vez que via uma garota só com as roupas de baixo. Ela não pensou duas vezes antes de pular na água, de cabeça.

— A água é quente! — ela observou, após emergir na superfície da água.

Harry gaguejou antes de conseguir concordar.

— É, tem um... um lençol freático ou... sei lá. A água nunca congela.

— Você não vem?

Harry engoliu as palavras. Não sabia exatamente se era porque havia uma garota seminua nadando no lago ou porque ainda não tinha coragem suficiente para nadar no local onde quase morrera.

— Acho que não — respondeu Harry, sentindo a garganta raspar. De repente só queria um gole de água e um buraco para se esconder.

Valentine submergiu, mas o garoto ainda conseguia ver seu vulto deslizando sob a água, como uma lontra. Apareceu de novo perto do deque.

— Por que não?

— Eu devia estar concentrado na partida. Não quero ficar cansado e tal.

Ela soltou um muxoxo que fez Harry engolir em seco de novo e pisar em falso ao tentar se afastar. Tropeçou, escorregou e caiu sentado no deque. Enquanto seu rosto queimava, a garota ria e ria tanto que chegou a precisar se apoiar no pilar do deque. E por bastante tempo Harry apenas manteve a cabeça baixa e tentou rir de si mesmo, enquanto a gargalhada dela ecoava no meio das árvores ao redor do lago.

— Você é meio estabanado, né? — disse a garota, após cerca de um minuto rindo.

Ele sequer se levantou. Suas pernas ainda estavam moles de nervosismo e achou mais simples ficar sentado. Só ficou mais próximo do fim do deque.

— Teve um acidente nesse lago — Harry disse, quase tentando se justificar.

— Teve? — ela perguntou, parecendo interessada. — O que aconteceu?

— Um aluno se afogou.

— Morreu?

— Salvaram ele. Mas foi por pouco.

— É? E quem salvou ele?

— Um outro aluno. Um amigo meu. Ex-amigo meu. Ou algo assim. Poucas pessoas ficaram sabendo. Foi quase mesmo.

— Esse ex-amigo seu deve ser muito corajoso. Esse rapaz não sabia nadar?

— Sabia bem demais. Conhecia bem o lago. Não sei o que foi acontecer.

E Harry realmente não sabia. Porque o dia do acidente ainda era algo obscuro em sua cabeça. Como um ponto inicial, sem nada antes. Não havia memória dele chegando ao lago. Não havia memória dele mesmo decidindo ir até lá. Não fazia ideia do que estava fazendo lá. Só se lembrava de acordar na cama depois. E de não conseguir mais entrar no Lago dos Padres.

— E por que ele é seu *ex*-amigo?

Harry suspirou e deu de ombros.

— Ele brigou comigo.

— E o que ele fez pra você brigar com ele? — perguntou Valentine, torcendo o rosto.

Ele respirou levemente irritado. Por que ela assumia que a culpa era dele?

— Ele não quis mais ser meu amigo, sei lá. Ele tem amigos melhores. Como você disse, ele é muito corajoso. Então ele tá bem melhor assim. Eu sou estabanado, ele é corajoso. Sabe, ele não teria caído como eu. Não teria passado vergonha. Ele não passa vergonha. Não faz essas coisas bestas que eu faço.

— Que besteira sua — exclamou, e Harry teve a nítida impressão de que ela estava até ofendida por suas palavras. — Como você diz algo assim? Se ele era seu amigo, é porque confiava em você, porque gostava de você! E enquanto isso você tá aí, chamando de ex-amigo. Aposto que sente sua falta. E tá sentindo sua falta neste momento. E você só dá atenção praqueles amigos falsos seus no campo.

— Ele não tá sentindo minha falta. Ele tem outro amigo. Um amigo muito melhor.

Valentine revirou os olhos e aparentemente desistiu de convencê-lo. Ela simplesmente empurrou o corpo, se apoiando no deque, e afundou na água novamente. Ele ficou observando, seguindo seu trajeto na água, enquanto ela se divertia sem se importar com o olhar dele. Quando se deu conta, seu relógio estava apitando.

— É quase hora do jogo — ele disse a si mesmo, levantando-se.

Valentine fez sinal que ele podia sair correndo e ele o fez. Passou por um grupo de jogadores de futebol que conversavam com as líderes de torcida do St. Mary. Um dos rapazes ergueu o punho para saudar Harry.

— Boa sorte no polo, Darwin! Vai St. Raphael!

Harry não fazia ideia que alguém fora seu time sabia seu nome. Mas sorriu e ergueu o punho em resposta enquanto corria.

O time principal de ambas as escolas já estava todo no ginásio quando Harry chegou. David era o único vestido com o uniforme completo, incluindo a touca com sua numeração. Frederic ainda conversava com um dos jogadores do outro time e acenava para a namorada, sentada na arquibancada, vez ou outra. O jogador impunha respeito com sua altura, diferente de Denis, que passava despercebido como jogador.

— Demorou — disse David, quando Harry chegou.

Harry estava suando e sentia seu estômago ardendo. Havia muitas pessoas no ginásio, mais do que havia se acostumado a ver. O St. Raphael não estava acostumado com tanta fama para o polo. Um grupo até cantava o hino, empolgado. Um rapaz passou pela piscina em direção às arquibancadas gritando "*Destrói eles, David!*".

— Estava tentando me concentrar — explicou Harry.

O capitão jogou uma mochila com equipamento especial para Harry. Touca e sunga nova, óculos profissionais. Tudo com o símbolo do St. Raphael.

— Cortesia do diretor. Vai se trocar.

Harry fez que sim e foi para os vestiários, onde encontrou Greg enfiando a touca na cabeça, tentando não deixar seu cabelo para fora. Estavam todos muito mais fortes agora do que antes da temporada de treinos. Greg estava arremessando com uma força impressionante. Denis estava muito mais rápido. Bill agora tinha reflexos imbatíveis. Nem mesmo David estava conseguindo fazer um gol no guarda-redes. E o time suplente não ficava muito para trás. Fernand, seu reserva, havia se tornado bom o suficiente para que Harry tivesse medo de perder a vaga titular.

— Tem umas cem pessoas lá fora — disse Greg.

Harry balançou a cabeça. O nervosismo já estava lhe dando enjoo. Ele se trocou sem dizer mais nada e só saiu junto aos demais, quando Denis veio lhes chamar para cantar os hinos.

O hino do St. Raphael parecia uma música de igreja, enquanto o do Blackrock era muito mais agressivo. Enquanto era cantado, Harry permaneceu quieto, apenas olhando para as arquibancadas, buscando rostos conhecidos, observando as expressões. Havia muito mais meninos do que meninas, o que era de se esperar, mas elas estavam lá. E quase sempre em grandes grupos. Mas duas coisas chamaram a atenção de Harry e lhe causaram um desconforto na boca do estômago.

A primeira, a presença de Valentine, com os cabelos ensopados, a camisa branca molhada onde o cabelo comprido e loiro caía.

A segunda, Matthew não estava em lugar nenhum. Nem Victor.

Harry e David foram os únicos que não foram substituídos durante os quatro tempos. Após trinta minutos, Bill torcera o cotovelo e pedira para sair logo após levar um gol por não conseguir segurar a bola em alta velocidade. O novo goleiro ainda levou outro gol. E esses foram os dois pontos contra que o St. Raphael levara. O que não fez muita diferença para o resultado, já que Harry sozinho fizera três gols e David, outros quatro.

Tão logo o apito soou, a torcida explodiu em gritos. O ginásio todo vibrava, a estrutura de ferro tremia, o chão tamborilava. Harry não poderia tecer muitos detalhes sobre o que acontecera no jogo devido à adrenalina, mas se lembrava bem da gritaria, das palmas, lembrava de ser erguido acima da água e do silêncio calmo e orgulhoso no sorriso de Valentine.

30. O MELHOR PRESENTE DE ANIVERSÁRIO DA VIDA DE HARRY DARWIN

No dia de seu aniversário, Harry acordara mais cedo do que de costume. Ainda mais cedo do que teria acordado só para o jogo daquele dia. No quarto dia de campeonato, o St. Raphael já havia ganhado quase metade de suas partidas e todas de polo. O time de tênis estava bastante fraco e o de luta livre havia perdido um lutador importante quando quebrou um braço no treinamento. Mas o rugby e o futebol, grandes favoritos, haviam ganhado após partidas muito disputadas.

David estava contente com o time e os liberou do treino pré-partida. Harry agradeceu por isso. Estava tão ansioso para ver Damon que não conseguira dormir. A promessa de vê-lo novamente o fizera deixar de focar tanto no campeonato para, pela primeira vez, ansiar pelo aniversário. Então Harry se trocou, colocando uma roupa especial, e saiu do quarto antes que sua mãe pudesse ligar para lhe dar os parabéns, ou mesmo que os estudantes tivessem acordado para vê-lo passando pela estátua do anjo e entre os prédios, até chegar ao Lago dos Padres. Havia dezenas de barracas onde as escolas estavam acampadas e quase ninguém estava acordado.

Uma leve fumaça podia ser vista saindo da água, já que era consideravelmente mais quente que o ar. O garoto ficou na ponta do píer e pôs-se a olhar de um lado para o outro, procurando qualquer sinal de Damon.

— Cuidado pra não cair.

Harry sentiu o coração parar e então acelerar de uma só vez. Ele deu meia-volta para ver o garoto alto, esguio e dos cabelos tão negros. Era como uma versão espichada de Matthew. Sem o ar de rebeldia e o revirar de olhos.

— Damon — Harry balbuciou, com um sorriso se formando em seu rosto. — Você veio.

Damon fez que sim e esticou um dos braços, oferecendo-lhe a mão.

— Vem cá. Tem coisas que eu quero te mostrar.

O sorriso de Harry se espalhou por todo seu rosto enquanto o garoto se aproximava, e seu coração insistia em bater cada vez mais rápido, até dar a mão ao garoto mais alto.

— Aonde vamos?

— Precisei de um tempo pra achar uma falha nos lugares certos que quero te levar. Então vou fazer surpresa.

Harry fez que sim e, no instante seguinte, sentiu seus pés gelarem ainda mais que antes, no outono inglês. A madeira do píer foi substituída por uma camada extra de neve e seus pulmões se encheram de um ar gelado, que de repente pareceu insuficiente. O mundo parecia mais frio e rarefeito. Ventava muito, e Harry mal enxergava. Não fosse pela luz que vinha do céu, talvez nem visse um palmo à frente dos olhos. O garoto teve a reação instantânea de buscar pelo relógio e ver que horas eram.

— Tem noção de quanto tempo eu precisei pra achar uma falha numa altura relativamente alta do Everest, acima das nuvens, em noite de lua cheia? E você está olhando o relógio? — disse Damon, rindo. Falava alto para sobrepor o barulho dos fortes ventos. — Respire devagar. Eu te trouxe aqui por um motivo. Só preciso que respire com calma e olhe pra cima.

Harry olhou. O céu estava limpo, pois estavam bem acima das nuvens. Tal como Damon dissera, a Lua estava cheia e enorme no céu, como se pudesse tocá-la. Seu brilho era muito maior do que o normal, sem ser barrada por poluição nem competir com a iluminação artificial das cidades. Mas não era a Lua a maior atração. Daquele lugar, Harry conseguia ver não só um céu tomado por estrelas, mas também um véu branco que o atravessava. A Via Láctea era uma visão que Harry só havia tido em imagens. E mesmo com o vento, o frio, a sensação de que seus calcanhares estavam congelando, Harry sentiu seu corpo todo recoberto de uma sensação inexplicável, que aqueceu sua alma.

A cada minuto, pelo menos uma estrela cadente era vista. O céu todo brilhava. O véu branco, cortando o céu, parecia uma fratura, um portal, parte de ficção científica.

— Faz mil pedidos — gritou Damon, sorrindo. — Tem muita estrela cadente!

Harry riu e nem reparou que ainda segurava a mão de Damon. Não ia admitir, mas fizera um pedido, um só. Pediu que Damon não morresse. Pediu que estivesse sempre ali ao seu lado. E se tivesse mesmo direito a tantos pedidos, que este fosse repetido quantas vezes e quantas vidas fossem necessárias.

— Muito frio? — Damon perguntou.

Harry fez que sim com a cabeça. Não queria arriscar abrir a boca naquele vento gelado.

Então Damon apertou sua mão e começou a correr, puxando Harry consigo. Harry correu atrás dele por um tempo, até perceber que se encaminhavam para a beirada da montanha. Então tentou brecar, tentou puxar Damon de volta, tentou gritar, mas antes que pudessem parar, se lançaram numa imensidão atordoante, envoltos naquele ar gelado que passava por eles rápido o suficiente para que cortasse a face. Harry sentiu um frio no estômago. Fechou os olhos, apertando a mão de Damon, e preparou-se para sentir o impacto.

O impacto, no entanto, foi muito melhor do que imaginava. Seu corpo se recobriu de uma sensação gelada, mas não tão gelada quanto o ar no monte Everest. Parecia estar flutuando. Quando abriu os olhos, sentiu-os arder após ver uma imensidão azul ao seu redor. Só então seu cérebro conseguiu processar que estava dentro d'água.

Começou a agitar os braços para alcançar a superfície, o que fez rapidamente. Damon, ao seu lado, ria. Harry ia ficar bravo, mas a risada de Damon não deixou. Logo o garoto estava rindo também.

— Onde estamos agora?

Damon ainda ria, mas agora eles nadavam em direção à terra firme, que era bem próxima. Uma ilha com areia branca e fina.

— Ilha Heron. Perto da Austrália — disse Damon, finalmente saindo da água. Suas roupas estavam completamente encharcadas, assim como as de Harry. — É bem pequena, mas não é deserta. Tem um centro de pesquisas e um hotel. Estamos na baixa temporada, não deve ter muitos turistas.

Harry foi obrigado a tirar o jeans ensopado, pois estava pesado demais para andar pela ilha. Damon fez o mesmo, com muito menos timidez, e os dois começaram a andar na areia branca, afundando os pés, sentindo o calor emanando tanto de baixo quanto de cima.

— Nunca pensei que viria num lugar desses — Harry admitiu.

— E que graça teria eu te trazer num lugar que você poderia vir sem mim?

Sentaram com os pés na água, próximo a algumas pedras, onde já não havia areia entre a vegetação e o mar e havia sombra. As ondas eram fracas e dispersas. Suas roupas logo secaram. Harry se espreguiçou, sorrindo simplesmente por estar olhando para uma imensidão azul que se encontrava com outra imensidão azul no horizonte.

— Vou buscar alguma coisa pra comer — avisou Damon, levantando.

O garoto sumiu entre a vegetação, voltando cerca de meia hora depois, quando Harry já estava dormindo confortavelmente, usando a própria calça de travesseiro. Trazia dois cachorros-quentes, um em cada mão, e uma garrafa de refrigerante debaixo do braço.

— Não sabia que estava tão cansado assim — falou Damon, rindo.

Harry acordou esfregando os olhos, mal acreditando que ainda estava naquela ilha e não era um sonho.

— Onde conseguiu cachorro-quente?

— Tem um hotel aqui, lembra?

— E dinheiro? A gente caiu na água.

— Tenho meus métodos.

Harry franziu o cenho e ainda não aceitou o lanche.

— Você roubou esse cachorro-quente?

— Harry, eu mesmo fiz esse cachorro-quente. E é só isso que temos pra comer por aqui. Vai, come, a gente vai ver o sol se pôr e um pouco da noite.

Harry aceitou por fim, ainda incerto. Mas estava mesmo com fome, e o refrigerante também foi muito bem-vindo. Pouco tempo depois, os dois estavam correndo em direção ao mar, deixando as roupas protegidas da água, para mergulhar. Havia muitos corais das mais variadas cores e formas. A água era translúcida, e muitos peixes vinham nadar por perto, alheios ao perigo. Harry arriscou ir mais para o fundo, dado que nadava muito bem, além de prender a respiração por tempo suficiente para conseguir ver uma tartaruga nadando como se fosse um pássaro voando leve na água. O lugar era uma reserva ambiental de alto valor ecológico, pouco tocado pelo ser humano e de beleza sem igual.

Quando estavam cansados demais para continuar nadando e o pôr do sol se aproximava, deitaram na areia para aproveitar os últimos raios e se secar. Logo era noite e o céu estava quase tão belo quanto no Everest.

— Imagino que haja um motivo pra você ter me trazido aqui, especificamente — disse Harry, cabeça apoiada nas mãos.

— Eu só queria te trazer num lugar em que você jamais viria, um lugar que pra sempre fosse associado a mim.

— Meio cruel isso.

— Cruel?

— Eu vou sempre pensar nos lugares que poderia ter ido se você não tivesse morrido.

Damon respirou fundo, olhando para cima, sem responder por um bom tempo.

— Penso nisso o tempo todo.

— Mas isso não muda sua opinião.

— Minha opinião?

— Você se matou. Você me salvou e então se matou.

Damon fechou os olhos e engoliu em seco. Então virou o corpo todo para Harry e tocou-lhe o braço. Em seguida o mundo girou novamente e o garoto se viu na beira de uma costa rochosa. Ondas quebravam violentamente trinta metros abaixo deles. O barulho da maré era a única coisa que conseguia ouvir. O céu estava limpo e o clima era levemente frio. Bem longe dali, Harry viu um grupo de pessoas acendendo uma fogueira, na outra grande rocha.

— Não consigo te levar pra lugar nenhum que seja isolado. Dependo das pessoas irem contra a história do tempo pra achar fraturas e seguir. Mas tudo bem, não vão nos ver.

— Assim parece que vai me assassinar.

Damon riu e começou a andar pela beira do costão. Harry o seguiu.

— Se eu quisesse você morto, era só não te salvar.

— Você salvou, no entanto.

— Eu te trouxe pra um costão rochoso no meio do nada e você nem perguntou por quê.

Harry revirou os olhos pelo desvio do assunto, mas continuou seguindo Damon. Eles se encaminhavam para o pé do costão, por uma trilha na beirada, de pedras cada vez mais escorregadias e cheias de pequenas conchas, presas à pedra como se fossem parte dela.

— Meio que desisti de fazer perguntas.

Damon deu uma leve risada.

— Não devia. Perguntas são importantes.

Finalmente chegaram a uma área protegida das fortes ondas por uma rocha que se estendia e formava algo como uma baía. Damon apontou uma caverna na encosta, já que o barulho das ondas colidindo era alto demais para que fosse ouvido. Harry fez que sim e os dois se ajudaram pelas rochas lisas, se apoiando em mexilhões e ostras para chegar à boca da caverna.

— Ok, me pegou, o que estamos fazendo aqui?

— Quero te explicar um pouco sobre o tempo.

— O tempo?

Damon fez que sim e sentou-se, encostado numa estalagmite.

— O Universo tem quase quatorze bilhões de anos.

— E daí?

Damon soltou uma risada.

— Quando você diz assim, nem parece grande coisa.

— Não é isso. Nós estamos numa caverna. O que o Universo tem a ver com isso?

— O Universo tem tudo a ver com isso. Você sabe onde estamos?

Harry olhou ao redor e deu de ombros.

— Numa caverna?

— Sim, mas fora isso — Damon riu. — Em relação ao tempo.

— Tipo que dia é hoje? Como eu vou saber?

— Exatamente. Onde estamos? Em que lugar do tempo estamos? Não faço ideia. Depois de eu nascer e antes de eu morrer, com certeza. Mas há um tempo enorme entre isso. Você já pensou no quão insignificante nós somos? Não estou falando de tamanho. Ninguém duvida que somos insignificantes em tamanho. Ninguém duvida que somos uma escala atômica em relação ao Universo. Mas em tempo. É difícil pensar no quão pouco nós somos, porque nossa vida é, literalmente, o maior período de tempo que podemos experimentar.

— Não quando você é uma partícula.

— Quando você é uma partícula, você gasta tempo da sua vida na vida dos outros. Você envelhece nas suas viagens, não se mantém estático. Sua vida está sendo consumida fora da sua linha do tempo oficial. A impressão de que você vive mais é falsa. Você vive menos. Primeiro porque a maior parte das partículas morre cedo. Segundo porque se envelhece muito rápido. E quanto mais tempo você passa fora da sua linha de tempo, mais você envelhece. Partículas, Harry, são partículas. Você é uma parte. Você é um pedaço do tempo. Eu sou uma partícula. Minha existência é passageira e pouco importante.

— Como pode ser pouco importante? É você quem…

— Eu quem corrijo o tempo? Não… Se eu morrer, alguém vai tomar meu lugar. Não sou escolhido pra completar uma missão porque é meu destino. Sou escolhido porque sou o mais capaz vivo. Se eu morrer, o segundo mais capaz vai corrigir o tempo. Partículas são dispensáveis, Harry.

— Ninguém é dispensável. Você não é dispensável. Sua família te ama, tem pessoas que te amam.

Damon sorriu.

— Meu pai foi assassinado e minha mãe morreu completamente fora de si. Nunca tive um único amigo em qualquer colégio que frequentei. Perceba, Harry, que não é algo que eu possa evitar. Minha existência é efêmera. Em minha própria linha de tempo, não posso mudar muita coisa. Vivo como uma sombra. E minha morte não faz escândalo, porque ninguém se importa de qualquer forma.

— Eu me importo! Eu não quero que você morra. Não quero que você se sacrifique por mim. Foi isso o que você fez, não foi? Você morreu pra me salvar.

— Eu morri porque o Universo cobra seu preço. Uma vida tem que ser dada para a que foi salva. Um funeral deve acontecer. As pessoas têm que acordar e ir ver o corpo.

— Que seja o meu, então.

— Você sabe que se eu não me matar, um grande buraco se forma no tempo, certo? E aí alguém vai aparecer pra consertar. Alguém vai vir pra te matar.

— Que venha.

Damon balançou a cabeça.

— Harry, eu nasci pronto pra morrer.

Harry não respondeu. O garoto pegou uma concha que estava perdida na caverna, provavelmente trazida pela maré. Quebrada contra as rochas ásperas. Não achava justo, é claro. Continuaria não achando justo. E principalmente agora que sabia que Matthew estava certo. Que Damon realmente se matara por ele. Mas aprendera com Matthew que era inútil argumentar com um Knight.

— Você sabe alguma coisa sobre a morte? Sobre o que acontece depois?

— Nada acontece depois. Não na nossa linha de tempo, pelo menos. Os mortos não podem influenciar os vivos. Ninguém nunca foi resolver um caso em que havia sido um fantasma a cometer um erro. A vida, Harry, é um empréstimo. Nós todos temos um pedaço do tempo conosco. É o nosso tempo de vida. Quando ele acaba, não tem mais nada depois disso. Não tem tempo. Acaba aí.

— Você não acredita em vida após a morte então? — Harry perguntou, batendo a concha contra o chão, distraído.

— Não se trata de acreditar. Eu digo o que vi, o que vivenciei. Digo o que posso ter certeza. Gostaria muito que houvesse um Deus. Esse Deus sobre o qual você ouve falar todo domingo na escola. Ouvi muito dele também. Gostaria de perguntar umas coisas.

Harry deu um sorriso fraco. Não era só na escola que ouvira. Seus pais eram bastante religiosos. Fizera escola dominical no bairro e rezava antes de cada refeição.

— Coisas do tipo por que algumas crianças morrem de fome?

— Não — respondeu Damon, dando de ombros. — Eu queria perguntar coisas como aonde ele quer chegar com tudo isso. Queria saber quem foi a primeira partícula. Que erro ela teve que corrigir. Só curiosidades.

— Nada como a existência de Hitler ou… sei lá, a pobreza? Grandes catástrofes?

Damon se inclinou para a frente e seus olhos mudaram, como se preparado para dar uma aula, não mais apenas conversando. Agora estava claramente no papel de um superior ali.

— Perceba, Harry. O conceito do que é certo e o que é errado foi estabelecido pelos seres humanos. Muitas das regras que seguimos são meramente culturais. E elas variam de país pra país, de lugar pra lugar. Em alguns lugares, a pena pra certos crimes é a morte. Em outros, a pena pro mesmo crime é a prisão. E em outros, o *ato* não é nem considerado crime. Houve sociedades que praticaram abertamente o canibalismo. Na maior parte do mundo considerado e chamado civilizado, não há sequer uma lei contra canibalismo, porque não é necessário, ninguém vai praticar. Pro tempo, nada disso é importante. A perda de um ente querido não é importante senão para a conclusão de um ciclo, para os efeitos que a morte causará. O tempo não está preocupado se você vai chorar ou não. Um terremoto que mata milhares de pessoas é apenas um efeito do tempo. Não é bom nem ruim, apenas é. Apenas acontece. Pessoas vão morrer, não porque merecem, mas porque sim. Você esteve com Matthew no caso em que ele teve de salvar um garoto que se tornaria um psicopata e mataria diversas pessoas. É parte do tempo. Não existe conceito de bom ou ruim. Não na realidade. Não fora da cultura. Não fora dos seus sentimentos. É tudo parte do tempo, vidas emprestadas, vidas devolvidas, atos, consequências. Toda ação tem uma reação. Quem classifica o quê como bom ou ruim somos nós.

— Então você acha que Deus não está preocupado conosco?

— Não é essa a conclusão que eu queria fazer. Eu só acho que o Deus que se intromete nas questões humanas, que causa eventos, que muda o tempo, que cura doenças e que tem claramente sentimentos humanos como raiva, rancor e amor, é apenas um reflexo do ser humano. Um antropomorfismo divino. Mas posso estar errado. Eu acredito, no entanto, no tempo. Que é onipotente, onisciente, onipresente. Que cria e destrói. E que não é uma entidade. Não até onde eu sei. O tempo só é. E mesmo o tempo pode ser atacado e destruído. Mas nós não vamos lá. Não chegamos aonde o tempo não vai. Nós dependemos do tempo.

— Aonde o tempo não vai?

— Aonde não há tempo. Onde a existência segue outras regras. Aonde nada é da forma que é aqui. Nós não vamos lá, nós não vemos. Nós nunca saberemos como é a singularidade.

Harry finalmente se situou.

— Buracos negros? É isso que está tentando dizer? Só que de uma forma bem mais mística? — ironizou.

— Buracos negros, sim. Onde a gravidade é tão forte que o tempo para. Não há tempo. O tempo é movimento, ele precisa acontecer. O tempo, é claro, está conectado com o espaço. A singularidade, ausência de tempo e espaço. Outras leis, outra realidade. Tempo e espaço, parados. Inexistentes. E, quem sabe, o começo de outro Universo. Outra dimensão? Há quem acredite que buracos negros sejam exatamente isso. Portais pra outros universos. Sendo singularidades, não há uma partícula que duvide que sejam portais para o mundo dos monstros atemporais. A realidade deles. Mas nunca saberemos. A menos que haja um Deus e vida após a morte e que eu possa perguntar.

Harry havia se esquecido de sua concha durante a explicação. Damon, no entanto, moveu-se de onde estava e pegou a concha, ajoelhando-se perto de um curso de água salgada, indo e voltando com a maré.

— O Universo se cria há quase quatorze bilhões de anos. Surgem as primeiras estrelas. As primeiras galáxias. Os primeiros mundos, sistemas. Tudo segue uma ordem que é tão absurdamente perfeita que uma ligeira alteração tornaria a realidade insustentável. São grandezas matemáticas que criam leis físicas. Mas quem está ali pra percebê-las? Para os homens, a Matemática, a razão, só faz sentido quando há alguém pensando nela. Decifrando. É difícil pensar nessas fórmulas todas sendo aplicadas no interior de uma supernova. Nos planetas percorrendo o vazio do espaço, presos pela gravidade, presos dentro de uma realidade onde não há conceito de direção, não há referencial. É difícil pensar no silêncio. Na escuridão. E coisas acontecendo ao mesmo tempo. Na luz percorrendo milhões de anos, porque não há dimensão de espaço que seja suficiente pra descrever o caminho percorrido. Anos, não quilômetros. Mas anos? Um ano é o tempo que a Terra leva pra dar uma volta ao redor do Sol. Então um ano, para a luz que nasceu da supernova distante, não é nada. Para todo o resto do Universo, um ano não é nada. Nossa medida de tempo e distância não significa nada para nenhum outro canto do Universo, a não ser na Terra, nas últimas centenas de milênios, para uma única espécie. A luz não percorre distâncias durante um ano. Ela percorre distâncias. E o tempo passa. O tempo existe, mas a forma de medi-lo foi criada por nós. Jamais confunda o tempo com o tempo que nós medimos. Eles não são a mesma coisa.

Damon escondeu a concha na mão e ergueu o rosto para Harry com um sorriso.

— Vem cá.

Ele se levantou e deu a mão a Harry para ajudá-lo. Com o cuidado de quem já havia estado naquele lugar, Damon o guiou mais para dentro da caverna. O caminho era sempre uma descida constante. Quando a luz começou a ficar muito escassa, o garoto tirou do bolso uma minilanterna, que mal iluminava um metro à frente dele. Harry começou a ficar com medo de se perder, mas até então era só um único caminho, com algumas curvas e lugares mais estreitos, mas só um lugar para ir. Então chegaram a uma área mais aberta, que Harry não podia nem imaginar o tamanho, pois não havia luz suficiente. Sabia que era um salão, pois os ecos de seus passos eram muito mais evidentes.

Damon tateou a parede, iluminando como podia com sua pequena lanterna, que Harry desconfiava ser uma caneta com dupla função. De repente, o garoto pareceu achar uma abertura na parede, de onde tirou um objeto. Então, se sentou. Harry se sentou ao seu lado. O objeto em questão se acendeu e iluminou o salão gigantesco e o lago no fundo. Era razoavelmente oval, com diversas estalagmites de calcário. Estavam sentados numa espécie de mezanino, com direito à visão privilegiada do salão todo. Harry não conseguiu deixar de se sentir extremamente pequeno. Vazio. Insignificante. O som era limitado, a luz mais ainda.

— Aqui foi onde eu melhor entendi o conceito de *nada*. Pense na escuridão. No silêncio. Dificilmente vai conseguir imaginar isso. Não nos acostumamos com esse conceito. Mas aqui…

Damon apagou a lanterna maior. A menor já estava desligada. A luz se foi com o clique do botão. O garoto também não mais falava, e sua respiração era baixa demais para se ouvir. Era apenas nada. O ar não se movia. Podia pôr a mão na frente do rosto, e não veria nem a penumbra de seus dedos. Não ouvia nada. Não sentia nada. Harry, naquele momento, apenas *existia*.

— Nada acontece. Mas ao mesmo tempo, tudo acontece. As leis ainda existem, mesmo sem que ninguém esteja ali pra ver. O Universo ainda se constrói. Os planetas agem obedientes às leis da Física. Massas gigantescas que sequer somos capazes de compreender, dançando valsa no Universo sem música. Moldando. Acontecendo. Milhões, bilhões, trilhões de galáxias dançando sob ordens de números que não existem. Sob uma regra absolutamente inquebrável. Rochas se chocando no vácuo, formando planetas. Reações químicas no calor de uma estrela. Átomos, que estão pouco se importando se nós os compreendemos ou não, chocando-se, transformando-se. Indo a distâncias gigantescas para formar a água, para formar a rocha, as plantas. E então temos reações biológicas, e tudo seguindo as mesmas leis, as mesmas regras do Universo. Evoluindo, expandindo, aprendendo, adaptando-se. Formando vida. Vida, Harry. A vida é outro mistério que me faz desejar que haja um Deus pra me tirar essas dúvidas. Nós somos feitos da mesma matéria que seres não viventes. Mas nós evoluímos. Das moléculas reagindo numa poça de água, viramos seres que extraem celulose da madeira e fazem lápis e papel pra calcular nossa própria existência. Pra traduzir a vida em Matemática. Pra traduzir o Universo em leis. E essas leis *existem*. Estavam aí sempre. E agora nós as entendemos. Nós sabemos que também obedecemos a tais leis. E brincamos com elas. De moléculas reagindo na poça de água, desenvolvemos pensamentos, sentimentos. Evoluímos para responder à reação de oxitocina e dopamina e traduzi-la como amor. Pense em quão insignificante nós somos, Harry, pense em quão pequenos. Uma anã branca pode existir por mais de cem bilhões de anos. Existem estrelas que fazem o Sol parecer um átomo perto delas. E somos um átomo perto do Sol. Mas, Harry, somos mais do que isso. Somos mais do que moléculas reagindo, somos tradutores da existência. Nós somos poetas, somos vivos. Nós somos únicos, a menos que se prove que existem multiuniversos com vários de nós, mas neste Universo e nestas leis, nesta realidade, você, Harry, e seus sentimentos e a combinação de DNA que te forma são únicos. Fica difícil imaginar que, se há mesmo um Deus, com tudo isso o que existe, ele vá se preocupar com quem desperta suas reações de amor, quando o amor é, por si só, algo muito superior. É realmente muito narcisista do ser humano achar que com tanta grandeza no Universo, ele, um ser insignificante, pode deixar seu querido Deus *triste.* A existência do amor, no entanto, é mais bela que todas essas leis. Porque nós conseguimos traduzi-lo em Química, Biologia, Matemática, Física. Conseguimos explicá-lo por meio da evolução, das leis de sobrevivência e de reprodução. Conseguimos entender padrões de atração. Desmontamos as reações que nos levam a suar frio, a ficar nervosos. Nós traduzimos o amor, mas não há quem o entenda, porque somos um amontoado de átomos formando moléculas, formando tecidos, órgãos, sistemas, um organismo plenamente funcional capaz de racionalidade, e esse conjunto de átomos, que nasceu dentro de uma estrela e hoje me forma, reage para estar atraído, não química, não física, não atomicamente. Este conjunto de poeira estelar que me forma ao acaso também por acaso está irremediavelmente preso às reações de oxitocina e dopamina que se formam em meu cérebro. Se há esse Deus, eu também quero perguntar se era de seu objetivo que o Universo começasse numa explosão e convergisse em tempo e espaço, para formar nossa galáxia, nosso sistema solar, nosso planeta, os elementos químicos em proporção correta, a vida, a evolução, bilhões de anos de reações, cultura, relações, pra permitir que um dia eu pudesse te trazer aqui, Harry, e dizer que te amo e que se há multiversos, nesses eu também, provavelmente, te amo. E em outras linhas temporais, te amei e te amarei.

Harry tomou fôlego. Respirou fundo. Sentiu a cabeça cheia de ar, desconectada do corpo, flutuando pelo salão. E então ficou muito claro que conseguia ouvir o próprio coração batendo. Adrenalina, Damon diria, sendo mandada para a corrente sanguínea. Reações. Mil reações deixando seu cérebro congestionado e fazendo com que fosse incapaz de dizer uma palavra sequer.

— Essa é a última vez que eu vou te ver — disse Damon, com o olhar perdido.

Harry engoliu em seco e agora o coração parecia ter parado de vez.

— Mas não é a última vez que você vai me ver — continuou, finalmente olhando para Harry. — Eu queria estar lá mais um pouco, porque você vai precisar. Tem tanta coisa. Tem tanto medo pra ser sentido ainda.

Harry conseguia ver os olhos de Damon refletindo a luz da lanterna maior. As lágrimas se tornavam óbvias, mesmo estando tão escuro.

— Eu queria que você me perdoasse. Pela minha covardia. Por tudo o que eu não disse e que você vai descobrir. Eu vou sair daqui, voltar pro dia que eu te salvei e me matar.

Harry balançou a cabeça e, após alguns segundos em silêncio, finalmente teve coragem para falar.

— Era eu que devia morrer, não é? Eu devia ter morrido naquele dia.

Damon fez que sim e mordeu os lábios. As lágrimas agora pingavam do queixo do garoto.

— Eu não consegui deixar você morrer.

A voz de Harry tremeu.

— Por quê? De onde você me conhecia? Por que eu em especial?

Damon se manteve em silêncio, deixando claro que não responderia àquela pergunta.

— O Matthew sabe disso? Ele sabe que eu deveria estar morto? Que eu sou a fonte dessa ferida?

Damon fez que sim.

— Ele sabe desde o dia que eu te salvei.

— Mas fizemos várias missões pra descobrir a causa de tudo isso…

— Ele cuidou de você. Pra que outras partículas não te achassem. Monstros. Partículas sentem a presença de feridas ou pessoas relacionadas a feridas. Você tem uma enorme ferida sobre você e por isso eu consigo sempre me teleportar pra perto de você, onde quer que esteja. Monstros vão começar a conseguir passar por essa ferida muito facilmente. Vai ser difícil controlar.

Harry cerrou os punhos. O coração ainda batia sem ritmo. Um arrepio percorreu seu pescoço.

— Então não me salve. Não morra.

— Eu já te salvei. Eu já fui incapaz de te deixar morrer. Na minha linha, você já sobreviveu. Eu só vou me matar. Se eu não me matar, a ferida explode alguns meses depois. Eu só estou te dando uma sobrevida. Estou emprestando meu tempo a você. O tempo do Universo todo. Estou roubando pra te dar. Eu nasci já preparado pra morrer, Harry. Eu sou uma existência pequena. Sou uma partícula. Você, não.

Harry balançou a cabeça, negando veemente.

— Você nunca vai me convencer disso. Que não é importante. Que está tudo bem que morra tão novo. Ou que vale menos do que eu. Eu deveria morrer, não você. Não é sua existência que é pequena, é a minha.

Damon suspirou e baixou a cabeça. Harry achou que ele ia começar a chorar novamente, mas apenas soluçou e conteve as lágrimas.

— Eu não consigo. Eu não consigo fazer isso. Eu não consegui simplesmente assistir.

— Damon… — Harry chamou, tocando o braço do garoto. — O que aconteceu exatamente nesse dia?

Damon respirou fundo e virou de costas.

— Você caiu na água. Eu te salvei. Matthew apareceu pra me impedir, porque isso causava uma ferida. Eu pedi a ele que não me impedisse. Que me deixasse te salvar. Disse que ele entenderia. Pedi que ele cuidasse de você.

Harry sabia que havia muito mais ali. Que ainda tinha mil detalhes entre aquelas palavras que Damon escolheu ocultar. Como toda a parte inicial. Harry sabia nadar muito bem. Sabia prender a respiração por bastante tempo. E não se lembrava de cair na água. Não se lembrava sequer de ter chegado ao lago naquele dia.

— E como eu caí?

Os lábios de Damon tremeram e ele deu de ombros.

— Não sei. Há um vácuo antes do seu afogamento, o que geralmente sugere uma alteração no tempo muito grande. É como um sonho que você não consegue lembrar como começou. Então significa que a realidade não era assim inicialmente e acabou ficando drasticamente diferente, de forma que o motivo de você cair no lago na realidade inicial não combina com a realidade que vivemos hoje. Então você não se lembra, porque se lembrasse, não faria sentido. Sua vida foi uma mudança enorme, Harry. Você nem tem ideia do quão grande.

— O suficiente pra causar o apocalipse.

— O suficiente pra que eu não desejasse mais morrer.

Harry engoliu em seco e balançou a cabeça afirmativamente, focando nos pés de Damon, sem coragem de olhar em seus olhos. Porque sabia de sua história e de quanto sofrera no St. Raphael. Sabia sobre ter sido espancado e humilhado. Sabia que havia sido pego com drogas lícitas em quantidade demasiada várias vezes. Que não tinha pais. Que nunca conheceu a mãe direito. Que nunca havia tido amigos e que todos o odiavam no colégio. Harry não conseguia calcular a dor no peito de Damon. Mas seu coração bateu mais rápido de repente e, sem nem pensar no que estava fazendo, Harry deu um passo à frente e tocou os lábios de Damon com os seus. O garoto ainda chorava enquanto os lábios se mexiam timidamente, molhados, tremendo. E Harry sentia a cabeça leve, rodando, uma tontura estranha e gostosa, uma adrenalina enorme num ato tão pequeno e calmo. Sua cabeça estava numa viagem na velocidade do som contra o vento enquanto seu corpo se mantinha relaxado.

— Por favor, preciso que me diga que me perdoa — murmurou Damon contra seus lábios. — Pra que eu possa morrer tranquilo. Por favor.

— Ninguém morre tranquilo na sua idade.

— Só diz.

Harry fechou os olhos e o beijou novamente. Não, não o perdoava. Não conseguia perdoá-lo. Não podia, moralmente, perdoar Damon por se matar e por lhe deixar sem mais explicações.

— Faça o que achar melhor, e eu confio em você — disse Harry.

Damon fez que sim, beijou-o novamente e, quando seus lábios deixaram de se tocar, estavam num cenário parecido, mas muito mais familiar. De volta ao St. Raphael, na beira do lago.

— Você mudou quem eu era e o que eu sentia. Eu nunca mais senti medo ou raiva ou tristeza agoniante depois de você, Harry. Me fez querer viver, viver do seu lado. Eu vou agora. Mas estou feliz. Satisfeito. Obrigado.

Harry fez que sim e Damon desapareceu em sua frente.

Desapareceu e morreu, meses antes, para então nunca mais voltar.

31. DA DEFINIÇÃO DE HARRY SOBRE O AMOR

Harry tinha só dezesseis anos quando entendeu bem o que era o amor.

Para ele, até então, amor era quando o cachorro da vizinha, já bem velhinho, levantava-se do canto montado só para ele, cheio de pelos castanhos e curtinhos, como agulhas finíssimas, fazia uma expressão de dor nos ossos, arrastava as orelhas grandes e pesadas e fazia um esforço descomunal para agitar o rabo toda vez que Harry ia visitar a senhora Maria com a mãe. O salsicha de quinze anos era dez mais velho que Harry e não tinha mais do que alguns meses de vida dali em diante, mas continuava exercendo sua felicidade invejável só de ver a criança loira e hiperativa que ia sempre brincar com ele. Talvez porque a senhora Maria já tinha idade avançada e não podia brincar com o cãozinho há muito tempo, e Harry não podia ter um animal porque o pai tinha alergia (ou dizia que tinha).

Mas o salsichinha adorava Harry, e Harry o adorava. Mas sentia esse sentimento ruim, como se o coração batesse mais fraco, sempre que o animalzinho gania por conta de sua dor nos ossos. Parecia querer contar a Harry que o amava muito, mas que logo não ia poder mais brincar. Mesmo assim, o cãozinho continuou se esforçando para se levantar e ir mostrar a barriga por um afago até dias antes de seus rins falharem completamente. Harry sabia que isso era amor. Tinha que ser amor. Doía como amor também. Porque tinha só cinco anos quando a mãe disse que o salsichinha da senhora Maria fora para o asilo de cães, onde seria muito feliz mesmo e não teria mais suas dores. E mesmo sem saber a verdade, Harry chorou e chorou e chorou por não poder mais visitar seu amigo de quatro patas. Mas chorou principalmente porque sabia que o cãozinho sentiria muito sua falta. Será que sabia que Harry não podia mais visitá-lo? Será que contaram para o cãozinho que não era sua culpa? Que queria muito vê-lo, mas não deixavam? Ou será que o cãozinho achava que Harry não gostava mais dele?

Harry também conhecia o amor de sua mãe e, por um tempo, conhecia o amor de seu pai. Mas era um amor "de fundo". Um ruído com o qual se acostuma. Harry não o ouvia mais. Mas sabia que estava ali. Se prestasse atenção, claro que podia ouvi-lo. O amor da mãe ainda soava leve e melodioso. O do pai era como unha contra o quadro negro. Já estava acostumado, mas incomodava, doía sem que percebesse.

O amor romântico, no entanto, havia sido apresentado em alto-relevo, claro e óbvio, numa declaração de amor, quando Harry tinha dezesseis anos. O amor fora jogado em seu rosto, e em seus lábios, e era um ruído, uma canção, que Harry aprendera a cantar junto.

Por que então que doía tanto?

Por que tinha na cabeça as mesmas palavras e dúvidas que o Harry de cinco anos?

Mas será que ele sabia que eu o amava? Ou será que partiu achando que eu não me importava?

Então Harry chorava como a criança que fora.

Harry conheceu o amor, e Harry odiava o amor. Odiava o sentimento de rendição, de inanição. Odiava essa sensação de impotência e de medo. Pois se não se importasse, não estaria agora sofrendo. E nunca concordou em se importar. Não havia um termo de condições, não havia aceitado ou desejado se importar. Não teria assinado. Não teria escolhido sentir o que sentia naquele momento. Parecia que ia morrer, mas continuava vivendo. Seus sentimentos foram roubados, raptados, torturados e devolvidos ao seu peito com sequelas irreversíveis.

Odiava que Matthew houvesse mentido. Odiava saber que tinha de ter morrido e que a culpa disso tudo era dele. Ódio por não estar morto. Por ter mentido que deveria não existir.

Naquele dia, o St. Raphael perdeu a partida de polo por quatro a três para o Steelcross, um time fraco e pouco influente. Harry não conseguiu se irritar nem se sentir mal por isso. Não conseguiu se sentir culpado por não fazer um único ponto. Nem sentiu o peso do olhar de David e do resto do time. Sua cabeça já estava ocupada com outras tristezas, de forma que não havia espaço para mais.

Logo depois da partida, depois de ignorar David e sua bronca sobre o time, Harry atravessou a escola sem olhar nos olhos de ninguém. Simplesmente atravessou o colégio até o prédio de dormitórios, desviando das barracas montadas por qualquer escola. Achou ter visto, de canto de olho, Valentine tentando segui-lo, mas também a ignorou. Subiu os quatro andares até o último piso de dormitórios e chegou ao último quarto.

Bateu na porta. Os olhos ardiam. As mãos tremiam.

Victor abriu. Vestia um pijama de calça comprida. Claramente não tinha saído do quarto para assistir a um único jogo que fosse. Harry não quis pensar nisso. Empurrou o braço de Victor que estava no caminho e entrou, certo de que encontraria Matthew lá.

— Cadê ele? — perguntou, olhando ao redor.

A porta do banheiro estava aberta e não havia ninguém lá.

— Ele quem?

— O Matthew. Cadê o Matthew? Não se faz de idiota.

Victor fechou a porta atrás de si e deu de ombros.

— Não sou eu quem está se fazendo de idiota.

Harry ergueu o punho e apontou um dedo no rosto de Victor, que era basicamente do seu tamanho.

— Você se acha muito esperto, não é? Onde está o Matthew? Anda, fala.

Victor cruzou os braços e encostou o ombro na parede, com um meio sorriso de deboche.

— O *Matthew* — disse ele, desenhando as letras com a língua, pronunciando-as lentamente e de forma tão falsa que parecia estar lendo aquele nome pela primeira vez — não está aqui, como você mesmo pode ver.

E então a porta se abriu de uma vez, e Matthew estava na porta, atrás de Victor, que se espantou só levemente e deu um passo para o lado para deixar o amigo entrar. Quando Matthew pousou os olhos em Harry, parecia já saber que o encontraria ali.

— Você mentiu pra mim — acusou Harry, imediatamente. — Você mentiu sobre tudo. Me levou naquele centro de partículas pra investigar o fim do mundo. Me levou em missões. E nunca me disse a verdade.

Matthew fechou a porta. Então olhou para Victor, como se implorasse que saísse. Victor ignorou. Parecia muito interessado na discussão.

— Harry, eu não sei do que você está falando.

— Damon me disse tudo! E depois se matou! — Harry berrou e só não tinha sido ouvido por mais ninguém porque estavam todos lá fora, assistindo à partida de tênis. — Ele me disse que você sabia, desde o início, que eu não deveria ter sido salvo! Que eu devia ter morrido naquele dia no lago! Mas você ficou bancando a babá. Disse que estávamos tentando descobrir qual era o motivo do fim do mundo, mas você sabia desde o início!

Victor agora estava extremamente interessado na conversa. Matthew estava pálido como nunca estivera. Houve um silêncio tenso por alguns minutos, enquanto Harry respirava alto, tentando se acalmar, em vão.

— O que você pretendia fazer?! O que *pretende* fazer? Eu sei que você não é piedoso, você não vai deixar isso quieto. Você vai me matar, não vai? Como deixou o irmão da Felícia matar todas aquelas pessoas. Você tem que consertar. Não há mal ou bem, apenas o que deve acontecer, não é isso?

— Harry, eu…

— Você nunca foi meu amigo. Você sempre mentiu pra mim. Só estava levando seu plano adiante. Só isso. Eu sei que você não se importa. Só estou aqui pra dizer que… — Engoliu as lágrimas, tomou fôlego, deu um tempo para respirar, então continuou. — Você não pode fazer isso com as pessoas. Não há certo ou errado ou sofrimento que não seja planejado no tempo e que, portanto, deve acontecer. O tempo não se importa com o sofrimento, porque não há sofrimento. Há apenas acontecimentos. Nós é que os consideramos ruins ou bons. Pois bem. Somos humanos. Eu e você. E até esse robô do Victor. Somos humanos e vivemos sob essa cultura. Não somos o tempo. Para nós há sofrimento e dor. Você não pode simplesmente fazer isso. E você não pode ignorar. Você não pode ignorar o que você fez comigo. Se você não sente remorso, você é só um psicopata, e eu não quero nunca mais falar com você. Nunca mais olhe na minha cara, Matthew Knight. Nunca mais fale comigo.

E Harry não esperou nenhum tipo de reação antes de sair pela porta e caminhar na direção de seu próprio dormitório, porém não entrou. Só ficou na porta. Encostou nela e ficou se perguntando se fizera o certo. Matthew não saiu do próprio quarto para contestar. Então estava tudo bem. Ia ficar tudo bem. Ia morrer em algum momento, mas estava tudo bem.

Desde que Damon soubesse que o amava.

32. PÂNICO

O St. Mary dominava a maior parte das competições no penúltimo dia de jogos. O St. Raphael liderava o futebol, mas eles tinham o rugby à frente. Hammersmith liderava o tênis, Highbury tinha alguns pontinhos extras no MMA. No polo, graças à derrota contra o Steelcross, o St. Mary se mantinha na liderança. A única chance era vencer a última partida por três gols de diferença. Harry não se importava mais. Mas o restante do time estava desesperado.

Harry chegara cedo para a final. Já estava trocado muito antes dos espectadores chegarem. Já estava na água antes de o time todo chegar. Estava nadando sozinho na piscina do ginásio às sete da manhã. Prendia a respiração e deixava o corpo flutuar sozinho, contando mentalmente quanto tempo conseguia ficar sem respirar. Contou três minutos e subiu para encher os pulmões, já atordoado. Precisou segurar na beirada para se recompor.

Ouviu o som de passos ecoando no ginásio vazio, mas imaginou que fosse David e ignorou. Afundou de novo e ficou lá embaixo um tempo. Três minutos de novo e estava atordoado na borda da piscina, encarando um rosto conhecido.

— O que está fazendo aqui, Valentine?

A garota sentou-se na borda da piscina. Vestia só sua roupa de banho, um maiô simples, mas chamativo, púrpura. Seus olhos estavam levemente vermelhos, de forma que era impossível diferenciar se era resultado de choro ou cloro de piscina. Ou uma enxaqueca.

— Só vim falar com você. Te fazer companhia. Parece que você precisa.

— Parece que *você* precisa mais do que eu.

Ela sorriu condescendentemente e fez que sim.

— Você só precisa dele, não é?

Harry quase perdeu o fôlego, e não estava nem mergulhando.

— Dele quem?

— Relaxe. Não estou aqui pra te fazer se sentir ainda pior. Mas imaginei que tenha ido falar com aquele seu ex-amigo.

Harry ergueu o corpo acima da água, apoiando as mãos na borda e sentou-se ao lado dela.

— Eu fui. Aparentemente ele nunca foi meu amigo. Mentiu pra mim o tempo todo.

Valentine suspirou e não disse nada por um momento, mexendo as pernas na água e olhando o contorno das pequenas ondinhas ao redor do seu tornozelo.

— O diretor está planejando uma pequena festa de gala. Se o St. Raphael ganhar em mais esportes que os demais. O Futebol já é de vocês, o rugby precisa melhorar. De qualquer forma, polo seria um esporte a mais.

— E o que eu tenho a ver com essa festa de gala? Quem disse que eu quero participar?

Ela sorriu, ignorando a questão como se não tivesse a mínima importância.

— Quem você convidaria?

— Convidaria pra quê?

— Pra dançar, claro!

Harry deu de ombros.

— Eu não sei dançar. Ia ficar no canto tomando ponche.

— Então é bom escolher alguém que saiba dançar.

Harry soltou um muxoxo e entrou de novo na piscina, escondendo a cabeça por um momento, antes de ressurgir ao lado dos pés dela, talvez íntimo demais, perto demais das pernas dela.

— Você sabe dançar? — perguntou, com um sorriso ligeiro.

— Não — ela respondeu, simples e rindo.

Ele riu junto e afundou a cabeça de novo. Dessa vez entre as pernas dela. Valentine não pareceu constrangida nem como se seu espaço tivesse sido invadido. Mas como se seu espaço pessoal sempre fora de Harry.

— Você tem três pessoas que gostaria de chamar pra festa.

— Bom, duas delas não têm chance mais.

Damon estava morto e não apareceria. Matthew… não queria mais falar com Matthew.

— Então só sobra eu — disse, dando de ombros, alegremente.

— Só sobra você.

Fizeram silêncio por um curto período, até Valentine revirar os olhos, rindo.

— Você vai me chamar pra ir ou não?

— A gente nem sabe se vai ter festa. É provável que as meninas protestem. Ninguém foi avisado pra trazer roupa de gala.

Ela deu de ombros e tirou os pés da água para cruzar as pernas.

— Nada que não se resolva fácil. Os meninos têm seus ternos de uniforme. As escolas femininas podem mandar trajes. Só estou dizendo, se o St. Raphael ganhar, é bem fácil que essa festa aconteça.

— Ok, se a festa acontecer, você vai comigo?

Ela balançou a cabeça.

— Vou pensar. — E então riu. — Quer falar sobre seu amigo?

— Não. Quero só nadar. E dormir. Eu queria muito dormir.

— Bom, você tem um jogo importante hoje. Se ganhar, as chances de ter a festa aumentam. E eu ia gostar bastante de ir à festa com você.

Harry sorriu e afundou novamente, segurando a respiração. Quase podia cair no sono ali. E simplesmente dormir. Só esquecer. Mas voltou e respirou fundo.

— Não é possível que ele não seja mais seu amigo, sabia? — disse Valentine. — Porque você se importa demais. O que ele teria que fazer para que você o perdoasse?

Harry fechou os olhos e os esfregou, parecendo tentar se livrar da água clorada, mas na verdade estava apenas não querendo chorar na frente dela. Naquele momento eles ouviram, bem ao longe, o som de uma enorme plateia, majoritariamente masculina, dando um grito em uníssono. Sabiam que era uma vitória pro St. Raphael.

— Ele poderia começar não tendo mentido pra mim por tanto tempo.

— Mas isso ele já fez. O que ele pode fazer *agora*?

— Ele pode... — Parou para pensar, mas não havia nada. Não havia o que Matt pudesse fazer, pois ele mesmo não pensava tanto nisso. Era Damon. Era sua vida que não deveria existir. Era Victor. Era tanta coisa que nem tinha a ver com Matthew. — Só queria que ele tivesse sido um ponto fixo nisso tudo. Pelo menos um ponto. Alguém que eu pudesse confiar. Que agora eu estivesse com ele e ele soubesse me acalmar. Mas não tem. Eu não posso falar com você porque são segredos que nem são meus. E ele está lá com o Victor.

Eles foram interrompidos pela porta se abrindo. A porta do ginásio de piscinas era pesada e rangia absurdamente quando aberta. David estava ali, dando entrada ao resto do time. Pareceu levemente surpreso por encontrar Harry e uma garota com ele.

— Harry. O que exatamente está fazendo?

Harry se empurrou pela borda e se afastou da beirada da piscina, apenas para nadar livre e dar uma pirueta na outra ponta, mais perto de onde David estava.

— Eu vim treinar, David.

— E a garota?

— Ela veio me ajudar.

O resto do time já olhava de canto de olho, querendo sorrir, querendo dar risada. David não permitiu.

— Eu já estava indo — disse Valentine, levantando-se e coletando seus objetos pessoais. — Boa partida, Harry. Vou estar torcendo por você. Promessa.

Os garotos soltaram algo como uma comemoração contida, um pouco como deboche, assim que a menina saiu da arena.

— Harry está namorando, é isso que eu entendi? — perguntou Fred, passando por trás de Harry com seu tamanho todo. O garoto se ajoelhou na beirada da piscina e afundou a cabeça de Harry na água. — Muito bonita ela.

— Não acredito que o Harry tá namorando e eu não. Isso é ridículo — reclamou o pequeno Denis.

— Ela não é minha namorada — disse Harry, ao emergir na água.

— Vai com ela na festa de comemoração? — perguntou Greg. Era o único que já estava vestido com a sunga e a touca de natação.

Harry deu de ombros.

— Acho que sim. Se tiver uma festa.

— Vai ter — declarou David, com a porta do vestiário aberta. — Nós vamos vencer, é claro.

Bem no fundo, onde Harry já nem sabia que existia, queria que Matthew estivesse ali quando o juiz apitou o início da partida. Queria ter visto de canto de olho, a expressão levemente constrangida de Matthew. Queria tê-lo visto torcendo escondido. Queria ter a promessa de uma conversa mais tarde. Ao mesmo tempo, ele queria que o garoto nunca mais aparecesse, para que nunca mais tivesse que repetir as mesmas palavras. Para que nunca mais tivesse que brigar com ele.

Também queria que Damon estivesse ali.

A terceira pessoa que ele gostaria que o visse naquele momento era Valentine. E ela, diferente dos outros dois, estava presente. A garota estava na terceira fileira da arquibancada, ao lado das demais meninas do St. Mary, apesar de não parecer estar com elas. Sorrira quando Harry entrou na água. Mandou-lhe um aceno. Estava torcendo por ele. Não pelo seu time. Não pelo St. Raphael. Estava torcendo por ele, Harry Darwin.

E Harry não estava nervoso. Nem perto de como estava no primeiro dia. Também não sentia alegria em nadar ou competir. Seus gestos eram mecânicos, quase robóticos como os de David. E os dois fizeram uma bela partida. O St. Mary também. E fora tão acirrado que perto do fim, com o St. Raphael ganhando por cinco a três — mas precisando de pelo menos três gols de diferença para vencer a competição —, o St. Mary passou a usar a força e quase conseguiram afogar o pequeno Denis. O juiz deu falta. David fez questão que Harry cobrasse.

Ele sentiu a cabeça vibrar como um tambor. Os gritos ressoavam de tal forma que o garoto ficou tonto e achou que perderia a consciência e afundaria ali, na piscina mesmo. Bill o agarrara pelo pescoço e Greg puxou-lhe o braço. Frederic de repente fez os dois se pendurarem nele ao erguê-lo pela cintura e tirá-lo da água. Harry ainda estava perdido e atordoado quando caiu de volta na água e afundou. Alguém o puxou pelo ombro. Era um boneco de pano na mão dos colegas. De repente, os reservas estavam todos na água, e a partir daí Harry não sabia mais onde era direita ou esquerda. Só água voava de um lado para o outro, pessoas pulavam, a arquibancada gritava. E o único ponto fixo, o único lugar que agora lhe dava uma noção de onde estava, era Valentine batendo palmas. Harry então entendeu.

O St. Raphael havia vencido por seis a três. Aquele devia ser o momento mais feliz para Harry. E ele só sentia a água movendo-se em um turbilhão ao seu redor. E não parava. Seu coração estava agitado, mas não de felicidade. Não de alegria. Parecia bater em falso, parecia estar empurrando gelo para as suas veias. Algo estava muito errado. Algo estava terrivelmente errado.

A água continuava jorrando. Em algum momento, imaginou que as pessoas da arquibancada estivessem pulando na água também. Alguém caiu sobre ele e ele afundou. A piscina tinha mais de dois metros, então demorou para que botasse os pés no chão, e quando o fez, não teve forças para se empurrar de volta para cima. Ainda ouvia muito barulho e muito grito, mas não conseguia emitir nenhum som. Ficou sem ar rápido demais. Os membros pararam. E não se mexeu. Olhou para cima e teve certeza que estava chorando, mas a água não mostraria suas lágrimas. Bom.

Então alguém puxou seu ombro e o ergueu. Pela força, tinha que ser Frederic. Sentiu seu rosto ser segurado e foi empurrado até a borda. Alguém gritou por ajuda. Ouviu Valentine soltando um berro de horror. Ainda não tinha se mexido. Até sentir o corpo voltar à vida e tremer. Tremer por inteiro, dos pés à cabeça, sem absolutamente nenhum controle.

Continuou tremendo na maca, até perder as forças e o corpo relaxar. As lágrimas estavam quentes, o que era levemente agradável. Queria um cobertor, mas não queria falar. Não queria nem perguntar o que estava acontecendo. Não queria absolutamente nada.

33. O PESO SOBRE A CABEÇA DE HARRY

Ainda no St. Raphael, fizeram diversos exames rápidos. Mediram temperatura, glicemia, pressão. Checaram suas pupilas, seus ouvidos, sua garganta, seus pulmões. Pediram que encostasse a cabeça no peito. Pediram que mexesse os dedos do pé. Então lhe deram um pequeno comprimido e chamaram uma mulher robusta, de coque no cabelo, vestindo uma saia apertada e um coletinho de lã. Ela ficava mexendo no crucifixo em seu pescoço enquanto movia os pezinhos redondos feito batatas.

— Olá, Harry. Meus parabéns pela vitória. Está feliz?

Harry ainda estava cansado, mas o comprimido o fez relaxar. Estava começando a lhe dar sono. Fez que sim.

— O que eu tenho? — perguntou.

— Ah, não é nada que tenha que se preocupar. Seus pais não foram avisados, mas você pode ligar para eles quando quiser, tudo bem?

Ela falava de forma tão tranquilizadora que soava falso.

— Tá. Mas o que eu tenho?

— Você ficou nervoso, só isso. O que você teve tem mais a ver com seus problemas do que sua saúde.

— O que eu tive? — insistiu.

— Quando estamos muito nervosos — disse, mexendo no crucifixo. Harry achou que ia exorcizá-lo —, podemos ter alguns desequilíbrios na química do cérebro, sabe? Os neurotransmissores da cabeça. Fica tudo uma bagunça e às vezes dá uma pane. É muito normal, não tem nada de errado com você. Estava sob forte pressão. Foi só um pico de nervosismo. A gente chama de pânico.

— Eu não estava com medo.

— Ah, mas não tem nada a ver com medo, não. Tem mais a ver com coragem do que com medo. Você está enfrentando mais coisas do que devia, meu pequeno. Está sendo corajoso demais. Devia ceder um pouco. O corpo pede. O seu implorou. Só isso.

Harry sentiu as lágrimas subirem de novo, então virou a cabeça para o lado. Fez que sim e não ia conseguir falar mais.

— Meu nome é Helena. Sou a psicopedagoga aqui do St. Raphael. Não posso te receitar nada, apenas aconselhá-lo que peça ajuda.

Harry gostaria de soltar um muxoxo, mas se conteve. Se demonstrasse, ela perguntaria por que o deboche. Ele teria que explicar que seu pai jamais, nem por todo o amor de Deus, pagaria para que seu filho fosse num médico de loucos. Não é como se pudessem se dar ao luxo de pagar por um psiquiatra também. Nunca seria considerado algo urgente em sua família. Nunca seria algo essencial, como se tivesse tido um ataque cardíaco. E, quando explicasse, a senhora Helena ficaria bastante brava, claro, e ligaria para seus pais, pedindo que contratassem um médico. Era a última coisa que Harry queria. Que seu pai se sentisse acuado por alguém que sabe mais que ele. Ou que sua mãe soubesse o que se passara.

Era tudo complicado demais. Porque não podia falar com ninguém a respeito. Absolutamente ninguém. E tudo estava explodindo dentro dele.

— Ok, vou falar com meus pais — prometeu Harry.

— Nós te demos um fitoterápico que vai te dar um pouquinho de sono. Pode dormir aqui na enfermaria mesmo. Amanhã cedo, ou quando se sentir melhor, pode ir embora. O café daqui é mais completo que o do refeitório, pode aproveitar se quiser. Você quer falar sobre o que te incomoda?

— Não. A Valentine está aí fora?

A mulher pareceu levemente ofendida por ter sido recusada tão rápido.

— Tem uma menina aí fora, sim.

— Posso vê-la?

Suspirou e fez que sim. Então se levantou, puxou a cortina de isolamento e abriu a porta da enfermaria. Valentine tinha os olhos cobertos de lágrimas. Ela entrou e foi direto para sua cama.

— Você está bem? Tem gente aí fora falando que você teve um AVC.

— Não é nada demais. Foi só uma crise de pânico.

Ela inspirou e prendeu o ar, com expressão entre culpa e bronca.

— Como assim *só*? Você quase se afogou. Tem ideia do que foi assistir isso? Tem noção? Você quase me mata. E você saiu tremendo. Como consegue dizer *só?* Você tá bem? Quer falar sobre isso?

Harry entendia quase nada sobre por que Valentine se preocupava tanto com ele. Era quase como Damon.

— Por que as pessoas acham que eu quero falar sobre isso? Eu não quero. Eu basicamente tive um ataque de *medo*.

— E você acha isso pouco? Acha que é pouca coisa simplesmente morrer de medo? Ganhar uma competição de polo aquático e então morrer afogado? Harry, isso é culpa do Matthew?

Harry cerrou os dentes, sentindo o corpo todo retesar. Os punhos se fecharam e ele nem percebeu.

— Não é culpa de ninguém, Valentine.

— Ele poderia ter evitado isso, não? É culpa dele, sim. Claro que é. Você nunca deveria tê-lo conhecido. Seria muito melhor pra você.

— Talvez sim.

Pro tempo isso não teria diferença, claro. Devia ter morrido. O que fez no período que não morrera pouco importava. O que quer que tivesse feito, não devia ter acontecido. Conhecer Matthew, por exemplo. Ou Damon.

— Mas você devia falar com ele, sabe? Você está guardando tanta coisa.

— Eu já falei com ele. Já falei tudo o que eu queria ter falado.

— Claramente está faltando alguma coisa. Você pode se libertar de tudo isso, Harry. Pode esquecer o Matthew. Pode esquecer tudo isso. E seguir em frente.

Valentine não sabia, obviamente, que não tinha nada em frente. Harry não tinha futuro. Deveria estar morto. E não sabia quanto tempo ainda viveria. E cada vez se importava menos.

— Valentine, eu gostaria de poder te dizer tudo. Gostaria de poder te contar o que está acontecendo. Mas não posso. Simplesmente não posso. E ninguém pode ouvir. Nem você nem ninguém. Você vai voltar pro St. Mary, vai seguir sua vida e talvez vá se lembrar de mim em algum momento, mas é só isso.

— Sabe o que pode estar faltando? Talvez você não tenha ouvido ele. Talvez você tenha falado demais e não ouviu. Não sabe nem o que se passa.

Harry suspirou e fechou os olhos.

— Ele não veio falar comigo em momento nenhum. Nem tentou. Tá tudo bem pra ele, com o Victor.

— Pro inferno com esse Victor, Harry! — Valentine se exaltou, fazendo-o abrir os olhos. — Você nem sabe do que tá falando. E se ele está com medo do que você vai dizer, e se está com medo de não ser perdoado, e se não quer ouvir mais você dizer que o odeia?

Harry engoliu, mas sentiu dificuldade em passar saliva pela garganta, sobre o nó que havia se formado. Seus lábios tremeram e deixou as lágrimas correrem.

— E se eu estiver com medo de que eu esteja certo? Que ele não se importa? — Harry choramingou.

Valentine abriu a boca para dizer mais alguma coisa, mas fechou em seguida. Pensou alguns instantes antes de abrir de novo.

— Você o perdoaria? Se ele pedisse? Se viesse se desculpar, você conseguiria perdoá-lo? Mesmo que ele tivesse feito algo muito ruim?

Harry não tinha pensado a respeito. Nem passava por sua cabeça que Matthew pediria desculpas por qualquer coisa em sua vida.

— Se ele se importa comigo como eu me importo com ele, eu o perdoaria. Acho que sim.

— Espero que ele te peça perdão, então.

Harry retornou para o quarto no dia seguinte. A escola estava inteira em festa. Até as demais escolas comemoravam. Afinal todos haviam ganhado pelo menos uma competição. A Highbury celebrava pelo tênis. A Steelcross pelo MMA. O St. Mary ganhara o rugby e praticamente todos os esportes femininos. O St. Raphael ganhou o futebol, o polo, a natação, a corrida e o vôlei.

— Ei, Harry! Grande partida! — gritou um garoto que Harry nunca tinha visto antes.

— Harry, você tá legal? Passou mal depois e tal. Tá tudo bem? — quis saber um outro rapaz que até então ignorava sua existência.

Bill estava no quarto quando entrou. Estava vestindo sua medalha e parecia que não a tinha tirado desde o dia anterior, pois ainda vestia a camisa do pijama, que costumava usar no refeitório também. Ficou surpreso ao vê-lo, como se Harry tivesse morrido e retornado.

— Ei, você tá bem? Você passou supermal. Achei que estava tendo um treco, sei lá. O que aconteceu?

Harry deu de ombros e se jogou na cama. Sua medalha, que Bill tinha provavelmente colocado sobre sua cabeceira, caiu no travesseiro. Ele não ligou.

— Hipoglicemia, eles disseram. Eu não tinha comido nada — inventou. — Tá tudo bem. Eles servem panquecas com creme na enfermaria.

— O café foi bom hoje. Tinha torta e mousse. Cantamos o hino e tudo mais. Depois as outras escolas também cantaram o delas. E o diretor anunciou a festa de comemoração. Hoje à noite. Mas você não precisa ir se não estiver disposto.

Harry suspirou. O corpo ainda estava cansado, não do esforço de jogar, mas do ataque de pânico. Era mental e fisicamente esgotante. Mas o garoto deu de ombros.

— Eu vou. Prometi pra Valentine que ia. As garotas não estão, sei lá, preocupadas? Elas não têm roupas, têm?

Bill deu um risinho e saltou em sua própria cama, pegando o videogame de sua cômoda.

— Elas têm. Como nós temos. Os colégios vão usar a roupa formal do uniforme. E então, é sério com essa Valentine?

Harry colocou um braço sobre a testa e ficou encarando o teto. Então sorriu só um pouco para responder.

— Não. Ela não é minha namorada, Bill. Eu mal a conheço. Ela simplesmente apareceu, nem sei quem são as amigas dela. Ela parece nem ter amigas.

— É, eu nunca a tinha visto — concordou Bill, prestando atenção ao videogame. — Mas ela é bonita.

— Sim — concordou. Pensando sobre o assunto, Valentine tinha os cabelos loiros como Carola, e os olhos de Chester. E um jeito meio invocado, engraçado. Ela era muito do que Harry poderia descrever como bonita. — Bom, vou levá-la à festa hoje.

— Sorte sua. Eu nem tenho quem levar ainda. Vou pedir a uma garota do Steelcross no almoço. O Fred vai com a namorada. O David... sei lá, acho que o David vai levar o ego dele.

Harry deu risada com Bill e permaneceu deitado, olhando para o teto. E se Matthew viesse pedir desculpas durante a festa? E se viesse falar com ele? E se tivesse ciúmes de Valentine?

Claro que não teria ciúmes. Por que teria ciúmes de Valentine? Não tinha motivo nenhum para isso. Ele esfregou os olhos e achou que dormiria mais, mas já tinha dormido o suficiente. Isso lhe dava muito tempo sem ter nem ideia do que fazer, e com aquele sentimento consumindo seu peito. Matthew não pediria desculpas. Matthew não se importava. Damon estava morto e não o visitaria de novo. E o estômago de Harry doía.

— Você sabe que o David está querendo você como capitão, né? — disse Bill.

Harry fez que sim.

— Ele me disse há um tempo. Mas ele não pode fazer isso, pode? Não pode decidir quem é o próximo capitão sozinho.

— Não, mas do time principal, pro próximo ano, ficamos eu, você e o Denis. Greg, Frederic e David vão embora. Entram três que não conhecemos. Denis não vai querer tomar a posição de capitão. Eu certamente não quero. E se David confia em você, os demais tem que confiar. David foi quem trouxe nossa primeira vitória em muitos anos.

— E se eu não quiser ou não puder ser capitão? — perguntou Harry.

E se Matthew decidisse que estava na hora de Harry morrer? E se o pressionassem, e se outra partícula surgisse e o matasse? Ou um monstro. Os monstros estavam quietos recentemente. Sem novos ataques. Não podia prever quanto ia viver. Nem por baixo.

— Daí vai ter uma seleção. Alguém do time reserva vem pro nosso time. Vão ter treinos e vai demorar pro time se estruturar. Enfim, não vamos ganhar a próxima competição. Então seria bacana você aceitar o posto.

Harry deu de ombros. Seria realmente uma pena que o time se desmantelasse depois de tanto esforço para ganhar essa competição. Mas não podia responder nem pelo dia de amanhã, ou se importar com planos futuros. Pelo menos sentia que não podia, ou queria, ou deveria.

Então levantou da cama e foi até o armário. A única roupa que ainda não tinha vestido dentre os uniformes do colégio era o smoking com o símbolo do St. Raphael no peito, bem pequeno. Diferente da roupa tradicional, esta incluía uma gravata borboleta e um colete cinza por cima da camisa branca. O garoto pegou as três peças e as colocou à sua frente para se olhar no espelho. Bill sequer ligava para o que estava fazendo.

Voltou a guardá-las e parou na porta do banheiro por um momento. Então se virou, apoiado no batente, e respirou fundo.

— Matthew. O irmão do Damon — começou, dando uma pausa. — Tem visto ele?

Bill ficou levemente aturdido pela pergunta. Precisou pensar a respeito para entender de onde aquilo tinha vindo.

— Não. Sei lá, não presto atenção. Ouvi dizer que está de namorado e tudo. O garoto novo.

— Ele é meu amigo. Era. Amigo de verdade. Lembra daquele trabalho que fizemos juntos? Ficamos amigos. Inseparáveis. Não queria que ninguém soubesse, porque o David não ia gostar. Mas preciso falar. Eu devo isso a ele. Nós brigamos feio, e talvez eu nunca mais… — Deu outra pausa e respirou fundo novamente antes de continuar. — Talvez nós nunca voltemos a nos falar. Talvez nunca sejamos amigos de novo. Ele mentiu pra mim. Mas eu devo isso a ele. Sempre tive vergonha de ser visto falando com ele. E isso está me corroendo. Fui covarde. Queria a amizade dele, mas não queria que soubessem. E ele nunca se importou, sabe? Nunca ligou pra isso. Nunca pediu que eu contasse. Ele entendia. Mas é muito errado da minha parte. Não assumir. Porque é uma das pessoas que eu mais gostei no mundo inteiro, e só eu sei o quanto está sendo difícil ignorar o maldito. Mas quando eu for pensar sobre nossa amizade, quero sair de consciência limpa. Quero pensar que eu não fiz nada de errado e que não houve algo do mesmo nível do que ele fez que tenha colaborado pra acabar com tudo. Então é isso. O Matthew foi meu amigo o ano todo. Meu melhor amigo.

Eu adorava passar tempo com ele. E quando eu torci o tornozelo e fiquei um tempo sem praticar? Foi saindo com ele que isso aconteceu. Quando vocês foram beber na cidade, eu fiquei com ele. Quando eu não estava com o time, estava com o Matthew. E ele é fantástico. É inteligente, é corajoso. Meio emburrado, mas isso melhorou com o tempo. Ele me salvou tantas vezes. Sem ele, eu literalmente não existiria agora.

Bill agora parecia um bebê admirando um bloco escondido surgir do nada por geração espontânea.

— Ok. Legal. Tá ok.

Harry fez que sim com a cabeça, e o simples chacoalhar fez parecer que algo havia caído dela. Um enorme sentimento de culpa. Um chapéu de ferro e chumbo que caía no chão, libertando-o de parte do motivo que o fez afundar na piscina no dia anterior.

34. OS MONSTROS NO ST. RAPHAEL

Durante o dia todo, o portão do St. Raphael foi aberto e fechado para permitir a entrada de encomendas. Lojas de salgados, doces, bebidas, enfeites, garçons, som ambiente. As cadeiras e mesas do refeitório foram removidas para dar espaço às centenas de pessoas que transitariam ali. A festa mesmo era externa, visto que o tempo estava limpo e a temperatura quase agradável. Então era fácil ver da janela que a festa estava sendo montada em tempo recorde.

Era perto das sete da noite quando Harry decidiu começar a se trocar. A água do banho estava especialmente quente, fazendo sua pele ficar vermelha. Fechou os olhos e conseguiu imaginar Matthew em vez de Valentine, sendo seu parceiro de dança. Sorriu, respirando fundo, e se secou por alguns minutos antes de começar a vestir a roupa de gala que jamais teria senão naquele colégio. A calça caía perfeitamente bem, assim como a camisa. Sentiu o colete um pouco apertado, mas fazia sentido. Suas medidas foram tiradas antes do treinamento mais intenso. Tinha ganhado muito peso nesse meio-tempo. Mas ainda dava para usá-lo. O casaco, feito alguns números maior, levando em conta a puberdade em curso, servia muito bem.

Ele se olhou no espelho, sem pensar em muita coisa. Apenas viu a si mesmo preparando-se para o baile que agora lhe dava dor de estômago.

Harry vestiu cada peça com orgulho, curioso para se ver vestido de gente rica. Quando se viu pronto, usou a colônia que Bill havia emprestado. Então gastou mais alguns minutos fazendo seu cabelo loiro ficar no lugar. Parecer penteado. Minimamente penteado, pelo menos.

— Você disse que era amigo do Matthew — disse Bill.

Harry estava arrumando seu casaco quando ouviu a pergunta e não soube como reagir a ela. Seus dedos nos botões ficaram imóveis e encarou Bill através do espelho.

— Foi o que eu disse, sim.

Bill piscou. E seus olhos se tornaram sem vida e opacos. O garoto então se jogou em cima de Harry, dando-lhe um soco por trás, na altura do rim. Harry dobrou, com um grito de dor preso na garganta.

— Bill! — gritou.

— Você tem que morrer por aqui, Harry — disse Bill, numa voz muito mais grave do que a sua natural.

Harry usou toda sua força para ignorar a dor e se levantar, empurrando Bill para trás. Então jogou-se contra a parede, de modo que Bill, em suas costas, foi pressionado contra a mesma.

— Não é você, Bill, é um monstro, não deixe que ele...

Bill já havia se levantado e desferiu um potente soco contra sua mandíbula. Harry, no entanto, conseguiu desviar. Percebendo que o companheiro de time virara uma máquina imune à dor, o garoto saltou para sair do banheiro, chutou-o para dentro quando tentou sair e fechou a porta, usando seu peso e sua força para mantê-la fechada. Bill continuava esmurrando-a, tentando sair a qualquer custo.

— Você tem que morrer, Harry! — Bill berrava a plenos pulmões.

Harry olhou ao redor, procurando pela chave do quarto. Ao encontrá-la, soltou a porta, pulou sobre sua cama, agarrou a chave e o abajur, usou este para bater num Bill completamente fora de si e correu para fora do quarto, fechando e trancando a porta logo atrás. Não ficou para ver se Bill conseguiria abri-la. Saiu correndo pelo colégio.

Não soube exatamente para onde ir. Queria ter ido para o quarto de Matthew, e essa teria sido sua escolha óbvia. Mas não foi. Passou pelo corredor que daria em seu quarto e desviou para a escadaria que levava ao primeiro andar. Misturar-se no meio das pessoas. Sim, misturar-se.

No segundo andar, porém, ouviu um berro antes de ser empurrado para fora da escadaria, caindo no chão com alguém sobre ele, em completo frenesi. Os olhos igualmente opacos e mortos, os punhos vindo em sua direção constantemente. Tentava desviar, segurar os punhos, ver quem o estava agredindo, mas era tudo confuso e assustador demais. Então alguém chutou quem quer que o agredia, e ele pôde olhar ao redor.

David estava ainda chutando um rapaz caído no chão.

— Se tivesse dito que era amigo do esquisito, teria sido muito mais fácil — disse David. — Agora corre. Vai embora.

Harry fez que sim e não pensou em questionar. Simplesmente se levantou, com adrenalina demais no corpo para sentir dor pelos ataques. Saltou três degraus de uma só vez e continuou correndo, sem saber exatamente para onde.

Para a festa. Sim, ia para a festa. Pessoas agindo normalmente.

Harry correu tudo o que pôde até o gramado. Lá, teve que parar quando um segurança mandou que diminuísse a velocidade. As pessoas já estavam lá. Comiam, bebiam e comemoravam. As garotas vestiam roupas iguais, muito decorosas, em rosa bebê. Os garotos do St. Mary vestiam uma gravata vermelha e vestes cinza. O Steelcross se dividia entre smokings brancos para os jogadores e ternos pretos para os demais alunos. E Harry continuava perdido e suando pela agitação. Procurava qualquer ponto seguro na multidão toda.

Então viu uma garota com vestes magenta. E sapatos fúcsia. Era fácil encontrá-la. Era fácil vê-la. Seus cabelos ondulados estavam parcialmente presos sobre os fios soltos. Sua maquiagem era leve, e não comia nem bebia, nem conversava com ninguém. Parecia apenas esperá-lo. Seu coração deu um salto hesitante, e queria passar pela imagem de Valentine e ver Matthew, o que era frustrante, mas ainda assim a melhor visão que podia ter nesse momento.

Andou até ela, entre as pessoas que chegavam, e que logo ocupariam a Praça do Arcanjo até os últimos bancos. Ela sorriu ao vê-lo se aproximar e ofereceu ambas as mãos para que ele segurasse. Ele aceitou.

— Tem algo acontecendo, Valentine, e eu preciso que você saia daqui.

Valentine franziu o rosto e deu um passo à frente.

— O que está acontecendo, Harry?

— Eu não posso te falar. Deus, eu não posso — choramingou e a abraçou, com medo, escondendo seu rosto no ombro dela. — Só preciso que você vá embora. Eu preciso que você fuja. Não é seguro.

— Não é seguro pra você, Harry — disse Valentine. — Quero te proteger, é por isso que estou aqui.

Harry sentiu o estômago embrulhando. Estava perdendo seu único ponto seguro.

— Por favor, você não. Não você, Valentine.

— Você queria poder me contar e você pode me contar.

Ele respirou fundo e continuou escondendo o rosto no ombro dela, abraçado à garota como se pudesse se agarrar à vida nela. Como se ela fosse o último ser vivo no mundo. Ela era tudo para ele naquele momento. Absolutamente tudo. O Universo todo. Sem entender ou tentar entender.

— Estou com medo.

— Eu também — confessou e então pareceu gaguejar para conseguir falar. — Eu queria… — ela se interrompeu por um momento. Sentia a respiração ofegante de Harry em seu ombro. — Queria me desculpar com você. Sei o que está passando e só quero te ajudar, só fiz tudo pra te ajudar. Será que você pode só dançar comigo? Eu ia gostar muito.

Os olhos de Harry estavam marejados e ele fez que sim, sem questionar ou tentar entender. Ainda não tinha quase ninguém dançando. Ainda não tinha quase ninguém na festa. Segurou a cintura dela e ela colocou seus braços ao redor do pescoço dele. Começou a tocar "Creep". A banda montada parecia empolgada com a bateria. O cantor não se esforçava muito, mas também não estragava a canção.

You're so fucking especial…

Harry sentia o peito doer enquanto dançava com ela. As pessoas estava lentamente tomando conhecimento de sua presença. Era absurdo. Pessoas que nem sabiam quem ele era estavam agora olhando para ele. *Encarando.* E suas mãos ao redor de Valentine. Só que não era Valentine. Ele sabia que não era Valentine. Era uma nostalgia ou qualquer sentimento de coceirinha no cérebro, dizendo que não era Valentine, mas tudo bem.

I don't belong here…

— Eles são todos monstros atemporais — cochichou Valentine, movendo-se para lá e para cá. — Vieram se desenvolvendo e aprendendo durante o ano todo. Estão saindo de um ponto de fratura próximo de você. É por você que estão aqui.

— Todos eles?

— Todos eles.

— E o que fazemos?

— Dançamos.

Harry fez que sim e continuou dançando, abraçando-a quando a música pedia que o fizesse.

I'm a creep. I'm a weirdo. What the hell I am doing here?

— Isso não vai parar, Harry — disse Valentine.

As pessoas já não se mexiam. Só eles. Só eles continuavam dançando. E a banda continuava tocando.

— Você está muito bonita, Valentine — Harry elogiou.

— Você também.

Havia um grupo de quinze jogadores de rugby do St. Raphael observando-os, imóveis, aguardando a menor oportunidade para partir para cima deles.

— E depois de dançarmos, fazemos o quê? — perguntou, pressentindo o fim da música.

— Daí a gente corre. Eu só quero dançar, ok, dá pra ser assim?

Harry sentiu o peito se enchendo de medo e desespero. Errou o passo e pisou no pé de Valentine. Já não tinha dança ali. Estavam apenas se mexendo com os corpos próximos.

— Correr pra onde?

— Ainda estou pensando nisso.

— Matthew?

— Eu só quis te proteger. Desculpa.

Harry sentiu a cabeça flutuar. Então o braço foi puxado. Não ouviu som algum, não percebeu que a música tinha acabado. Só foi arrancado de onde estava. E Valentine era muito mais forte do que aparentava. Quase tropeçou, quase foi ao chão enquanto corria e sentiu seu peito cheio de adrenalina dar força às suas pernas quando olhou para trás e percebeu que os alunos do St. Raphael estavam todos correndo atrás dos dois.

Atordoado, mas ainda correndo, Harry teve a curiosidade de olhar para baixo e perceber que Valentine já não mais usava os sapatos fúcsia. Corria descalça e levantava o vestido até o joelho para conseguir correr.

— Harry!

Harry não olhou para trás. Não era preciso. Reconheceu a voz furiosa do capitão David facilmente. Sentiu ainda mais medo. Nunca correria mais rápido do que ele. Já estavam quase no Lago dos Padres.

— Prende a respiração — mandou Valentine.

Harry não teve tempo de prender a respiração. Não antes de perder o chão completamente. Não haviam pulado. Não haviam chegado no lago. Mas o solo havia desaparecido para dar lugar a uma imensidão gelada e azul. Muito azul.

Harry se debateu e perdeu a mão de Valentine. Não conseguia respirar e já havia inalado água o suficiente para o atordoar. Não sabia onde era para cima ou para baixo. Então foi erguido até sua cabeça emergir. Olhou ao redor. Era dia e estava numa piscina. Podia ficar de pé com água no ombro. Ao seu lado, Matthew tentava lidar com um vestido magenta pesado de água.

— Por favor, tente não gritar — disse Matthew, andando até a borda. O garoto se ergueu com dificuldade, graças ao vestido, e sentou-se na pedra que rodeava a piscina.

A pessoa vestida de magenta e fúcsia não mais tinha a forma de Valentine. Agora o vestido estava estranhamente caído na altura do busto, onde já não havia busto, e todo reto pelo corpo antes curvilíneo. Matthew se dedicou a tentar secar o vestido antes de se levantar, mas era inútil. Harry ia cuspir palavras que nem sabia quais eram. Mas sabia que se começasse a falar, algo ia sair. Algo sobre não poder confiar em Matthew. Algo sobre como o enganara, como o traíra, como o fizera de idiota se passando por Valentine. Mas não disse nada. Porque Valentine ser Matthew fazia mais sentido do que a maior parte dos acontecimentos recentes e o fazia mais tranquilo e feliz também.

— Está engraçado.

Matthew franziu o rosto, mas depois deu de ombros.

— Não temos muito tempo. Victor vai conseguir nos achar em breve. Todas as partículas vão. Os caçadores virão atrás de nós também.

Harry fez que sim e nadou até a borda para se erguer dali. Olhando ao redor, percebeu um casarão antigo a trinta metros, após um jardim bem cuidado.

— Onde estamos?

— É minha casa — respondeu Matthew.

Harry fez que sim. Condizia com os Knight.

— Você mudou as roupas também da última vez. Quando voltou à sua forma original, suas roupas também voltaram. Dessa vez não.

— Sai logo daí — ele o cortou. Suas bochechas ficaram levemente rubras.

— Você colocou o vestido e depois se transformou — concluiu Harry, com um risinho.

— Muito engraçado.

— E o que pretende fazer agora?

Matthew respirou fundo.

— Tem uma coisa vindo — disse. — Eu estava errado. Todos estávamos errados. Ninguém consegue viajar após 2014. Mas tem algo muito pior antes. A fratura já está tão grande que os monstros passam aos milhares. Não era pra acontecer. Do jeito que foi feito, planejado, evitar sua morte não deveria causar os efeitos que causou. Tem um buraco do tamanho de anos. Anos que foram rasgados. Que perderam o sentido. Perder o sentido, Harry, pro tempo, é um problema muito grande. Sua vida não causou isso sozinha. E do tamanho que a fratura está, monstros cada vez maiores estão vindo.

Harry engoliu em seco. Suas mãos tremeram, mas conseguiu conter o que certamente se tornaria um tremor muito maior.

— A questão aqui é: o que vamos fazer agora. Pra impedir isso. De uma forma ou de outra, eu tenho que morrer.

Victor surgira de algum ponto atrás de Harry. Ele esteve ali só por dois segundos. No primeiro segundo, Matthew se deu conta de sua presença e tentou mover-se rápido o suficiente para segurar Harry. Mas no próximo segundo, Victor tocou o ombro de Harry e os dois desapareceram da mansão Knight.

Para Harry, no entanto, Matthew simplesmente desaparecera. Então o cenário mudou. Num piscar de olhos, estava de volta à escola, de volta ao píer.

— Eles estão vindo, Harry. Estão vindo pra te matar — disse Victor.

Harry olhou ao redor por um momento e engoliu em seco. Na base do píer estava David, como um pastor-alemão fazendo guarda.

— Os monstros, você diz.

— Todos. As partículas do mundo todo estão te procurando nesse momento e você é um grande farol pra todas elas. É fácil te achar. Você tem a maior fratura do mundo sobre você. E a fratura está trincando, está abrindo cada vez mais. Você tem que morrer, Harry. Mas não agora. E eu preciso saber quando.

O ouvido de Harry doeu quando, repentinamente, um guinchar soou muito próximo dali. Ele tapou as orelhas e fechou os olhos.

— Isso foi um monstro. Um monstro atemporal que cruzou as realidades sem estar em forma de sombra — explicou Victor. — A fratura é grande o suficiente pra que isso aconteça.

— Não estou duvidando, Victor. Não é essa a questão.

O som se repetiu e Victor desviou os olhos para David.

— Você é o caçador. Vai lidar com isso.

Harry não olhou para trás para ver a reação do capitão.

— Sim, vou matar um e todos os outros milhares que estão chegando. Não, obrigado.

Victor fungou, irritado, e voltou-se para Harry.

— Me diga quando Damon te salvou. Eu preciso saber quando foi, com precisão.

Harry abriu a boca para responder, mas foi interrompido pela confusão mental instantânea de viajar no espaço. Dessa vez estava numa praia. O céu estava nublado, cinza, e a areia era de cascalho. Um pescador recolhia sua rede num barco no oceano. Harry sentiu os sapatos molharem mais do que já estavam molhados. Matthew estava à sua frente.

— Tem monstros vindo — disse Harry. — Monstros, não sombras. Já estão atravessando.

Matthew fez que sim com a cabeça, inquieto. Ainda usava o vestido magenta, agora rasgado e ensopado.

— Não diga a ele. Não diga quando você deveria morrer. Por favor.

— Matthew, eu preciso. Seu irmão me ensinou. Não há nada de errado em morrer. As pessoas morrem. E eu precisava ter ido. Eu preciso morrer.

— Harry, eu preciso que saiba o que eu fiz. Por que te salvei. Agora eu entendo e eu preciso que saiba. Antes que conte a ele. Mas preciso de tempo pra te contar, e eles estão vindo.

Harry fechou os olhos e sentiu uma mão em seu ombro. Sabia que não era de Matthew. Sabia que era de Victor.

— Quero mostrar algumas coisas ao seu amigo. Com licença.

E o chão desapareceu.

Harry estava num prédio, na parte de fora, num dos últimos andares. Não reconheceu a cidade, mas chutava ser americana. Uma tempestade caía sem piedade. Raios muito perto, explodindo nos para-raios de prédios próximos. Abafados pelos sons da tempestade, Harry podia ouvir gritos vindo das pessoas minúsculas muitos metros abaixo. Corriam como formigas no meio de gigantes. Eram monstros do tamanho de ônibus dilacerando as pessoas, e alguns voadores vinham direto das nuvens, bailando entre os raios. Harry podia ver a sombra de um especialmente gigantesco atrás da espessa camada de água, toda vez que um raio caía.

— Estamos dois meses após o baile de encerramento do campeonato — disse Victor. — Essa é a realidade de agora. O mundo está se partindo. As pessoas estão morrendo. Quase todos os caçadores de monstros foram aniquilados. Sabe quantos anos tinha o caçador mais velho? Vinte e cinco. Não é uma profissão pra se aposentar, mas a maioria viveria mais. O que quero dizer é: são crianças. Como você é só uma criança. Como muitos dos que estão lá embaixo são só crianças. E mesmo os adultos não têm culpa do seu medo em morrer. Todos eles estão morrendo e todos eles vão morrer, de formas dolorosas e com medo, gritando e tendo o corpo partido em pedaços, numa guerra que ninguém entrou, porque você é muito especial para morrer.

Harry queria contar, queria acabar de vez com tudo isso. Queria simplesmente dizer o dia e horário em que deveria ter morrido. Victor iria para o momento certo e não deixaria Damon salvá-lo. E então ia simplesmente desaparecer. Tudo o que viveu, tudo o que viu, até mesmo os momentos com Damon e com Matthew, tudo nunca teria acontecido. Seria fácil. Sem sofrimento. Rápido.

Mas Matthew pediu que não contasse. Não ainda.

— Não posso — disse Harry, a voz tremendo. — Matthew ainda precisa…

— Ah, então é isso — interrompeu Victor. — Matthew, uh? Matthew é uma invenção, Harry. Uma invenção conveniente. Talvez necessária. Mas uma invenção, e você não deveria acreditar nela.

Harry franziu o cenho, e estava confuso o suficiente para não perceber ou tentar desviar quando Victor tirou um canivete dos bolsos e o fincou no estômago de Harry, mantendo-o lá.

— Diga ao Damon para contar a verdade de uma vez e então resolver as coisas. Antes que você morra fora de seu tempo e tudo acabe de uma vez. Quem sabe com uma contagem regressiva ele aja mais depressa.

Harry ouviu um grito mais próximo. Reconheceu instantaneamente a voz de Matthew, abafada.

— Harry!

Matthew surgiu de algum lugar atrás de si. Imaginou que o tocaria e o levaria embora, mas o garoto foi direto para Victor. Um soco foi desferido, preciso, para fazê-lo desmaiar. E antes que caísse, Matthew o empurrou com ambas as mãos, para além do parapeito do prédio. A última coisa que viu antes do cenário mudar foi Victor caindo, desfalecido, em direção ao concreto a mais de cem metros de altura.

35. O LIVRO CERÚLEO

Não chovia mais. Era uma casa com aroma de outono e charutos. Mas Harry já não tinha mais forças para se manter de pé. Então caiu. Caiu no chão de madeira e bateu a cabeça. Tonto, virou-se de costas para aliviar a dor da lâmina cravada em seu corpo. Tocou-a, mas não teve coragem de ver quando sua mão se melou de sangue quente. Olhou para o teto, onde um lustre ignorava uma teia de aranha já abandonada.

— Harry! — gritou ao seu lado. — Harry, acorda! Ele te machucou?

Harry estava acordado, mas demorou a abrir os olhos. Matthew ergueu seu pescoço e ele fez algum esforço para erguer o tronco e apoiar os cotovelos no chão. Grunhiu de dor. Sentiu o canivete cortar mais fundo. Mas Matthew conseguiu erguê-lo do chão e sentá-lo num sofá.

— Por favor, só me deixa morrer — disse Harry, mãos tremendo. — Eu não aguento mais, por favor.

— Nós vamos voltar. Mas antes eu preciso te dizer…

— Que você não é o Matthew? Que Matthew na verdade nunca existiu? — ele acusou, entre os dentes, suportando a dor. — Que você me fez de idiota por mais de um ano? Duas vezes? É impossível viajar pra qualquer período após sua morte. Damon morreu há mais de um ano, mas continua me vendo durante o ano todo. Ninguém conhece o irmão Knight mais novo. Ninguém ouviu falar de você entre as partículas. Seu poder é se transformar em uma pessoa diferente nos mínimos detalhes, mas nunca copiar alguém que já existe. No entanto, você assumiu a forma do Damon várias vezes. Ou melhor, voltou à sua forma real. Quem não existe é Matthew.

O rosto do garoto segurando Harry estava chorando na forma de Matthew e continuou chorando na forma de Damon. Era um choro quase infantil. E continuou abraçando Harry, mesmo sabendo que ele o odiava agora.

— Você vai voltar e vai me deixar morrer, Damon. É apenas justo.

— Como pode ser justo, Harry? — explodiu Damon. — Como pode ser justo que eu te deixe morrer?

— O fato de você ter o poder de prolongar minha vida não torna isso certo. Você não faz isso por mim, faz isso por você. Não prolongue mais isso, Damon.

— Não é justo! — bradou. — Meu irmão e eu, nós tentamos fazer isso da melhor forma possível, sem fraturas no tempo, sem monstros. Meu irmão ia conseguir!

Harry estava levemente surpreso por saber que Dalton estava envolvido nessa fraude de tempo. Ele parecia correto demais para esse tipo de atitude. Mas então se lembrou da mãe dos dois e de como Dalton tentara reverter sua morte, sem sucesso, mesmo causando fraturas.

— Não fale sobre o que é justo, Damon. Não tente me convencer do que é justo. Você não está sendo justo. Eu te conheci em várias linhas de tempo e em pelo menos três formas diferentes e eu me apaixonei por você em todas elas. E em cada uma delas, você mentiu pra mim. Em cada uma delas. Você interpretou um teatrinho e me convenceu e eu te idolatrei o tempo todo. Você fez inocentes morrerem pra que o tempo fosse consertado e me disse que não há certo ou errado nem bem ou mal para o tempo, apenas o que simplesmente acontece e deve acontecer. Você me disse o que era correto e me contou sobre o tempo, e o espaço e agora você quer destruir tudo isso só pra que eu não morra?

— Não achei que isso fosse acontecer. Quando eu desapareci, quando fiquei dois anos desaparecido, havia saído da minha própria linha do tempo pra consertar um erro pequeno, simples. Quando cheguei no lugar, deparei comigo mesmo cometendo o tal erro: impedir sua morte. Meu eu futuro estava tão desesperado que me convenceu a não interferir. Ele te salvou e disse que se mataria em seguida. E eu me odiei, Harry. Eu me odiei tanto. Eu me odiei por ter me assistido ser tão fraco. Entenda, David tinha acabado de me espancar, e a escola toda ria de mim. Eu odiava o ser humano. Odiava a todos e quando me matei por alguém, quando descobri que dei a única coisa que eu tinha por outra pessoa, odiei a mim mesmo também. Também me odiei porque não pude voltar à minha linha do tempo. Foi uma missão fracassada, então fiquei preso. Damon foi dado como morto, então eu não podia existir. Criei uma identidade. Matthew, o terceiro irmão. Eu só fiquei perto de você porque queria entender o motivo de ter me matado por você. Mas prometi que não faria o mesmo. Não causaria um erro tão grande.

— Então cumpra sua promessa.

— O problema é que eu entendi por que me matei por você e por que não quis te deixar morrer. Eu entendi e agora não sei se conseguiria...

— Damon, não é só sobre você mais. Tem pessoas morrendo. Tem pessoas sofrendo por causa disso. Por favor. Por favor, só faça o que é certo. Por favor.

Damon, sentado no outro sofá, baixou a cabeça e chorou. Harry já não tinha forças para muita coisa, e ambos estavam cientes disso. Mas não usou desse argumento. *Eu vou morrer de qualquer forma.* Não era esse o ponto. Não era fazer Damon aceitar isso por não ter outra opção.

— E quero ir com você — disse Harry, com a respiração alta. — Eu quero ter certeza de que tomou a decisão certa.

— Não quero ir — insistiu Damon. — Eu não quero mais ficar sozinho. Você entende o que vai acontecer? Tudo isso, tudo o que passamos, tudo terá desaparecido. Eu nunca terei conhecido você. Eu vou voltar pro dia seguinte que David me bateu. E eu nunca vou saber quem você é, Harry. Eu vou viver uma vida sem saber que você existiu e eu tenho medo... tenho medo dessa vida.

Harry estava tonto e com sono. Também estava com frio. Suas mãos tremiam. Achava estranho que não estivesse com medo de morrer. Sua mãe era quem vinha em sua cabeça vez ou outra.

— Damon... — murmurou, sem forças. — Por todas as mentiras que me contou e por todas as vezes que me enganou, por favor, só agora, faça isso por mim. Como meu último pedido. É a última coisa que eu te peço.

Damon saiu do sofá onde estava e sentou-se ao lado de Harry, que já não mantinha o corpo ereto. Do lado de fora, o que antes era um céu azul perfeito, se partia, como um vidro trincando sob choque térmico. O barulho ressoava distante dos olhos de Harry. O garoto caiu para o lado lentamente e apoiou-se em Damon. A faca ainda estava fincada em seu corpo, mas o sangue já escorria o suficiente para chegar ao couro do sofá. Damon iniciou um choro trêmulo, inquieto, angustiante, enquanto o abraçava. A última coisa que ouviu foi algo que parecia um trovão, porém muito mais próximo, muito mais alto, mais destruidor. Harry queria ir com ele resolver, mas não poderia, porque finalmente parara de roubar do tempo, tendo ainda uma cota a ser paga, cota grande demais para ser paga com vida, mas sua dívida já não crescia. Agora seu corpo parava, célula por célula.

Depois de ouvi-lo inspirar pela última vez, Damon não demorou muito para sair dali. O garoto deixara o corpo de Harry sobre o sofá e fora até seu quarto, pouco utilizado, com os móveis que a mãe escolhera muitos anos antes. De todas as janelas, via o mundo desmoronar lá fora. Havia uma rachadura no meio do céu e dela saíam milhões de criaturas. Escolheu uma calça de brim e uma camisa social branca para vestir no lugar do vestido magenta já completamente destruído. Tão destruído quanto o tecido da realidade. Então voltou-se à estante de livros, mais recente, que destoava dos móveis vitorianos. Damon escolheu um livro do meio dos demais, com capa azul cerúleo, e tendo-o em mãos, desapareceu do quarto, para surgir um ano antes, no Lago dos Padres.

Sabia, razoavelmente, o que iria acontecer. Já havia passado por isso, mas em outro ponto de vista. Era um dia levemente opaco, oito de outubro de 2012. Sabia que em breve veria Harry. Não sabia se estava preparado para isso.

A única parte da história que Damon não sabia como acontecia era como Harry chegava ao lago. Ou por quê. Não sabia, nem nunca soube explicar, por que Harry, um nadador nato e conhecedor do lago, viria a se afogar. Então ficou atento, atrás de um pinheiro. O Livro Cerúleo estava aberto no chão, revelando as páginas todas brancas.

Harry apareceu minutos depois. O garoto caminhara pelo píer lentamente. Forçando a visão, Damon percebeu que chorava. Vacilou no caminho duas vezes, voltando por onde viera, mas no fim chegou à beirada do píer. Ali, demorou-se. Ficou encarando a água até que o choro lhe subiu à garganta. Então Damon compreendeu como Harry fora parar no lago.

Ele não caiu. Não sofreu um acidente. Harry havia tentado se suicidar. Ter sido salvo por Damon, de alguma forma, tornou esse fato inconsistente. Tornou o suicídio sem sentido, então fora apagado da memória de Harry. Damon ainda não entendia por quê.

O tempo, na maior parte das vezes, e por motivos óbvios, é difícil de compreender. E Damon já havia se questionado se o próprio tempo sabia o que estava fazendo.

Mas era ali, quando Harry pulava na água e não voltava à superfície, que devia agir, ou deixar de agir. Na sequência de eventos, Damon pulava na água para salvá-lo. Seu passado aparecia para o impedir. Damon o salvava de qualquer forma e se matava em seguida. Seu passado viveria com Harry, completando o ciclo.

Então Damon não pulou na água. Não pulou, mas saiu de trás da árvore, e deu alguns passos, hesitando. Porque não conseguia assistir. Não conseguia ver Harry não voltar. Não conseguia ver as bolhas e a movimentação na água e pensar que Harry estava sofrendo e em agonia debaixo da água. E quando ia correr para salvá-lo, ouviu passos.

Alguém corria na direção do lago. Damon foi obrigado a voltar a se esconder, mas uma parte de si desejou que tal pessoa estivesse vindo para salvar Harry. Que visse as bolhas, que percebesse que alguém se afogava ali.

Quem apareceu, confundindo-o, fora ele mesmo. Mas não era um Damon que havia sido recentemente espancado. Não era o Damon de dois anos antes. Não estava ali para corrigir um erro. Não era o tempo se repetindo. Era Damon em sua própria linha do tempo. Uma completamente nova. Uma linha do tempo em que Damon nunca precisou viajar dois anos para corrigir um erro e nunca mais voltar.

Aparentemente, nessa linha do tempo, na linha do tempo original e sem interferência, Damon conhecia Harry. Então em sua própria linha, Damon saltara sem pensar duas vezes, e mergulhara no lago para tirar Harry do fundo.

Quando o corpo do garoto emergiu e fora arrastado para o píer, já estava pálido e sua barriga estava inchada de água, mas o Damon daquela linha não hesitou em iniciar uma massagem cardíaca. A água era lançada para fora de sua boca a cada movimento, e seu peito descia ritmado. Foram quase dois minutos de desespero, até que a massagem se tornou mais violenta e Harry finalmente voltou a respirar.

E tão logo percebeu que estava vivo, Harry pôs-se a chorar.

35 E ½. PEQUENA INTRODUÇÃO À VIDA DE DAMON KNIGHT

O livro que Damon levara consigo era um livro muito importante. Era tão importante e especial, que se escrevia sozinho. Contava a história que nunca tinha acontecido, assim como os livros na biblioteca da mansão das partículas de tempo. O livro contava como o mundo chegava ao seu fim graças somente a duas pessoas. E como essa história fora reescrita e corrigida para que o tempo seguisse seu roteiro original.

O Livro Cerúleo contava exatamente essa história. O primeiro capítulo contava a história de Harry Darwin e como quase morrera no Lago dos Padres. Essa era a parte da história que não devia existir.

Nos últimos capítulos era contada a história de Damon Knight, jovem que fora uma das mais eficientes partículas de seu tempo. E como partícula, Damon não tinha muito o que perder. O tempo se encarregou de fazê-lo perder tudo o que lhe pertencia. Para não sobrar motivos para recuar.

Damon Knight perdeu o pai antes de poder conhecê-lo. Fora assassinado por motivos econômicos. A família Knight era muito reconhecida na área de consultorias jurídicas e, desde muitas gerações anteriores, tinha muito dinheiro. Com a morte do pai, a mãe enlouquecera. Estava grávida de Damon quando isso aconteceu. E ele já tinha nascido havia seis anos quando ela se matou. Não chegou a falar com ela como pessoa sã ou mesmo como mãe. Ela não fazia ideia de quem ele era. E Dalton tentara, cerca de quinze vezes, reverter essa realidade e salvar a mãe. Nenhuma delas funcionou.

E, diferente de Dalton, Damon fora educado em casa, por tutores especiais. Porque se tornou uma partícula muito cedo e perdia muitos períodos escolares inexplicáveis viajando no tempo. Dalton fez essa escolha por ele.

Assim, esse Livro das Coisas que Nunca Aconteceram, que fala da dor de querer estar com alguém mesmo sabendo que é impossível, passa agora a contar a história de Damon Knight.

36. A VIDA AMARGA DE DAMON KNIGHT

Quando fez oito anos, Damon já tinha estado em cinco casos de fraturas no tempo. Já sabia viajar com certa precisão e já tinha noção que podia viajar para qualquer lugar onde houvesse uma descontinuação no tempo.

Assim, no dia de seu aniversário, Damon escolheu visitar sua mãe, dois anos antes, numa das pequenas ranhuras causadas pelas tentativas de Dalton de salvá-la.

Ele não estava em casa. Não no momento que aconteceu. Então estava tudo quieto. Dalton ainda estudava, mas não em regime de internato, para poder cuidar do irmão mais novo. A mãe estava sozinha naquele momento. O que era um dos fatores que fora explorado por Damon inicialmente para salvá-la. Numa das tentativas, ele se convencia a não sair de casa naquele dia. Não funcionava. Ela se matava no primeiro momento que o jovem saísse do quarto. Naquele dia ou no próximo.

Então essa não era a prioridade do garoto de oito anos. Só queria estar ali e dizer tchau para a mãe. Era uma criança e não fazia ideia do quão ruim isso seria.

O quarto que ela ficava era limpo todos os dias, com afinco, pois ela já não ia ao banheiro sozinha. Era uma mulher bonita, de apenas quarenta e poucos anos, que usava fraldas e não sabia quem Damon era, nem colocava as próprias roupas ou tomava banho fora de uma cadeira especial, ajudada por uma enfermeira. E não porque era incapacitada fisicamente de fazer qualquer uma dessas coisas. Doria, a mãe de Damon, não sabia mais quem era. E Damon imaginava, naquela idade, que ela não sabia *o que* era. Pois já não se comportava como ser humano. Não tinha a menor noção de higiene ou autopreservação.

No dia, estava deitada em sua cama e murmurava sem parar. Era um dia calmo. Dias em que Damon podia ficar próximo dela e conversar como se ela fosse entender. Havia dias que ela se debatia e precisava ser amarrada, gritando e, nesses dias, Damon achava que a parte sã, há muito perdida dentro dela, não seria capaz de ouvi-lo por cima dos urros ou da cama batendo contra o chão.

Então não era para acontecer naquele dia.

Depois de muitos anos, Damon passou a se indagar se um dia calmo não era justamente o que ela precisava para se matar. Se não era só nesses dias que sua parte sã conseguia tomar posse de si mesma por um curto período e ver a situação em que estava e se odiar, se odiar tanto, que resolvesse acabar com tudo.

Talvez fosse isso mesmo.

Damon ficou no canto do quarto, onde a mãe não o veria. Sentou-se na poltrona onde um dia fora amarrada para amamentá-lo. Os braços ainda tinham as marcas das cordas.

— Menino, venha cá — disse a mulher, entre seus murmúrios.

Damon não sabia que ela havia percebido sua presença. E na verdade, não tinha.

— Qual seu nome?

Damon se levantou da cadeira e caminhou até ela. Doria pareceu surpresa ao vê-lo.

— Não vi que tinha chegado.

— Eu já estava aqui, mãe.

— Entendi. Que bom, é muito ruim ficar sozinha. Mas eu estava falando com meu filho. Ele é muito bom, sabia? Os dois são.

Damon sorriu e ajeitou os cabelos negros dela.

— Ah é? Qual o nome dele? Do que você estava falando.

Pensou por um momento, um tanto ansiosa e inquieta por não conseguir dar uma resposta.

— Não sei, estava perguntando isso a ele. Faz tempo que não o vejo.

— Ah é? Ele pediu pra te dizer que te ama muito.

A mulher desviou os olhos, bastante irritada com aquela afirmação.

— Ama nada.

Damon franziu o cenho.

— Ama, sim. Ele te ama mais do que tudo.

— Como pode me amar? Não faço nada pra ele. Ele é muito bom pra mim, mas é tão novinho. Tão pequeno. Não tem que fazer nada pra mim. Eu é que tinha que ser boa pra ele.

— Mas você é. Você é a melhor mãe do mundo.

Ela riu um pouco, admirando Damon.

— Você também é um bom garoto. Sua mãe deve te amar muito.

— Acho que ela ama, sim.

Ela sorriu e ergueu a mão para acarinhar o rosto de Damon.

— Claro que ama. Eu te amaria também. Gostaria muito de ser sua mãe e fazer comidas bem gostosas pra você. E te levar pra escolinha. E te vestir. E cortar esse cabelo que tá muito grande. Mas não posso.

— Você pode, sim, ainda dá tempo.

Ela sorriu com pesar e fechou os olhos, começando a chorar.

— Não posso. Não me deixam. Então desculpa, Damon, porque eu não consigo ser sua mamãe.

Ficou de olhos fechados por muito mais tempo, chorando. Damon beijou a testa dela e também chorou. Entendeu que quem não deixava era ela mesma. A parte insana. A parte que gritava e se debatia na cama. A parte sobre a qual ela não tinha o menor controle.

Cada vez que os irmãos voltavam no tempo e interferiam nessa cena, ela acabava de uma forma diferente. Ou pelo menos a forma com que a mãe morria era diferente.

Dessa vez, enquanto Damon beijava a testa da mãe, percebeu um filete de sangue escorrendo do canto dos lábios dela. Ficou muito confuso quanto ao que estava acontecendo e tentou abrir a boca da mãe, mas estava rigidamente fechada e não abria por nada. Entendeu que ela mordia a língua com toda força que ainda lhe restava.

Em desespero, Damon continuou tentando abrir sua mandíbula, mas era fraco demais para conseguir. Então saiu correndo do quarto para buscar ajuda. Tirou o telefone do gancho e discou para a ambulância. Disse que era um caso de suicídio. Quando desligou, correu de volta para o quarto e encontrou a mãe sangrando pela boca e pelos pulsos. No chão, o vidro de remédios para dormir estava quebrado na metade e sujo de sangue nas bordas pontudas.

Quando a ambulância chegou, ela já estava morta havia dois minutos.

Damon foi para a escola depois disso. Dalton não quis que o irmão ficasse sozinho na casa em que a mãe morreu e o ensinou a ser mais preciso nas viagens do tempo para que não perdesse nenhum período escolar.

Mas crianças conseguem ser mais cruéis que adultos. Principalmente as crianças da escola que Damon frequentou até o primeiro ano.

Era uma escola cara, para crianças muito especiais. Ricas e acima da média. A escola onde tanto Dalton quanto seu pai haviam estudado. Mas nenhum dos dois havia perdido tanto o pai quanto a mãe antes de ser matriculado. Nenhum dos dois sofria essa perda e essa culpa na época. As crianças sentem isso. As crianças gostam de ter hierarquias e manter-se no topo delas. São apenas jogos, são apenas brincadeiras, mas essas brincadeiras ferem quem não sabe brincar. E elas feririam muito Damon.

O *órfão* da escolinha. O CDF, o *perdedor*. O esquisito. O garoto que, em reunião de pais, trazia seu irmão mais velho. O garoto que era o preferidinho das professoras, constantemente tentando ajudá-lo.

Com dez anos, Damon foi diagnosticado com depressão profunda e fobia social. A psiquiatra dissera a Dalton que Damon era muito jovem para ter esse nível de depressão. Fora medicado com antidepressivos, ansiolíticos e até um remédio para dormir, que acontecia de ser o mesmo que a mãe tomava.

Não ajudou muita coisa.

O que ajudou, levemente, foi a presença de Victor. Eles se encontraram em algumas missões, e muito cedo Damon doou sua mascote para o garoto, para que sempre estivessem em contato.

Mas nada disso fora suficiente, principalmente depois dos quatorze anos, quando entrou no St. Raphael. Os remédios eram presença constante em sua vida. E mais de uma vez fora pego com excesso deles. E então Dalton era chamado e precisava explicar em detalhes por que seu irmão precisava desses remédios para viver.

Foi nessa época que conheceu David. E David o odiava. Porque antes já havia odiado o Knight mais velho. Dalton era o melhor em sua área e, além de ser partícula, fazia o papel de caçador por vezes, no lugar de David. E nessas idas e vindas, cruzando caminhos, Dalton havia uma vez exposto uma falha de David e sugeriu seu afastamento de função. David havia desejado sua morte mais de uma vez. E quando Damon entrou no colégio e começou a matar os monstros na região, David respondeu com surras do time de polo sobre ele.

Ainda naquele ano, David dera-lhe a maior surra de sua vida.

Porque sabia da relação com Victor, David espalhou no colégio que Damon tinha um namorado. O que foi motivo mais do que suficiente para começar o deboche e até o ódio generalizado sobre o garoto. Principalmente porque era uma escola exclusivamente masculina. Uma fagulha tal qual a possibilidade de haver um homossexual no meio dos estudantes era o suficiente para inflar o ódio. Porque, nesse ambiente, predomina o medo. É claro que há jovens homossexuais no St. Raphael. Como há em qualquer lugar. Mas uma das grandes necessidades num ambiente exclusivamente masculino é ser "másculo". Dessa forma, os homossexuais assumiam postura de ódio e agressão, numa forma de autopreservação e não aceitação, principalmente canalizada para os que se aceitavam. Assim, o time de polo se reuniu e encontrou Damon num banheiro.

O banheiro ficava no terceiro andar do prédio de Exatas. Não era muito movimentado, principalmente àquela hora da noite. Mas era onde Damon mantinha o remédio mais forte, que já havia sido proibido de tomar dentro do colégio. Ficava atrás de um azulejo na terceira cabine, junto com um pequeno graal e um pistilo, que tirara do laboratório de Química. Amassava vários comprimidos juntos até que virassem um pó fino e então cheirava tudo de uma vez. O remédio o deixava fora de si, relaxado e pouco atento. Definitivamente incapaz de reagir a um grupo de quatro garotos.

Ouviu o som dos rapazes entrando, mas estava alto demais para se importar. Algo dentro dele lhe pediu, implorou que ficasse dentro do cubículo, que não saísse. Então ficou por lá, sentado no vaso fechado, esforçando-se para manter os olhos abertos, enquanto David lá fora batia na porta.

— Ei, esquisito. Sai daí, vamos bater um papo.

Ouviu o resto dos garotos dando risada, mas não teve reação.

— Anda, sai daí. Tá se drogando, né? A gente tem algo melhor pra você usar — dissera Frederic.

Damon piscou os olhos lentamente. Tudo estava lento. E assim, lentamente, percebia que estava prestes a sentir muita dor. Então o remédio começou a fazer efeito contrário, e seu coração se agitou. Olhou para a janela, pensando em sair por ali, mas se deu conta que estava no terceiro andar.

Pensou, é claro, em simplesmente sair dali, se teleportar para qualquer outro ponto no tempo e espaço. Mas eles sabiam que estava ali. Sabiam que não tinha por onde sair. E em nome de proteger a realidade — certamente não estava previsto no tempo que aqueles garotos testemunhassem seu desaparecimento — Damon não saiu. Ia ter que voltar e corrigir depois, de qualquer forma. Então ficou, até o trinco da porta arrebentar com o ombro de Frederic.

A porta lhe acertou quando abriu. Mas não doeu nem metade do soco de Frederic, e, posteriormente, de David.

A surra toda durou cerca de cinco minutos apenas. Depois disso, David mandou que tirassem suas roupas e colocassem um cartaz sobre seus genitais.

Eu sou um perdedor drogado e gay.

Quando a foto foi tirada, Damon já estava desacordado há tempos.

Depois dessa, várias outras surras vieram, e Damon foi se fechando e se isolando cada vez mais. Seu vício se tornou cada vez pior. Dois anos depois, não passava mais de uma semana sem se drogar. E claro que surgiram drogas mais pesadas.

Em seu terceiro ano escolar, pouco depois das férias de verão, um garoto novo entrou no colégio, depois da desistência de um dos que haviam sido aprovados para a bolsa de esportes. Não que Damon tenha se importado muito, afinal, o menino fora para o time de polo.

Acontece que o tal garoto, Harry Darwin, não era assim tão insuportável. E fora uma surpresa realmente muito grande quando impedira que David surrasse Damon mais uma vez.

A história se repetiria. Damon estava alto e lento, dessa vez por morfina — que roubara numa de suas viagens no tempo. David aparecera no banheiro com o resto do time, incluindo o garoto novo, e o tirara da cabine.

Damon pouco se lembrava do ocorrido. Mas sabia que não havia sido espancado. E que o garoto novo sequer percebeu a intenção de David, pois assim que viu o estado em que estava, o arrastou para fora do banheiro para buscar ajuda — inocente de que Damon estava, na verdade, drogado.

Damon foi levado para a enfermaria e seu irmão foi chamado. Fora mais difícil convencer o diretor por que precisava de morfina, mas no fim o caso foi deixado de lado. Pela escola. Não por Dalton, que passou a exigir exames toxicológicos do irmão. Assim, Damon ficara irado com Harry por ter sido descoberto.

Mas toda essa ira se foi quando o menino loiro fora visitá-lo na enfermaria para perguntar se estava bem, se ficaria bem. E contou que foi realmente muita sorte que o time de polo estivesse naquele banheiro.

E Damon percebeu que Harry era inocente como uma criança de três anos.

Isso não era suficiente para que Damon se aproximasse de Harry, e nada seria, na verdade. Não havia como garantir que ele não acabaria se convertendo às atrocidades praticadas por seu capitão. Então quem se aproximou foi Harry.

Porque Harry tinha um pai alcoólatra e entendia o que era o vício e como destruía pessoas boas. Damon parecia uma boa pessoa. Ainda que fosse esquivo e que andasse por aí sozinho. Ainda que ninguém gostasse dele. Damon parecia apenas triste. Então Harry se aproximou dele.

E como os dois se aproximaram e se apaixonaram em toda e qualquer versão contada pelo Livro Cerúleo, a amizade dos dois se desenvolveu naturalmente, rápida, simples e até harmoniosa. Era fácil serem amigos. Era fácil rirem juntos. Era fácil confiar um no outro. E era tão fácil que, em cerca de três meses, Damon passava suas noites com Harry no píer do lago, sempre que tinha vontade de se drogar. Sempre que a vontade era muita. Eles se distraíam com a água morna das partes mais profundas. E numa dessas noites, Damon contou sobre as partículas, contou sobre suas viagens e convidou Harry para viajar com ele.

O lugar favorito de Harry era a Ilha Galápagos, simplesmente porque Damon lhe contou sobre o homem que lhe dividia o nome e sobre as pesquisas que fez no local.

E era normal que conversassem sobre o ser humano e o Universo. Era quando Harry tentava fazer Damon menos avesso à humanidade.

— Você é uma exceção, Harry — dizia Damon. — Você não representa nenhuma parcela significativa do mundo.

— Mas é você quem diz. Nós somos o que nossos genes mandam. Nós somos humanos e não temos diferença suficiente pra classificar qualquer um como bom ou ruim. Como posso ser uma exceção?

Damon dava de ombros nessa hora, pouco interessado em pensar a respeito.

— Mutações acontecem, esse é o ponto da viagem do seu xará — justificava. — No fim, ainda somos uma praga, e ainda vamos destruir isso tudo. Se você colocar o gráfico de crescimento bacteriano próximo ao gráfico de crescimento populacional humano um ao lado do outro, irá se surpreender com quão parecidos são. A espécie humana, em seu auge de egocentrismo, se retirou da natureza e se considera um fator externo. Mas em termos de organismo e de população, seres humanos não são tão diferentes de bactérias. Pense num microrganismo unicelular que altera todo seu metabolismo para sobreviver a determinado estresse causado por ele mesmo. Em um meio de cultura, progride e cresce exponencialmente, dobrando a cada tanto tempo, consumindo os nutrientes que lhe são convenientes primeiro e liberando toxinas que, de início, pouco lhe preocupam. Mas as toxinas vão se concentrando, a biomassa vai aumentando e, em determinado momento, o crescimento estaciona, pois não há mais nutrientes para continuar se dividindo em ritmo exponencial. A mesma quantidade que morre, nasce. Em contato com essas toxinas, as bactérias começam a se reinventar. Os organismos possuem formas de lidar com o próprio lixo e continuar consumindo, em taxa menor. Então o lixo toma conta, o meio se torna pobre, e o crescimento decai, até que o meio todo esteja morto.

— E, enquanto organismos complexos e multicelulares, podemos não saber como mudar nosso metabolismo em resposta às toxinas liberadas no ar e à radiação sem barreira natural, mas sabemos reinventar a ciência pra que continuemos consumindo e liberando lixo. E tal como as bactérias, essa "evolução" vem nos momentos de maior necessidade, mas não muda o destino da população.

— O que muda o destino dessas bactérias é transportar uma pequena quantidade de cultura pra um meio limpo e novo. E continuar fazendo isso infinitamente. E não é de se surpreender que estejamos interessados em colonizar outros planetas. Mas não acontece no meu período de vida.

Harry fez que sim com a cabeça, admirando a praia de água azul e areia branca, sentados numa rocha cheia de cracas. Iguanas tomavam sol num rochedo próximo.

— Você pode viajar muito pra frente, não pode? O que acontece com a gente? — perguntou Harry.

As bochechas de Damon tornaram-se vermelhas em questão de segundos. Até seu pescoço adquiriu um leve tom de rosa. Porque havia estado no futuro pela mesma curiosidade. O que acontecia entre eles? Algum dia se separavam? Algum dia Damon estava sozinho novamente?

— Coisas boas — garantiu, envergonhado.

— Coisas boas? Tipo o quê? — Harry insistiu, começando a sorrir.

— Tipo coisas boas. Nós ficamos felizes. É isso — resumiu.

Harry sorriu de canto e aproximou o rosto ao de Damon, e quando seus lábios tocaram a bochecha de Damon, sentiu-a salgada e quente. Se era possível, Damon corou ainda mais. Suas orelhas queimaram e teve o instinto de se afastar imediatamente, mas então baixou a cabeça e também sorriu.

— Um dia eu te peço em namoro, então — disse Harry.

As mãos de Damon tremeram e seu coração se agitou. Lembrou das reações às drogas que tomava e decidiu que a sensação nem se comparava a isso.

— É uma troca. Você me pede em namoro e eu te peço em casamento — disse Damon, encarando a rocha sob eles.

Harry queria muito contar aos pais sobre Damon. Apesar de já ter pedido para não o fazer, Harry ainda achava que a mãe seria capaz de entender, aceitar e até ficar feliz por ele. E ela era. Segundo o próprio garoto, sua mãe era compreensiva e não colocaria suas crenças acima de sua felicidade.

Então Damon concordou que contasse. E ele contou.

A mãe de Harry, de início, disse que estava feliz, mas chorou em casa. Foram duas semanas sem que entrasse em contato. Harry sabia que isso não podia ser um bom sinal, então não tentou falar com ela também. Damon percebera sua apatia e seu medo de que algo tivesse acontecido com a mãe.

Enquanto isso, a mãe passava por uma batalha interna entre contar ao pai de Harry ou não. E não passou por essa batalha sozinha. Ela foi ao pior lugar para resolver o dito conflito: ao confessionário.

E o padre da sua capela, que não tinha a menor ideia do que causaria, aconselhou a mulher a contar ao chefe da casa sobre o filho problemático. Contar ao chefe da casa, presumindo que o chefe da casa fosse o marido, já era um ótimo indício de que seguir o conselho seria uma péssima ideia.

Ainda assim, a mãe de Harry tinha plena certeza de que estava fazendo o melhor para o filho, sem dúvida alguma. Tinha certeza de que seria só uma fase, se pudesse tirá-lo do convívio do tal Damon, que logo se apaixonaria, quem sabe por Chester, e lhe daria belas crianças como netos. E só o pai de Harry tinha a voz para trazê-lo de volta do pecado.

Mas a voz do pai de Harry veio direto das profundezas do inferno, em berros e urros animalescos, cujos mais sãos soavam como "não tenho filho". Soavam como dor, como o fim de uma família. E é claro que, naquele momento, a culpa pela destruição da família fora posta em Harry. Mas o que Harry fez foi só se apaixonar. Harry nunca se rebelara, Harry nunca fora contra as palavras de um pai alcóolatra. Harry era um bom filho que se apaixonou. Quem não aceitou essa paixão foi o pai dele. O pai de Harry, sozinho, sem a ajuda de ninguém destruiu tudo que o filho amava. Tudo o que a mãe de Harry amava. Destruiu um futuro. Destruiu não uma, mas três vidas.

A vida que ele tirou de si mesmo, dirigindo para o colégio durante a noite, bêbado e irado, a vida que tirou junto, por arrastar a esposa com ele. E a vida metafórica que arrancaram de Harry ao fazê-lo ouvir que os pais colidiram contra uma árvore no caminho para o St. Raphael.

Harry não estava emocionalmente preparado para isso. Não estava, nem de longe, preparado para isso. Nem o apoio emocional de Damon o ajudaria a superar a morte dos pais. Crua, seca. Repentina. Um acidente de carro, bêbado.

E foi o fim da família Darwin.

Uma família tradicional, com seus problemas e seus preconceitos.

Destruída.

Duas vidas com a cara amassada no salgueiro de quatrocentos anos à beira da estrada. Com metal formando carapaças ao redor de seus corpos e sua consciência finalmente se esvaindo. Damon fez questão de estar lá esse momento e estar com os pais de Harry. Os pais que havia conhecido numa outra linha temporal. Não nesta realidade. Nem eles faziam ideia de quem era o menino que apareceu no momento de suas mortes.

O pai de Harry estava muito mais ferido. Por algum azar, não morrera na batida, mas era claro que o sangue perdido já era demais para ser reposto. Parte do para-brisa estava fincado em seu peito, do lado direito, perfurando o pulmão, e estava jogado sobre o capô do carro, com os membros em várias direções não naturais. A mãe de Harry tinha cerca de oito fraturas no total, incluindo uma nas vértebras e, apesar de não parecer tão afetada, tinha um sangramento interno já incontrolável. Estavam ambos acordados, mas por muito pouco. O cérebro já não processava muito bem qualquer coisa ao redor. Quando se aproximou, no entanto, os olhos do pai o acompanharam, e a mãe até demonstrou surpresa de ver alguém, talvez com a esperança de que fosse ser salva. Quis, porém, dar a ambos a chance de se perdoarem, então Damon assumiu uma forma muito semelhante à de Harry, por não poder copiá-lo com perfeição. Isso de pouco importava, já que, muito provavelmente, nenhum dos dois tinha capacidades cerebrais suficientes para diferenciar.

— Harr… ry — balbuciou a mãe. Um sorriso se abriu em seu rosto. Damon se aproximou da porta do carro para ouvi-la. — Harry, meu Harry. Meu bebê.

Damon sorriu para ela, como imaginou que Harry faria, se conseguisse não chorar nesse momento. Porque, como partícula de tempo, Damon não fazia ideia se havia vida após a morte e também não tentava deduzir, mas esta vida, a que Morgan Darwin construíra e que pouco a tratou bem, estava se encerrando de forma violenta e injusta.

O tempo, na verdade, não é conhecido por ser justo. Mas não fora o tempo que castigara Morgan Darwin. A decisão de trazê-la até este momento começara muitos anos antes, e veio somente da preferência em odiar, tomada deliberadamente por seu marido e pelos que vieram antes dele.

O pai de Harry, este que agora tossia sangue em vez de palavras de ódio, movia os olhos freneticamente — era só o que lhe restava para expressar seu descontentamento, tão bem enraizado em seu cérebro, que era só o que lhe sobrara nesse momento. Nem suas convicções, suas paixões, suas perdas, tudo o que lhe faz humano. Quando o tempo cobrou sua parcela de volta, quando sua cabeça se reduziu à camada mais básica, só sobrara o mover irritado e desesperado de olhos, que queria insistentemente gritar com Harry.

E Damon só conseguia pensar no quão triste devia ser ter vivido uma vida assim.

A ambulância logo chegou, mas não a tempo. A estrada estava molhada e as folhagens atrapalhavam. No fim, nada mudaria a notícia que seria dada.

Uma que Harry não seria capaz de ouvir.

Porque seus pais nunca o prepararam para isso. Nunca houve a possibilidade de que, um dia qualquer, ele seria chamado na sala do diretor sem ter feito nada. Nunca houve a menor chance de que a notícia a ser dada fosse tão séria. Damon estava agindo estranho desde aquela manhã, mas não fora forte o suficiente para contar. Então Harry estava sem ninguém naquela sala. Ninguém, exceto seu próprio medo.

— Sente-se, filho.

O que Harry sabia, e que o fazia deduzir o que poderia ter acontecido, é que seus pais estavam vindo para o colégio para brigar com ele. Então imaginava que haviam chegado e que estava fora do St. Raphael a uma hora dessas.

— Aconteceu um acidente.

Harry não disse nada, mas moveu sua cabeça para o lado, sem muito sentimento, e acenou positivamente. Nada fazia sentido. Ainda esperava pela notícia de que seus pais iam levá-lo de volta para casa.

— Seus pais.

Harry já havia entendido. Em algum ponto de sua cabeça, as palavras "acidente" e "seus pais" faziam conexão. Mas ainda não disse nada. Endireitou as costas e a cadeira rangeu. O senhor Aundrey continuava tentando tirar a verdade completa da boca de Harry, o que não aconteceria, porque na boca de Harry havia um nó que marinheiro algum seria capaz de desatar.

— Seus pais, sr. Darwin. Eles estavam vindo para cá.

Havia uma música no último volume tocando na cabeça de Harry, uma música que o protegia de ouvir o que o sr. Aundrey dizia repetidamente.

— Foram levados para o hospital, mas não resistiram.

A música levemente abaixava o volume e ia para os últimos acordes, até de repente parar e dar seu último suspiro. Harry se levantou da cadeira.

— Senhor, ainda temos que conversar sobre sua situação no colégio...

Harry voltou a se sentar, como um robô. Não olhava no rosto do diretor.

— Você tem uma bolsa integral aqui no colégio. Não precisa se preocupar com sua situação financeira. Mas vai ter que conversar com a assistente social sobre sua herança e o que pretende fazer com ela. Vai ser aconselhado. Vamos te apoiar durante todas as fases. Gostaria de dizer alguma coisa?

Harry fez que não e desceu da cadeira do diretor para pôr os dois pés no chão e, pé ante pé, ele se sentiu tão livre quanto culpado, e cada passo lhe doendo e corroendo, como se cair fosse demais para que pudesse suportar. Harry não foi até Damon. A música continuava alta em sua cabeça lhe ditando que a vida é realmente agridoce, e é só isso o que você pode fazer.

Você está sozinho e não pode mudar isso, você destruiu quem te amava e você não pode voltar atrás. É isso que você é. Não vai voltar. Você destruiu todos. E tantos te odeiam. E você destruiu os que te amam. Não vai ter uma segunda chance.

Damon estava bem longe de Harry quando ele saiu da sala do diretor. Sua mãe era o que vinha em sua consciência. Nada mais. Perdera sua mãe e era sua culpa. Matou sua mãe. Sua própria mãe. Nada mais adequado do que se lavar de todos esses pecados no Lago dos Padres.

Atravessou a Praça do Arcanjo, passando entre os prédios, passando pela quadra de tênis, observando o prédio das piscinas aquecidas, imaginando como seria bom poder treinar lá dentro mais uma vez. Sem se interromper, no entanto, continuou rumando para o lago.

Seus pés são precisos e rápidos. Só se tornam imprecisos quando está muito próximo da orla. Na ponta do deque, vacila uma ou duas vezes.

E foi aqui, neste momento, que a história do Livro Cerúleo, das coisas que nunca aconteceram, encontrou a realidade que o tempo escreveu, como as coisas deviam ser. É aqui que Damon, o Damon que nunca passara por nada daquilo e que nunca teve a chance de passar um momento sequer com Harry, sabendo que o amava e que ficariam juntos para sempre, encontra o Harry que se jogou no lago.

Então Damon não pulou na água. Não pulou, mas saiu de trás da árvore e deu alguns passos, hesitando. Porque não conseguia assistir. Não conseguia ver Harry não voltar. Não conseguia ver as bolhas e a movimentação na água e pensar que Harry estava sofrendo e em agonia debaixo da água. E quando ia correr para salvá-lo, ouviu passos.

Quando o corpo do garoto emergia e fora arrastado para o píer, já estava pálido e sua barriga estava inchada de água, mas o Damon daquela linha não hesitou em iniciar uma massagem cardíaca. A água era lançada para fora de sua boca a cada movimento, e seu peito descia ritmado. Foram quase dois minutos de desespero, até que a massagem se tornou mais violenta e Harry finalmente voltou a respirar.

E tão logo percebeu que estava vivo, Harry pôs-se a chorar.

E nunca mais parou.

Os dois Damons se encontraram muito mais tarde, o que viera para esta realidade observá-la, e aquele a que esta linha temporal pertencia, quando Harry estava seguro e não mais ameaçava a própria vida. Porque seu trabalho de consertar aquela ferida ainda não estava concluído. O desejo do Damon, namorado de Harry, era voltar no tempo e impedir que eles se conhecessem.

— Se ele não tivesse me conhecido, nada disso teria acontecido. Nós nunca seríamos amigos. Não teria que passar pela morte dos pais. Se fosse criado um paradoxo forte o suficiente, não haveria uma ferida. Eu poderia voltar e falar comigo antes de conhecê-lo, há dois anos. Vir pro dia de hoje antes de ele sair da água. Salvá-lo antes de conhecê-lo. Ficaria preso por aqui e nunca o teria conhecido. Os pais dele ainda estariam vivos. E eu daria minha vida em troca da vida dos pais dele. Ficaria tudo bem.

O Damon observador balançava a cabeça, entendendo como eles foram parar no loop constante em que ele virava Matthew, se apaixonava e voltava para se matar. Não sabia nem que não era por Harry que se matava, mas pela vida dos pais de Harry. As coisas faziam mais sentido agora.

— As coisas pioram — disse o Damon observador. — Se fizer isso, vai acabar voltando aqui no meu lugar. Você tem que deixar as coisas seguirem seu curso. Esse paradoxo é tão grande que de onde eu vim, com o fim do mundo, as criaturas saem da rachadura em forma física. O mundo estava condenado. Não faça a mesma coisa. Cuide do Harry. Você consegue cuidar do Harry. Cuidou dele até aqui.

— Ele não quer sair do quarto. Não quer falar comigo ou com qualquer outra pessoa — disse o Damon daquela realidade. — Foi ele quem cuidou de mim, e não o contrário. Sempre foi.

— Ótimo. É sua chance de retribuir — disse. — Vocês se conhecem e se amam, e aparentemente, se amam em qualquer versão dessa história e com qualquer versão de si mesmo a que se apresentem. De toda essa história, desde o início, Damon e Harry são um ponto imutável. Corrigir para que vocês não se conheçam só vai prolongar o erro. É o erro que nos criou.

— E você sugere deixar Harry depressivo como está e aguardar sua nova tentativa de suicídio?

— Vocês viram um futuro lindo, em que estavam casados e felizes, e eu acho que vale a pena lutar por esse futuro. Vocês *têm* esse futuro. Está lá. Você só tem que chegar a ele. De onde eu vim, nenhuma partícula podia viajar para além de 2014, porque tudo acaba ali. Ninguém tem um futuro pra esperar. Você tem. Seu futuro com seu Harry. Meu Harry... o meu morreu. Você só tem que ser forte por ele. Fazê-lo ver a dor da perda. A dor que você tanto compreende. Só o faça entender que não foi culpa dele. Assim como não é culpa sua. Como também não é culpa da mãe dele. Vocês dois precisam entender que não houve erro algum, em nenhum momento, nada para ser corrigido. São fatos do tempo, certo? Não tem certo ou errado, bem ou mal, só fatos. Você não foge na primeira oportunidade. Você ensinou Harry a ver passado e futuro. Deixe o Harry lhe mostrar o presente.

O Damon daquela realidade fez que sim.

— Mas e você? Esta não é sua linha do tempo. Você devia ter voltado, desaparecido. Não devia estar aqui. Mas sua realidade está sendo reescrita com essa. Você não tem pra onde voltar. O que vai fazer por aqui? O seu Harry... não está aqui.

Damon sentiu um nó na garganta e respirou fundo. Então deu de ombros. Seu Harry não estava ali. Seu Harry havia morrido em seus braços e agora sequer tinha existido.

— Vou passar um tempo lendo — respondeu, segurando o Livro Cerúleo das Coisas que Nunca Aconteceram.

Então, o Damon intruso daquela realidade, sem Harry para si, decidiu ler e reler o Livro das Coisas que Nunca Aconteceram, até o fim de seus dias para ter de volta partículas e histórias de seu Harry. Enquanto o Damon desta mesma realidade passa por uma longa e duradoura cruzada pelo fim da depressão de Harry, para que então pudessem cumprir o futuro que lhes é de direto. Felizes, e juntos, para sempre, em qualquer vida e qualquer forma.

Mas o Damon intruso não tinha nada além do livro. Então ainda deixou seu apelo particular, ao final do livro, para quem o detivesse assim que ele tivesse partido.

Para mim, meus leitores, me sobra este livro, carinhosamente escrito pelo tempo e com as memórias das pessoas que mais amei e que mais fiz chorar. Mas que me apaixonei milhares e milhares de vezes.

E agora tudo o que tenho dele é este livro que tens em mãos.

Nós vamos ser felizes em alguma outra realidade. Na minha, nós perde-

mos. Mas não é assim que aconteceu. A realidade em que perdemos um ao outro desapareceu. Nunca existiu. E foi narrada aqui como minha lembrança eterna. Nesta história, eu não termino ao lado de Harry. Porque tentamos roubar do tempo e porque não fui capaz de aceitar ou lutar contra a tristeza.

Eu sempre pensei que nós estávamos lutando contra o tempo, literalmente, para ficar juntos. Que era contra a vontade do tempo ou o que quer que seja. Que não estava para acontecer e era um erro que eu insistia em tentar arrumar. Em meu estúpido egocentrismo, imaginei que esta história fosse sobre como eu salvava o mundo do colapso da realidade. Esta história é, na verdade, apenas a fuga de Harry Darwin de sua própria realidade.

Nesta realidade, Harry e eu viajamos pelo tempo, brincando de tecer teorias, lutando juntos. Harry sendo quem me faz sorrir após tantos anos de solidão e tristeza. Harry, que foi tudo o que tive. Harry, o meu, está morto, ou nunca existiu. Como pode isso ser um final feliz — um Harry e um Damon serão felizes para sempre. Mas o que me resta? Resta este livro de memórias. E lhe imploro, caro leitor, não o jogue fora. Não o leia em vão. Pois nestas histórias eu toco meu querido e amado Harry apenas por meio de um papel. Posso lê-lo chorar, mas não posso colher suas lágrimas. E posso só então dizer que amei Harry Darwin com todo o meu coração. Mas apenas para este livro. Eu também tentei e torci para que ficássemos juntos. E o amei em loops infinitos e repetidos e em diversas formas, gêneros e momentos, mesmo quando não me era permitido. Então deste livro, tire sua força, e que alguém possa aprender a aceitar a vida amarga — que é amarga, e sempre é, para todos, pois o tempo não é justo — e fazer dela algo mais doce, não ignorando ou tentando fugir do que lhe dói, mas curando cicatrizes.

Acima de tudo, saiba apenas que amor nenhum precisa de permissão. E não ignore O Livro das Coisas que Nunca Aconteceram.

Damon Knight